还 乡 文 丛

潜行者

育 邦 著

暨南大學出版社
JINAN UNIVERSITY PRESS

中国·广州

图书在版编目(CIP)数据

潜行者 / 育邦著.—广州：暨南大学出版社，2014.3
（还乡文丛/余丛主编）
ISBN 978-7-5668-0910-0

Ⅰ.①潜… Ⅱ.①育… Ⅲ.①随笔—中国—当代 Ⅳ.①I267.1

中国版本图书馆 CIP 数据核字（2014）第 016936 号

出版发行：暨南大学出版社

地　　址：中国广州暨南大学
电　　话：总编室（8620）85221601
　　　　　营销部（8620）85225284　85228291　85228292（邮购）
传　　真：（8620）85221583（办公室）　85223774（营销部）
邮　　编：510630
网　　址：http://www.jnupress.com　http://press.jnu.edu.cn

策划编辑：杜小陆
责任编辑：杜小陆　杜晓杰
责任校对：周海燕　王嘉涵
排　　版：中山市人口手文化传播有限公司
印　　刷：佛山市浩文彩色印刷有限公司

开　　本：850mm×1168mm　1/32
印　　张：7.75
字　　数：149 千
版　　次：2014 年 3 月第 1 版
印　　次：2014 年 3 月第 1 次

定　　价：29.80 元

总　序

苏轼说，此心安处是吾乡。还乡是喜悦的，是恳切的，但也仅仅是一种愿力。

我们捡拾的是内心。如何写？写什么？在此都顺应了内心，那也是精神还乡唯一的去处。

还乡是一个梦，是乡愁，是永无止境的抵达。我们寄望于怀旧、后退，甚至是保守的；我们寄生于乡土、故里，甚至是故步自封的。

不是我们流离失所，而是我们还乡之乡已经沦陷。灵魂向何处安顿，没有精神的还乡，就永远处于流离失所的状态。德国哲学家阿多诺说："对于一个不再有故乡的人来说，写作成为居住之地。"

还乡者在路上，在返程的途中；还乡者是过客、旅人，是不合流俗的边缘人和问津者。在漂泊不定的异乡，还乡是我们的忧伤艺术。对于过去难以释怀，对于现在彷徨四顾，对未来又充满希冀。但是故乡在远方，于我们而言，始终是可望而不可即的。

“还乡文丛”是立意，是重塑，而非局限；是敞开的，融合的，也是繁殖的。哪怕仅仅是文字上的还乡，虽然它无法抵达，但或许能安放我们的心灵。

一方故土，是源头，是离散的地方……却又在等候着还乡者的归来。

余　丛

2013 年 10 月 22 日

目　录

1　自序：观光途中，想起返乡……

镜　像

3　巴别尔：世界是“五月的草地”

17　福楼拜：文学蜥蜴

26　死亡赋格：保罗·策兰

56　贝克特

68　自我解体者齐奥朗

74　卡夫卡，或弱势文学

79　莱辛：平庸的敌人

83　当我们阅读卡佛时，我们看到了什么

91　克莱齐奥，或未来小说的道路

98　就《在西瓜糖里》而言

107　帕慕克：我必须每天服用文学这剂药丸

113 读书就是游荡
116 当玫瑰再开的时候……
120 圣科克托
123 色情真相
127 囚徒的天空
130 年轻的巨人，波浪上的泡沫
136 索莱尔斯之花
140 作为知识分子的桑塔格
143 未来诗人，或学校笔记本的延续

冥　想

149 时间的标尺
154 谢尔盖神父的河流
162 地平线
166 对抗之路
174 写作困难
182 写作，或赌博
189 诗歌札记：危险的交谈
193 镜　像
197 彼岸在哪里
200 烦躁的隐喻
203 眺　望

208　一次性的符箓
213　《博尔赫斯或李公佐》评注
227　关于知识分子的留言条

自序：观光途中，想起返乡……

育　邦

据说古琴曲《四大景》来源于晚清时的民歌，与大地及日常世俗生活有着隐秘的内在关联，描绘的是一年四季各有千秋的美好景致。现在只剩下所谓“杏花天”之景（即春景）了，但一听此曲，春风和畅、柳翠花明、万木竞秀的情境就生动再现，宛在眼前。听过管平湖先生弹奏的《四大景》，我不仅感觉到生气蓬勃的春景，其他三景在脑海中也隐约呈现出来。就像顾恺之《四时诗》中描绘的那种古典与优雅：“春水满四泽，夏云多奇峰。秋月扬明辉，冬岭秀孤松。”宋代无门禅师那句著名的禅诗就会跳出来：“春有百花秋有月，夏有凉风冬有雪。若无闲事挂心头，便是人间好时节。”是啊，人若能精神自由、达观自在，无论处于何种境地，都能感受世界之美——澄澈清亮，生机盎然，像巴别尔所说的那样：世界是“五月的草地”，一切是那么美好，未来是光明的……

万物之美，静默如斯。我是从小地方来的，这似乎意味着狭隘、单薄，以及孤陋寡闻。因而，自从走出邮票一样大小的故土之后，我就急匆匆地想成为一名观光客，一方面是为了消除“小地方”的印记，另一方面是为了虚荣——谈吐的虚荣、知识储备上的虚荣和写作时不经意间流露出所谓的“渊博”。于是我迈开双腿，把眼睛瞪得好大好大，时时刻刻打量着这个异彩纷呈的世界，几十年来如孩子一般，保持着异乎寻常的热情，好奇驱使我走过那些不堪而又略带忧郁的岁月。文学、历史、音乐、电影、书画、风物、地理……跟文化有关的一切都能持久地吸引我驻足。我们还面对清风明月、花鸟鱼虫，一次次日出日落、花开花落、春夏秋冬的更替……这些来自大自然的存在也是我的“导师”。一棵棉花从下种、发芽、生长和开花、结果，甚至到采摘、焚烧秸秆，难道不是一本蕴含无穷生命的书吗？不也像一位伟大的哲人吗？它们同样深深地吸引了我那贪得无厌的感官。

在观光的道路上，我走了很久，至今仍未停下脚步。有时是一群人说说笑笑，把酒言欢，好不惬意……有时，为了等待昼夜交替的美妙时刻，我独自踯躅在荒郊野外……有时，在一段不长的旅程中，碰到了相契的知己，慨叹人生之大幸也……有时，会有疾风骤雨，会有沙漠戈壁，而我只是一个人在默默潜行，像塔可夫斯基电影《潜行者》中的那个非法进入“禁区”的潜行者。这时候，我就会不自觉地回到我那块只有邮票般大小的故土，不管是在想念中，还是在梦境里。我把自己定义为没心没肺的家伙，但他依然有着一颗脆弱的心。在那极端的时刻，“日暮乡关何处是”之感就会油然而生，返乡的念头瞬间就会无法遏制……

今天，面临着这样面目繁复、异彩纷呈的世界，我们常常陷于流俗和麻木之中。此时，往往需要棒喝的大禅师来给我们醍醐灌顶，使我们清醒过来。外来的一切如污垢，那些无穷尽的知识和人类规则都是无形的枷锁、二手的注解，它们蒙蔽着内心，阅读、聆听、沉思，就是一点点地开始擦拭，就是不经意的精神还乡……偶尔，会擦出一点亮光，发现蒙蔽已久的自性。

还乡是一种需要，也是内心的必然归途。我想，精神返乡也是自我流放，它们是相互交汇的河流，日夜不停地在我们的体内流淌。在观光的途中，多多少少写了一些文字，像游记一般，东一榔头西一棒子。在这些文字中，那颗孤孑的灵魂似乎也偶得安顿，多少获取了一些返乡的温暖。

但愿这本小书结集，这次偶然而为的精神还乡之旅，假使诸君偶作停留，则大慰矣。

2013 年 8 月 31 日 于如方山下

镜像

巴别尔：世界是“五月的草地”

1

谁能用最简洁的语言描写出最富人性、最为深情的篇章？

谁能仅用短短数语就活生生地向我们展示一个人奥妙无比的灵魂？

除了巴别尔，再也没有谁。

这位在苏联大清洗中被清洗的伟大小说家至今未引起我们足够的重视。我们知道那些杰出的犹太人物，像马克思、弗洛伊德、卡夫卡等，但我们不清楚巴别尔，巴别尔是继卡夫卡之后能给世界以巨大震撼的又一犹太作家。我们熟悉了乔伊斯、普鲁斯特、福克纳、贝克特、罗伯—格里耶，但我们对巴别尔知之甚少。也许是他留下的文字并不是太多的缘故吧，但我们忘了老子仅留下五千言就成为世界上最伟大的哲学家了吗？巴别尔的情况也是这样，他只一部《骑兵军》就足以成为人类历史上最伟大的小说家了。在某种意义上讲，巴别尔也是被文学史“清洗”的作家。在苏联的官方文学史中，他由于政治的原因被清除；在“白银时代”的文学史中，他由于不属于任何一个文学流派而被学者们忽视。在当代俄罗斯发行量甚大，几乎是大中学生教科书的《20世纪俄罗斯文学》（符·维·阿格诺索尔主编）中，作者写到了勃洛克和阿赫玛托娃，写到了布尔加科夫和帕斯捷尔纳克，写到了曼德尔施塔姆和布罗茨基，还写到了纳博科夫和索尔仁尼琴，但恰恰就没有涉及巴别尔。我不得不说，这非常遗憾。从这方面，也可以说，文学总是在文学史之外的。但是巴别尔小说强大的艺术感染力是任何文学史都埋没不了的。其实早在1930年，巴别尔写作尚活跃之时，世界范围内的文学界就意识到巴别尔作为小说家存在的巨大价值。当年，《新世界》杂志发表了许多外国作家（主要是德国作家）的来信，这些书信是对征询苏联文学意见的反馈，在大多数回信中，巴别尔都是名列第一。1986年意大利《欧洲人》杂志评选一百位世界最佳小说家，第一位就是巴别尔。博尔赫斯盛赞巴别尔，说他的短篇小说《盐》写得很优美，用的是诗一样的语言。卡尔维诺也为之着迷。

根据巴别尔所作的《自传》，我们对他得以有如下了解：1894年，他生于敖德萨的犹太商人家庭。在父亲坚持下，他在十六岁之前，致力于钻研犹太语、《圣经》、《塔木德》。家里管束极严，他少年时就读于敖德萨商业学校。这所学校的法语教师瓦东先生是法国人，富有文学天赋。他教会了巴别尔法语，以至于巴别尔能对法国经典作家的作品倒背如流，这奠定了他的文学品位。

从商业学校毕业后，他去了基辅，1915年又去了彼得堡。在彼得堡，他没有居住权，见警察就得逃。从这一年起，他开始向各编辑部投稿，可总是吃闭门羹，所有的编辑都劝他去找家店铺当伙计。可这个倔强的敖德萨人于1916年底去见了伟大的文学导师高尔基。高尔基对他说："敬爱的机灵鬼，作家的道路，布满了钉子，多数是大号的，不得不光脚走这条路。会出很多的血，并且会一年比一年流得多……"高尔基在1916年11月号的《年鉴》上第一次刊发了巴别尔的几个短篇小说。随后，他的导师这样教导他："很显然，您不能详细了解任何东西，先生，可猜想了很多……还是到人间去吧……"

高尔基的"打发他到人间去"的决定是英明的。1917年直至1924年，巴别尔先后在罗马尼亚前线当兵，在契卡、教育人民委员部、粮食发放处、反尤登尼奇的北方军、第一骑兵军、敖德萨省委等部门服务，在敖德萨苏维埃第七印刷厂任印刷出版编辑，在彼得堡和梯弗里斯任采访记者等等。直到1923年，他自己承认"终于学会了怎样明了地表达自己的思想，而又写得不太冗长"。那时他重新开始写作。在"人间"的经历真正给予巴别尔生活的伟大力量，从而使他的小说轻而易举地脱离了空洞的想象，超越了低级的生活经验。这一点，也有助于我们理解巴别尔为什么在评价青年纳博科夫（其时流亡德国，笔名西林）时说："写是会写，只是他没什么可写。"

通过《骑兵军》和他留存的照片，青年巴别尔与"我"的形象至少应该有如下重叠的部分：

1.“架着副眼镜”，“这可是个很有学问的人”。（巴别尔《我的第一只鹅》）

2.“文书先生。”（巴别尔《潘·阿波廖克》）

3.“是个性情平和的人。”（巴别尔《一匹马的故事》）

爱伦堡给予巴别尔这样一个速写：“他身材不高，敦敦实实的，总是戴着一副眼镜，一双富于表情的眼睛透过镜片闪着时而狡黠，时而忧郁的光。”他平凡至极，几乎不像一个作家。他的朋友帕乌斯托夫斯基说，巴别尔给他的第一印象就不是一名作家，“他全然没有作家千篇一律的特点：既没有悦目的外表，也没有丝毫的造作，更没有思想深刻的谈话”。他们相处越久，帕乌斯托夫斯基就越觉得巴别尔不可捉摸：“他是一个过于复杂的人，一个能纵观一切、明了一切的人。”他与哥萨克及马交上朋友，与俄罗斯农民攀谈，也与马尔罗和托马斯·曼深入交流……在彼得堡时，他租住在一位工程师家中，他在《开始》中风趣地回忆说：“当她丈夫从单位回来，见到我这个神秘莫测的南方人时，便吩咐妻子，收起过道里的所有大衣和套鞋，并锁上从我房间通往餐厅的门。”天啊，他们把巴别尔想象成怎样的人啦？

对于写作的态度而言，巴别尔接近另一位小说大师——居斯塔夫·福楼拜，他总是写得很慢，甚至很痛苦，总是无法对自己感到满意。他自己说：“写时很困难，但喜欢反复修改。”他对自己要求苛刻，在他发表了让人难以置信的短篇杰作之后，他对自己的写作越发谨慎：“到了今天，我才开始接近职业化，我会查问自己，已经出版的成千上万篇坏东西上，不应该再添加一页废话。”他一方面打趣地说，人生就是为了快乐，为了同女人睡觉，为了在炎热的时节吃冰淇淋；但另一方面，朋友们总是看到他在大热天赤身露体地从事写作，并没有吃冰淇淋。在巴黎短暂的访问中，他也是一直从早到晚地工作。他自况道：“我像充满灵感的犍牛似的在这儿劳动，我看不见世界……”爱伦堡极其钦佩地写道：“无论在什么地方，他都能为工作找到无人知晓的洞穴。这个罕见的‘乐天派’像个苦行僧似的劳动着。”他对自己的工作环境要求不高，只要有一张桌子、一个本子和一支笔就行了。他没有红木家具，没有书橱，没有秘书，他可以在饭桌上写作。在莫洛坚诺沃农村时，他租了鞋匠的一间房屋，那儿根本没有桌子，他便伏在鞋匠的工作台上写作（见爱伦堡《人·岁月·生活》）。而有趣的是，巴别尔也开玩笑地说到他的朋友爱伦堡的工作条件，恰恰与他相反：“不过伊利亚·爱伦堡却喜欢在车站写作，反正是挨着喧闹的汽车马达工作，爱伦堡的所有佳作，都是在他每天早晨光临的咖啡馆里写出来的。”

在出名之后，有一大批崇拜者甚至编辑会对巴别尔进行围追堵截，那时他就像一只鼹鼠一样把自己藏起来。帕乌斯托夫斯基回忆说，为了继续修改文稿，巴别尔“想尽了一切办法——骗人，躲进一个难以想象的僻静之处，只求人们找不到他，别打扰他”。他喜欢离群索居，闭户不出。他曾经在巴黎的郊区住过几个月，从法国老妪那里租了一间房子住，这位房东把他当作凶犯，别尼亚·克里克（巴别尔小说《敖德萨故事》中的黑帮人物“国王”）的同胞兄弟，到了夜晚就像对待坏人一样把他锁在屋子里，免得他把她给做了。

他写完一些作品之后，总是沉寂，一段时间不再发表任何作品。因而有一些批评家说他是“沉默派大师”，“巴别尔的沉默”成为20世纪二三十年代在苏联流行的一个批评术语。在第一次苏联作家代表大会上，巴别尔无不幽默地自嘲说，他在新的体裁——沉默上大有成绩。他在一篇文章中说：“为什么我近些年很少发表作品？我一直努力打碎自己，学习如何写得更深入。”

1935年，在巴黎召开了作家保卫文化代表大会。苏联代表团如期光临了，但没有小说家巴别尔、诗人帕斯捷尔纳克。大会的发起人、法国作家们向苏联大使馆提前请求：一定要让《骑兵军》的作者巴别尔和诗人帕斯捷尔纳克参加大会。迟到了两天的巴别尔被拉入会场，立即发言。苏联最高苏维埃机关报《消息报》发表了爱伦堡的报道，无不自豪地描述了作家的行状：“巴别尔没有读自己的发言稿，他愉快而流利地讲着法语，在总共十五分钟的发言里，他用自己尚未完成的几个短篇小说不断引起听众的笑声。人们在笑的同时也明白，发言人通过轻松的故事说明我国人民和我国文化的实质：‘这个集体农庄庄员已经有了面包，有了房子，甚至还戴上了勋章。但是这对他是不够的。他现在还希望有描写他的诗……’”巴别尔无可挑剔的法语和幽默风趣的发言赢得了阵阵掌声。

2

巴别尔的修辞绚烂，但他对此有相当的警醒。他常对他的朋友爱伦堡说他的作品辞藻过于华丽，他现在正寻求朴素的语言，并希望能够摆脱形象的堆砌。

文学手法并不重要，重要的是一个作家如何以自己独特的眼光凝视这个世界。乌斯托夫斯基对巴别尔的理解是符合我对他的看法的，他认为巴别尔与其他作家最大的区别并不在于独特的创作手法，而在于他对世界独特的理解，尤其是那种特定的、具体的、多方面的战斗人道主义观。乌斯托夫斯基和巴别尔曾经住得很近，他们一起到海边的沙滩上散步。敏感的乌斯托夫斯基精确地记载了巴别尔有价值的谈话，其中有一段话极好地揭示了巴别尔写作的秘密（也是痛苦）。巴别尔说："为了剔除自己作品中你最喜欢的然而却很多余的那些部分，需要强健有力的手指和绳索般粗壮的神经，有时还得不惜鲜血淋漓。这仿佛是自我折磨。"当我们看到行云流水而又回味无穷的《骑兵军》和《敖德萨故事》时，是否还会念想作者经历了怎样的"自我折磨"才铸炼出这美妙的作品呢？当我作为一名写作者的时候，我或多或少地理解巴别尔作为写作者的处境。因而，我们更加珍视和敬重这些艺术家，他们为了完成艺术品而面临着持久的痛苦、灾难和自我折磨。

巴别尔向往最为纯洁的美好，并把它作为真理，但同时他也决不回避生命的阴暗和残酷。在《我的第一只鹅》中，战友们（就是那些哥萨克）听说“我”是来自彼得堡大学的法学副博士，一脸的鄙夷。后来这位红军军官“一个箭步窜上前去，把鹅踩倒在地，鹅头在我的靴子下咔嚓一声断了，血汩汩地直往外流。雪白的鹅颈横在粪便里，死鹅的翅膀还在扑棱”。文质彬彬的“我”竟然能作出如此残忍的行动，而且不顾老婆子的号啕大哭，这就是残酷的生活、残酷的真实。但在晚上，“我做了好多梦，还梦见了女人，可我的心却叫杀生染红了，一直在呻吟、在滴血”。战争的沉重残酷，让我们看到一个个活生生的人，小说中的人不再是我们所说的典型人物形象，而是包含了作者对世界深切理解的真实，呈现出一种令人窒息的真实的面目。“他似乎是用探照灯照亮了人类生活的一个钟点，有时是一分钟。他总是选择人类最为袒露的那些状态……”（爱伦堡语）巴别尔总是非常恰当地选择了这“一分钟”，一瞬间，我们就看到了人性之残忍和活力；就是这非同凡响的“一分钟”，使巴别尔成为唯一的巴别尔，明显有别于其他同样有才华的作家。

在《马特韦·罗季奥内齐·巴甫利钦柯传略》中，“我”把自己的老爷尼基京斯基推倒在地，用脚踹他，足足有一个小时。而事实上，他就要开枪打死这个曾经羞辱过他、夺走他心爱女人的庄园主，但就在这时，“我”领悟了生活：开枪打死一个人可以使我们摆脱这个人，然而开枪打死他，其实是对他的一种赦免，对自己却是一种可憎的解脱。枪杀他人是与人的灵魂格格不入的，如果人身上有灵魂，且能显示其存在的话。面对这样的思考，我们能够领悟什么样的生活？在众多的时候，我们对强权、对金钱所持的态度，谁又能想起自己的灵魂呢？

如果一位作家对应一种动物的话……例如这样说，福楼拜对应的是蜥蜴，因为他说："我不过是一条文学蜥蜴，在美的伟大的阳光下取暖度日，仅此而已。"卡夫卡对应的是甲壳虫，因为《变形记》中这样写道："一天早晨，格里高尔·萨姆沙从不安的睡梦中醒来，发现自己躺在床上变成了一只巨大的甲虫。"那么，巴别尔对应的动物无疑是马。哥萨克永远为马而疯狂，战马是他们生命中的另一半，没有马匹就没有第一骑兵军。《战马后备处主任》、《一匹马的故事》、《阿弗尼卡·比达》、《一匹马的故事续篇》和《千里马》等篇章直接描述与战马相关的故事。在《泅渡兹勃鲁契河》中，巴别尔的如椽之笔描述了月光下骑兵军的战马泅渡过河的场景："庄严的朗月横卧于波涛之上。马匹下到河里，水一直没至胸口，哗哗的水流从数百计的马腿间奔腾而过。"巴别尔像木刻版画家一样，把马的各种形象契刻在恢宏的作品《骑兵军》中。他称自己与马有非同寻常的友谊，在1920年7月18日的日记中他写道："伟大的同志情谊：对马的亲近与爱，占去每天的四分之一，没完没了地更换和谈论马的角色和生活。"（见巴别尔《骑兵军日记》）

作为朋友和作家，乌斯托夫斯基无比尊重和钦佩巴别尔。他被巴别尔的特有才具深深折服，总是被震撼。第一次阅读巴别尔，他"被那种情景震惊了，同一个词，在巴别尔笔下，就显得更加饱满、更加成熟和更加生动。巴别尔的语言以不同凡响的新颖紧凑使人震惊，或者更确切地说，使人着迷”。在我看来，巴别尔的《骑兵军》和《敖德萨故事》中每一篇都写得深情、优美。他“技法超群，发前人所未发”，诗的语言铺满了他的文本，同时又震撼人心。我努力寻找一种表述方式或者拥有能量的术语来评述巴别尔的写作，在经历无数个搜肠刮肚的时日之后，我能想到的最好的是来自中国禅宗的一个常见词语，叫“直指人心”。我认为巴别尔的作品能够以最为简洁的表达直指人心，直接抵达生活的本质，并能迅疾地抵达诗的境界。

3

巴别尔是犹太人，这是他必然的命运。在《我的鸽子窝的历史》中鲜血淋淋地展示的接受沙皇命令的哥萨克清洗犹太人的场景，事实上来源于他真实的童年记忆。1905 年，11 岁的巴别尔目睹了这一血腥的情景。《初恋》和《醒悟》同样与这段经历关系密切。1920 年，巴别尔隐姓埋名（名为柳托夫）进入骑兵军，因为这是一支哥萨克的队伍——可以设想，在动物社会里，哥萨克是犹太人的天敌。他跟随第一骑兵军参加苏波战争，随处可见的是：犹太人不是任波兰人蹂躏就是面对红色哥萨克骑兵军的无休止屠杀。在他的日记《骑兵军》中有一篇极其短小的作品叫《科齐纳的墓葬地》，描述了一个犹太人家族的墓葬地，在墓碑上，刻着这样的祷文：“啊，死神，啊，贪婪之徒，不知餍足的窃贼，你为什么不出于怜悯放过我们，哪怕只一次？”这是犹太人内心的呐喊，就像犹太诗人保罗·策兰那些璀璨的作品一样令人动容和心碎。

爱伦堡这样描述巴别尔：“巴别尔是这样一个人，他的斗争、他的幻想、他的作品以及后来他的死，都是为了后代人的幸福而付出的代价。”是巴别尔使我们看到世界的真实，人性的真实和灵魂的重要性，而他付出了生命的代价。巴别尔经常说，人的幸福是主要的……

而革命的语境下，政权需要的是虚假的、符合它们利益的话语，而不是真实的艺术。《骑兵军》引来了激烈的争论。那些“哥萨克”制度的维护者最先发出了批评的声音，认为它是“强盗主义之歌”。而巴别尔也适时地声明，他并不是要为第一骑兵军写一部英雄赞歌。他在1920年7月20日的日记中写道：“我们的哥萨克是些什么人？他们有很多层面——吵闹、彪悍、职业、革命性、残忍的动物性。”巴别尔笔下的骑兵军战士也就是红色哥萨克完全忠于他的观察与思考。在1924年——《骑兵军》发表的当年，骑兵军的领导人布琼尼将军（后为苏联元帅，我们可以在电影《第一骑兵军》中一睹他的光辉形象）就开始四处指责小说没有写出骑兵军战士的真实形象。1928年，对于《骑兵军》的批评越发尖锐，成为一个政治问题，但高尔基一直保护着巴别尔。高尔基在《真理报》和《消息报》上撰文反驳，其中写道：“布琼尼同志曾痛骂巴别尔的《骑兵军》——我觉得这是没有道理的。因为……巴别尔美化了布琼尼战士的内心……”被惹怒了的布琼尼在《真理报》

上发表致高尔基的公开信，他怒不可遏：“巴别尔从来不是，而且也不可能是第一骑兵军的真正的和积极的战士……他的尝试成了讽刺和诽谤。”

巴别尔预感到风暴即将来临，而且致命的是他的写作将不合时宜。他在名为“新文化的工作者”的讲话中说道：“苏维埃国家将代替我说话，我们当代的事件那样神奇，我个人没有什么好做的，它们可以代替我说话，我所做的只是把它们准确地表达出来，对于整个世界，这就很重要、很震撼、很有趣。”真是如此吗？“很重要、很震撼、很有趣”的作品产生就可以了吗？巴别尔从来不会说假话，甚至叫他保持沉默也是不可能的，他话锋一转，说：“不过呢，最终是一场空，最终的结果是写出了无趣的东西。那时我彻底明白了，作品是通过一个人所看到的世界，在我的构想里缺少了这个人；他失去了自我。”即便在这种残酷的情形下，他依旧清醒，他认为一名作家必须要“回到自我”。

1937年，针对全体俄国（苏联）知识分子的大规模清洗开始了，政府一方面将成千上万的人送进劳动改造营或者直接杀害；另一方面在文化界采取的措施就是消灭文化精英，以震慑文化界。这一年，巴别尔创作了他的最后一篇小说《德·葛拉索》，它对于作家而言，具有寓言色彩和象征意味。这让我联想到卡夫卡的《女歌手约瑟夫或耗子民族》。来自西西里的悲剧演员德·葛拉索藐视一切规则、忘情的表演获得了艺术上的极大成功，令恶棍为之感动，女人为之啜泣，小朋友“我”摒除焦虑并领略了世界之美……葛拉索的悲剧演出正是巴别尔的艺术宣言，巴别尔这样评论德·葛拉索的表演，他“以其每一句话、每一个动作来证实，出之于高尚激情的狂怒，较之任何没有欢乐的人生准则都要更公正，更充满希望”。这句话，其实是巴别尔对于自己写作的自供状。今天，我们只要把主语换成巴别尔就可以了……

诗人曼德尔施塔姆和小说家巴别尔正是这些精英中的代表，他们的销声匿迹使俄国（苏联）文化界一时间像死一般沉寂，有人评述说“就如同经历了一场毁灭一切的大火之后的森林”。1939年5月15日，巴别尔在莫斯科郊外的别墅被捕，他被控告的罪名是：“在筹备针对苏共和苏维埃政府领导人的恐怖行动中，从事反苏维埃阴谋恐怖活动。”在刑讯逼供下，巴别尔作了伪证。但在1940年1月1日，苏联最高法院军事庭最后一次审判中，他否定了前面的证词，在最后陈词中他作了无罪申诉。他说：“我是无辜的，我从未做过间谍。我对任何反苏行动一直持反对态度……我只请求一件事，让我完成我的作品。”看到这里，我常常埋下头，以不让泪水涌出眼眶。显然，作家最后的请求是天真的，随后的1月27日，巴别尔被枪决，遗体在顿河修道院的火葬场火化。他是那么开朗、幽默，他的朋友总是引用他的话说，世界是“五月的草地”，一切是那么美好，未来是光明的……他在写到自己的战友赫列布尼科夫时说：“相同的情欲激荡着我们。世界在我们两人的眼中犹如五月的草地，犹如上面走着女人和马匹的草地。”（见《一匹马的故事》）“五月的草地”只能停留在纸上，而这个创造出

“五月的草地”世界的作家被迫离开了，骑上他的战马永远地离开了，带着他那春意盎然的眼睛和致命的微笑……

对于一个真正的人而言，必须面临这个世界中那么多残酷而痛苦的事件，但巴别尔让我们坚信：世界是“五月的草地”……人的幸福是主要的……

福楼拜：文学蜥蜴

我长久地为福楼拜的一句话而感动不已，他说："我不过是一条文学蜥蜴，在美的伟大的阳光下取暖度日，仅此而已。"我相信，一名作家，他不应该有过多欲求，他能够"取暖度日"就足够了。

我借用他本人的话，把这位作家定义为"文学蜥蜴"，也是就其在文学上的表现而言的。一方面说明他的写作是冷血动物式，他追求的是对于世界、对于人世客观冷静的描述；另一方面，就他的写作态度而言，从来就没有疾风骤雨，他的写作进程相当缓慢，他对谋篇布局、遣词造句精益求精，这可以把他归入写作爬行科。

1880年5月8日，居斯塔夫·福楼拜撒手人寰。左拉在他的吊唁信中无不揶揄地说，鲁昂（福楼拜的家乡）有五分之四的人不知道他，而其余五分之一的人则对他深恶痛绝。他没有完成他的最后一部小说——《布瓦尔和佩居榭》。葬礼以后，共有13位诗人、作家等文艺界人士前往鲁昂吊唁这位世界级大作家。迷信的追悼会主办人认为13人不是一个合适的数字，于是派人到大街上搜索，经办人被拒绝几次之后终于拉到一名度假中的士兵。虽然那位士兵并不知道福楼拜是谁，但他想会见参加吊唁的诗人科贝。

1821 年 12 月 12 日，居斯塔夫·福楼拜出生在法国鲁昂，这里是诺曼底大区的省会，位于法国西北部，塞纳河下游，距巴黎 140 公里的路程。之前，他的两个哥哥相继夭折。父亲福楼拜医生甚至为他准备好一小块墓穴。出人意料的是，这个孱弱的孩子活了下来，他反应迟钝，满足于把手指放在嘴里，一坐就是几个钟头，脸上显露的“几乎是愚蠢”的表情。用萨特的话说，他不折不扣是“这家的白痴”。

1844 年，23 岁的福楼拜癫痫病第一次发作，只好中断在巴黎的法律学业，蛰居到他家位于鲁昂远郊克鲁瓦塞镇的住宅中，成为一名“宅男作家”，这种被迫的蛰居也为他带来写作上必要的孤寂和安定。随后，癫痫病不时地拜访他。“每次发作，”福楼拜精确地描述自己的感觉，“就像神经系统的一次出血……是要把灵魂从肉体上夺走，是一种严刑拷打”。他不得不接受医生的建议，他放血，吞下药片，输入药液，按规定进食，禁止烟酒……这个尚未进入社会的年轻人，从此就迫不及待地从繁华社会中隐退，他是克鲁瓦塞的隐士。他的情人路易斯·科莱戏谑他说：“那么，你就像个姑娘让人看管起来了？”这一疾病直接导致母亲要耗费一生精力来照顾这个弱不禁风的作家儿子，这也直接导致了福楼拜终身未婚。当母亲去世后，他写道：“在这最后两个星期里我才感觉到我可怜的亲爱的老母亲是我最爱的人。她这一死仿佛我的部分五脏六腑都给撕裂了。”这也让我们想起另一位伟大作家母亲，那就是博尔赫斯的母亲。1938 年，博尔赫斯眼睛严重撞伤，加之遗传的家族性失明症发生作用，他开始逐渐失明。从此，他就由母亲帮助，从事文学活动。从 1938 年到 1975 年，这 38 年时间内，博尔赫斯就是依靠母亲无微不至的关爱和帮助，才得以完成其一生中最重要的文学创作活动的。伟大的母亲不但以惊人的爱心照料他的起居生活，以惊人的耐心为作家儿子读书、念报、记录及整理文稿，还以惊人的体力（出于对儿子的热爱，体力似有神助），不顾七八十岁的高龄，陪博尔赫斯上街散步，甚至上班、出国访问。母亲对于儿子的爱是无条件的，如果摊上一个患病的作家儿子，母亲就会无意间成为为人类文学作出巨大贡献的生活赞助人。迫于无奈，福楼拜与博尔赫斯的母亲都成为这样的人了。

1846 年，年轻的福楼拜还在怀疑自己的文学能力。他宣称：“假如有一天我真要亮相，那就准是全副武装。”他把写作看成一场战役，他必须有所准备。

1851 年 9 月 19 日，这是一个现代小说史上最为值得纪念的日子，这一天，福楼拜开始写作《包法利夫人》。写作的过程异常痛苦，福楼拜说：写这本书，我像一个人在指关节上都压了铅球弹钢琴。这与他一以贯之的写作态度有关，他在日记中写道：“作品可不是像生孩子那样生出来的，作品是像金字塔那样建造出来的，有一个长期思考的计划，然后是大块大块的砖石叠着堆起来，这是一件劳累得使你汗流浃背的旷日持久的活儿。而这一切都不是为了达到什么目的！它就是那样屹立在沙漠里！它却是那么惊人地直插云霄。”

1852 年一直到 1854 年 10 月，福楼拜继续写作《包法利夫人》，他定期与他所谓的“缪斯女神”路易斯·科莱约会，这个频率大概是两三个月一次，可称为“情人季度约会”。他们两人在气质上几无相似之处，在美学观点上更是水火不容，福楼拜与科莱相处如此长的时间，大大超出了当时人们的预料。在这期间，福楼拜给科莱写大量令人炫目的信，至今，这些书信无论在艺术上还是思想上都闪烁着耀眼的光芒。但科莱总是抱怨：“居斯塔夫给我写信从来不谈别的，只谈艺术——或者谈他自己。”做伟大作家的情人，科莱似乎只有倾听的份，她只能被迫接受福楼拜关于艺术、关于自我的絮絮叨叨。我甚至臆测，包法利夫人的身上是否流淌着这位科莱小姐的血，她们在性格或精神上也许有着千丝万缕的联系。

福楼拜关于写作的很多格言已经成为后世作家的座右铭，比如著名的“天才来自坚韧的自律和长久的耐心”。这也是他自身的写照。1856 年，漫长的劳作终于告一段落，《包法利夫人》脱稿。4 月，出版人兼主笔杜刚以两千法郎为《巴黎杂志》买下这部小说。杜刚给福楼拜写信说：

你的小说要在杂志上发表，交给我们做主好了；我们觉得不可不删削的，我们就替你删削……文笔不够引起兴趣的。……你如果不相信我们的才分，至少也该相信我们在这上面的经验和我们对于你的爱好。

福楼拜在信后写了一个词：荒谬绝伦。10月1日，《巴黎杂志》开始刊载《包法利夫人》，分六期发表。因为《巴黎杂志》删除部分段落，引起争论，在12月15日的杂志上加进一篇作者的抗议书。

1857年1月，法庭起诉，控告杂志的主笔，因为他发表了《包法利夫人》；同时控告福楼拜，因为他是这一有伤风化小说的作者。杜刚和福楼拜到处活动，试图制止起诉。29日，在巴黎第六轻罪法庭为《包法利夫人》诉讼案辩护。2月7日，宣告无罪。1857年还发生了另外一件对于文学作品的诉讼，这一年波德莱尔的诗集《恶之花》出版，法庭以“亵渎宗教”和“伤风败俗”的罪名追究作者之罪。法国现代主义文学的小说与诗歌的肇始之作竟然在同一年里以被诉讼、被控告“有伤风化”的面目登上文学史舞台。

1863年起，福楼拜在每星期六下午开始接待客人。从1877年起，福楼拜作为小说家的卓越地位已经毫无争议地为下一代作家所承认。他开始享受一生中短暂的荣誉和膜拜。星期六接待日成为文学界的一件大事，出生于美国、游荡于欧洲的作家亨利·詹姆斯也去拜访这位大师。

作为19世纪也是有史以来最伟大的文体家，福楼拜一直像一个“愤青”一样对资产阶级的种种做派极尽冷嘲热讽之能事。他无不激动地宣布“所有思想卑下的人都叫作资产者”。批评家朗松打趣地批评福楼拜说：“（他是）对资产阶级怀有浪漫式憎恨，但生活却极为资产阶级化的作家。”

作为已经写出《包法利夫人》、《萨朗波》和《情感教育》的小说大师，进入垂暮之年的福楼拜对世态愈加厌恶，讨厌公共事务、小市民习气和文场虚名。这种厌恶在他身上发展成愤世嫉俗。他需要用一部爆炸性作品来报复周围世界的愚昧与丑恶。讽刺是他熟稔的写作技艺，对待世界，他这样说：“我嘲笑一切，即使是我所最钟爱的。没有一个事实，一件事物，一种感情或者一个人物是我所没有用我丑角般的滑稽欢快地加以调侃的，就像用一只铁滚轴辗过布匹使之产生光泽。”通过“嘲笑一切”，他提取了人世的精华，并铸炼出真正的艺术品，经过擦拭使一切事物、情感、人物产生光泽，散发出迷人的气息。

1874年8月，准备了两年时间的福楼拜开始新的小说《布瓦尔和佩居榭》的创作。显然，这是他渴望已久的“爆炸性作品”。福楼拜的企图是如此明显，他的野心是如此宏伟，他要用这部作品包围和征服整个世界。在他动手写这个小说之前，他的好友、俄国作家屠格涅夫就曾委婉地劝说他不如写一部短篇小说为好。但是，这位倔强的小说家注定要一意孤行。

小说的同名主人公是两个相交莫逆的公文抄写员。佩居榭得了一大笔遗产，两人便辞去工作，到诺曼底乡下买了一座农庄，自学各种学问，开办罐头厂，说了许多蠢话，遭遇不少挫折。最后他们心灰意懒，为了打发日子，重新干起抄写的行当。不过他们不再抄写公文，而是记录他们听到的，或者读到的，乃至在名家笔下遇到的种种不自觉的废话、蠢话。他们自己未必意识到这些话有多么乏味或愚蠢。

同时代批评家蒂博岱指出，布瓦尔和佩居榭与包法利夫人，与《情感教育》的主人公莫罗一样，因其生性愚蠢，注定要在生活中失败。他给予创作者福楼拜以深深的理解："他从他们的愚蠢本性引出一种与他自己的本性一样的批判本性。在把他自己变成他们之后，他把他们变成他自己。于是在他们的思想里发展了一种不妙的能力，使他们能看到愚蠢而且对之再也无法容忍。"一方面小说人物是愚蠢的；另一方面作者必须亦步亦趋，成为一个"愚蠢之人"，自己批判自己，以达到批判小说人物的目的。

然而，可惜的是，这颗炸弹并没有正式完工：他的去世，导致这部小说半途而废。人们在他遗留的档案中发现了没写出的最后两章的大纲，其中包括一部《庸见词典》。

编写《庸见词典》的想法，其实早于对《布瓦尔和佩居榭》的构思。早在1852年，福楼拜就在给路易斯·科莱的信中写道："我又回到一个老想法：编一部《庸见词典》（你知道这是一部怎样的书吗?)，序言尤其令我兴奋，根据我的构思，它本身就像是一本书，我在里头攻击一切，但是没有一项法律能因此找我的麻烦。这部词典将是对人们赞同的一切的历史性颂扬。我将证明多数永远有理，少数永远有错。我将把伟人送给所有笨蛋去糟践，把殉道者送到刽子手的刀下，而且用一种极度夸张的、火箭喷发一般的文体……”作家逝世三十多年后，这部书稿才经编辑整理而在法国正式出版。《庸见词典》嘲笑“资产者”的种种成见、偏见、定论，福楼拜这位力图超越时代的创新者，早就想把当时的世态揶揄一番，今天看来，仍对人性有着辛辣的讽刺意味。

《庸见词典》是福楼拜对自己生活时代的揶揄，对人性辛辣的讽刺。法国的版本上还配上著名的漫画家夏瓦尔所作的三十幅漫画，更具喜剧效果。

正如福楼拜自己所言：“在整本书里，将没有一个词是出自我自己的。一旦读了它，人们将再也不敢讲话，生怕会脱口漏出一句收入这本书里的话。”

我从书中随意找出几个词条。皮包：夹一个在腋下，就有部长的派头。胡须：力量的象征；胡须太多会导致秃头；可以保护领结。动物：哎呀，要是动物能说话就好了！有些动物比人聪明。

幽默和嘲讽是无法言说的，因为它们包含隐秘的智慧和内心的会意。只有请你自己去看《庸见词典》，坐在人群之外，你可以窃笑。正如朱利安·巴恩斯所说，福楼拜是一头“在自己洞穴中的熊”。这头熊不紧不慢，优雅地鞭打着他的 19 世纪。

通过这些流言、绯闻、传记和作品，我们拼凑出小说家福楼拜的如下形象：他是一个资产阶级内部的反叛者，第一个现代主义小说家，浪漫主义的屠夫，一个小说创作的革命者（巴尔扎克和左拉无疑在不经意间就是革命的对象），乔伊斯和普鲁斯特精神上的导师……

死亡赋格：保罗·策兰

1

保罗走了

——策兰之死

1970年4月20日，也就是逾越节（犹太教的节日，持续8天）的一天，一位年近五十岁的男子飞身从巴黎塞纳河上的米拉波桥上跃入水中。5月1日，一位渔民在下游7英里处发现了他的尸体。

他的一跃完成了他的死亡赋格曲。他就是诗人保罗·策兰。出门前，策兰在记事本上写下："保罗/走了。"书桌上是《荷尔德林传》，在翻开的那一页上面，他画下了一段话："有时，天才会变得黑暗，沉入内心的苦井……"

在此之前，他致力于探讨死亡的秘密。在他所有的诗篇中，给予世界巨大声响并留下回声的就是他的死亡赋格曲。但直到这一刻，他才真正完成他的诗篇。正如他在接受毕希纳文学奖致辞时引用的一句话："死亡作为自我解放到来了。"他的死亡，他的诗篇，为人类孱弱的精神存在树立了永恒的纪念碑。

米拉波桥头的一块铜铭上，刻着法国著名诗人阿波利奈尔的诗句，因为诗人有一首最凄婉的哀歌就叫《米拉波桥》，诗中这样写道："时光永逝 / 如伊人不再 / 米拉波桥下，淌着塞纳河。"早在 1962 年，策兰在一首诗中引用了这些诗句。他还在一首名为"带着一本来自塔鲁莎的书"的诗中预言般地写道：从这座 / 桥墩，从这儿 / 纵身跃入 / 生命，他已学会 / 用伤口飞翔——从 / 米拉波桥。策兰一生，就是由一系列连续不断的宿命构成的，而米拉波桥正是这些宿命中的一个。

对于诗人而言，生命的历史注定无法逾越 1970 年。这一年的 3 月 22 日，他参观了与他有诗歌"血缘关系"的诗人荷尔德林的出生地——德国图宾根，并买了一张明信片寄给他的朋友，上面印有荷尔德林生活的塔楼的照片。他在明信片上只写了一个单词：立住，意思是站稳、坚持下去。而在此之前，诗人奈莉·萨克斯称策兰是"我们时代的荷尔德林"。3 月底，一位朋友要带他去见塞缪尔·贝克特，他在最后一刻拒绝了。在当时，贝克特也许是世界上唯一在精神层面上与他相近的人了。随后，他又悲哀地说："在这里，此人也许是我谈得来的唯一一位了。"因为贝克特与策兰有相似的文学方式，他一生的工作就是面对死亡，以絮叨的方式进行抵抗，直至落入无言与沉默。

这一年的 3 ~ 4 月，他在阅读卡夫卡的谈话录后，卡夫卡"诗歌即病”的话给予他致命的一击。在精神上，他无条件地陷入卡夫卡小说《猎人格拉古斯》和《乡村医生》的世界。身为犹太人的策兰还在诗中引用茨维塔耶娃的话“所有诗人都是犹太人”作为他一首诗的题记。4月12日，他对人说，他在大学作的卡夫卡讲座效果不错。他意味深长地引用了卡夫卡作品中的一句话——只有等我有能力将这个世界带入纯净、真实与永恒之境才会有幸福可言。第二天，也就是4月13日，策兰写了他的最后一首诗（据目前资料可查证的范围），就是《时间山园》的最后一首：《葡萄人家》。他在诗中写道：那些敞开者 / 眼睛后面带着石头 / 它认得你 / 在这安息日。这首诗几乎以圣经文风完成，“在诗中每一句诗都对应或毁灭或重生的力量”（见约翰·费尔斯坦纳《保罗·策兰传》）。诗人一直等待着的最严重的黑暗时刻似乎就要降临了，像等待弥赛亚的到来一样。

在有限的一生中，保罗·策兰的经历几乎成为人类苦难的缩影。他是一个无国籍（或者说国籍不明）的人：他的出生地布科维纳1918年前是奥匈帝国的一部分，“一战”后归属罗马尼亚，“二战”时先后被苏联和纳粹德国占领，1947年复并入乌克兰。就精神层面而言，他是一个无家可归者。他是经历纳粹劳动营并侥幸活下来的少数人之一：1942年，作为犹太人，策兰被纳粹强征做苦力，他的父亲则因强迫劳动和伤寒命断集中营，他挚爱的母亲则被纳粹枪杀。他是一名逃亡者：1947年，他冒险偷渡去了维也纳，随后逃往巴黎。他在《不莱梅文学奖获奖致辞》中反思自己走过的道路："我走了多少弯路！然而，有弯路吗？"

作为德语诗人，他深陷荒谬的自身存在之中。德语是他的"母语"。奥斯维辛之后，不可抗拒的宿命落到了他和写作语言的关系之中，他必须要用他称为"刽子手的语言"来写作。1946 年 2 月，他在给一位友人的信中写道："我要告诉您，一个犹太人用德语写诗是多么地沉重。我的诗发表后，也会传到德国——允许我跟您讲这样一个可怕的事情——那只打开我的书的手，也许曾经与杀害我母亲的刽子手握过手……但我的命运已经注定了：用德语写诗。"

2

死亡是来自德国的大师

——策兰和《死亡赋格》

《死亡赋格》是策兰发表的第一首诗歌。这是他的起点，死亡从此就成了他人生的标记，诗歌最为刺眼的铭牌。死亡宿命般地成为策兰最基本、最黑暗的主题。在他短暂的一生中，诗歌的声部总是趋向于死亡的，正如他在《子午线》中说的那样：他的诗歌，本质上都是对话性的，同样也可以看作他与死亡之间的对话。

1947 年，这首诗首次以罗马尼亚译文发表。策兰在后来的诗集中标为"布加勒斯特，45"，即作于 1945 年。更合理的状况是，这首诗应该作于更早的 1944 年，策兰通过不断的修改，1945 年 5

月才正式定稿。据策兰的朋友基特纳回忆，那是在1944年春季的末尾，“肯定不是在那之后很久的事情。一天清晨，保罗在位于赛本伯格街的切尔诺维兹大主教教堂的铁栏杆外，把不久前刚刚写好的《死亡赋格》念给我听”。

它广泛汲取了超现实主义的美学手段。著名的策兰研究专家费尔斯坦纳认为它甚至不完全是策兰的产物，诗中多处借用了他在故乡布科维纳诗友的漂亮句子，甚至包括最著名的“死亡是来自德国的大师”。我无从考证他的论断是否有根据，但不管怎么说，这句诗也只有在《死亡赋格》里，才散发出它璀璨的光芒。在别处它是矿石，只有经过神奇的策兰之手，它才成为钻石。1952年底，德国的出版商出版了策兰的《罂粟与回忆》，其中包括《死亡赋格》。该诗一经发表，其影响直接而广泛，震撼了战后精神贫瘠的德国文学界。这件作品在公共领域不停地发酵，它的公众意义逐步显现。一时间，《死亡赋格》被喻为战后欧洲的“格尔尼卡”，堪比绘画领域内毕加索的同名作品（1937年4月西班牙内战中，德国飞机轰炸了格尔尼卡镇，该事件激发毕加索创作出最负盛名的画作《格尔尼卡》）。某种意义上，《死亡赋格》“成为历史代言人，它自身已经成为传记对象”（见费尔斯坦纳《保罗·策兰传》）。费尔斯坦纳称：“（他）写了一首抒情诗，其内容远远超出个人痛苦，成为‘奥斯维辛之后’这一诗歌类型的基准。”库切恳切地断称“《死亡赋格》是二十世纪标志性的诗歌之一”。它为诗人带来巨大的国际性声誉，同时也带来了对于策兰深深的误解。

随后，策兰在西德广受欢迎并总是受到热情款待。

《死亡赋格》之所以广受大众关注，与其包含了极其广泛的历史与文化元素有重要关联。每一行诗都包含了对于集中营、对于那个悲惨时代的记忆，在音乐、文学和宗教的范畴内无不引起读者深深的不安。从直接可观察的角度，我们就看到了《圣经·创世纪》、歌德《浮士德》中“金发”女郎玛格丽特、《圣经·雅歌》中“灰发”少女书拉密、巴赫与瓦格纳的音乐结构、亨利希·海涅诗歌作品中的典故、为死亡伴奏的探戈……无处不在的隐喻把这首诗的张力推到了前所未有的程度，“黑奶”作为一个极端的隐喻贯穿全诗，昭示犹太人悖论的存在……每个词语都散发出惊恐和控诉……变化多端的节奏、按时出现的副歌、反复演奏的主题把这首诗完全推到了与大师音乐相应的高度……如果不停地阅读它，悲哀与伤痛会不停地增殖，甚至几何级地繁衍。

一位德国批评家说《死亡赋格》的发表表明了策兰已“逃出历史血腥的恐怖室，升入纯诗的太空”。这并非是来自死亡的赞歌，他并未逃脱，也未希望逃脱，它是必然的存在。策兰深感在历史的最深处，他被刻意地误解。他本能地反抗着这些说辞，纯诗对于他来说只是一个童话。关于诗歌技术方面，人们也总是说得很多，不吝溢美之词，说他的修辞和高度赋格组织技巧令人叹为观止，最主要的说法是该诗在形式上是对音乐（赋格）结构的模仿。对此，策兰同样报以保留姿态。他说他从事一门真实的艺术，“不美化或变得‘有诗意’的艺术；它指名，它断定，它试图测量既有和可能的区域”。

由于误解，后来策兰竟要求很多诗集不再选入《死亡赋格》。终其一生，策兰并非要通过自己的犹太人悲惨经历来实现对自己的救赎。对于真正的诗人而言，希冀救赎就意味着对于内心真实的反叛，对于艺术和精神的否定。

后来，策兰用自己的声音朗读这首诗，并录制了录音带。他的一位朋友说，他怀着“冰冷的热情”，让我们心跳加快……事实上，在朗读其中一个段落时，策兰不顾一切地截去了一些词语，几乎是用厉声喊出来的。

是的，《死亡赋格》就是策兰的荒野呼告，哀号和厉声是它应有的语调。悲怆永远站在真理和艺术之上。

3

怀着一份希望

——策兰与海德格尔的对话

1967年6月23日，哲学家马丁·海德格尔致信葛哈特·鲍曼，说策兰“已经远远走在了最前面，却总是自己悄悄站在最后面”。在此之前，海德格尔仔细地阅读过策兰的作品。同样，策兰多年来一直在阅读海德格尔的著作。尤其重要的是，作为诗人，策兰赞同海德格尔关于诗歌特别占有真理的观点。在《子午线——毕希纳文学奖获奖致辞》中，多处闪烁着海德格尔思想的微光。

命运注定了当时哲学领域和诗歌领域内的两颗巨星历史性的会面。策兰的《托特瑙山》就作于1967年访问了海德格尔位于德国黑森林区的托特瑙山上的小木屋之后。

山金车，小米草，
舀口井水喝，井上有颗
星星骰子
……
书中
——接受过谁的名字，
在我之前？——
这本书中
写下的那行字，怀着
一份希望，今天
盼望一个思想者
说一句
掷到
心坎里的话

——《托特瑙山》（孟明 译）

“写下的那行字”是指策兰在海德格尔家的留言簿上的留言：“走进小屋之书，带着瞥见井上之星的心情，带着期待一句话掷到心坎里的希望。”

这次访问似乎成为战后德国知识界最重要的人文事件，以至于君特·格拉斯在《我的世纪》（以下出自该书的引文为上海译文出版社 2000 年中文版，蔡鸿君翻译）中大书特书了此事，作为“一九六七”这一词条的主要内容。

事实上，这次会面不仅仅是哲学家和诗人的会面，其更深层次的双方身份是：一个父母惨遭纳粹迫害致死的犹太人，一个曾经是纳粹党的德国人。自 1931 年，海德格尔与德国纳粹党关系就越来越密切。1933 年，他加入了纳粹党并当选为弗莱堡大学的校长。他的就职演说中运用了大量的纳粹的或与纳粹宣传合拍的言辞，特别是讲到德国大学的目的是“教育和训练德国人民命运的领袖和卫士”。1935 年，他声称纳粹思想有“内在的真理和不凡之处”。1936 年，他还在书信的末尾签上“嗨，希特勒！”的字样。汉娜·阿伦特认为他支持纳粹主义只是他个人的“错误”，所有为海德格尔辩护的人都认为这个“错误”大抵上与他的哲学无关。但策兰能释然吗？

因而这次会面不仅仅是一次私人见面或聊天，而被赋予了更多关于政治、历史、文化、哲学、文学等等几乎所有人类重大主题的外衣，所有人都在猜测这件外衣下藏着些什么，是不可言说的秘密，还是无法言说的真理？

1967 年 7 月 24 日，策兰应鲍曼邀请赴弗莱堡大学朗诵诗歌。在这之前，鲍曼邀请海德格尔与策兰见面。海德格尔立刻热情回复：“我很久以来就想结识策兰。他远远站在最前面，却常常回避与人交往。我了解他的所有作品。”

诗歌的巨石足以碾过一切思想的废墟。作为思想家，海德格尔无疑洞悉了诗人策兰的巨大价值。用齐奥朗的话说就是，一个思想家希望一个诗人能成为他“思想的命运”，可是，“他这个愿望想要成立，他就得长期与诗人交往，在其中汲取被诅咒的绝妙，再将他们自己的颓败或是谵妄，将那抽象而完整的形象反馈给诗人”。在反复阅读过策兰作品之后，海德格尔正成为渴望与诗人交往的思想家。

君特·格拉斯《我的世纪·一九六七年》的叙述者是“德语文学教授”，显然是文学教授葛哈特·鲍曼（或他的同事）的一个化身（《我的世纪》作为小说，作者格拉斯有虚构的权利），以见证人的语气讲述。他先去了弗莱堡的书店，“当时正是我按照鲍曼教授的指示把弗莱堡各家书店的橱窗认认真真地看了一遍。应这位哲学家的请求，应该庄重地展出那个诗人的全部诗集。我在那里看见，从早期的集子《罂粟与记忆》，一直到《语言栅栏》和《无主的玫瑰》，一切都伸手可及，却又难以理解；由于我的努力挖掘，甚至一些罕见的特种版本也被展了出来”。显然，“哲学家”是指海德格尔，“诗人”是指策兰。由此可见，海德格尔对于策兰到弗莱堡的访问极其重视。

随即，这位“文学教授”——叙述者为策兰去托特瑙山上的小木屋访问而准备。7 月 25 日，“尽管天空乌云密布，我们仍然在一大早就驱车上了路。在拜访了小屋和那次值得纪念的谈话或者沉默——任何人也包括我都不准在场——之后，大家又在圣布拉辛碰面，一家咖啡店的主人热情地接待了我们所有的人。似乎没有任何东西使人感到奇怪。诗人显然接受了思想家。两人立刻又上路去霍尔巴赫沼泽，我们大家从沼泽的东边顺着一条用圆木铺成的小路漫游”。但是，因为当天的天气非常恶劣，而策兰所穿的鞋相当城市化，不适合在此漫步，他甚至打趣地说，他的鞋“不够乡土化”。所以漫游随即中止，然后他们在一家客栈的摆放圣像的角落里舒舒服服地吃了一顿午饭。他们似乎小心地避开了政治问题，“文学教授”说，他们“没有，没有，一点也没有提及当时的政治问题，比如柏林的骚乱和不久前报道的一个大学生的死亡；人们谈论的是植物，事实表明，诗人可以立刻说出许多草本植物的名称，即使不比思想家更多。此外，保罗·策兰不仅知道一些小草的拉丁语学名，而且还知道罗马尼亚语、匈牙利语，甚至意第绪语的说法”。

“文学教授”的总结（当然也是作家君特·格拉斯对此事件的思考）相当精辟，他说：“我经常设想小屋里的谈话；因为在居无定所的诗人与来自德国的大师之间，在戴着看不见的黄色星形标志的犹太人与戴着被遮起来的圆形党徽的弗莱堡大学前任校长之间，在命名者与隐瞒者之间，在经常宣布自己已经死亡的幸存者与存在者和下一个上帝的宣告者之间，非语言所能表达的东西肯定会找到一些词语，但是却连唯一的一个也没有找到。这种沉默一直延续。”

是的，这次会面留下的是永久的沉默。

事实表明，策兰与海德格尔之间有着极其紧密的相似性。1968年6月底，他们又见面了，并且待在一起几天。策兰还得以完成上次由于天气原因未能成行的沼泽之行，陪同者回忆说：“在沼泽上，他看到从死尸和腐烂的东西上发出来的微光。”这一意象在策兰的诗歌中经常出现，与其对于纳粹大屠杀遇难场景的特定记忆有关。这一次的会面显得融洽、热烈。鲍曼回忆说，两人花了很长时间来讨论地质学、植物学和考古学。对植物学、鸟类学、地质学、结晶学都有不同寻常了解的策兰，一路上都带着一个笔记本，把他们在走路和谈话时的微小细节与观察都记录下来。而海德格尔在这些领域也相当博学，这促成了一次愉快的会话。鲍曼还透露，海德格尔偶尔还“把诗人拉到一旁，以便讨论法国最近的哲学思潮、加缪、阿尔都塞、梅洛—庞蒂”。

如果有读者要深入研究策兰与海德格尔的会面，我建议他去研读詹姆斯·K.林恩的书，他是美国著名的策兰专家，不辞辛劳地参访了很多当事人，不惜笔墨写了一本很厚的书籍，名为《策兰与海德格尔：一场悬而未决的对话》（中译本，北京大学出版社2010年版）。我在撰写这节内容时，并未过多地引用此书的文字，因为我对君特·格拉斯的看法更感兴趣。

4

互诉黑暗

——策兰与巴赫曼之恋

在策兰的诗歌中，有一首广为传诵的爱情诗——《花冠》，是他写给其情人巴赫曼的。英格褒·巴赫曼，奥地利最重要的德语女作家。早在1953年，年仅27岁的巴赫曼就成为德语文坛上升起的一颗新星，她第一部诗集《延期支付的时间》获得德国重要文学奖——四七社文学奖。海因里希·伯尔、君特·格拉斯、西格弗里德·伦茨、马丁·瓦尔泽等，几乎所有重要战后德语作家均与四七社有密切的联系，并多获此奖。为此，德国著名媒体《镜报周刊》在次年的八月用她的头像作了封面，对她作了专题报道，她是德语诗歌界数百年来出现的首位重要女诗人。从此，巴赫曼和奈莉·萨克斯、保罗·策兰一起成为德语现代诗歌的重要代表。她的诗歌继承了德语诗歌以荷尔德林与里尔克为代表的伟大传统，以自己独特的语言形式和女性特有的思维方式，形成了独具一格的风格。《延期支付的时间》表现了诗人在第二次世界大战后，“面对满目疮痍，对于时间的延期支付和限制的感受”（见芮虎《巴赫曼小传》），同时该诗集也可以看作是她与策兰恋情的结晶。

《花冠》这样写道：

我的目光落入爱人的性：

我们互看

我们互诉黑暗

我们互爱，如罂粟花及记忆

我们如酒，睡在海螺中

如海，在月的血红的光线里

——《花冠》（叶维廉 译）

《花冠》见证了他们的爱情。巴赫曼在给策兰的信中写道："《花冠》是你最美的诗，是对一个瞬间的完美再现，那里的一切都将成为大理石，直到永远。"

1948 年 5 月 16 日，逃亡维也纳的保罗·策兰认识了比他小六岁的奥地利人英格褒·巴赫曼。他们一见钟情，从此相爱一生却未成眷属，互诉爱情和黑暗。策兰的第一本公开出版的诗集《罂粟与记忆》就是题献给巴赫曼的，其中的《在埃及》一诗的手稿上写明了是献给巴赫曼的。这首诗就是在他们相遇之后，策兰为巴赫曼生日而作的。诗中这样写道：

你要对那异乡女子的眼睛说：化作秋水。

你要在异乡女子的眼里，寻找你认得的水中人。

你要把她们从水中唤出来：路得！拿俄米！米利亚！

你要好好打扮她们，当你睡在异乡女子身边。

——《在埃及》（孟明 译）

通过这首诗，策兰确认了他与巴赫曼的恋爱关系。在诗中，策兰简要地复述了他犹太人后裔的身份，复述了犹太人在其祖先摩西带领下出走埃及的故事（即《旧约·出埃及记》）。这故事暗喻了策兰犹太人与流亡者的双重身份，“异乡女子”带来的爱情使他像进入了“水”一样。路得是大卫王的曾祖母，拿俄米是路得的婆婆，米利亚是摩西的姐姐，是位女先知。她们在水里，是集体记忆的标本，同时这几个名字也是策兰在家乡女性朋友们的名字。这里明白无误地袒露了“作者”与陌生人——一个非犹太人的关系，同时还是性关系。巴赫曼的到来，既意味母性光辉的闪耀，又预示着先知的降临。

1957 年 10 月 31 日，策兰再次写信给巴赫曼，谈及了这首诗对于他们之间关系的意义：“想想《在埃及》。当我读它，就看见你步入其中：你是那生命的源泉，也正因为这样，你是我言说的辩护者，并且将继续如此。”

当时，巴赫曼正在维也纳大学攻读博士学位，题目是“批评地吸收海德格尔存在主义哲学”。在此同时，在文学艺术上，巴赫曼显示出其非凡的品位，她撰写了关于哲学家维特根斯坦、作家穆齐尔和普鲁斯特的相关文论。

2008 年，德国苏尔坎普出版社征得策兰、巴赫曼亲属的同意，出版了按惯例本该在 2023 年方可出版的书信集，名为《心的岁月——巴赫曼、策兰书信集》。书信集的出版，为我们打开了一扇深入策兰、巴赫曼之间关系之门。我在本文中引用的书信均出自由王家新、芮虎翻译的《心的岁月》（选译），它们刊登在 2009 年第 5 期的《世界文学》上。

策兰对于巴赫曼的诗歌写作起到了巨大的推动作用，1951 年 9 月 25 日，巴赫曼在给策兰的信中说："请别忘记，因为你的诗歌我才写作。"同时巴赫曼也使得策兰认识到哲学家海德格尔的巨大价值。他们同病相怜，心心相印。1951 年 11 月 10 日，巴赫曼在给策兰的信中说："我的思想总是在找你，不只是作为我最亲爱的人，而也是作为同样的一个失落者，我们都需要一个地方来保护自己。"

1948 年 5 月和 6 月，成为策兰与巴赫曼一生中至关重要的两个月，成为他们一生的罂粟、一生的玫瑰。1949 年 8 月 25 日，巴赫曼在给策兰的信中说："你问，我们的五月我们的六月究竟过去了多久：一日也没有过去，你是我爱！五月六月对我而言是今晚，或是明天中午，并且将持续很多岁月。"两个月，对于巴赫曼，对于策兰，就是永恒。

由于策兰是来自罗马尼亚的犹太难民，不能滞留在盟军管制下的奥地利，只能流亡法国。这个表面的原因造成了他们事实上的分离。由于巴赫曼的父亲曾经参加过纳粹军队，而策兰身为犹太人，而且他的父母为纳粹军队迫害致死，这使得他们之间的关系在心理上被蒙上暧昧但又不可逾越的阴影。

他们的爱在犹豫中遭遇冰霜。他们不停地反思着他们之间的关系。1949年8月20日，策兰致信巴赫曼说："……我不知道你对我们在维也纳的那短短的几个星期持什么看法。我怎么可以为匆匆忙忙、随口说出来的话作出决定呢，英格褒？……也许我弄错了，也许就是如此，我们相互之间要回避的地方，恰好正是两人都想在那里相遇之地，也许我们两人对此都负有责任。"随着时光的推移，他们之间的关系发展到"窒息"阶段：既不能轻松喘息，又不可能撒手放弃。8月25日，巴赫曼在给策兰的信中说："你还记得我们的第一次电话吗？是多么沉重，使我几乎感到某种窒息，一种感觉，与我们至今通信的感觉也不无相似。"然而回想从前，仅仅两个月之前，他们还是那样渴望互述衷肠、互诉黑暗，1949年6月24日，他们身分两地，心却在热恋中。巴赫曼要去巴黎，她给策兰写信说："八月中旬我将去巴黎，只有几天。别问我为什么，为了谁，但是，你要在那里等我，给我一个晚上，或者两个三个……带我去塞纳河畔，我们将长久地注视，直到我俩变成一对小鱼，并重新认识对方。"也只有诗人，也只有巴赫曼之于策兰才能写出如此摄人心魄的情书来！

策兰陷入沉默之中，他对巴赫曼说他承受着更为久远的黑暗。巴赫曼意欲为策兰建造挪亚方舟，1949年11月24日，她致信策兰说："我应该去看你，把你带回来，吻你，抱住你，使你不被别人带走。请相信，总有一日，我会去把你带回来。我很害怕，看见你被滔滔的海水卷去，但我要造一条船，把你从绝望中带回来。"策兰的绝望是如此之深，而巴赫曼也迟迟没有动身去巴黎。爱，却无法造成一条船。

1951 年，策兰要收回他赠给巴赫曼的戒指，这成为他们之间的一个重要事件。巴赫曼深受创伤，9 月 25 日，在一封巴赫曼给策兰的没有寄出的信中，她说："你希望要回你的戒指，我并不感到奇怪，不过，你对此事相关的回忆，却让我感到十分意外。"在信中，她还义正词严地说："而我只能对你说，我可以面对死者的良知佩戴这戒指。"策兰有意无意地伤害了巴赫曼。她还对策兰说："你嫌恶我，并深深地误解了我，我为你感到遗憾。"这封包含较为极端话语的信并没有寄出，我相信巴赫曼如此了解策兰，她一定是考虑到策兰有着诗人脆弱的神经和孩子般纯洁的心灵，不去伤害他是她唯一的可选项。

1952 年，策兰与版画家吉瑟尔在巴黎结婚，并生有一子。这样，他们的关系发生了实质性的变化。在信中，巴赫曼多次对策兰说，要他肩负起丈夫和父亲的责任，并保持适当的距离。以至于策兰几乎认为这种关系是一种"错误"，他对巴赫曼说："英格褒，如果生命不迁就我们，还等待它并为此而存在，对我们而言，这将是一种最错误的方式。"他必须从诗学意义上、生命甚至是形而上的层面上来提升这种关系，他对巴赫曼说："存在，是的，我们可以，并且可能。存在——为了相互存在。"有时候，策兰会写信给巴赫曼，责备她本人与他的诗歌毫无关系。但是，巴赫曼立刻就写信给他说："有时，我只是通过它们（策兰的诗歌）来生活和呼吸。"

他们一度在两三年时间内几乎没有任何联系。1957 年 10 月 11 日，他们在德国科隆参加同一个文学会议，再次相逢，当晚入住他们老城区宫殿街的一家旅馆，与著名的科隆大教堂仅一街之隔。这一街区为中世纪犹太人的居住地和受难地。随后，策兰创作了广为流传的《科隆，宫殿街》：

有人在寂静里说话，有人沉默，
有人在走自己的路。
流放者和失踪者
都曾在家中。
……
你们这些看不见的大教堂，
听不见的河流，
我们内心深处的钟。

——《科隆，宫殿街》（孟明 译）

从本质而言，不管策兰与巴赫曼之间的关系发生怎样的变化，但策兰是巴赫曼唯一的挚爱，这一点没有任何疑义。1970 年 4 月 20 日，策兰突然离世，其时巴赫曼正在写作她的长篇小说《马利纳》，随即她在手稿中添加了如下一句话：“我的生命已经到了尽头，因为他已经在强迫运送的途中淹死，他是我的生命。我爱他胜过爱我自己的生命。”正如 1949 年她给策兰的信中写的那样：

“我曾经爱过你，至今依然如此，完全没有变，在一个平原，那里曾是‘栗树的对岸’（语出策兰诗歌《那边》）。”

策兰归于水，巴赫曼归于火。在策兰自杀三年后，巴赫曼葬身于罗马的一场大火。而更为宿命的事实是，策兰竟然写过一首叫《水与火》的诗，诗中这样写道：“黑夜明亮，/黑夜明亮，发明了我们的心，/黑夜明亮！”

5

一朵时光玫瑰

——策兰的成长与创伤

在策兰的一首诗《冬》（也有策兰的诗歌编辑人直接以第一句诗“下雪了，妈妈，雪落在乌克兰”作为标题）中，他写道：

弦上偶尔悬着一朵时光玫瑰。
正在熄灭。一朵。永远的一朵……
那会是什么呢，妈妈：成长还是创伤——
是否我也陷进了乌克兰的积雪？

——《雪》（孟明 译）

这首诗正是在策兰得知母亲被纳粹枪决之后而创作的。“下雪了，妈妈，雪落在乌克兰”成为策兰反复呼唤逝去母亲的开始。

1920年11月23日，保罗·策兰出生在布科维纳地区的首府切尔诺维兹，他的原名叫保罗·安切尔。那里的10万居民中有近一半是犹太人，他们称这个地方为“小维也纳”。母亲一直教授他纯正的德语，母亲认为“德语更加重要”，她花费一辈子的精力保证儿子一定要讲文雅纯正的德语，她本人就特别喜欢德国古典文学，因而“母亲”和“母语”在策兰的情感和记忆深处合二为一了。在诗中，策兰曾经写过：文字是母亲的监房，因而母亲对于策兰而言也是缪斯的化身。由于身为犹太人，父亲强调儿子的犹太式教育，让保罗上希伯来语的学校，以传承犹太人的精神传统，因而“希伯来语”与“父亲”是联系在一起的。在保罗的青少年时代，他深受多种文化浸染：他的家庭打上了犹太文化与奥地利—日耳曼文化的印记，他在多种语言混杂（有德语、乌克兰语、罗马尼亚语、意第绪语等）的环境中度过，并会说多种语言。可以从一个事例获知他的希伯来语水准：他访问以色列时，当耶胡达·阿米亥朗诵他翻译成希伯来语的策兰诗歌时，策兰能及时地提出改善的建议。

六岁时，保罗就显示出对诗歌的特别兴趣。他回忆说：“当时我六岁，已经能够背诵席勒的《钟之歌》。”

十三岁，保罗强烈地意识到自己作为犹太人的身份。1934年1月，他给他的姨妈写了一封信，在信中，他抱怨说，“按道理”，他应该在班上排第一而不是第二名。为了说明如何不走运，他（用带有嘲讽意味的、就事论事的措辞一本正经地）自夸说，他

"属于闪族人的犹太分支……是啊，至于我们学校的反犹太思潮，我可以就此写一部300页的大部头"。少年时代的反犹思潮必然地一直延续了下去，并发展成一种不可救赎的灾难。保罗多舛的命运和深邃悠远的作品也必然地与这一思潮深深地联系在一起了。

1933年成人礼之后，保罗一度参加过"一个主要由犹太人组成的、怀疑是反法西斯性质的青年团体"。这个团体甚至有明显的亲共产主义倾向。但保罗很快就对此失去了兴趣。然而他对无政府主义思想却倍感亲切，称自己是"在彼得·克鲁泡特金和古斯塔夫·兰道尔著作熏陶下成长起来的"。（见费尔斯坦纳《保罗·策兰传》）作为俄国最为著名的无政府主义者，克鲁泡特金宣称改善人类现状的方法是合作而不是竞争；而兰道尔是一位德裔犹太人，深受克鲁泡特金影响，主张以消极抵制代替暴力反抗。

在阅读口味上，少年时期的保罗与大家基本上是一致的。他"读歌德、席勒的作品，也读一些与他意气相投和能启发思想的作家，如海涅、特拉克尔、荷尔德林、尼采、魏尔伦、韩波以及后来的霍夫曼斯塔尔及卡夫卡"（见费尔斯坦纳《保罗·策兰传》）。当然，他很早就显示出对德语诗人里尔克的特别喜爱，这也昭显了他作为诗人的美学品位。据他早期的一位同学回忆，在乡间的一次夏日漫步中，他们躺在树荫下，突然，保罗开始背诵里尔克有关耶稣在客西马尼园的诗《橄榄园》。这首诗中有这样的诗句：

我独自担负着人类的苦难，

那是由于你，我曾经应许。

但你并不存在。啊，莫名的羞惭……

然后听说：有一位天使到来。

——里尔克《橄榄园》（陈敬容 译）

之后，策兰写作的那些蕴藏着巨大力量的诗歌，正成为“人类的苦难”。而他无可选择地独自担负着这些苦难。

保罗·安切尔长得英俊有型，气质高雅，这可以从很多他的照片中看出来。其中一张摄于1937年2月的切尔诺维兹，他的朋友珀尔·菲奇曼保留着这张照片，并在多年后展示给策兰专家费尔斯坦纳看。他绘声绘色地描述了他的朋友保罗：“苗条、深色头发和眼睛，英俊，长得有诗意，笑声文雅而特别……可以说，保罗有些矜持，他有一张杏仁脸……他的声音轻柔悦耳……柔和轻快的嗓音。他的幽默犀利尖锐，又显得十分谦逊。”这几乎是让人嫉妒的完美青年！

1938年11月9日，年轻的保罗前往法国，准备学习医学。这次法国之行，并没有使他成为医生，最大的收获是遭遇了超现实主义。其时，超现实主义运动在法国如火如荼地开展，布勒东、艾吕雅和杜尚组织了一场国际知名的展览，使超现实主义运动达到了顶峰。据我个人的判断，虽然在其后保罗尚未完全向超现实主义精神敞开心门，但也就在这一阶段，保罗接受了超现实主义，而且日后超现实主义成了他最主要的美学方式。

“二战”爆发，1941 年 7 月 5 日，纳粹德国的党卫军占领了切尔诺维兹。很快，德国人摧毁了在此生活了 600 年之久的犹太人：烧毁犹太会堂，强制佩戴黄色徽章，烧杀抢掠，把犹太人赶到聚集区……纳粹德国强迫犹太人佩戴黄色徽章，上面写上“犹太人”，并附上六角星。1941 年 9 月 5 日，这一行为得到推广，被希特勒核准实施，称为“耻辱之星”。保罗也被迫佩戴了黄色徽章，因而这一耻辱、灾难的印记以后不时地出现在他的诗歌中。

纳粹占领切尔诺维兹后，“保罗被强制从事体力劳动，在普鲁特河大桥搬运废渣，在毁坏的邮局清理垃圾。后来，他的任务变成收集和销毁俄国书籍”。同时，保罗开始他的诗歌写作，并初步呈现出其独特的美学风格。犹太人从事艺术工作，即意味着从事“被追捕、被嘲笑、被判处死刑的艺术”（米兰·昆德拉）。在书籍中，在电影里，我们常常看到：在刽子手的枪口下，那些艺术家演奏着被判刑的音乐。正如策兰的《死亡赋格》中描绘的那样：你们这边铁锹下深一点，那边的继续奏乐跳舞……他大叫把死亡奏得甜蜜些……

1942 年 6 月 27 日，保罗的父母被纳粹带走。据幸存下来的犹太人零星的回忆，“他父母被关在运牲口的车厢里，火车在炎炎夏日里开了 5 天，之后他们被关进布格河南边的马厩。他们或是去修路，或是去采石场劳动，都是苦活，还要遭受党卫军和乌克兰守卫的残酷对待”。

之后，是接连而至的死亡：先是父亲死于伤寒，接着是母亲不适合劳动而被枪决。但这些消息是保罗延迟得到的，他满怀伤痛和悲愤，写作了诗歌《冬》。妈妈：成长还是创伤？我想，对于保罗而言，父母的死亡是他不可逾越的命运，是诗人成长的必然遭遇，只不过，这种成长以巨大的创伤深深地契刻在保罗的内心。“弦上偶尔悬着一朵时光玫瑰”，这时候的抒情是多么地不合时宜啊，这朵时光的玫瑰滴着血，洒落在诗人前进的道路上。

所有的资料都已经无法探究策兰是如何从劳动营中逃脱的了。但可以肯定的是，1944 年苏联红军向西推进的时候，保罗·安切尔不是逃走就是被释放了。在 3 月份，苏联红军到来之前，他就回到了家。当年秋天，他的家乡布科维纳被苏联吞并了。1945 年 4 月。他离开家乡切尔诺维兹前往罗马尼亚首都布加勒斯特。直到离开布加勒斯特，策兰过上了一段颇为安定甚至还能靠翻译诗歌挣钱的日子，同时也见证了罗马尼亚共产主义到来前的一波解放浪潮。

策兰离开，带着他的不幸，终生没有卸下。他如此真实地保持了他生命的履历，并忠诚于内心。1947 年，曾经在布加勒斯特读哲学学位的齐奥朗在巴黎写了一本书，在书中，他写道：“诗人如果在出逃之际没有带上自己的不幸，他就会是真实世界一个卑劣的叛徒。”后来在巴黎，这两个来自罗马尼亚的无国籍者相遇了，他们交流很少，以至于没有什么谈话内容见诸文字。

这朵“时光玫瑰”在诗人的内心已深深定居，为了在这个世界上继续下去，诗人表达的动力被推到最紧张、最极端的悬崖上，关于存在的气息无限地漫卷了他的文字。

在以后的岁月中，策兰对那段悲惨的往事几乎绝口不提。在一份简历中，他淡淡地说："一个犹太人在战争年代的生活是怎样的，我不用提及。"

1947 年底，策兰意识到红色罗马尼亚并不适合他这样的诗人居住，于是冒险偷渡去了维也纳。在维也纳，他也只是短暂地停留。1948 年 5 月和 6 月，他与女诗人英格褒·巴赫曼相识相恋。7 月，策兰即前往巴黎。

1948 年 5 月，犹太人都在庆祝以色列的复国。策兰并未选择前往以色列，最主要的原因应该是他意识到他作为一个诗人的身份，在法国，在尚属德语国家的辐射范围下，他将继续写作德语诗歌。他写信给他的亲戚说："在这个世界上，没有任何东西能使诗人放弃写作，即便他是一个犹太人，尽管他写诗所用的语言是德语。"同时，他还意识到自己作为犹太人留在欧洲的使命："有些人必须要在欧洲把犹太精神的命运活到终点，也许我就是这样做的最后一批人之一。"

诗人将承担何种命运？策兰很早就意识到他的命运，他很清晰地看到自己的命运。他在《子午线——毕希纳文学奖获奖致辞》中，着重引用了毕希纳的小说《棱茨》中的最后一句话："他觉得自己的存在是一个不可避免的负担。——他就这样生活着。"以"不可避免的负担"为他的命运作了脚注。通过诗歌，策兰重新安顿自己，把握并穿越时代。

6

奥斯维辛之后

——策兰、阿多诺与摆脱“物化”的可能

“二战”彻底地改变了欧洲在世界文化版图上的位置。它深陷于接连不断的溃败之中，先是被它自身豢养的恶——纳粹德国打败，接着被美国人解放，被苏联人占领。它无可选择地面对着“被解放并且被占领”（米兰·昆德拉语）。一直以来，欧洲视自己的文化历史为全世界的典范与楷模，是人类精神的制高点，但“二战”结束后，它感到的只是悲凉和卑微。

在这种情况下，哲学家阿多诺提出，在奥斯维辛之后，写诗是野蛮的。这句格言是如此振聋发聩，如此闻名遐迩，因而遭受经常性的误解也就不足为奇了。我们必须寻找阿多诺的思想背景，首先完整引用这段话才能正确地看待它：

社会化愈彻底，精神愈物化，精神脱离真实自我的物化过程愈悖谬，有关厄运的极端意识也有沦为空谈的危险。文化批评面对的，是文化与野蛮的辩证法的最后阶段：继奥斯维辛之后写诗，是野蛮的。它也侵蚀了那样一种认识。这种认识说明，何以在今天写诗是不可能的。绝对物化以精神进步为前提性因素，如今正准备来全面地吞噬精神进步。

在奥斯维辛之后，在极端人类创伤之后，那些自以为是、裹足不前的哲学与思想再也无法构建符合真正尊重人性的主流价值。正如阿多诺自己说的那样，精神无法“自己来摆脱物化”。在这一语境下，“写诗”是精神化的手段，是人类寻找尊严新方向的途径，阿多诺对此深感绝望。他极端地表达说：“奥斯维辛之后的一切文化，包括对文化的迫切批评，全都是垃圾。……谁主张维系极其有罪、破败不堪的文化，谁就成了帮凶，而拒斥文化的人正在直接地催生文化呈现出来的那种野蛮。”

在广义的基础上来解读阿多诺的话，也就要求我们对待文化要有一颗开放澄明的心态，要有一种流动不居的超然。作为敏锐的思想家和美学家，阿多诺坚定地认为策兰是唯一可以和塞缪尔·贝克特站在一起的地道的战后作家，并在策兰的《语言栅栏》诗集里作了大量注释。脆弱的策兰对于任何评论都异常敏感，不管这些评论是针对他的还是诗歌的，都会引起他强烈的情感反感，更多的时候是一种习惯性的反抗姿态。因而，当“在奥斯维辛之后，写诗是野蛮的”在欧洲文化界成为响当当的格言警句（甚至是口头禅）之时，他的反感就不言而喻了。

当有人说阿多诺被迫收回他的那句格言，并修正为：“长期受苦更有权表达，就像被折磨者要叫喊。因此关于奥斯维辛之后不能写诗的说法或许是错的。”我相信，这更多是出于一种怜悯之心，既然它是一种公开表态，也就表明这是阿多诺给予策兰情感上的安慰——出于理解而不是误解。

"长期受苦更有权表达"，其实已经是另外一个层面的问题了，阿多诺不会不明白。但其他人，几乎是所有的大众以及后来者把两个事实混淆为一个事件了。这两个事实分别是：一、奥斯维辛之后，所谓文化已成为垃圾，成为人类自我装扮的耻辱柱，艺术创作、写作也是其中的一部分，即便像写诗这样的美好的行为也不例外；二、就具体的事实而言，一个肉体和心灵均受到创伤的人有权利表达这些创伤。这一个事件呢，就是如果"在奥斯维辛之后，写诗是野蛮的"，那么像策兰这样深入契进"奥斯维辛"记忆的诗人难道也是野蛮的吗?

悖论是显然的。误解既来自传播，也来自策兰本人。

阿多诺这一振聋发聩的沉思之语至今仍闪烁着光芒，而策兰写诗的"野蛮行径"的最终结果——那些在黑暗闪光的诗篇反过来继续证明了战后人类精神的沙漠化，同时也是摆脱"物化"的一种可能。

策兰被誉为继里尔克之后最伟大的德语诗人，我们越是深入阅读荷尔德林、里尔克与策兰，我们就会越明了：他们在我们身体最深刻的地方不停发酵，像发生了不可逆转的化学反应，"我们会像吸纳一种恶习一样，把他们吸纳进我们自己"(齐奥朗语)。策兰的诗歌在某些时刻强化了我们孱弱的精神，弱化我们本已柔弱或貌似坚强的内心，直到有一天他用艺术的手段表达出的个人记忆成为人类记忆不可摒弃的一部分。

有时，我们谈起诗歌，会想到花朵。是的，于策兰而言，诗歌是罂粟之花，邪恶、苦涩，却从未干枯，在黑暗中成长，独自花开。策兰的诗歌就是在心灵和精神的废墟之上开放的花朵。

贝克特

戈多是谁

贝克特确实存在过吗?

贝克特从来就是一个虚无的镜像?

贝克特是我们人类从过去走向现在与未来的恐惧症状，是一面超越光学特性的可怕镜子。

贝克特是我这一生中唯一需要等待十二年的作家，从我上大学时读到他的《等待戈多》时起，我就一直期待他的小说作品和其他作品。这个过程是漫长的，我都不耐烦了，我通过想象贝克特小说的样子，仿作了一篇贝克特式的小说，名为“虚无之光”。我把贝克特的一句话——艺术是孤独的顶峰——写在我的很多个笔记本上。当今天，我拿到《贝克特文集》中文版（陈侗先生策划，余中先先生领衔翻译，湖南文艺出版社 2006 年版）的时候，常常觉得这是一个梦。我开玩笑地对朋友说，这套文集为什么不做这样一个广告呢:

如果你爱他，那么你就读他吧，因为他是天堂；如果你恨他，那么你就读他吧，因为他是地狱……

或者把哈罗德·品特的话打在封底：

贝克特是有史以来最勇敢也最冷酷的作者，他越是使劲地揉我的鼻子，我越是对他充满感激。

在贝克特那里，到底有一些什么呢？作为艺术家的他干了些什么呢？他试图想着或者实践这样的东西：

没有可表现的东西，没有可用来表现的东西，没有可作表现根据的东西，没有能力去表现，没有必要去表现，也没有义务去表现。

这喃喃自语到底说了什么？是绝望，无知，恐惧，虚无，自大，甚至是对“写作”这一行为的“最后的审判”？

有些人为了赞誉一本好书，他会这样说，在某某领域内，这就是一本圣经。比如说，一位评论家这样说普鲁斯特的《追忆似水年华》：他的书一经诞生便成为我们人类的圣经之一。贝克特的书呢？显然不是福音书，它们带给人们的是绝望的信息，是人类精神的最后审判。当然，它也部分地涉及了约伯的寓言，似乎也可以作为一本不再给人们希望的圣经。在宗教的层面上谈论他的书是不合适的，虽然这涉及神圣和伟大。其实，它们是套在我们头上的紧箍咒。对于沉迷于物质生活的芸芸众生来说，他也许感觉不到它的存在；但是他一旦要严肃起来，他一旦要思考点什么的话，这个紧箍咒就会发出它强大的电磁波，足以摧毁我们建立起一套关于诸如“生活是美好的”一类洋洋自得的谎言，而且还是那样坚决和无情。

贝克特的作品是一座座迷雾中的孤岛，抵达便是绝望。威塞尔说，贝克特告诉他，出版的《莫洛伊》比他的手稿少了一句题铭。这句话是：“En desespoir decause（出于绝望原因的）——因为别无出路。”（见威塞尔《一个犹太人在今天》中《遇见塞缪尔·贝克特》一文）

他把自己的主人公埋在坟墓里、沙土里和垃圾箱里。同时，他把我们作为人的一切华而不实的、虚假的、表象的、自我感觉良好的、哲学的、道德的等均深深地埋藏，扔进他的荒芜的坟墓和苍白的垃圾箱里。他的书中只剩下赤裸的真相与人类精神的本质。

有两个名字正像诗一样，充满韵律：弗拉季米尔和爱斯特拉冈；有一个名字已经成为神话，流传甚广并给我们人类无限想象：戈多。

这些词语已经成为我们人类神经上生长出的谶语一样，潜伏着神秘的寓意。

这是若干年间贝克特留给中文读者的词语和印象。

关于戈多是谁的研究和争论已经持续了半个世纪，显然还会继续下去。戈多事实上是部分的贝克特，更多的时刻是一个关于我们人类未来的谶语，是简单的虚无，是复杂的无限，是我们自己镜中的影子。

狙击手，笨伯，或其他

小说家鲁羊说，他是一名有耐心的狙击手，他的力量体现在他毫不犹豫地猎取了《等待戈多》。他这样说，事实上在隐秘的语言下，在比较贝克特的其他作品与《等待戈多》。贝克特在写出了《等待戈多》（1948—1949）之前，默默无闻地工作了20年（可以从1929年他写出关于乔伊斯的文论《但丁……布鲁诺。维柯……乔伊斯》算起）。在这些年里，他写出了诗歌《婊子镜》，文论《普鲁斯特论》，小说集《多刺少踢》，长篇小说《莫菲》，长篇小说《瓦特》，短篇小说《镇静剂》等，长篇小说《莫洛伊》，长篇小说《马龙之死》。

很多人评价贝克特的小说沉闷、没有生气，甚至是拖沓的。就连最著名的贝克特的传记作者A.阿尔瓦雷斯也说："尽管贝克特的小说精致、简朴，其最终效果却是拘泥于文字、小心翼翼而令人郁闷的。"我对此持保留态度。作为一名读者，相反地，我热烈地拥护这些沉闷的、乏味的、郁闷的作品。因为正是在这些作品中，我发现了贝克特作为一名作家的勇气和坦诚。我们有太多的智者了，但事实上艺术的目的不在于智力。相反，没有多少对人类精神孜孜不倦探索的“笨伯”，贝克特其实正是这样的“笨伯”。从某种意义上说，他一旦明白了自己在做什么，他便成为用其一生的时光与才华坐在精神丛林里那个“守株待兔”的人了。

普鲁斯特说：“对于智力，我越来越觉得没有什么值得重视的了。我认为作家只有摆脱智力，才能在我们获得种种印象中将事物真正抓住，也就是说，真正达到事物本身，取得艺术的唯一内容。”贝克特的一生也许只有两个作家影响了他，那便是乔伊斯和普鲁斯特。他深入地研究过普鲁斯特的“方程式”，也就是他的思想方式和写作方式，他的《普鲁斯特论》事实上是他以后所有作品的艺术蓝图。同时他也深受乔伊斯的影响，但是他一开始写作便要摆脱乔伊斯的阴影。《尤利西斯》仍然具有鲜明的人物和相当动人的世俗故事，并且在写作中生活经验发挥了巨大的推动作用。也许在贝克特看来，这仍然是“传统的小说”，只不过较之已有的小说作品而言，形式更为复杂、内容更为丰富，甚至繁复到人类智力的极致（乔伊斯的最后一部小说《芬尼根守灵夜》无疑是最佳注解）。

由于其自身的坚定和警醒，他的纯洁性、浓缩性和独创性成功地帮助贝克特摆脱了乔伊斯的影响。其永恒的忧郁和沮丧全然发自他的内心深处，而为他的文本赢得了毋容置疑的庄严和艺术确定性。如果没有这样的因素存在，他的作品恐怕难逃矫揉造作或装腔作势的厄运。

贝克特在某种意义上不是魔术师，而是具有罕见耐心的而且朴实无华的泥瓦匠。多少年来，他孤独一个人，进行他自己的战争，真正一个人的战争……这个世界上至今还没有出现一个像他一样工作的作家……他推倒了豪华的文学大厦，摒弃了智力上的奇巧，而仅仅依靠自己的血肉构筑精神的天堂（同时也是地狱）。

他从来不希冀获得怎样的声名，当世界性的声誉排山倒海般涌向他的时候，他甚至显得有些恼怒。名声对他而言是一种负担，1981年的时候，贝克特在给他的朋友詹姆斯·诺尔森的信中引用了诗人亚历山大·蒲伯的《笨伯咏》中的一句诗：“去你的，名声。”

从……到诗

贝克特的作品是一种罕见的单调。如果换了别人，一个才华稍逊的作家，作品将被降低到怎样一个层面里，几乎不可想象。当然也可以想象，也许是无谓的说教和笨拙的滑稽。

他的单调，我认为，所到达的程度就是诗。“单调到诗”是我谨慎而又大胆的概括。

从散文的空间里抵达诗，有怎样的方式呢?

一种方式是通过宏大的历史叙事获得的。比如说，《日瓦格医生》，它无疑是一首伟大的长诗。帕斯捷尔纳克说，他一生所有的诗歌写作都是为了《日瓦格医生》而准备的。这是一个纯诗人的手段。

一种方式是通过无限深入的描绘而获得的。比如说，《追忆似水年华》。普鲁斯特这位伟大的歌手在他自己的世界里建造了一切，时间成为他不倦的歌喉。这是一个时间大师的方式。

一种方式是顿悟。比如，乔伊斯的《死者》，这本书的结尾是这样的："他的灵魂慢慢地睡去，当他听到雪花穿越宇宙在飘扬，轻轻地，微微地，如同他们的最后结局那样，飘落在所有生者和死者身上。" 在急速中，顿悟把小说瞬间提高到诗的境界里。

……

可能有很多的方式，在这里我不去追寻。但我还知道有一种方式就是通过声音的意象来实现的。这是贝克特的方式：

弗拉季米尔：它们全都同时说话。

爱斯特拉冈：而且都跟自己说。

【沉默。】

弗拉季米尔：比如说它们窃窃私语。

爱斯特拉冈：它们沙沙地响。

弗拉季米尔：它们低声细语。

爱斯特拉冈：它们沙沙地响。

【沉默。】

弗拉季米尔：它们说些什么？

爱斯特拉冈：它们谈它们的生活。

弗拉季米尔：光活着对它们说来并不够。

爱斯特拉冈：它们得谈起它。

弗拉季米尔：光死掉对它们来说并不够。

爱斯特拉冈：那的确不够。

【沉默。】

弗拉季米尔：它们发出羽毛一样的声音。

爱斯特拉冈：树叶一样。

弗拉季米尔：灰烬一样。

爱斯特拉冈：树叶一样。

【长时间沉默。】

弗拉季米尔：说话呀！

爱斯特拉冈：我在想哩。

【长时间沉默。】

弗拉季米尔：（苦恼地）找句话说吧！

爱斯特拉冈：咱们这会儿干什么？

弗拉季米尔：等待戈多？

爱斯特拉冈：啊！

（贝克特《等待戈多》　施咸荣　译）

文本（作品）的确定性和意义上的不确定性，实现了贝克特的诗。在小说中，由于自说自话的极度膨胀、仅对自我负责的极度实验，我们看不到鲜明、直接与生动的事物和意象。而戏剧给他以要求，他的舞台必须面对观众，这个外在的原因在无意中释放了贝克特作为诗人的潜质。在戏剧中，他的纯粹、多疑和极简主义给作品带来了流动的气息，一些似是而非的悖论、一些日常的动作与语言都获得了异乎寻常的诗意。甚至通过声音形成了意象，这些意象通过不断重复、变迁、颠覆又带来了几何级繁殖的诗歌意象……从而抵达了真正的诗。这种方式甚至在他年轻时就说了出来："普鲁斯特的相对主义和印象主义附属于同样的反理智态度。"（贝克特《普鲁斯特论》）上述的这段对话真正是声音构成的相对主义和印象主义的结合体，同时坚决地反对理智的插手。

如果在这时候，读者要去寻觅意义所在，必然会溃败而回。当你试图要说出某种意思之时，你会惊讶地发现它们在瞬间又像黄鳝一样从你手里滑走了。贝克特的诗同所有高明的诗一样，具有意义的不确定性。确定的事物是有限的存在，而不确定的意义将把我们推向无限的想象和暧昧的未来。1950 年的 2 月，贝克特在母亲去世后写作了《无意义的文本》。在我看来，这种无意义只是说文本不再具有任何说教意味、不再为社会学服务而已，而其根本的方式就是通过文本意义的不确定性来实现的。我们当然也会明白，为什么罗伯—格里耶们总把贝克特奉为法国新小说的精神教父了。

A.阿尔瓦雷斯很早就发现了这个秘密，他分析道："两个流浪汉关于'所有死掉了的声音'的对话，是戏剧作品中一个才华横溢的、独出心裁的段落。……这种朴素的笔调与丰富的想象力的结合使它本身成为一首诗，就像在那个时代写的任何诗一样。"研究荒诞派戏剧的学者马丁·艾斯林对此亦认识颇深："这段话把爱尔兰杂艺厅小丑的打探点石成金地变成了诗，其中包含着打开贝克特的很多作品的钥匙。”

其实，并不只这一处是诗，只不过在他的剧作中表现明显罢了。依我进一步看来，在贝克特的剧作和小说中，到处都弥漫着诗。它们隐秘在文本背后，正成为贝克特最大的秘密之一，他无可比拟的魅力源泉。

下面是我在《贝克特文集》中随意翻到的两个片断：

哈姆：你把自己看成是一块碎片，嗯？

克劳夫：许多块碎片。

(略停)

哈姆：不会那么快的。（略停）还没到吃镇静剂的时候吗？

克劳夫：是的。（略停）我走了，我有事。

哈姆：在厨房里？

克劳夫：是的。

哈姆：干些什么，我在想。

克劳夫：看墙。

哈姆：墙！你在墙上看到了什么，在你那堵墙上？狂想，狂想？是些裸体吗？

克劳夫：我看见了我死去了的光泽。

哈姆：你的光泽……

（贝克特《终局》 赵家鹤 译）

弗拉季米尔：

……

别的狗见了很悲伤

赶紧挖坟把它埋葬……

白木十字架底下

过路人能够读到：

一条狗跑到厨房

叼走了一根香肠。

厨师用一把汤勺

打得它灵魂出窍。

别的狗见了很悲伤

赶紧挖坟把它埋葬……

（贝克特《等待戈多》 余中先 译）

我认为，贝克特作品中的诗意是凌驾于作品其他特性的必然存在。他的作品可以从哲学、心理学、宗教和社会学等方面去阐释，而且这些阐释从来就没有中断过，但是最重要的是把他的作品看成诗，“有关时间、时间的稍纵即逝性、存在的神秘性、变化与稳定的似非而是性、必要性和荒诞性的诗”（马丁·艾斯林《荒诞派戏剧》）。诗永远是艺术的最高形式，但并不一定要求它们必须以长短句、韵律和分行的形式来显示，通过其他形式释放出诗意也是允许的和必然的。比如，塔科夫斯基的电影作品，爱德华·蒙克的绘画作品，佩索阿的随笔《惶然录》，普鲁斯特的散文作品（小说《追忆似水年华》）等等。

阿兰说，小说在本质上应是诗到散文。我想，随着时间的流逝，小说在到达散文的时刻起，它又要转向诗了。普鲁斯特和贝克特给我们作了精确的示范。

由于作品不可思议地抵达了诗的世界，贝克特本人也就从他作品的常见的绝望、伤感、崩溃等恶劣的情感中解放出来，达到了“齐是非”的思想境界，他的身上体现出确定无疑的“魏晋风度”。这对他而言，既是保护，也是救赎。

在《无法称呼的人》的结尾，叙述者说：“我就在那里，我不知道，我永远都不会知道，在沉默中人们是不知道的，必须继续下去，我不能继续，我将继续。”贝克特对于我们的阅读与思考呢，也是如此。我们必须继续下去，我们不能继续，我们将继续。

自我解体者齐奥朗

齐奥朗的本质是趋向于决绝的对抗。拒绝必然的，反对因循守旧的……僭越成为他主要的表达，背弃那些属于别人和过去的……

通过对自我的对抗，实现与这个世界的对抗。

他自觉地抵制模仿，“模仿导致滑稽”，语言、思想、样式……其他人无关紧要的说法……并成为不可模仿者。

他的作品，是面对世界（但首先是自身）的交谈、争吵、谩骂、诅咒，是呓语、独白、忏悔、祈祷……

1911 年 4 月 8 日，埃米尔·米歇尔·齐奥朗出生在一个小山村中，它位于特兰西瓦亚南部地区，邻近古城锡比乌城，当时尚属奥匈帝国统治。他的父亲是罗马尼亚的东正教牧师。少年时期，他就读于锡比乌的中学。十七岁起，他开始慢性失眠。一旦失眠，他只有读书或是在夜晚静寂空旷的街头漫步。锡比乌当时有三处名声在外的妓院，齐奥朗成了那里的常客。嫖妓的时候，他的口袋里装着康德的《纯粹理性批判》，还常跟同学、老师打照面。

1937年，在布加勒斯特，他获取了法国学院的用于专业研究的奖学金。他离开祖国，离开布加勒斯特，前往巴黎。从此，他成为一个没有国籍的人。他称当时的状况“对于一名知识分子最适合不过了”。

1937年至1949年，在巴黎，他像一个一直毕不了业的学生一样生活着：继续不停地申请奖学金，住在廉价的旅馆里，在大学食堂解决口腹之需。

1947年，他向伽利玛出版社呈送了法语著作《解体概要》的手稿。出版社准备出版。但随后，他又索回了文稿，对文稿进行了彻底修改——实施了多达四次的重写。他说，这是“我生命中最为艰难的任务”，好像穿上“紧身衣”一样，常常令他窒息。

直到1995年6月20日离开人世，他一直生活在巴黎，低调，谦逊，小心慎为。有时，靠翻译、抄写打点零工，以补贴家用。一直在写作。他这样描述他的生活：“我不谋生，勉强维持生计，我没想到过得更好。”

他总是怀疑，怀疑是他的功能性疾病。“我每天都进入我的怀疑，就像其他人进入办公室。”他在日记中这样写道。怀疑是他对于自己的日常意见。而死亡作为幕后的提示者，一直站在他的后面。这种逼迫使他成为一位终生的失眠症患者……失眠是死亡的伟大使者，是催促他不断怀疑的执行官。死亡的作用是直接给予他以战栗。

他热爱孤独，拒绝荣誉。他自说自话："一些人追求荣耀；另一些人则追求真理。我冒昧地属于后者。一种难以完成的使命远比一项可以达到的目标更为诱人。向往人们的掌声——这多么可怜!"他宣称他身处"时间之外"。他像僧侣一样严守他孤独的戒规："将你的生活局限于你自己，或者最好是局限于一场同上帝的讨论。将人们赶出你的思想，不要让任何外在事物损坏你的孤独。"显然，他的孤独是他的一部分，是他在自我解体之时构建的另一个自我。

孤独的结晶体是他的写作，即便他对写作这一持久的事件抱有深深的怀疑。但这是他唯一的出口。"写作便是释放自己的懊悔和积怨，倾吐自己的秘密"，因为"作家是一个精神失常的生物，通过言语治疗自己"。他不得不依赖写作："假如没有写作本领，我不知道我会成为什么。"

说到风格，也许可以称他的写作是一种"暴戾文风"，对于拥有斯文心灵的读者尤为如此。他鞭笞我们墨守成规的道德准绳，他对我们虚伪而又孱弱的内心施虐。他以炫目的优雅和深刻折服了多变的巴黎人，他的法文作品一经问世就为他赢得法语文学中最好文体家的桂冠，拒绝名誉的他被贴上了"20世纪最卓越的法语修辞大师"的标签。他是一个不可救药的完美主义者，从未在法国的电视上或广播中露面或者发声，因为他无法忍受可能因为自己的发音错误（或不恰当的变音）而糟蹋法语，败坏他这个纯洁无瑕的法语文体家的形象。

他洞悉生命的真相是冲突，并认识到生命的局限性。“内在的丰富性源于自己身上所维持的冲突；而完全把握了自己的生命，却只知有外在的斗争和对外物的执着。”也许这是对佛陀既认同又怀疑的悖论态度，是对佛陀的新驳斥，一方面作为精神的人的丰富性并不是维系在恬淡平和之中，另一方面我们依然可怜地堕落于“外在的斗争”和“对外物的执着”之中。

“诗人如果在出逃之际没有带上自己的不幸，他就会是真实世界一个卑劣的叛徒。……诗人无法规避自己，也无法从他的魔障中心逃出。”策兰命运多舛的一生和他被死亡赋格紧紧抓住的诗歌写作印证了齐奥朗。这两个人都是从布加勒斯特来的，后来在巴黎，这两个来自罗马尼亚的无国籍者相遇了，他们交流很少，以至于没有什么谈话内容见诸文字。

他没有子嗣，因为他拒绝生殖。假如他有儿子的话，他说，“我的儿子无疑会成为谋杀犯”。他拒不接受生命的持续繁衍，“每一次新的受孕都是一次错误”（亚当·扎加耶夫斯基）。作家的繁殖体系都是单性繁殖的，像蒲公英或者飞蓬那样，作家的种子总是在地球上游荡、漂泊……会在某一个时刻，它悄然降落在某一位文学少年/青年的内心，日后分蘖出一位没有血缘关系的后裔。作家的文学基因就是以这种偶然的方式繁殖……有时，他们会绝后，也许齐奥朗正是这不幸事件中的一分子。

据悉，他的早年与君特·格拉斯一样被蒙上阴影，曾经作为罗马尼亚的民族主义者支持过法西斯主义的观点，他同情希特勒、参与铁卫军、有反犹倾向……而我对此问题的一句话批注是：谁都没有完美的过去，特别是面对不停变幻的道德准则。也恰是这段经历，使齐奥朗成为齐奥朗：与母语告别，与运动告别，运用另外一种语言写作，走到自身和世界的深处打探、反思。

我们说他喜欢冷嘲热讽，倨傲不羁，而他只愿意说他愿意说的话。他说博尔赫斯的悲哀，那种被盛名所累的悲哀：

> 功成名就就是最惨烈的惩罚……当所有人都开始引用他的时候，你就没法引用他了，不然的话，就好像自己是在往他的“崇拜者”队伍里，添加他的敌人。

他为菲兹杰拉德感到惋惜。

他批判了瓦莱里——无数人心中的偶像（甚至也是我的），几乎是文学美德的化身。他似乎无不自嘲地说到他的批判文章——《瓦莱里面对他的偶像》：“瓦莱里以严谨使人入迷。任何心跳、任何过火都跟他的名字沾不上边。他只是失之高雅。我对他所作的不公正的评论出自一种不纯正的愤激，这是我应该在这里加以揭发的。”他指责瓦莱里追求清醒，过分强调意识，排斥神秘；他的要求是一个艺术家的要求，而不是一个诗人的要求，抬高艺术手段和技术而贬低禀赋……齐奥朗是极其过火的，但我们乐于接受，并给他以掌声。

他是巴黎的真正隐士。“重返隐居生活！让我为自己创造一种孤独，让我用尚存的抱负和高傲在心灵中建起一座修道院吧！”他是这个过去的20世纪里最为恬淡隐忍的人，是西方版的陶渊明。

即便是隐士、沉默寡言者，他也需要朋友。齐奥朗与贝克特都是怪人，他们臭味相投。于齐奥朗而言，贝克特是个单独者，一个“丝毫不想表现自己，丝毫没有成功和失败的概念”的单独者。他还与他的老乡、戏剧家尤内斯库和诗人策兰交好。

谈起齐奥朗，只有碎片，对于他的只言片语终会以解体收场。于他于我而言，虚无就是最后的一道光环。

卡夫卡，或弱势文学

我们都知道，吉尔·德勒兹是一位创制概念的哲学大师。《福柯·褶子》一书就会给我们这一强烈的印象。在他那里，哲学终于从可怕的哲学史中走了出来，把人绞碎的哲学机器被他彻底地捣毁了。他从尼采那里获得了启迪：用片段性来对抗哲学机器的总体性，用警句对抗逻辑，用笑声和反讽来对抗严肃和伪饰，用隐喻对抗换喻，用文学对抗哲学，用谱系学对抗形而上学。德勒兹一生的哲学研究都是从根本上实践了尼采所谓“新型哲学家”或“未来哲学家”的理念，也即一个实验哲学家、一个摆脱哲学史恐怖的哲学家。无疑，他的成果表明了他已经获得成功：他成功地开辟了另一条哲学道理。这也无怪乎福柯公开宣称：“有朝一日，德勒兹时代也许会来临。”虽然德勒兹在1995年就离开人世，可此言至今还备受同行嫉妒。

《什么是哲学》并不是一本书，而是两个人合写的两本书。只不过它们以一本书的面目（中文译本以合一册出版）出现而已。

这两本书其实分别是《卡夫卡》和《什么是哲学》，这两个人中除了吉尔·德勒兹，还有一个是菲力克斯·迦塔利。

20世纪70年代起，德勒兹携带着哲学的工具包走进了精神分析学的领地；而迦塔利则相反，他怀揣精神分析学的精密仪器闯进了哲学的领地。他们相遇了，可谓双剑合璧，并开始了漫长的学术合作。与德勒兹一样，迦塔利也有创制概念的嗜好，因此这两位疯狂的概念大师在一起创制了更多疯狂的概念。如今，这些概念已广泛地影响了我们的生活、学术、哲学、文化、艺术等各个方面。从《反俄狄浦斯》（1972）到《什么是哲学》（1991），他们合作写了五本书，共同创制了如下这些著名的概念：欲望机器、家族主义、精神分裂分析法、文明人、不文明人、野人、圆环、高原、根茎、概念创制者等。

《卡夫卡》的副标题是：为弱势文学而作。而按照我的理解，可以把这本书的书名改成“弱势文学——通过卡夫卡的个案研究”。该书的中心议题就是混合运用了精神分析和哲学的手段来解剖卡夫卡以及他的作品，从而提出弱势文学为革命性文学的这一最终命题。

卡夫卡在《致科学院的报告》（通过猿猴之口）中陈述：“我不要人类的评判，我们只想传播知识，我只能作报告；即使是对你们，尊贵的科学院院士们，我也只是作了个报告。”通过这一材料的阐释，他们精辟地指出：“只存在一场卡夫卡实验，它既没有什么解读，也没有什么意指，仅有一些经验的规范而已。”他们不辞辛劳地拷打、盘问、解剖卡夫卡，得出一个概念：弱势文学。

他们这样表述："弱势文学不是用某种次要语言写成的文学，而是一个少数族裔在一种主要语言内部缔造的文学。"这个说法显然有些牵强，不过概念是他们创制的，他们可以按照他们的意思去表述；而我们这些后来的进餐者，不管如何只能吃下去了。正是在此意义上，"布拉格的犹太人所处的绝境使他们无法从事写作，使他们的文学成为不可能实现的东西"。卡夫卡在致友人勃罗德的信中说：无法不写作，无法用德语写作，无法以别种方式写作。他们阐述了弱势文学的三大特点就是：语言脱离领土，个人跟当前政治挂钩，表述行为的群体性配置。

弱势文学作者由于身处弱势，不得不"像一条刨坑的狗似的写作，像一只打洞的耗子似的写作"。由于身处弱势，作者便不由地走上对抗之路，卡夫卡小说《饥饿艺术家》和《女歌手约瑟芬或耗子民族》就是极其显著的例证。甚至由于身处弱势，作者从内心、从本质上抗拒主流文学价值观，"憎恶所有那些巨匠的文学"。综合这些原因和写作上的意愿，弱势文学就产生了巨大的叛逆性，其革命性特征成为它出现和存在的直接动因。

在接下来的写作中，德勒兹和迦塔利向我们展示了他们"乾坤大挪移"式的话语本领，活跃的思维火焰串烧到卡夫卡所有的作品、卡夫卡的写作方式和链接手段上。当然，接二连三的概念创制更是推动"弱势文学"这一磨盘的强大动力。

什么是哲学？这个问题似乎是每一个从事哲学的人必然要提出和解决的。很多哲学家都有过表述，因而就形成今日卷帙浩瀚的哲学史。有的过于造作，有的过于抽象，有的过于高蹈，有的居高临下，有的咬文嚼字……吉尔·德勒兹和菲力克斯·迦塔利显然可以轻而易举地给出一个答案，那个一成不变的答案是：哲学是一门形成、发明和制造概念的艺术。但贪婪的他们还要更多，他们认为就事论事地回答问题，还应当“说明时间、场合、感受、景物、人物、条件以及未知条件”。《什么是哲学》就是为解决这一附加问题而作的长长的说明书。

他们首先明确：哲学不是静观，哲学不是沉思，而是来自于概念的不断创制。概念是绝对的，又是相对的；概念还是渐变的，成长的；概念是零散的，是片断。有了概念，就必然产生概念性人物。哲学家、艺术家、诗人、小说家，甚至傻瓜都是分布在无限世界里至关重要的概念性人物。通过他们，形成了包含人类无限精神的内在性平面，构成人类思考的光芒和印记。作家是概念性人物中一个巨大的群体。他们以专业而独到的眼光分析道：“荷尔德林，克莱斯特，兰波，马拉美，卡夫卡，米肖，佩索阿，阿尔托，还有从麦尔维尔到劳伦斯或者米勒等许多英美小说作家，都会使读者因发现他们写出了斯宾诺莎式的作品而大为激赏。”

《什么是哲学》的奇怪之处还在于，它不仅解决（当然只是在德勒兹和迦塔利的意义上的“解决”）“什么是哲学”这一原始命题，还顺便解决了“什么是艺术”（当然包括音乐和美术）和“什么是文学”的问题。譬如谈及时间，抽象绘画艺术“召唤力度”，“音乐让人听到了时间的声音力度——例如梅西安的作品；文学则使人读出并想象出眼睛无法看到的时间的力度——例如普鲁斯特的作品”。可以说，他们从广泛的艺术事实和哲学片断中分析、提取出围绕在他们概念周围诸多气质与品性，从而给我们以或远或近、或强烈或淡远的认识与思考，它们全都紧紧地缠绕在哲学、概念、文学、绘画、音乐等周围。

莱辛：平庸的敌人

多丽丝·莱辛获得今年（2007）的诺贝尔文学奖显然不是意料之外的事，瑞典文学院有足够的理由把该奖颁给这位已88岁的英国老太太。当然，是对她作为作家工作的承认，而不是对于年龄的尊重。

跟很多时代里的突破性作家相比，多丽丝·莱辛也许不能算是革命性的文体作家，但她也绝不是一个因循守旧的作者。她无法一直照老规矩写作，正如她曾经评论别人时所言，她天生是“平庸的敌人”。

《金色笔记》散发着符合我设想中一种好小说的气质，它没有什么故事情节，这无疑也是对英国伟大小说叙事传统的蔑视。正是这种蔑视使得莱辛放开了手脚，她不再从事传统的社会学意义的小说写作。这个同时也使小说从真正意义上超越了故事，不管那些故事是以何种美妙的方式讲述出来的。说起来，很简单，《金色笔记》就是从数个不同的角度和侧面来表现女主人公安娜·弗里曼·伍尔夫的生活。我称这种写作方式为小说艺术的美术行为。它事实上采用散点透视的方式来叙事，即平行的多视角的写作手法。这种事例很多：《尤利西斯》、《喧哗与骚动》都有极其鲜明的表现，这也是现代主义小说的主要技术手段之一，但这并不等于说现代主义的小说就是存心要通过各种不同于以往的写作方法来实现其写作目的。散点透视可以实现作家多角度对同一事物的描写，比如他要写一个性格复杂的人，他可以通过若干人讲述这个人的种种行状来实现。对于同一时间里发生的若干件事，也可以通过这种手段取消传统写作的时间历时性问题，把这在同一时间内发生的有用（作者认为的）的事件一一描述，以实现作者复杂的写作意图。显然，《金色笔记》完成了作者的写作意图。名为“自由女性”的第三人称的叙述作为整本书的骨架，这就像古代木船的龙骨一样，它关系到整本书能否继续前行。这个被叙述的故事分为五个小节，讲述安娜及其女友莫莉的生活和事业，每两节之间夹有一连串所谓的“笔记集”（有趣的是，有着类似写作手法的纳博科夫的小说《微暗的火》也发表于同一年)，其内容取自安娜的四个笔记本（即黑色、红色、黄色和蓝色四本)，如此反复四次，在最后一节“自由女性”之前还插入了一个独立的“金色笔记”部分。在各种色彩不同的笔记下，也隐喻了作者对人生不同时期、不同选择和不同色调的思考。

在莱辛身上，我们会明白什么叫职业作家。一名职业作家只以不断的创作为己任，而其他社会事务必然退居次要位置。从1950年她出版小说《青草在歌唱》开始，她写作的脚步就从来没有停滞。此后莱辛陆续发表了《暴力的孩子们》五部曲，以诚实而冷静的笔触记述了一名在非洲长大的白人青年妇女的人生求索。1962年她发表了大家公认的代表作《金色笔记》。20世纪70年代以后，莱辛又陆续写出《简述地狱之行》（1971）、《黑暗前的夏天》（1973）和《幸存者回忆录》（1974）等作品。接着她又以另一种面孔出现，写出了《南船座中的老人星：档案》的所谓“太空小说”，包括《什卡斯塔》（1979）、《第三、四、五区域间的联姻》（1980）、《天狼星试验》（1981）、《第八号行星代表的产生》（1982）等。当然，这些小说也如卡尔维诺的科幻小说，科幻只是假象，小说的思考才是本质。80年代以后，她又推出了《简·萨默斯的日记》（1984）、《好恐怖分子》（1985）、《第五个孩子》（1989）和《又来了，爱情》（1995）等一系列佳作。而反观我们周边的作家，写了一两本所谓的代表作之后就变成了文学活动家，文学生命早早终结于他们的生理生命之前。是可悲也！

关于认为莱辛的写作是一种女权主义的写作的说法，我认为完全是扯淡。她极其辛辣地批评了女权运动，她说：“60年代的女权运动，光在讨论和把她们自己结成团体上，就消耗太多精力”，“我称之为‘看我的屁股运动’。”她相信，女权运动太过于以意识形态为根据，而且“浪费了妇女的潜力”。莱辛是一个真正理解男人、懂得男人的作家。她甚至鄙视女权文化，“看她们在电视中对男性多么粗鲁和傲慢。我惊骇地听到女性对男人的块头所说的某些话。真令人反感。我反对所有打击男人的行为”。作为一名作家，她的胸怀是全人类的，当然包括了全部的男人和女人。这种巨大的包容性也使得她的写作呈现出题材的广泛性和意义的多样性，而并不因为其是女性而显得矫揉造作或狭隘偏执。

当我们阅读卡佛时，我们看到了什么

当我写下这个标题时，那些卡佛的“门下走狗”就会立刻明白这绝对是一个卡佛式的标题。卡佛式标题简洁却又暧昧，是一些大白话和貌不惊人的词语，我甚至在无聊的时候把他的小说标题写在卡片上：《你在圣·弗兰西斯科做什么》、《当我们在谈论爱情时我们在谈论什么》、《我可以看见最细小的东西》、《咖啡先生和修理先生》、《告诉女人们我们出去一趟》、《取景框》、《大众力学》…… 看看它们，偶作遐想，多么有趣啊！

阅读卡佛，不会增加你的负担。因为你极有可能在五分钟内就看完他的一篇小说，如《大众力学》只有五六百字。在临睡前，在如厕时，在开会间隙，你都能轻松地看完他的一篇小说，我把它看作是对我们匆忙生活的美好补偿。

我越来越认为长篇小说是一个没有必要存在的艺术样式了，你看看它们耗费了作家多大的精力，同时还消耗着读者的阅读热情。在他的写作职业生涯开始时，卡佛也许有着雄心壮志，希望像那些前辈一样写出一两个伟大的大作品。但随后，他就发现他只是一个平常人，甚至极为平凡；他没有太大的野心，也许同样没有太大的运气。他开诚布公地说："我的注意力难以持久，不再有耐心写长篇。至于为什么会这样，说来话长，我不想在这儿多啰嗦了。但我知道，这直接导致了我对诗和短篇小说的爱好。进去，出来，不拖延，下一个。"我想这就解释了这位伟大的小说家为什么一辈子总是写短篇小说了吧！但这远远不够，也许主要的原因是卡佛打了一个又一个临时工，他只能写坐下来一次就能写完的东西。总是寄人篱下的卡佛"无时无刻不担心自己身下的椅子随时都会被人移走"（见卡佛随笔《火》）。在四十岁之前，他居无定所，如叶般随风飘零，在生活的巨浪中坚持着自己的梦想。他描述这些艰辛的生活，建造了美国一个时代的小人物镜像。因为这样的写作真实得让人窒息，有评论家恶狠狠地说这是"肮脏现实主义"（Dirt Realism）。

国内有很多人评论卡佛描写的是"中产阶级"的生活，包括一些小资们在文章中也经常这样提及。我在此顺便作一个更正，卡佛描绘的主要是"中低下产阶级"。按卡佛的说法，他们"成了美国生活里最绝望也最庞大的下层土壤。这些人无法完成他们经济与道德上的义务和职责"。当然卡佛的书写对象中也有中产阶级，显然评论界的说法并不准确，甚至与事实有相当大的距离。

卡佛是一位诗人，曾经出版过三部诗集。小说是他诗化了的散文。法国哲学家阿兰说，小说在本质上应是从诗到散文。随着时间的流逝，小说在到达散文的时刻起，它又要转向诗了。小说美的最终姿态是诗，小说作为艺术的姿态必然是诗。卡佛的小说即如是。

要洞悉卡佛写作的秘密，首先要找到那几张贴在他工作台旁的卡片。这些卡片的尺寸是三乘五（据卡佛自述），我想单位应该是厘米吧！

第一张卡片是：“陈述的基本准确性是写作的唯一道德。”（或者简单翻译成“准确的陈述是写作的第一要素。”）这是诗人庞德的一句格言，说起来简单，做起来难极了。准确的陈述是对一个作家的最起码的要求，但这个要求在成千上万的写作者那里却成了难题。他们不乏异彩纷呈的技巧，也不乏丰富绚丽的词语，他们手握各种修辞的尖端武器，但总是无法准确地描述他们所看到的事物、生活以及他们的思想和人物的精神状态。卡佛如此重视老庞德的这句格言，一方面知晓这是写作过程最为复杂、最难处理的问题，另一方面也体现了他崇尚诚实的写作观。在长久的写作中，卡佛克制地在他的狭小天地里耕作，并成就了卡佛品牌。今天我们说，卡佛是一个世界级品牌，也就是传统意义上说的作家形成了自己的风格。有人把它贴上一个“极简主义小说”的商标。它像签名一样，是一个作家独特的、不会与他人混淆的东西。卡佛在《论写作》中清晰地论述道：“它是这个作家的世界，是把一个作家与另一个作家区分开来的东西，与才华无关。这个世界上才华有的是，但一个能持久的作家必须有自己独到的观察事物的方法，并能对所观察到的事物加以艺术地叙述。”后面一句话很重要，“一个能持久的作家必须有自己独到的观察事物的方法”，卡佛有他自己的方法，而且他的方法极为有效。

在准确陈述的基础上，卡佛取缔一切无关紧要的装饰性修辞。我们随意翻开卡佛的书来读，几乎在一整篇中找不到几个形容词。卡佛本能地拒绝在小说中给予解释和阐述，他相信他的文字信息足以让读者明白读者该明白的事实。卡佛写的是大白话，但这些大白话精确，真实，细微。卡佛明白自己写作的力量所在，他认为“写一句表面上看起来无伤大雅的寒暄，并随之传递给读者冷彻骨髓的寒意”，这是他可以做到的。

从形式到内容，卡佛坚守的是自己作为普通人的视角。有人在杂志上抨击他描绘的美国不是个快乐的美国，说他写的人物不是真正的美国人，真正的美国人更高兴些，没有那么多的阴暗面。而卡佛则讥讽他们“很搞笑”。是啊，对于他而言，“美国梦”是多么浅薄多么杳渺啊！他自己一辈子干着蓝领工作，了解自己也就是了解美国人。他说“自己归根到底，不过是美国的一名普通百姓。真正作为美国的平民，自己才有着那些非吐不快的东西”。

看卡佛的小说，不由得叫人想起美国诗人卡洛斯·威廉斯的诗歌，例如《红色手推车》，色彩鲜明，像印象派画家那样去描绘事物；蕴含却相当丰富，耐人寻味，充满了不确定性和内在深入性。在卡佛手中，平凡的事物被注入了新的生机，赋予意蕴，大大地扩大了文本的张力。

对于这个问题，村上春树这样评价卡佛的写作：“把程式化的语言和不必要的修饰全部去除，在这个基础上尽可能以‘故事’的形式，坦诚而温和地吐露自己的心声，是卡佛追求的文学境界。”

第二张卡片应该是：“……突然，一切都变得清晰起来。”这是短篇小说之王契诃夫小说里的一句话。卡佛发现这句话充满奇妙和可能性。“我喜欢它们的简洁以及所暗示的一种启示。另外，它们还带着点神秘色彩。”这时候，我们知道小说需要些什么元素了，即使不清楚过去的是什么。为什么到现在（小说的推进）才使暧昧的事物变得清晰呢？这就是小说的奇妙之处，这也使得作为艺术样式的小说拥有了无限的可能性。这突然的清晰带给作者写作的冲动，同时使阅读者充满期待，甚至悲伤也会清晰起来。在卡佛的小说《第三件毁了我父亲的事》结尾处，卡佛出其不意地评论（他很少这样干）起来：“……自从哑巴在那个深暗的水塘里自杀后，除了坏时光，再也没别的什么了。难道这就是一个朋友死后应该发生的？把厄运留给他活着的朋友？”友谊、厄运、坏时光……一切都清晰起来了。

但是清晰并非封闭，并非确定性。恰恰相反，几乎所有的卡佛小说都有一个开放式的结尾，一个无法预知的未来，谁也不知道下面的故事和人将有怎样的结局。有时，卡佛似乎给出一个模糊的暗示，也许这将是一个糟糕的结局或更令人觉得悲伤的下场。比利时作家阿利亚斯·米松可谓切中要害：小说“往往结束在悬崖边上，故事中的人物被吊在不确定的空气中”。这不得不激起读者的反抗，他们迫使读者寻找小说中留下的蛛丝马迹，以解开悬案。而卡佛遵循的最高准则依旧是生活的真实，他认为给他的人和事一个完善的结局是不恰当的，“从某种程度上说甚至是不可能的”。作为中国读者，我们更容易理解卡佛的这一手法，我们几千年的文化精华——国画、书法中就讲究留白，清代的艺术评论家华琳说“画中之白，即画中之画，亦即画外之画”，卡佛的小说同样呈现了“留白”的艺术。因而读卡佛，我们感到亲切。

第三张卡片就是：“别耍花招。”这是作家沃尔夫（Geoffrey Wolff）的话“别耍廉价的花招”的变形。事实上，卡佛进一步确认：在写作中，你只要做一个诚实的人，什么花招也别使。“我痛恨花招，在小说中，我一看见小花招或伎俩，不管是廉价的还是精心制作的，我都不想再往下看。小伎俩使人厌烦。”是的，自以为是、时髦浮夸的写作与愚蠢透顶的写作在本质上没有什么不同，它们背离事物的真实，背离我们需要的美和理解。作家没有必要是一个聪明绝顶的人，但首要的是一个诚实的人，面对生活、面对世界保持诚实的人。

在小说《邻居》中，比尔翻出“一条女内裤和一个胸罩。他穿上内裤，系紧胸罩，又在壁橱里找外面穿的”。有人拷问卡佛为什么要让男人去穿女人的内衣，卡佛坦然地回答说他觉得有人真会这样做。诚实的写作，也许叫人感到不自在，但这就是生活的真相，这就是卡佛的小说。

在不断深入的写作中，智力退居到一个相当次要的位置上。

普鲁斯特说："我认为作家只有摆脱智力，才能在我们获得的种种印象中将事物真正抓住，也就是说，真正达到事物本身，取得艺术的唯一内容。"那些花招算什么呢？什么都不是。卡佛深深地理解问题的关键，他坚定不移地通过自己独特方式"真正达到事物本身"。

第四张卡片应该是："没有什么能比一个放在恰当位子上的句号更能打动你的心。"这是苏联短篇小说大师巴别尔小说中的一句话。这阐明了小说写作精益求精和不断修改的必要。卡佛作品日语译者村上春树对卡佛的这种专业精神深为钦佩："就算是已经出版了作品，一旦有不满意，他还会修订再版。作为译者，数个版本之间的差别当然会让我挠头，但每当见证这些他一路走来的足迹时，都为他写小说时这种实实在在的认真而深深打动"。

最后一张也许是："每天写一点。不为所喜，不为所忧。"女作家黛因生所言。写作是类似于马拉松一样的运动，路很长，你不必指望在一两年内完成，它的期限是固定的，那就是写作者的一生。所以，有志于成为作家的人首先要明白你必须热爱写作才去选择写作，否则对你来说这将是一个多么漫长的折磨啊，同时还耽误了你挣钱或者享受生活。在写作过程中，写作者找到自己的位置，发现自己的满足感。就像卡佛说的那样："说到底，一个尽自己最大能力写出来的作品，以及因写它而得到的满足感。是我们唯一能够带进棺材里的东西。我想对我的那位朋友（总是抱怨条件不好而没写出好作品的人）说，看在老天的份上，您干点别的什么吧。这个世界上总还有些既容易又能保持诚实的赚钱方法吧。”也许我们总能找到可以挣钱养活自己的工作，有时还不失尊严，还保持诚实，非得要写作吗？真不一定。

至于文学和生活的关系，对于卡佛、对于我们也许起到的是相同的功效。“文学能让我们意识到我们的匮乏，还有生活中那些已经削弱我们并正在让我们气喘吁吁的东西。”卡佛如是说：“文学能够让我们明白，像一个人一样活着并非易事。”至于文学是否真的改变了我们的生活，卡佛未置可否。当然，我们一样也不知道。

说一说卡佛，说一说写作，就是说一说我们继续存在却又无聊乏味的生活。但结局谁也无法预料，卡佛的小说是开放式结局，我们的生活亦如此。

克莱齐奥，或未来小说的道路

法国小说家勒·克莱齐奥获得了2008年的诺贝尔文学奖，对我而言，感到惊奇但并不意外。

惊奇的是克莱齐奥是一个创新意识很强的作家，他是那些可以归入“小说革命家”行列的作家之一，而在此之前诺贝尔文学奖已经颁发给两位“小说革命家”了：荒诞派戏剧家（当然他首先是位大胆革新的小说家）塞缪尔·贝克特和法国新小说的代表人物克劳德·西蒙，甚至他们都是来自一个叫“午夜”的法国小规模出版社。当然，“新小说”的教皇罗伯—格里耶并未享受这一公共荣誉。照常理，对于这一类型作家的奖掖已足够了，何况诺贝尔文学奖的候选名单中还有米兰·昆德拉和菲利普·罗斯这样公认的小说大师一直在苦苦等待呢?

说不意外是因为克莱齐奥作为一位具有独创性的小说家，已经写出了很多手法新异、意义深邃的作品了。1940年生的克莱齐奥被称为法国“新小说”之后“新寓言”派（几乎是同时出现的，所谓“之后”是文学史的说法）的主将。他与我喜欢的另外两位作家莫迪亚诺和乔治·佩雷克并称为“法兰西三星”。而且，在1994年的法国读者调查中，克莱齐奥成为最受读者欢迎的作家之一，被誉为当今法国文学的核心。

有人批评克莱齐奥言之无物，虚无缥缈，没有深刻的思想。我想，这种说法是站不住脚的。克莱齐奥在与著名导演戈达尔的一次谈话中说：“如果作家没有人类高深的思想，如果对世上一切基本的东西、一切不愉快的东西没有一种情感的话，就不可能写出好东西，就无法写东西，无法自我表达。”

事实上，克莱齐奥的写作正是如此。

克莱齐奥，关于《战争》的战争

在小说写作领域，克莱齐奥发动了全面的战争。

在这场战争中，他不再顾及传统的文学价值观，它们早已不是他的对手了。他的敌人似乎只有一个，那就是词语。但是，它是无所不在的、无法把握的，细微得不可触摸，庞大得不见首尾。从天上到地下，从有限到无限，从身体到内心，他发动了全面的战争。

这场战争就是《战争》的写作。

小说的开头是这样的：“战争开始了。谁也不知道在哪里又是怎样打起来的，但事情就是这样。”有一天，它也许会成为文学阅读者津津乐道的经典开头，就像卡夫卡《变形记》的开头：“一天早晨，格里高尔·萨姆沙从不安的睡梦中醒来，发现自己躺在床上变成了一只巨大的甲虫。”或者如马尔克斯《百年孤独》：“许多年之后，面对行刑队，奥雷良诺·布恩地亚上校将会回想起他父亲带他去见识冰块的那个遥远的下午。”之所以这样说，是因为我们觉得似乎在不经意之间闻到了它散发出的经典气息。

《战争》里，没有时间，没有地点，没有人物，也没有事件，就是说没有一切传统小说所需要的最起码的要素。一定会有人问，那它到底是一部具有何等面孔的作品呢？而我语气坚决地告诉你：我不知道，你只有读了才能知道。

我所知道的是，这里有两个类似于人物的东西，或者叫物体，或者叫符号。Bea.B，似乎是一位姑娘，一位不知道来自何处的姑娘，她来自某一个遥远的星球。她也许是人，但又绝不是人。她带领我们穿越一个幽深无比的物质之城。是巴黎吗？是，也不是，应该说是一座人类共同身陷其中的毁灭之城。她走在（或者飘在）这座城市，我们看到了大街、车站、商店、机场、咖啡馆、垃圾场、地道，我们看到各式各样的符号，那些所谓的文明的标识：文字、点、线、圈、叉、淫画。我们随着她，然后就是接二连三的恐怖事件，爆炸与危险充斥在所有领域，战争无所不在，不但在物质中发生，还在时间中发生，还在灵魂深处精神世界里展开。人类非常可怜，他们几乎无处可逃，物质挤压了他们站立的空间。在这场战争中，他们的溃败是彻底的、无可挽回的。最后，在这场无边无际的随时随地发生的战争中，她消失了。这是克莱齐奥注定让她消失的，也是我们希望的。书中，还有一位 X 先生，注意啦，他叫X先生，而不是K先生，绝对不是卡夫卡书中的K先生，他们之间有质的区别。K先生有人类清晰的特征和面孔，意指虽然有些暧昧，但总是人类的某种代表。而X先生就完全不是这回事了，他是纯粹的符号。他会开着汽车，带我们去追逐在大街上惊慌失措的人们。他出其不意，带我们走进自己精神世界的恐惧和茫然之中。那么，Bea.B小姐和X先生之间一定发生了什么事吧？也许是性，不行的话，有一点情感纠葛也好啊！但是，这里什么也没有，什么也没有发生。

克莱齐奥总是说，他书中的人物还没有在地球上诞生。《战争》的最后一句话是这样的：“而我自己，我也实在说不准我是否已经诞生。”显然，克莱齐奥明白他书中的人物并不是现实的生物，而是想象出来的类人物种，他们肩负着作者重新观照现实世界的重担。

克莱齐奥进行的是对这个世界的战争。我以为在他所有的小说中，传之后世的必然是《战争》。其实，早在1986年，法国《读书》杂志推荐的理想藏书中就有《战争》了，在群星璀璨的法国小说中入选理想藏书的“前49名”并非易事。该推荐语说：“在这部小说中，后工业时代进入了我们的文学。让我们随着一个年轻姑娘的视线漫步于现代社会中，也像她一样饱受启示录式的‘符号’的刺激：汽车、高速公路、超级市场、夜总会、广告等等。”

我曾经在私下里想过，某种意义上，冒险是他的本性，他喜欢这样的冒险。在写作领域内，克莱齐奥正扮演着一个强硬的不被大众接受的超人的角色。

一种趋势，未来小说的道路

未来小说是什么样子的呢?

我们无法想象，也许克莱齐奥展示了其中一种趋势。

克莱齐奥像所有有雄心的小说家一样，一直致力于建立一个自供自给的世界。但这个世界并不是封闭的，可以这样说，一旦作品完成，作家就构造了一个相对封闭的系统，但在同时它面向读者，打开了一扇无限开放的窗。通过这扇窗，读者眺望自己的生活和自己所在的世界。克莱齐奥如是说："我觉得世界要比上帝更广阔，我认为上帝的思想包括在世界之中。"他试图在一瞬间通过某一奇异方式表达他创造的世界。他要创造的是世界，因而他说他是某一个可以创世纪的上帝。

20 世纪下半叶，文学，特别是小说，从特性上讲，渐渐地从沉重走向轻逸。

克莱齐奥既非单纯的沉重，亦非一直飘忽的轻逸，而把这两个重大的文学走向熔炼到他的一支笔下。他是那种深谙太极之道的人，他调和阴阳，运用自如。在这一点上，我发现在全世界范围内没有任何一个作家能取得他那样的成就。

早在 1956 年，罗伯—格里耶就坦诚地说过，出现了一些"旨在使叙述从困境中走出的连续不断的众多尝试"的作品。但这些作品中，"无论其价值如何，就其对读者的吸引力而言，却没有任何一部比得上资产阶级小说（即传统的经典小说）。在今天，唯一流行着的小说，实际上还是巴尔扎克的小说观”（《未来一种新小说》）。时至今日，半个世纪过去了，我们看到，这种状况并未得到改变，在中国的状况更不必谈。这甚至引起我的隐隐楚痛：也许小说是一种即将消亡的艺术样式……因为作为艺术的小说并没有赢得大众，或者说艺术与革新的小说只作为少数写作者和爱好者的秘密宗教在私下里存在、流传……也许克莱齐奥的获奖或多或少地改变了一下这样的状况，也许这个秘密宗教扩大了范围，但我不知道程度到底有多大。

从克莱齐奥的第一部小说《诉讼笔录》起，他就有意识地使小说成为一种新的生命体。他的小说似乎是对叙事文学的温柔对抗，他的小说是一种微不足道的寓意，一个突如其来的启示，一种轻盈的奇思妙想，一个暧昧却又挥之不去的感觉……从《诉讼笔录》、《少年心思》到《流浪的星星》和《乌拉尼亚》，克莱齐奥的写作不断地呈现着这种“散点”描绘的方式，并不断深入，从而为这种对抗行为带来力量，同时为文本本身带来自己的生命。

克莱齐奥的写作哲学是自给的方式，这也是我能思考到未来小说的唯一特性。他给予他的小说世界以独特的生命空间。我无法提供未来小说任何形式和技术上的图景，但是我有一点要说：要给小说以生命和自由。不管写作方式如何改变，小说的形式走向何处，作为作品的小说首要的要求是拥有充沛的生命力。在未来的某些时期，小说也许不再是伟大的，也许不再是深刻的，不再是形式的。同样，小说也需要自由。就像达利给我们的启示一样，艺术是自由的。

就《在西瓜糖里》而言

作为美国后现代主义的代表之作，《在西瓜糖里》（作者理查德·布朗蒂甘，王伟庆译，北京师范大学出版社2000年版）是一部有趣而奇异的作品。我试图以词语来说明一些与此相关的东西。

新 异

谁也不能否认，这是一本新异的书。像所有的文学作品一样，这本书也有主人公，而且是常见的第一人称——“我”。但“我”是什么呢？传统的现实主义小说中，“我”是作为第一人称的叙述者出现的，“我”会目击、耳闻、想象和思考，而后把这些内容记下来。这里的“我”往往不但是叙述者，而且还是书中的一个人物。现代主义小说家的先驱福楼拜的一句话说出了重大转折，他说：“包法利夫人，就是我。”在现代主义小说家普鲁斯特的巨著《追忆似水年华》中，叙述者“我”的身份则变得异常复杂，“我”既是一个出没于巴黎交际圈中名叫马塞尔的年轻人，又是一个躺在床上追忆他逝去韶光的中年男子，还是作家本身。现代主义大大地开辟和拓展了“我”的内涵。“我”其实可以有其他的叫法的。像卡夫卡书中的K，像克莱齐奥《战争》中Bea.B小姐和X先生。但是X先生绝对不是K先生，他们之间有质的区别。K先生，有人类清晰的特征和面孔，意指虽然有些暧昧，但总是人类的某种代表。而X先生就完全不是这回事了，他是纯粹的符号。那么，《在西瓜糖里》的“我”又是什么呢?

> 我猜你一定好奇我是谁，但我不过是那些没有固定名字的人中的一个。我的名字取决于你。想到什么就叫我什么好了。
>
> 如果你在想很久以前发生的事情：有人问你一个问题，你却回答不了。
>
> 那就是我的名字。
>
> 也许那时候雨下得很大。
>
> 那就是我的名字。
>
> 或者有人想让你做某件事儿。你做了。然后他们告诉你做得不对——“对不起，你错了”——你不得不另做一件事儿。
>
> 那就是我的名字。
>
> ……

这里的“我”连符号也不是，完全不再是我们所说的叙述者或一个人物了。你去想吧，你能想到或者想不到的都可以叫“我”。

这种品行即为新异。新异并不意味着先进、发展。文学的形式和内容在某种意义上，是在向前发展，或者说“一代要有一代之文学”。小说的状况也是如此。从粗线条来看，把小说的发展人为地分为现实主义、现代主义和后现代主义这三个阶段是可接受的。但硬要说后现代主义比现代主义高级、现代主义比现实主义先进，则又是难以令人信服。新异是对于已有的文学传统和文学作品而言，新异并不保证文学的前进，但它必然要求打破——打破传统。

新异乃是现代艺术的本质要求。一种需要存在和展示的现时艺术，它必然地要去对抗已有的艺术样式和艺术主题。新的方向意味着新异的追求。如果丧失了这种对新异的追求的话，艺术的本质将不复存在，那时它只能是僵死的、妥协的、散发出腐草气味的垃圾；在艺术家那里，先验早于创造本身，一切都倾向于肯定。艺术的新异要求艺术家去发现有别于已有的艺术样式和主题，他必须寻找到不可预料的新鲜事物，而且是非物质化的事物。小说艺术在20世纪这个大师辈出的时代里，要想获得真正意义上的新异变得尤为困难。从这一点上说，《在西瓜糖里》即使不是小说史上的杰作，也可以称得上是体现了真正艺术精神的作品。

意　义

《在西瓜糖里》是一部几乎没有意义的书，这与历来的文学作品要表现社会学、生物学、心灵史以及诸如此类的意义的小说是完全不同的。在传统的文学作品中，读者面临的是一个和谐有机的、意义单一明晰的封闭的事实。作者能够实现他们的意图，阅读也就是作者通过读者实现他的创作意图，实现文本固有意义的把握。

在许多的作品那里，文本都是有明显的指向的。而在一部分现代主义和大部分后现代主义之作中，文本不再有确切的意义，作品的指向变得模糊、暧昧以至于难以捉摸，意义变得隐秘而多元。而《在西瓜糖里》更坚决、更彻底，我们甚至看不到它所隐藏的“潜话语”，我们不适合随便地就给它套上某种明确指向的帽子，我们说它是没有意义的。与小说《在西瓜糖里》极为类似的艺术品还有 1962 年安迪·沃霍尔的绘画作品《100 个坎贝尔的汤罐头》，它仅仅是为了那些愿意看到它存在的人而存在的。

没有意义其实有两层意思：一是有意义，有某种我们尚无法把握（超出我们已有的经验）的意义存在，而我们就把它看作(或者说叫相当于）无意义；一是无乃虚空之意，如《老子》所言，虚空可以存放一切，在这种特定的状态下可以存放各式各样的意义。从接受美学的角度讲，每一个读者都将在他的阅读中完成对该书意义的存放。这是一本开放的、澄明的书，作者只是有意识地完成了一半，还有一半将由读者独立来完成。

《在西瓜糖里》这部小说，有一个个小标题，你也许以为那是方向，是作者给的指引，是跟意义有关的路标。比如说，我们看一下叫作“文学”的这一节：

"现在，我得回去干活儿了，"弗雷德说，"瓜板冲压机在召唤。你干什么去？"

"我想去写东西，"我说，"继续写我的书。"

"真是胸怀壮志，"弗雷德说，"这本书是否就像小学老师说的那样是关于天气的？"

"不是，它不是关于天气的。"

"不错，"弗雷德说，"我可不想读一本关于天气的书。"

"你读过书吗？"我说。

"没有，"弗雷德说，"我没读过书，但我想读的第一本书不应该是关于云彩的。"

就是这样，你把握了何种意义？你能理解的文学就是如此吗？小说中的"文学"这标题又作何解释呢？我想这些都不必追问，一追问反而无法阅读这样的作品了。

说一部作品本身毫无意义是武断的，不可信的。只要有语言的存在，有作品的存在，就必然地存在着意义。也许只能说它的意义被消解到最小的程度。在接近于零意义的道路上，有些作者走得更远，布朗蒂甘应该是这些作者中的佼佼者。

偶　然

阿多诺在《审美理论》中这样说："艺术在制作方面的进步，伴随着一种极端武断性的倾向。……技术完整性的汇合是正当的，逐渐地以绝对偶然来完成艺术品的观点被接受。"

我在想，《在西瓜糖里》是一本偶然的书，绝对偶然而成的书。这样说，等于没说，几乎所有的小说都是偶然而成的。我是说，它也许压根就不是作者想要写的那种书，是一本远远超出作者想象的怪胎。这种偶然来自于作者对其以前和所处时代文学的深刻认识，并且在略带前瞻性的梦幻状态下完成了他的创作。

从传统的"主题"一词出发，《在西瓜糖里》必然是一部不涉及现实的作品，一部确定无疑是"超现实主义"的作品。彼得·比格尔在《先锋派理论》中有一段精彩的论述，他说："从以手段—目的的理性为基础而组织的社会经验日益构成对个人空间的限制出发，超现实主义者企图发现日常生活中不可预见的因素。他们的注意力因此就指向那些在按照手段—目的的理性原则组织起来的社会中没有地位的现象。"先锋艺术家的任务变成了在日常生活中发现"不可预见"的因素，偶然已然成为他们手中必不可少的利剑。

偶然是如何开始的呢？这相当有趣。《在西瓜糖里》的开头是这样的：

在西瓜糖里，事情一次又一次发生，就像我的生活发生在西瓜糖里。我要告诉你这件事情，因为我在这儿，你在远方。

无论你在哪里，我们都必须尽力而为。要去的地方这么远，而我们这儿除了西瓜糖里又无处可去。我希望这样说清楚了。

一件震撼作者心灵的事件发生了，因为从开始的语言和句子中，作者隐约地感到他发现了一个全新的世界，他的写作出现了那种令人眩晕的“不可预见”的因素，一个偶然不由分说地把作者带进了一个他之前未想象过的宇宙中去。

《在西瓜糖里》作为一种先锋艺术，存在着被制造的偶然。它像许多创新的艺术一样，是被迫的产物。当偶然作为压迫的结果而出现，这样的偶然又具有了必然的性质。就像20世纪60年代产生的法国新小说，以及稍后产生并一直持续到现在的新一代新小说，它们在各自的小说中都开辟了小说的可能的方向和领域。事实上，文学艺术的方向是被以往的文学史和文学作品所左右的。因为重复对于艺术而言无异于死亡，要想使现存的艺术继续下去，就必须创新。偶然的动力是来自于作者对已有艺术样式的否定，他们断然地拒绝采取已有的艺术方法和手段。

轻逸

阅读《在西瓜糖里》的最大感受是：轻逸。故事与语言都是如此，有一个无缘无故的世界轻盈地飘荡在我们熟悉的世界之外。

卡尔维诺的《未来文学千年备忘录》的第一章（确切地说是第一讲，该书是他在美国的文学讲稿）就叫“轻逸”。他开宗明义地说：我的写作方法一直涉及减少沉重。我一向致力于减少沉重感：人的沉重感，天体的沉重感，城市的沉重感；首先，我一向致力于减少故事结构和语言的沉重感。

那么什么叫沉重？什么叫轻逸呢？我们来看卡夫卡《判决》中的一段话：

> 现在你才明白，除了你以外世界上还有什么，直到如今你只知道你自己！你本来是个无辜的孩子，可是说到底，你是一个没有人性的人！

在这句话中，作者给予语言以多么大的沉重感和多么密集的厚度啊，这就是沉重。我们再看一下《在西瓜糖里》的最后一节“舞会”：

> 这里的习惯是葬礼后在鳟鱼养殖场举办舞会。每个人都来，我们有一支好乐队，舞要跳很长时间。我们都喜欢跳舞。

这里的语言像天上飘过的白云，像空气中无足轻重的尘埃，这就是轻逸。这不由让我想起20世纪一重一轻的两位伟大诗人，他们是里尔克和威廉斯：里尔克的诗深沉而凝重，威廉斯的诗轻盈而飘逸。

卡尔维诺所说的正是20世纪小说写作的最大趋势。他的思考和他的写作顺应了这一趋势。20世纪下半叶，文学特别是小说从特性上讲，渐渐地从沉重走向轻逸。乔伊斯、卡夫卡、福克纳等现代主义作家无不表现人类重大的主题，并且采用相应明显而尖锐的形式来实现。但是到了罗伯—格里耶、布托、杜拉斯、巴塞尔姆等作家之时，重大的主题渐渐消失了，形式变得隐秘而含混。如果把《在西瓜糖里》的出现放在这一宏大的小说进程中来看，是一点也不奇怪的。

沉重无疑是深刻的，但并不是说轻逸就是轻浮、不值得重视。恰恰相反，由于现代社会的喧嚣、多元和无主题等特性，人们需要一种轻逸的艺术给他们带来小小的愉悦、小小的慰藉。轻逸的作品来自人们内心深处的需要，人们事先并不知道这种需要，而是作品激发和召唤了这样的需要。我们不会相信，像贝克特的《等待戈多》、罗伯—格里耶的《橡皮》、新一代小说家的作品如《史前史》等作品是随意的和不深刻的。相反的，我们相信他们在艺术上是真正深刻的作品。也许，他们的深刻不是来自他们的思想，而是来自于小说艺术的深入探索。我想，《在西瓜糖里》也不例外。

帕慕克：我必须每天服用文学这剂药丸

1

我对奥尔罕·帕慕克的迷恋很大程度上是因为他写作的姿态，也许作品本身并不构成威胁。我总是谈论那些逝去的作家、那些在时间的风暴中依然屹立的伟大作品，而对当代作家兴趣甚少，这被称为“厚古薄今”，是一种由来已久的偏见？

“我写作已经有三十年了。这句话我已经说了颇有一段时间。事实上，我已经说了那么久，以至于它听起来都不像是真的。”这是帕慕克在《隐含读者》中的第一句话，我多么希望在二十年后也能说出这句话啊！作为写作者，我不够职业，也没有勇气，三十年的工作也许对我而言只是一种企望，我不知道哪一天就会停止写作。

对于小说写作而言，帕慕克是一位真正意义上的马拉松选手。他不辞辛劳地伏案工作，每一天都把一半时光献给他杜撰的人物和虚构的世界。他的使命全然被钉在他的职业性之上。他说：“我真正的使命，让我和生活紧密相连的事情，仍然是小说写作。”

他眺望那些经典作家，托尔斯泰、陀思妥耶夫斯基、托马斯·曼，他们的写作超过半个世纪。他愿意在漫长的生命线上时时刻刻去涂鸦，去幻想，去沉思。

写作在某种程度上已经成为帕慕克的生理依赖症。“为了使自己高兴，我必须每天服用文学这剂药丸。”也许这种过度的依赖，使得他丧失了很多生活的乐趣，使得他的生命在写作之初就遽然黯淡下来。也许，也许，他在工作间“垂死挣扎”。帕慕克说：“而我对文学的依赖，也使我同样像个半死之人。”他病态地享受着这种“半死之乐”，“有时，想到我已经死了，而只有文学才能使我重生，我甚至感到很享受”。文学（这里将继续缩小为“写作”）于帕慕克而言是一个“活死人”的享受，一粒能使人起死回生的灵丹妙药！

具体到每一天，帕慕克都要依赖这些药丸。对于经年累月的写作者而言，一旦度过了写作兴奋期，余下来的日子将是枯燥和可怕的。“每一个日子都是艰难的。如果你什么都不写，它将会越发艰难。”也许帕慕克在说一些托词，也许他是一个苍白无趣的男人……从生理上，他给出了一个看似勉强的理由：“假使一天之内我没有很好地写作，或者无法让自己沉浸在一本书内，我会有生命感受。首先，世界在我眼前改变了，变得不能忍受，面目可憎。”

2

文学，是良药，毒药，甚至是缓解一时之瘾的毒品？谁也不清楚，谁也无法给予科学的定量或分析。对于不停服用此药者来说，也只能是冷暖自知了。帕慕克分析认为：这种药的有效成分是厌倦情绪、真实生活，以及想象中的生活。对于其他写作者呢？也许情况并非如此，这种药有着千差万别的有效成分和副作用……

帕慕克总是沉迷于自己的世界。他走在大街，也许目光空洞，如秋风一样掠过世界与其中的人们。是的，那些沉迷于自己世界的伟大写作者像幽灵一样出没。普鲁斯特在写《追忆似水年华》的时候，朋友们无法约到他，无法请他一起吃饭或者参加一个沙龙，但是作家为了求证小说中一个细节，会在深夜像幽灵一样出现在饭店大厅，出现在他信赖的朋友们面前。这种情况，比之军情六处或者 CIA 的特工传奇亦不逊色。帕慕克是这样的人，他也洞悉这一事实："这就是为什么，在大街上偶遇某一伟大作家时，我们会把他们当作幽灵，好似在远处看到某个奇迹，不敢相信自己的眼睛。"小说家投身于写作之时，他进入了另一个世界，帕慕克描述小说家时说："一个最富有想象力的小说家，他的最大美德就在于他能像孩子一样忘记这个世界，充满喜悦地生活其中，无拘无束，并与这已知世界的各种规则周旋。"这就是他！帕慕克精确地为他建立了一个镜像。

即便如此不辞辛劳，帕慕克仍旧对自己的工作无法感到满意，也许只有欣慰。"三十年来，我平均每天会独自在屋中度过十个小时，坐在书桌旁写作。”他谦逊地告诉我们一个可怕的事实，作为一名优秀的写作者，“而如果你只考虑那些尚属出色、已经发表了的文章，那么我每天的成果还远远不到半页。我写的东西大多都达不到我自己的质量要求”。作家的自我要求使得他一本书接着一本书地去写作。写作于帕慕克而言，“是一种慰藉，甚至是一种救治”。

除了热爱，除了依赖，帕慕克为了保持他三十年如一日的工作状态，还时刻保持着警醒。他了解世俗生活的杀伤力，知道一名写作者面临各种打断他写作的危险。他首先把这些时间定义为“痛苦之事”，他害怕这些痛苦之事随时会像海浪一样朝他汹涌而来。“这种痛苦还会增长，因为生活充满了琐事，妄图使一个人远离文学。”他必须克服旅行、会议、天然气账单、政治事情等给他带来的种种麻烦，这些麻烦时少时多，在不经意的某一刻也许就成为迫使你远离文学、远离写作的借口。帕慕克时刻警醒着……

3

那些伟大作家和伟大作品，给予写作者什么样的帮助呢？对帕慕克而言，写作时时会遭遇风暴，“即使是在毫无条件听任那阵风的摆布之时，我依然至少能够参照一些我所知道并倾慕的作家，来保持大致的方向感”。我们的写作将往何处去？谁能告诉我？上帝也惘然。只有那些已经存在的伟大作家和他们的作品才能给我们指出模糊的方向，它并非准确无误的罗盘，而仅仅是引导写作者前进的精神旗帜。

小说写作者的工作说起来体面，但更多的时候，写作者只是个“宅男”。他的工作在很大的程度上要依赖想象。帕慕克对他的工作给予这样的描述：“我的工作就是推测其规则，仔细聆听，并且喜悦地看着这个世界内部的进展。”三十年的写作实践，使帕慕克认识到一个简单而又至上的写作真理：如果要想写小说，作者就必须进入“孩童般的天真状态”。许多时刻，他为了进入这种单纯的状态而斗争，总是渴望回到他深爱的“第二世界”。在伊斯坦布尔的工作室里，帕慕克能看到美丽的博斯普鲁斯海峡，能看到海鸥栖息在屋檐下。他一直怀揣一个梦想，并一直为此而努力，这个梦想就是：那个叫奥尔罕·帕慕克的人能成为梦想作品的隐含作者。

这本书——《别样的色彩》，副题是“关于生活、艺术、书籍和城市”，是帕慕克的一些想法、影像和片段构成的，在很大程度上是小说写作者在小说写作之外的“存在时刻”，类似于顿悟式的小品——真理会突然在某些奇妙时刻闪现出来。如上所述，这本书在相当的范围内标明了帕慕克作为作家的职业性。“自传是它的主旨。”书中谈到父亲的手提箱、女儿如梦（《我的名字叫做红》就是献给这位小女孩的）、家乡伊斯坦布尔、各种书籍、作家和绘画作品……在这本书的“序言”中，帕慕克的一句话使我惊颤不已：“我一直相信，自己体内潜藏着一个贪婪的、躁动不安的书写狂

(一个永无休止地写作、永远用文字来谱写生活的生灵)。为了使他高兴，我需要不停地写作。”他如此自信地为自己的职业性作出说明，他如此高调地夸大自己写作的动力，这在许多当代作家中已很难寻觅。

读书就是游荡

——读《游荡的影子》

《游荡的影子》获得2002年的龚古尔文学奖，作者得到了10欧元的奖金。这本书似乎怎么看也不像小说。但它必须担当小说这种文学样式的流言蜚语。几乎像维特根斯坦的笔记，它来得彻底，能给人致命一击，给人以遐思。这部小说在法国得到大众读者的追捧，被广泛地传播、阅读。而这样一部没有情节、没有人物甚至没有社会价值的作品要在其他任何国家和地区得到青睐，几乎是不可能的。从这里也可以看出来，法国人的文学品位仍旧是纯正而喜新的，不为外部潮流所动。

谈起该书的笔调，我想用一个“冷”字就足以表达。在阅读中，我们很快就可以感受到作者的冷静和沉寂。他对任何事件和历史都不作判断，一种可怕的客观叙述统领了整个文本，像一架冷漠的摄影机把镜头任意地深入时间与空间的腹地，静静地移动。这是一种“冷写作”。我喜欢这个不动声色的叙述者，而不喜欢那些所谓充满激情的作者。该书的作者是帕斯卡·基尼亚尔，一位多元文化主义者。他从小就喜欢思考万物，曾言：从黄昏到日出，我就躺在床上辗转反侧，觉得能静静地思考，要比睡觉强上千百倍。这使我不由地把作者想象为《追忆似水年华》中的叙述者马塞尔，他躺在床上辗转反侧，总是不能睡去……也许躺在床上辗转反侧正是一个作家的假想形象……躺在床上，作者追寻那些战栗的思想。“有那么一点红光，它属于心灵的深处。”

就形式而言，《游荡的影子》是一种由文学片段所组成的作品，是典型的碎片写作。这种文学性碎片写作甚至在广阔的碎片写作系统内获得了一个新的坐标，它不同于已然存在那个系统的维特根斯坦的哲学碎片《文化与价值》、佩索阿的诗性思考《惶然录》和肖奥朗的那些闪烁着光芒的真知灼见。《游荡的影子》写了什么呢？它写了作者的个人经历、一些似是而非的历史事件、个人的轻度思考和一些若有若无的虚构事件……这些广泛的碎片构成了一种新的文学事实。

“游荡的影子”是什么呢？“他又演奏了《在游荡的影子》一曲，后来弗朗索瓦·库普兰借用该曲的主题，谱写成羽管琴曲谱本中的最后一本，取名为‘游荡的影子’。”（见第四十六章）《游荡的影子》来源于同名乐曲，作者在书中说，影子就是那些古往今来的圣贤，那些远离尘世的隐修者，那些超凡脱俗的思想家。这些影子在广阔的时间和空间里游荡，他们穿越古希腊、古罗马、中世纪，直到当代；他们跨越地理上的欧洲、美洲和亚洲。影子在历史的长河中寻找自己的栖身之地，在“不可见物和文字、古人的影子、寂静、秘密生活、无用艺术的无用统治、个性与爱情、时光与乐趣、自然与欢乐”（见第九章）中寻找安居的“最后的王国”。

对于喜欢阅读的人而言，《游荡的影子》给了他们最好的安慰。读书是一种漫游，它给人以游荡的舒坦和惬意。“在读书中有一种不寻求达到目的的等待。读书就是游荡。”（见第十五章）

作为一般读者，我们总是要问，这部作品的主题是什么？这部并不大的作品（翻译成中文也就10万字左右）要说的却是一个宏大的主题。基尼亚尔就像他的前辈普鲁斯特一样，他们着迷于谜一样无限的时间。整部作品都围绕着时间展开，对时间进行一次“轻度”的深刻思考。他从不同侧面给这个问题投来一束束光，从进步概念、语言表述和不合时宜等奇异的角度投射过来。这是冷漠美丽的“不合时宜的思想”，“必须迎接这个机会的喷发着的废墟，导致破产的慷慨，颤抖着的和不可见的火热光晕”（见第四十三章）……他的这种说法令人沉醉……

同时他有更多的碎片给我们震颤：“艺术没有时间性。在逃离标准之前，它已经靠近了鲜活的东西。……创造不会从世界中减去任何东西，也不会减去生活中的任何东西。”（见第五章）这些片段一方面闪烁与爆裂，一方面漫不经心地疏散开去……在这本书的游荡中，我们舒展自己的心灵，偶尔有一些震颤……

当玫瑰再开的时候……

如果没有这本书（《追忆似水年华之前：普鲁斯特之夏》）的出现，也许再过许多年，也没有人会知道热内·培德的名字。但现在有了这样一本小册子，名为“追忆似水年华之前：普鲁斯特之夏”，我们都知道了他。原因很简单，由于历史的际遇，时空的一次偶然安排，把他带到了巨人的身旁。这种情形就像：假如没有那著名诗句“桃花潭水深千尺，不及汪伦送我情”的话，恐怕今天人们谁也不知道在遥远的唐朝有一个叫汪伦的人了。当然，马克斯·勃罗德，作为一位伟大的朋友，帮助我们保存了卡夫卡。而如果他不在卡夫卡身边的话，没有那本《卡夫卡传》的话，我们也很难知晓这样才华并不出众的作家了。

1905 年 9 月，我们未来的大师马塞尔·普鲁斯特的母亲去世了。而在此之前两年，他的父亲也撒手人寰，他的弟弟罗伯特也结婚。一向娇惯、离不开亲人的他现在无所适从，像是到了生死关口。培德描述他“八个月来，在那些古怪的家具中间，他整日呜咽”。1906 年 8 月，为了缓解这种绝望的情绪，他离开巴黎，前往凡尔赛，打算小住几日。

因为这本书的作者热内·培德的出现，使得普鲁斯特的计划改变了，他在这儿住了五个月，并且从悲伤绝望、垂头丧气的状态中复活过来。

说起来，热内·培德跟普鲁斯特是发小，颇有点中国“世交”的意思。他们的父亲都是巴黎医学院的教授、医学界的精英，两家住得很近。但其后有十二年的时间里，他们彼此失去联系。直到1904年，培德发表了剧作《旧布》，在剧院公演，声名鹊起，而我们的大师还默默无闻，偶尔在《费加罗报》发表一篇小文章以满足自己躁动不安的虚荣心。培德的声名使得普鲁斯特想起了他儿时的朋友，这时他们才相互联系上。

普鲁斯特入住了凡尔赛的黑塞瓦尔旅馆，它豪华但老旧，“有一股陈朽的芳香”，而培德就住在离旅馆几步之遥的国王大道。这个旅馆，我们会在《追忆似水年华》中依稀看到一些影子，东锡埃尔旅社和巴尔贝克大旅社的描写就来自这儿，当然还有阿尔贝蒂娜吃午饭的场景。那段时间里，培德几乎每天都去看他，在与培德亲切的畅叙中，在培德对他的体恤与鼓励中，普鲁斯特一点点地摆脱了沮丧与消沉。

在《追忆似水年华》中，普鲁斯特多次吐露对自己写作能力的怀疑，在《在少女们身旁》中说：“刚刚写完开头几页，一股烦恼涌上心头，笔从手中掉了下来，我号啕大哭，不禁想到，我没有这份天赋，也永远成不了天才。”在《重现的时光》中这样写道：

“在熄灭蜡烛之前，我阅读了自己誊好的那一章节。读罢，深感自己缺乏写作才能，这正是盖尔芒特一家早就预料到的。”《重现的时光》里似乎与此时的情形相当吻合：“真是这波平了，那波又起，老摆脱不了，使我每每为自己缺乏写作才能而懊恼。后来，我远离巴黎，去疗养院疗养，在这段悠长的岁月中，我根本不打算再写作了，这才摆脱了懊恼的心绪……”

这两个朋友的关系极其密切，在某种程度上，已经超越友谊的界限。回到巴黎，普鲁斯特极其煽情地写信给培德说：“以上天的名义，不要让任何人知道我回来了。因为我病得比大家想象的严重得多，我不想见任何人……除了您!”其后他甚至赤裸裸地在信中写道：“我期盼着有一天能像一个恋人第一次用‘你’称呼他的情人那样，尽情地（蹩脚地）尝试所有您能想象得到的句子。但比起那位‘冲着你轻吻的茶杯傻笑’的诗人（注：马拉美），我也未见得有多乖巧……”这本书没有在普鲁斯特生前也没有在作者生前公开发表，我想原因是不言自明的。

谁都知道，普鲁斯特在巨著中大胆地描写了同性恋。甚至有人指责他说，《追忆似水年华》第一卷发表后，就导致了法国同性恋的泛滥。但是培德坚决地捍卫普鲁斯特：“可怜的马塞尔几乎成了导致这一整体颓丧的一个原因——也许不是主要原因……人们可能还会说，在如今这种粗俗、下流的时代精神中，我们仍能发现这个伟大的背德者、这个有害作家的某种遗存。”他认为普鲁斯特的作品是“超道德性”的。

从普鲁斯特与培德的对话中，我们隐约地感到我们未来的大师已经开始为未来的巨著《追忆似水年华》进行构思了，但他流露得很有限，甚至有意隐瞒。有一天，普鲁斯特对培德说："今晚我有很多工作要做……我已经有了几个想法。"在一些时候，他会不经意地告诉培德"他的脑海里看见了许许多多的人，一整片的新面孔"。这是一个小心翼翼的大胆设想，在凡尔赛的这个夏天，人类又一部伟大的文学作品开始在这个年轻人的头脑里孕育。

在培德的这本小书中，我们会看到未来大师年轻时代的剪影：他有哮喘病，他敏感不已；他固执己见，却又情绪善变；他机敏睿智，却爱钻牛角尖；他温柔体贴，却常常独断专行。培德不无幽默地给普鲁斯特作了一首讽刺诗，是一个小素描：

> 普鲁斯特，畏寒作家，总为身体不适心忧神伤，
> 仿佛，冬天已经到来，穿着卷毛羔皮大袄，
> 自从，因为某个人，某件事，某个时刻饱受煎熬，
> 他顺便也受了风凉。

在回到巴黎的最初一段日子里，普鲁斯特还询问培德"九月的玫瑰何时再开"。当然，培德很清楚："九月的玫瑰永远不会再开了。永远！……五年就这么过去了。他始终在工作……"

当玫瑰再开的时候……那些花瓣、那些香味、那些挥之不去的气息都存放在普鲁斯特的书中，那本书就是《追忆似水年华》。

圣科克托

我把让·科克托称之为圣科克托，这会让我们想起萨特把让·热内称为圣热内。也许换一个字更精确，可以把“圣”字换成“诗”。必然要把科克托作为诗之科克托看待，其他的说法都不准确，虽然这些说法有的很动听，有的很恶毒，比如说魔法师、魔术师、变色龙、算命先生、法兰西学院院士、老年人和年轻人的知音、穿着礼服的巫师、穿着花边袖口衬衫的导演、恣意而为的画家、千面作家等等。科克托一再说，你们不要把我看成这样和那样的人，我只是诗人，诗人是生命的最高存在。他称其全部创作为诗：诗歌之诗，小说之诗，戏剧之诗，绘画之诗，评论之诗……诗是没有边界的，科克托的生命就是一首诗。至今，还没有第二人这样说过，这样做过，也许再也不会有第二人……

对于批评科克托的人而言，认为科克托浪费了自己的才华，过于轻盈无谓。在智力和艺术有限的时代里，他太奢侈地运用了他的天才，似乎应该像乔伊斯和普鲁斯特那样给人们留下一部泱泱巨著才对。那些从道德上贬低科克托的人，说他过的是波德莱尔式的贵族公子生活，他吸食鸦片，他是双性恋，他引领巴黎风尚……而对于科克托而言，所有的道德必然是诗的道德，诗也必然成为生命中唯一的道德，其他的算不了什么。

是科克托让我明白自己的步履沉重。在很多时候，我与这个世界达成数量众多的妥协协议，我也觉得冤枉，但坦然接受。约伯最终也不明白：从一开始，他与上帝所定只约就是不平等的。随着事情的发展，他必然是溃败的一方，对手不会给他安慰，想象着救世主大发慈悲是幼稚的。

我喜欢科克托的表达。感性，不失理智；智慧，不失严谨。他是艺术家的典范，即便关于他的流言蜚语是铺天盖地的。在他身上，呈现出的是一种可爱的、直面世界的坦诚。在世俗读者和观众的眼中，他不过是个长不大又喜欢奇思妙想的孩子，他甚至是唐·吉诃德的孩童版。他所有的作品都是他自身的隐喻，都是这个世界的寓言。他的写作和他的电影可以辜负所有的读者与观众，但没有辜负他自己。在一个人们远离诗歌的年代里，科克托的所思所为仍然不离诗歌半步。因而也可以说，他是一个诗歌的人(绝非我们常说到的诗人)。

他的诗歌、他的随笔、他的绘画、他的电影、他的戏剧、他的访谈都是谎言，他的一生就是一个巨大而绚丽的谎言。这些谎言指向他自身，指向人类薄弱的灵魂深处。他所有的谎言也不外乎要讲述一个支离破碎的真相，一种惨痛的而不为人知的秘密。

他是一个童话。美女与野兽之间的盟约，诗人与公主的梦想……这一切不是童话又是什么呢？但这些童话都不但超出未成年人而且是成年人的理解力，于是这些磅礴的童话成为可怕的寓言，成为塞壬的歌声。他的一个个童话闪烁跳跃，在这个物质充盈、机器轰鸣、市场发达的时代里不断变化，成为一道道绚烂的彩虹，一个又一个斯芬克斯之谜。

在秩序井然的艺术存在中，科克托制造了混乱。他的艺术就是反因循守旧，进而反反因循守旧……总之，一切成为必然的事物，一种走向秩序的事物，都是他反对的。有时候，他也坦承：为了反对那些陈词滥调，他感到力不从心，因为缪斯并不是时时都守候在他身边。他反对的首先是自己，因为只有自身才是最为顽固的旧势力。科克托的伟大在于他一次次的“自焚重生”，他说他“封闭自己。折磨自己。询问自己。侮辱自己”。他不竭的创造才能和工作力量都来自于他这毫不犹豫的自我否定，不停地实现自己的涅槃。

科克托的作品总是没有说得很清楚，它们总是披着暧昧的面纱……有的读者甚至抱怨它们不够严谨，不那么俨然一体。事实上，恰恰相反，他的作品在天马行空的想象中，给予足够的理性和深思，但这是以不影响他“实现诗”这一高高在上的目标为基础的。艺术的实现还有待于给作品留下一个足够的空间，很多艺术家一心为了表达自己而忘记了这个简单的戒律。科克托的作品留下的不仅是空间，更为甚者，是让我们孤独灵魂可以自由飞翔的空白；它们留下了科克托与我们对话的竹椅和咖啡。在他的想象中，我们还要驾驶想象的车骑，驰骋于艺术的世界……

色情真相

——让·热内与其小说

文学难道仅仅或者必须为社会道德服务吗？抑或要为长久以来的规定性的美学而高歌？

文学的道德有别于生活的道德。它的道德乃是深入展示文字和叙述所带来的色情真相。我们不堪重负，身上背负着历史的、道德的、社会的种种法则的枷锁。我们的内心生活没有被有效地展开，而是无限制地被压缩、被限制。乔治·巴塔耶清醒地认识到："色情从根本上来看，是内心生活的特征之一。"而从现实的状况来看，绝大部分人的内心色情经验是相当肤浅的，这既基于外在原因，也源于自愿的内心怯懦。我相信色情除去我们观念中的不堪印象外，还是一个中性的词语，一个可以深入研究的词语(巴塔耶的专著《色情史》正是此研究的绝好结果)。更进一步，也可以说，色是我们这个世界的显现，情是我们内心的表达。

小说是这个赤裸世界的皮条客，它深入观察、思考并践行着某种贞洁，为了真切的生命和生命诉求。

让·热内的作品来自这样的隐秘的世界：

他为妓女、卖淫者、同性恋者立下牌坊，如果愿意这样说的话，而且这样的牌坊与宗族时代的贞洁一样伟大而有意义，这是殉道者的荣光。当然，另一种说法——耻辱架——更易为那些传统艺术价值的崇尚者和实践者所接受。但事实上，我们心里很清楚，牌坊和耻辱架是同一个事物，是一种“色”。“色即是空。”如果我们要看清它背影深处的真实，就要毫不留情地如佛氏所言——破除“我执”之念。澄澈的世界静静隐匿在谎言和争锋之后，让·热内坐在清冽的湖水边，娴静自若。他喋喋不休地说了，他又厌倦了，于是他又缄口了。

一个远离现存世界多时的人，还会对这个世界产生影响吗？那些与我们渐行渐远的小说带来了什么信息？

爱与死亡的信息？恶之花肆意开放的信息？还是道德产生另一种镜像的信息？

让·热内在半个世纪之前种下了一颗有关人类心灵的种子，显然这种子类似于外星来客，是一颗披着色情外衣的陨石，但又取自巴黎那真实而喧嚣的土地。它在人们恶毒的谩骂声中成长，在人们漠不关心甚至遗忘殆尽时开花结果。这枝花绚丽多姿，人们的恶舌会说：可怕而又魅惑的罂粟花；而我，看到的是清廉自洁的莲花，不声不响，兀自绽放。

让·热内的小说就是那片湖水，我们读了，就看到我们自己；我们思索了，就潜入了水中，如同生命深入生活。他的作品是使徒行传，是大禅师的机锋。萨特把让·热内称为“圣·热内”正是基于一种广泛意义上的宗教品质，这种品质就是通过无畏无惧的践行抵达殉道的必然结果。当坦诚变成牺牲的时候，绝大部分人就会选择放弃或逃避，而他相反，以坦然、以微笑、以自嘲迎了上去。从人类学的角度，他把自己作为献祭品祭祀了这个世界里黑暗的真实之神……

在阴森的黑夜里，他以单薄的身躯勇敢地同世界交媾，并在高潮中为此作了记录，于是就有了反映这些可怕时刻的底片。今天，我们有幸冲洗了它们，我们伫立在暗房里，屏住呼吸……多么清晰、多么震撼人心的黑白影像啊，它无声，却带来了繁华世界的熙熙攘攘；它微小，却是一叶一世界；它有形有限，却胜于广袤无垠的宇宙；它苍白，叫我们无法摆脱……它是《小偷日记》，是《鲜花圣母》，是《玫瑰奇迹》。当我们拿起阅读的放大镜，看到蜷缩在其中的任一段文字，我们的心便会打起寒颤，因为我们看到了圣迹显灵。看吧：

> 我知道我们是贞洁的，我特别地注意地感觉你流淌在我的身内，温乎乎，白花花，连续的小小振动，你兴许在表演高潮来临。在巅峰的那一刻，一种平静的出神让你容光焕发，并在你幸福的身体周围裹了一圈超自然的光环，像是一件被你的脑袋和双脚穿透的大衣。
>
> ——《鲜花圣母》

是的，让·热内的偷窃、卖淫、吸毒、同性恋、进监狱的种种行为已然散发出“超自然的光环”。人类历史上各式各样的道德典范、圣人言行和人世的法律都要为这光环而让道。他的作品发挥着巨大的作用：激发了我们内心深处隐藏的秘密，它们是摇曳的美，是深刻的人道主义，是令生命熠熠生辉的光。

我们再也不需躲闪，如莫里斯·布朗肖所言：“我要张开臂膀，我要紧紧抱住你，我要与你滚动在伟大的秘密中。”让·热内的色情真相正是我们每个人的伟大秘密。

囚徒的天空

——再读《局外人》

不知道这是第几次，我又一次阅读加缪的《局外人》。

是的，这是令人震撼的小说，但阅读者必须是局内人，而绝非局外人。这些局内人又是些什么人呢？他们是熙熙攘攘的人群中的一小撮，他们的声音与动作是异于大众的，但又是微不足道的。即便人群中有人注视到他们的呼喊，也只是一少部分人，甚至仅仅是整体中的这一小撮中互不相识的人。他们可以冠以艺术家的头衔，但这种说法太宽泛了，并没有本质地表达出他们的气质。他们可以说是一类人，但数量上处于绝对的劣势。这一小撮人被这个社会或某一个时代称为局外人。这不是他们的错，而人们的误解将永远存在。因为在我粗略的观念看来，被划分即是宣布他们是非众的族类。用某种手段，以某一模糊的界线把这些人划分出来，就是从事实上确认这是矛盾，这是对抗。在这场旷日持久的对抗中，众人取得主流与时代的胜利，而局外人也可能获得不朽与灵魂上的胜利。

当默尔索说："面对着充满信息和星斗的夜，我第一次向这个世界的动人的冷漠敞开了心扉。”这时，作为局外人中的局内人，正在阅读的读者，内心不禁为之一震：这太危险了。我知道这些局外人将遭受前所未有的打击，渴望沟通与理解的心灵会大失所望，他们面临的唯一选择仍只是回到他那蹩脚阴暗的藏身之地。然而唯一值得读者庆幸的是，默尔索即将走向死亡，他的愿望是让更多围观的众人目睹生命的消亡。我在此默默祈祷，祝愿亲爱的默尔索先生在走向死亡的道路上一帆风顺。如果出现意外情况，默尔索先生冷静而从容不迫的态度将彻底崩溃。新一轮的西西弗斯神话即将上演。

伊壁鸠鲁说，人有办法应付一切；但是面对死亡，我们都同样像那些被拆毁了的城堡中的居民。不是吗？只不过默尔索先走一步而已，我们迈向死亡的脚步从未停止。

因为阅读《局外人》，使我想起：我曾经热情地考察过普鲁斯特的写作状况。普鲁斯特的病情要求他与社会、与生活完全隔离。那么他是如何完成《追忆似水年华》的创作的呢？七大卷，事无巨细。我一直认为他有超乎寻常的想象力，这种想象力几乎是神所授予的。当然，这只是一种虚拟而含糊的陈述。而事实上，每一个被囚禁的人都有自己丰富的天空，甚至从某种意义上讲，他为他自己制造了一个宇宙，这个宇宙并不比他从前的生活逊色。

《局外人》给我一个答案。小说中的默尔索被关在牢房后，起初无所适从，后来终于找到了一种消磨时间的办法——回忆。他回忆从前所住的房子，在想象中完成他的世界：每一件家具，家具上的每一件物品，每件物品的细微部分，甚至一道裂缝、一个缺口。默尔索终于恍然大悟：一个人哪怕只生活过一天，也可以毫无困难地在监狱里过上一百年。对马塞尔来说，他叩开那扇追忆的幸福之门是必然的，并不存在什么机遇与幸运。他这样说道："生活在什么地方筑起围墙，智慧便在那里凿开一个出口。""即便是我，年轻时出入于巴黎上层社会，有敏感的神经，有极高的文学素养和文学眼光，再把我囚禁在阴暗的屋子里，我也会如期地叩开那扇神秘莫测的大门，我也会完成我的巨著，一本以追忆的方式完成叙述的书。"

囚徒的天空是无限延伸的一种可能。在他的世界里什么都可以发生，因为他本人就是这一世界的创造者和唯一现实生活者。

凡是生过病、长期(至少以月计算)孤独地躺在病榻上的人都知道，我们在那时往往会陷入对往昔生活微妙细节的狂想之中而一发不可收拾。在脑中完成的世界足以与现实的疾病相抗衡。从这时起，你就成为名副其实的小说家了，你以现实为基础，仅有的一点现实就是你无限想象的源泉。在一块小甜点、一杯咖啡上，你就可以演奏出不朽的乐章。从一件最为微不足道的事物、一件小事出发，诗意逍遥地穿越无限的时光，此刻你拥有足够巨大的想象的彩翼，它们将带着你穿越生命的恐惧和生活的无奈，去天堂，去地狱，去任何你想去的地方。

世界上所有的天空之中，唯数囚徒的天空最为广阔。他——一个作为生命而存在的囚徒会沉溺其中而不能自拔。

年轻的巨人，波浪上的泡沫

有些作品能使烦躁不安的人平静下来，譬如《老子》、佩索阿的《惶然录》和梭罗的《瓦尔登湖》。有些作品则能叫一个温文尔雅的人产生巨大的不安之感，甚至愤怒，譬如巴列霍的诗歌、巴别尔的《红色骑兵军》和毕希纳的戏剧作品。中文《毕希纳全集》的译者李士勋在扉页上写道："格奥尔格·毕希纳仍然是十九世纪最令人不安的，因此也是最现实的德国经典作家。"

当欧洲的戏剧尚处于相对还是古典和浪漫的时期，毕希纳的成就是令人目眩的。他的三个剧作《丹东之死》、《雷昂采与蕾娜》、《沃伊采克》以强大思想力量和艺术魅力把德国戏剧提到了一个前所未有的高度。一个中篇小说《棱茨》也堪称德语小说的经典之作。他是足以与歌德和席勒比肩的文学巨人，不过他要比他们年轻得多，因为他的一生只有短短的24年。中文版《毕希纳全集》在这四部作品之外，收入毕希纳的书信集和他撰写的一份革命传单《黑森快报》。这些加在一起，也不过区区30万字。这30万字的作品，是毕希纳从21岁开始，以三年的时间写成的。

1837年，这位学医的剧作家被小小的伤寒夺去了生命，同时代的德语诗人赫尔威格悲恸欲绝，他写道：

> 他把一首未完成的歌沉入坟墓，
> 他把诗中最美的诗行一起带去。

是啊，今天我们不免会慨叹：他是一位多么年轻的巨人啊！

毕希纳在成为剧作家之前，首先成为革命家。甚至是一种无形的力量引导了他，让他成为那个腐朽时代里的先知先觉。1834年，在吉森大学学习的毕希纳亲眼看见了黑森地区农民的悲惨生活，出于对农民的同情和对统治者的憎恨，他与其他同仁组成了秘密的革命团体人权协会。七月，毕希纳起草了著名的《黑森快报》，吹响了战斗的号角：

> 把和平给茅屋！把战争给宫殿！

这个激动人心的口号当时广为流传，《黑森快报》被认为是《共产党宣言》之前最革命的一份文献。后来，由于出现了叛徒，革命小组成员大都被捕入狱。在此时，毕希纳在被监视的情况下，以难以置信的速度写完了《丹东之死》。这部以法国大革命为题材的戏剧，同时表现了丹东的无助和罗伯斯庇尔的无力，而深藏在舞台之后的，是人悲惨的宿命和面对这种宿命时的无可奈何。

随即他开始逃亡。在逃亡期间，他研究了法国革命史。他在给他的未婚妻的信中以诗人的方式极其深刻地反思：“我觉得自己仿佛被可怕的历史宿命论压得粉碎。……个人只是波浪上的泡沫，伟大纯属偶然，天才的统治是一出木偶戏，一场针对铁的法律的可笑的争斗，能认识它就到顶了，掌握它是不可能的。……我的眼睛已经看惯了血。不过我并不是断头台的刀。‘必须’是应该受到诅咒的词汇之一，人不是用这个词汇来给自己洗礼的。”他看到了卑劣的时代，也看到了自己卑微的命运。

《丹东之死》出版后，一方面得到了当时作家古茨科的高度赞扬，另一方面有人纷纷指责毕希纳有伤风化（这似乎是从古至今所有革命性作家经常碰到的问题）。而当时被人指责为伤风败俗的那段话，今天看来依旧会令保守人士不寒而栗：

> 你这个没有良心的东西，要是那些阔少爷不在她那儿脱下裤子来，你就捞得着裤子穿了，啊？要是她这个小泉源不流水，你这个酒囊还不早就干死了，啊？我们干活的时候身体四肢什么不得用，为什么就不许用那个；她老娘就是从那里把她生出来的，还很疼过一阵呢，难道她就不能用那个养活她老娘了，啊？再说，这又疼到她哪里去了，啊？你这个笨蛋！

这些指责刺激了年轻的毕希纳，他在给家中亲人的信中写道：

在我看来，剧作家不是别的，就是历史家，而且高于历史家，因为他给我们第二次创造历史……他的最高任务是尽可能地接近历史，就像历史真的在发生那样。他的书既不可比历史本身更道德，也不可更不道德。

这清晰地呈现了一个作家的历史观，一种现实主义的逻辑思维。对于浪漫主义文学，无疑是一个巨大的讽刺，更是一个巨大的进步。一个作家的道德感就是遵循艺术的原则来表现艺术的真实。

《雷昂采与蕾娜》运用浪漫主义的艺术手法，嘲讽了德国封建割据时期统治阶级的腐朽及其生活的空虚和无聊，赞颂了普通人的机智和聪明。

未竟之作《沃伊采克》是一部社会命运悲剧，取材于1821年发生在莱比锡的一起杀人案件。在这出戏剧中，毕希纳塑造了德国戏剧中第一个无产者艺术形象。我有幸在前不久观看了来自德国毕希纳故乡的剧团——德国黑森州话剧团的精彩演出，虽是德语演出，我不懂德语，但有中文字幕，我还是被它深深震撼。许多天来，士兵沃伊采克的那愚笨、苍白、无奈、形体消瘦而又丑陋的形象一直挥之不去。这部戏剧有着19世纪传统戏剧很难产生的巨大张力，一方面展示了那个时代的没落荒淫，有产者对无产者贪得无厌的占有和压榨，呈现了巨大的社会伦理价值；另一方面展示在巨大的历史车轮下人对命运的无助感和荒诞感，具有强烈的现代意义。最后的结果是沃伊采克只有杀死他最亲爱的玛丽以实现他对自己被侮辱被蹂躏的雪耻，以完成他对自己苍白而又悲惨的精神世界的救赎。最无辜、最胆小的人却以最极端的方式来表现自己作为人的最后一丝尊严，这不能不叫我们深感不安。我很难想象毕希纳在那个时代就找到了如此尖锐而又合适的表达，这是他的天才带来的收获。

《丹东之死》中提出的一个尖锐问题："通过我们的身体进行淫乱、撒谎、盗窃、谋杀的又是什么东西?"《沃伊采克》事实上是试图对这个问题进行回答。当然，这里并没有确切的答案。但毕希纳对小人物的深切悲悯之情，对当权者和所谓的学者的人性与道德的堕落的愤怒批判，都血淋淋地展示在该剧中。1913 年，在毕希纳 100 周年诞辰之际，《沃伊采克》被搬上舞台，此后成为戏剧界常演不衰的保留剧目，同时还有歌剧版本和电影版本。李士勋先生说："德国的毕希纳接受史也证明了海德格尔哲学思想'存在与时代'的现实意义。"这种说法不无道理。

《沃伊采克》打破了亚里士多德以来规定的戏剧平衡感，而赋予整个戏剧不平衡，在一定范围内实现了一种宁静的冲突，从而为后来者开辟了道路。20 世纪的德语剧作家布莱希特对毕希纳大加赞赏，表现主义者奉他为先驱，也正是从这个意义上而言的。《沃伊采克》打破以因果联系安排场面的原则，开了叙述体戏剧的先河，这些形式上的小小变革为布莱希特的叙事戏剧带来了灵感。

被认定为德语中篇小说代表作品的《棱茨》，则截取了德国“狂飙突进”运动时期的诗人棱茨的生活片断，刻画了一个激进的、内心痛苦的诗人形象。他以虚构的方式深入了棱茨的精神世界，是一个诗人对另一个诗人的致敬，是同病相怜者的哀歌。

天啊，他还是一位神经科学家。他因革命被到处通缉，流亡到苏黎世，在创作他的伟大剧作的同时，还在深入地研究自然史和哲学。他写了一篇有深度也有广度的论文《论鲃鱼的神经系统》，因此苏黎世大学哲学系授予了他哲学博士学位。

为了获得大学的哲学教席，毕希纳悉心研究了哲学。他准备讲《从笛卡儿到斯宾诺莎的哲学史》，他说：“哲学研究中我变得十分愚蠢。”他从另一方面认识了人类精神的贫困。他是一位反对哲学的哲人，在给古茨科的信中既形象又抽象地说：“只要人们能想象自己裤子上的破洞乃是宫殿的窗口，那么它就能像国王那样生活；可是这样一来，人们就要悲惨地挨冻了。”

说毕希纳是位天才，一点也不为过，不过他的早逝也正印证了一句俗语——天妒英才。他是“波浪上的泡沫”，可这泡沫因折射了人类生活和精神的困境而显得熠熠生辉。在人类黑暗的精神旅程中，毕希纳的作品似迟到的鲜花一样默默盛开，并沿着时光的道路一直向前。

索莱尔斯之花

菲利普·索莱尔斯是当今法国文坛上最负盛名、最具创造力的作家之一，他与勒·克莱齐奥（2008年获诺贝尔文学奖）、莫迪亚诺共同被誉为20世纪下半叶以来“法兰西文学三星”。

1958年，22岁的索莱尔斯出版长篇小说《奇怪的孤独》，崭露头角，以纯古典的完美风格获得当时的大作家弗朗索瓦·莫里亚克和阿拉贡的赏识。1960年，他创办了《原样》杂志，并逐渐形成了以他为中心的“原样派”：把诗歌与小说有效地融合在一起，反对改革世界、人生和人类本身，要求一切都应该原封不动，通过文学抵达世界，即获得“原样”世界。他主张作家就是要摆脱一切传统创作方法的桎梏，写出符合当代世界的小说来。

1970年，索莱尔斯在《原样》杂志上发表了他翻译的毛泽东诗词十首。

1974年，他发表关于毛泽东、列宁、马克思主义和唯物主义的论文集《论唯物主义》，其时对共产主义的热情不断高涨。同年4月至5月，他率《原样》代表团来中国旅行考察。回国后，杂志的中国倾向即告结束。

1983 年，索莱尔斯出版了《女人们》，引起轰动，成为一部奇特的畅销书。这是一本怎样的书呢？一部既有趣又不容易阅读的书。在阅读过程中，你不止一次想放弃，即使你耐着性子读下去，最后仍未读完。你读得越多，获得的信息也会越来越多，会有越来越多的启示光顾你，意味也就越来越深长，你对于世界的印象正朝着几何级增长。《女人们》呈现出信息爆炸的特点，一个五彩缤纷的万花筒，它充满了各种形态、各种规格的碎片：思想的碎片，情感的碎片，见闻的碎片，故事的碎片，经历的碎片……所有这些构成了一个立体的、多层次的世界图景。

因为政治观点经常变化、写作方式不停调整，索莱尔斯在法国也常常遭遇嘲讽和谴责。法国《读书》杂志曾用这样一段话来说道索莱尔斯："在一些人面前显得才智过人，在另一些人面前像个十足的大傻瓜。狡猾！太狡猾了！这就是索莱尔斯其人？"

有一个夏天，索莱尔斯来到了位于大西洋沿岸的雷岛，并在那里开始了关于花的思考。雷岛留下他阅读、写作、散步、畅谈的足迹，他说希望自己死后能埋葬在雷岛。于是产生了这本《情色之花》，它像一束来自山中的兰花草，清雅迷人，是作者对于自己文学经验和艺术经验的微型集合，是一次深情的回望。

法国女作家科莱特，一朵健康绽放的女人花。她是花朵的通灵者，曾写下《花事》，这堪称写花的经典之作。但《情色之花》并不是要走科莱特的老路，而是被索莱尔斯深深地烙上他独特的印记。

在《情色之花》中，索莱尔斯沉浸在文学和艺术的花朵中。他写龙萨的玫瑰，普鲁斯特的卡特莱兰，海亚姆的郁金香，波德莱尔的恶之花，莫奈的睡莲，马奈的紫罗兰……绽放在文学和艺术记忆之中的花朵，它们迷离美丽，永不凋谢。

在古老悠远的西里西亚（中欧的一个历史地域），诗人安杰勒斯说：

> 你用外部的眼睛看到的玫瑰
> 这朵玫瑰恒久以来便开在上帝的身上

最为著名的诗句几乎来自天外，远方带给诗人以异禀：

> 玫瑰不问为什么，开花因为开花
> 不去注意自己，不求被人看见

这就是花朵的沉默——玫瑰不问为什么，因而索莱尔斯体悟到：正因其沉默，花朵才引起人们更多的关注和谈论，也许正因如此，文学和艺术才拥有一个永不厌倦的主题。

在书中，索莱尔斯写到了中国，他说："不知道怎样，也不知道为什么，我变成了一个中国人。花园里那只白色的蝴蝶叫作庄，而我叫作子，我们合起来叫作庄子。"我想给予索莱尔斯小小的修正，如果写成“而我叫作周，我们合起来叫作庄周”，也许更好。他敏锐地写道：“同一个艺术家，穿越几个世纪，随着残荷、幽兰、幼竹等变化，在每一次内在的灵感的气息中站起身来。”他引用了李白、杜甫、隋炀帝、李煜以及八大山人的诗句，展开关于艺术的喃喃私语。

在写《普鲁斯特》一节时，索莱尔斯向我们宣示，普鲁斯特把花朵与情色联系在一起，在《追忆似水年华》中，斯万与奥黛特用“做卡特莱兰”来暗指“做爱”。花朵成为文学情色事件中必不可少的主角，在隐晦处吐露幽香。这也许正是该书命名为“情色之花”的理由吧！

在阅读《情色之花》的过程中，我们一方面不停地与花朵对话，另一方面又不停地忘却这些对话的内容，文学和艺术的花朵正悄然在我们细腻的内心绽放，娇媚迷人。

作为知识分子的桑塔格

苏姗·桑塔格无疑是我们这个时代最出色的文学女性之一。她的荣誉远远超出了一个作家可能获得的尊重，被誉为“美国公众的良心”、当代最重要的“新知识分子”。在这个贫乏的时代，这样的赞誉并不为过。

但是当我读完被称为她的文论代表作的《反对阐释》的时候，我就开始丧失了对她个人文学上的尊重了。甚至，我想转而反对她。但是，我并不想得罪那些崇拜她的读者。

在很多时候，她是以批判的眼光来看待一个作家的，而且她对作家的批判往往是从作家最主要的特色或者风格开始的。我想，这样她能收到预期的“震撼”读者的效果。桑塔格在批评加缪时说：“他那三部长篇小说以及短篇小说和剧本全都具有一种单薄的、有点枯瘦的特征，这使得它们从艺术的标准看难以跻身绝对一流作品之列。”我想单纯、枯瘦、绝不多说一句废话，把真相赤裸裸地呈现在最简单的文字中，恰恰是加缪作为一名伟大作家的主要艺术特色。我不清楚，她的艺术标准是什么，难道是她的小说《恩人》和《危险的猫》？我看（也请大家看）它们与加缪的《局外人》比，根本就没有可比性。再如，她说："斯坦因和贝克特的散体作品的要旨是展示词法、标点法、句法和叙述秩序如何能够被重新调整，以表达意识的连续的出窍状态。"难道像贝克特这样的作家就是为了表达"意识的连续的出窍状态"？我不明白她是如何看待一件艺术品或者文学作品的？她想的也许就是自己是"新知识分子"，必须学会否定，否则就不能显示自己的高明。

她在谈及《反对阐释》的写作时说："与纳塔利·萨洛特和罗伯—格里耶不同，我认为，我绝不是从小说作家的角度阐述自己的写作构想，而是作为一个读者，从自己的体验出发，阐述读后感及看法。"这一说法是可信的，但我们明白，桑塔格作为知识分子也许是优秀的，但作为读者她并不是最优秀的，我们可以列举一些优秀的读者，譬如博尔赫斯、茨威格、卡尔维诺等等。一名优秀的读者是去发现作者，发现作者的优秀和不同凡响之处。任何一部优秀的艺术品（当然包括小说）之所以成为艺术品的最大秘密，是它们呈现了各自独特的世界，呈现了创作者不容混淆的面孔。

批判也需从一个好的角度出发，只有站在一个合适的位置，读者才可以看清楚作为高山的优秀作品。我相信埃·米·齐奥朗的批评是令人尊敬的。他批判了瓦莱里——无数人心中的偶像（甚至也是我的），几乎是文学美德的化身。他似乎无不自嘲地说到他的批判文章——《瓦莱里面对他的偶像》："瓦莱里以严谨使人入迷。任何心跳、任何过火都跟他的名字沾不上边。他只是失之高雅。我对他所作的不公正的评论出自一种不纯正的激愤，这是我应该在这里加以揭发的。”他在文章中指责瓦莱里追求清醒，过分强调意识，排斥神秘；他的要求是一个艺术家的要求，而不是一个诗人的要求，抬高艺术手段和技术而贬低禀赋……齐奥朗是极其过火的，但我能接受他的说法，并给他致以掌声。因为他的立足点永远是在文学和艺术这个角度上的，因而他的偏差甚至也不再是偏差，而演化成一种批评的美，他写的文字真正是“如镜之书”。从这一点，我毫不客气地说，桑塔格身上散发的仍旧是迂腐的或者是自以为是的“学究气”，而齐奥朗则完全不同。

萨义德在《知识分子论》中说：“福山‘历史的终结’的主张和利奥塔‘宏大叙事的消失’的说法风靡一时，但几年过去了，还有什么比这些更不吸引人、更不真实的呢?”也许，桑塔格也需要再过几年。只要人们的真正本质的艺术趣味没有改变，她的书必然会成为“不吸引人”和“不真实”的书。

未来诗人，或学校笔记本的延续

——读切斯瓦夫·米沃什《诗的见证》

切斯瓦夫·米沃什小心地封存着自己的记忆，并适时地拿出来，为诗歌效力。他清楚地知晓诗歌与童年的不可分割性，“关于诗人不同于其他人，因为他的童年没有结束，他终生在自己身上保存了某种儿童的东西”。

在《诗的见证·生物学课》中，米沃什继续深入地向这一古老的领域掘进，他阐释了童年对于诗人日后诗歌气质的决定性影响。“他（诗人）童年的感知力有着伟大的持久性，他最初那些半孩子气的诗作已经包含他后来全部作品的某些特征。”我甚至相信，最初的诗作包含着他后来作品的最重要特征，甚至引向诗人的生命本质，即便这些特征尚未显现、尚无可预期的征兆。

一名诗人的成长其实是极其艰难的抗争。这种对抗是剧烈而无声的。在孩童时期，以学校教育为主体的综合教育体系，通过两条巨大的绞肉机流水线来摧毁孩子心中的诗。一方面，科学课（物理、化学、生物、数学等）以强大的理性和逻辑力量消除了“恶魔和巫师”（在我们的语境里，也许是女鬼和狐仙……）的存在，消除与此相关的被认为是荒诞不经的想象和图景，原来一切储存在孩子内心的神秘力量和想象事物都被无可辩驳的事实所摧毁。这将是科学世界观的胜利，而对于未来诗人而言，无异于大厦倾圮，他的世界必须被隐匿，转移到不引人注目的拐角。另一方面，属于社会属性的广泛信息越来越多，越来越强大，这些“可靠的信息”将为孩子们将来“参与我们的文明”做好准备。米沃什说：“在学校，我们每天被灌输，直到我们的观念与我们同代人的观念没有分别，直到我们不敢怀疑某些原理，例如地球围绕着太阳转。”

在这样的成长过程中，未来诗人的奇异想法总是被日益加强的权威声音所覆盖，甚至直到怀疑消退。在这样的情形下，我们未来的诗人离“诗歌的真实”越来越遥远。哲学家舍斯托夫总结了这种教育方式带来的最终结果：“我们每个人都产生一种倾向，就是只有那些对我们整个生命来说似乎是虚假的东西才被当成真理来接受。”而诗歌需要的养分恰恰相反。

在这种情形下，我们未来的诗人只能使用属于他自己的秘密武器来抵消这种方式带来的巨大影响——他学会了涂鸦，在教科书的边缘，在他的学校笔记本上，他偷偷地涂画上几行幼稚的诗行（也许并不能称为诗）、一位女同学名字或是缩写、一只长得像班主任的乌龟……在这偷偷摸摸的肆意涂鸦中，他无意间消解了上述教育体系对他的禁锢，从而把他的童年保存在遥远的内心深处，把他的鬼怪储存在记忆的某个洞穴中。

切斯瓦夫·米沃什，这位辗转流亡的诗人洞悉着这一不为人瞩目的秘密。作为与20世纪有着深度交互的诗人，他虔诚地回到童年，回到自己的幻想时节，在哈佛大学著名的诺顿讲座中，不合时宜地宣称："对于大多数诗人而言，诗歌是他们的学校笔记本的一种继续，或者——这既是实际情况，也是打比方——是写在笔记本边缘上的。"

诗歌是挡不住的，未来诗人必然会写出他的诗作，必然地宣布"神圣的想象力的艺术"（威廉·布莱克语）的胜利，诗歌必然是孩子的胜利。成年人由来已久的程序训练必然走向失败，童年则永远鲜活地存在，对于这一点，米沃什深信，我也深信。

冥想

时间的标尺

最不应该被标尺的事物被强行地标上了刻度。这个事物就是时间，而这一标尺显然是人类生活的秩序。

一切都井井有条了，但同时一切也都显得呆板和教条了。那些标尺时间的工具越来越多，越来越专业了。古代最著名的计时工具日晷、沙漏业已成为多意味的象征，不但意味着无尽流淌的时间之河，而且还意味着逝去的历史和那些人类难以忘怀的记忆。

精工的瑞士表和各种电子表一丝不苟地区分着时间，同时也在为人们的生活画出一个个线形的刻度。它们渗透在我们的生活中，像一个时刻都在监视我们的密探，悍然地干涉了我们的生活。

在机械的固定分配的时间中存在，我们厌倦了这样的生活。

既然人不得不历史地被时间所奴役，那么我们就该坦然面对。

唯一可以改变的也许是我们计时的方法，至少是某种更有人性而不是机械和冰冷的手段应用于计时。波德莱尔在《巴黎的忧郁·钟表》中写道：古代的中国人是从猫的眼睛里看时间的。他讲到一个传教士在南京城晃悠，恰巧他又没有带表，但他想知道时间，于是就问了一个中国小孩。这位可爱的小孩说，我等一会就告诉你。后来他找到一只猫，看了猫的眼睛，随后就告诉传教士时间。我们无法考证这个故事的真实性了，但波德莱尔的关于通过凝视猫眼来看时间的说法实在是太迷人了，是诗人式的，充满想象和浪漫情怀的。

我希望人们废除一切现有的计时工具，转而依赖生活中的一切事物，或者是无所依赖，彻底地把时间忘却。就像《群魔》中的基里洛夫说的，当人类整体得到幸福时，时间将不再存在，因为没有需要了；时间不再是一件东西，它是一个概念，它将从脑海中死去。假如，我们能从我们相爱的人的眼神中读出时间停滞的倩影，那该有多好；假如，我们能从花儿的开放、鸟的鸣叫、小草的发芽中看到时间的身影，我们又是何其幸福啊！下雨时，我们静静地坐着，听着雨滴徐徐降落，与大地和房屋在轻声交谈，我们听到时间正迈着轻盈的步履走在我们的生活中。在那个接近傍晚的时分，只有四岁的我看着奶奶把她最后一丝目光从我的额头移开，我感觉到时间这个强悍的鬼魅是多么无情，它活生生地把奶奶从我的幸福的童年生活中拽到了另一个我暂时还不可能到达的世界。

时间，承载了过多沉重的个人记忆，甚至是民族的和人类的。我常常去江边散步，在浩渺的江面上，我常常看到年老体衰的杜甫躺在靠近江边的小木船上，他毛发零乱、衣衫褴褛，“万里悲秋常作客，百年多病独登台”，贫困的厄运强加在这个最伟大的诗人头上，命运带给他的是最后的绝唱。这必然是 1 200 多年前的事情，然而于我而言，我看到时间以怎样的神奇之手让 1 200 年光阴只成为一个点，一个放在我眼前的事物。滚滚长江在这里是时间的标尺，他以诗人的阔大情怀告诉我们一个伟大诗人的命运，并且坚定地穿越 1 200 年的时光。如果你希望有一种博大真诚的情感出现，那么任何精密的机械时间都不能阻挡，到那时，时间的标尺就掌握在你的手中。

谈及时间，我们就会想到这一领域内的两位大师：普鲁斯特和塔尔科夫斯基。

近一百年来最伟大的小说——《追忆似水年华》就是关于时间的小说。普鲁斯特有意识地弱化了钟表时间对人物和事件的影响，他坦言："按日历计算的小说家是傻瓜。时光对钟表来说也许是相等的，对人却不然。"那么对于普鲁斯特（或者是叙述者马塞尔）而言，"既然我们的生活如此不合时序，既然在时光的序列中掺杂了那么多年月错误"，时间的标尺又是什么呢？时间的标尺比日期更重要。散布在书中的真正日期是：阿尔贝蒂娜的自行车、巴尔贝克的汽车、英法海峡上空的飞机；带有远东情调的现代风格装饰；金白两色墙的路易十六式的装饰……文论家 G.布雷说："普鲁斯特怀着不懈的耐心详细描写那些正在变化的外部细节，它们看上去似乎微不足道，但与时代相通：客厅的布置、女人和男人的装饰、演出、裁缝、糕点铺、饭馆、俱乐部的名字、衣料、家具……"其实，这些细小的物件正是度量时间最伟大最天才的标尺，再也没有比这更合适的标尺了。它们不光标注了时代、历史，还深刻地映射了人物的性格和情感、事件投射到时间上的倒影……在普鲁斯特的现在时间里，包含着过去和未来，我们可以从过去向未来的时间过渡和流动中，看到博大无尽的人生和不断逝去的韶华。

据说（苏联记者奥夫钦尼可夫的描述），日本人从岁月的痕迹中看到特殊的魅力。他们对老树黯淡的色泽、嶙峋的石头，甚至是经过多人传阅而周缘起毛的图片，尤其着迷。他们把这些时间的印记称作“撒比”，字面之义即“锈”。“撒比”也就意味着一种自然的腐蚀、往昔岁月的魅力、时间的印记。在这一点上，日本人对时间标尺的理解与普鲁斯特的极其相似。

作为电影导演的塔尔科夫斯基的梦想就是通过影像记录人类在时间的流逝中，试图以诗意方式把时间作为标尺深深地度量和标下人类精神的痕迹。塔尔科夫斯基思考的时间“不是线性的时间，它意味着完成某件事情，表演某些动作”。他的时间是人类道德的刻度：“置身于如此严格的时间架构中，人类对自己和对他人的义务因而更为一清二楚。人类良知的存在完全依赖时间。”一切都会逝去，但时间必然以其道德含义确实地回到现在。那些把奥斯维辛和“文革”视为不存在的人实在是太低估了时间带来的强大的道德力量。塔尔科夫斯基冷静地说：“时间不会不留痕迹地消失，因为它是一种主观、精神的类属；我们所曾生活的时间伫留于我们的灵魂，恰似安置于时间之内的一端经验。”我们试图说一说时间的标尺是什么，而如今我们清醒地看到时间自身作为标尺的话，它将意味着什么？是人类精神和灵魂深处永远无法褪色的记忆，善恶的分界线，甚至是时间标尺还时时提醒我们“最后的审判”永远悬挂在我们头上，并且随时都将到来。

我们可以不相信历史，可以否定现在，也可以拒绝未来，但时间的标尺会深深刻在所有曾经存在和即将存在的事物和事件中，并打下深深的烙印。

在我们个人的生命和历史中，被奴役的或奋起反抗的事实、幸福和痛苦，都将清晰地被时间的标尺所载量。

谢尔盖神父的河流

1

当我一降生时，我的呼喊是无声的，我选择的是整个世界。现在，或者在将来，在生的所有日子里，我总是怀着微微的幸福感和淡然的恬静来回忆那一刻，那一刻我决定注视这个世界。当无情的衰老渐渐照临在我的身体之时，我会深陷在沙发里，遥想那久远的幸福时刻。当所有的幸福被怀疑、被否定之时，我也会坚信那一刻是真实的，是唯一可信任的幸福。

我说，我的降生，便把我的世界给笼罩了。

我还说，我的降生，便把无数的道路给包围了。

这是我在我所存在的世界最初说出来的两句台词。它散发着我从娘胎里带来的自信和无知。直到多少年以后，我才明白自己作为一个生命体太偶然了，我的降生并不是什么宣告，台词只能是无言的承载，承载的是世界即刻就交给我的重力。接下来，更为严峻的事实是必须要面临一些词语，像“选择”、“道路”这样巨大得叫人不知所措的词。

很小的时候，作为一个孩子，我常常在夜晚孤单地站在旷野里，仰望黑幕下的星空，凝视无数耀眼或黯淡的星星。天空中，有那么多的星星，偶尔会有一颗流星迅疾划过。我拥有无数个夜晚，无数夜晚下的无数个星空。星空所呈现的正是世界所呈现的，是一种无限的可能。我甚至这样想：道路是不存在的，因为我拥有整个世界。

我站在乡村的四岔路口，看着南来北往的人川流不息，就像黑白的电影胶片在黑暗中沙沙地向前跑动。我看到四条路道横亘在我的面前，通向不同的方向，不同的远方，都是未知而又神秘的……有时候，我觉得在遥远的地方，这四条本来各自走开的道路又汇聚到我的眼前，我站在高一点的田埂上就能看到那个地方，那个地方叫我的未来。

我成长起来了。从乳臭未干的婴儿长成仪表堂堂的小伙子，真实的、毫不含糊的选择一次次地推到我的面前。有时候，我欢天喜地地作出选择，而全然不顾世界给我设下的陷阱；有时候，我拒绝作出任何选择，但是不行，他们硬是逼着我……

所有曾经敞开的道路都被关闭了。无数的道路我都没有权利选择。最后走上的是一条被生活所驱赶的道路。仰望着流放者的天空，我的星空只是可怜的慰藉，无限的风景不属于我，属于万物。它叫我向左，叫我向右，叫我停下，叫我加速……也有反抗，但都归于沉寂。

2

谢尔盖神父站在河边。河水浑浊不清，也不知河到底有多深。就像作者托尔斯泰本人站在那里一样。

他要到彼岸去。虽然他不明白彼岸到底有些什么，彼岸是否有他可以行走的道路。但是在此岸，他觉得已经无路可走，能够继续生存下去的唯一理由便是还有彼岸，希望在彼岸，道路在彼岸。也许是或此或彼（非此即彼）的观念左右了他，但是道路是什么呢？它是即此即彼、非此非彼的一种特殊的事物。

有多少次，神父走到不同的河流边。他试探着涉水，淌过了许多尚属未知世界的河流。当他把双腿浸在冰凉的河水里，就平息了一次次愤怒、乖戾。他为什么不能平静地固守他的圣人生涯？他为什么不能继续堕落下去？在他的内心，每当一种生命形态强烈地展示在这个世界上之时，潜伏的对抗者便会出现，它们在谢尔盖神父的身上展开了规模宏大的战争。无休无止的战争撕碎了他身上完整的衣服、他曾经完美的体格、他血肉模糊的心灵……

道路，对于谢尔盖神父来说，是多么残酷的现实啊！然而，即便这样，他还是不得不进行更为残酷的选择。他踏在正义和邪恶的道路上。这具有双重性质的道路对于任何人而言，都无法安心坦然地走过，即使他大胆果敢，不惧牺牲。浮士德博士的道路也是这样险峻。

今天，对于我们（或者这里仅仅指代“我”而已）来说，道路的双重性并不仅仅是正义和邪恶。因为我们不再珍视道德，我们已经厚颜无耻地生活了许多年，也许有一个世纪了。世俗的强权出现在道路上时，连邪恶都给它让路。我也曾想过，我的道路是一条艺术之路，这样说起来有多么牵强啊，表面上是纯洁、体面、令人肃然起敬，但是事实上它是一条不堪之路。在它漂亮的外衣下，有多少污秽、屈辱和卑劣在悸动，这条道路的性质已经完全改变。

道路是复杂而多变的。我就是踩在这样的道路上，我没有想过我是这样一个存在物。

一件作品，比如一首诗、一段音乐、一篇小说，都有它自己的生命和自由，而我的生命可悲到没有任何生命自由的权利。在艺术的世界，作品都走在它们自己的道路上，坦然地、舒心地、自由自在地。而它们的缔造者却不是这样，他们踩在路况极其复杂泥泞的道路上，受着比谢尔盖神父和浮士德博士更加血腥的折磨、蹂躏……道路都是世界早就为他们设定好的。

3

选择艺术的人并非意味着一定要选择殉道。因为仅仅是选择殉道，问题就变得简单多了，道路也将是简单而坦荡的。

奥费斯，作为一名诗人，他的道路不是享受荣光，不是享受家庭的温馨，所有世俗的幸福都不能使他平静。他受到一名神秘公主的诱惑，进入了另一个世界。他也曾作出努力，相信那些都不是真实的，拒绝接受公主的引诱。确实，那个世界是虚幻的，然而有一双拥有神秘力量的巨手推动奥费斯，在此时，所有的道路逐一封闭，而只有公主的神秘世界对他是敞开的。他的选择就是没有选择。艺术迫使一个人走上唯有艺术才能前进的道路。《奥费斯》，一个诗人导演的一个诗人的故事。奥费斯就是科克多，正如 K 就是卡夫卡一样。（本雅明）

“我想……”

“我将……”

“我愿……”

“我会……”

那些艺术家在遭遇艺术时，或者说一踏上艺术之路时，总是这样自言自语，说一些美好得无法描述的话。然而，塔尔科夫斯基说，选择艺术就意味着为艺术所桎梏。选择艺术之路的初衷是获取某种自由，或在心灵上，或在思想上。可怕的是，这条道路是黑色的，是选择者必然被桎梏的道路。四周是无边的深渊，似乎是能吞没一切的黑洞，在这期间，有一条小道，仿佛悠然地伸向远方。站在这样逼仄的小路上，想自杀都是困难的，如果你还想得到一个全尸的话。但是在作品和内心，光明仍然普照。贝多芬在他生命的最后日子里，没有亲人、没有财富、没有爱情，甚至没有作曲家最起码的耳朵。但是那美妙的《欢乐颂》一扫所有的阴霾，雄壮地响起在这条可怕的、复杂的、多面的道路上。让我们稍感欣慰的是，这条道路永远是敞开的。或者说，它必然地面对那些诚挚的心灵而敞开。

如果不谈艺术，我们再也不谈艺术之路的话，道路对我们（每一个像浮萍一样生存的个体）而言，变得切实而又庸常，但不可逃避。人们每时每刻都要面对道路，而且将永远面对下去。正如乔伊斯在《芬尼根守灵》中所言：

“答案。给了！一条路，一条孤寂的、最后的、受人喜爱的、漫长的……”

此前，我们设想的道路有的通往天堂，有的通往地狱，也有的通往炼狱。但是，乔伊斯是对的，所有的道路都将是一条路，人类的道路只有一条。这是一条循环的道路，人类在其上经历着堕落、沉睡、死亡和再生。这是一条黯淡的路，是孤寂的，甚至看不到风景。

选择、抱怨、痛恨、喜爱、摒弃……所有这些可能与道路发生关系的词语都是无效的，因为我们人类只有一条路，它是命定的，从生到死，再到复活，再至死亡，都不可避免地行走在这唯一而又无限的道路上。

4

我想过，似乎我仅仅是想做一点让自己觉得有意义的事情。但是奇怪的是，一时间，在这个世界产生的所有的艺术作品、行为观念似乎都要我明白：一切都是毫无意义的，追寻人生的意义是无聊的。也就是说，所有道路的选择最后总是归结于无意义。

那个十字军武士（伯格曼的电影《第七封印》中的主人公）东

征归来，看到的只有幻灭：人们怀疑一切，盗窃、强奸等罪行大行其道，瘟疫摧残了城市和乡村。他越来越强烈地感到这种幻灭感，不得不进行另一次远征，这是一次精神远征。他走上与死神不断对弈的道路。武士蔑视死神的存在，他并非希望得到上帝的知识，而是害怕虚度了一生，他必须在死之前干一件有意义的事情来。他抓住机会拯救一对无辜的年轻夫妇，他故意推翻棋盘使死神分心。这个场景是一种救赎，与其说是面向他人，还不如说是面向他自身。这是他唯一的机会，唯一的道路。他拯救他人其实就是要给自己的存在指明方向。他不害怕死，但在死之前，他必须要去做。在他推翻棋盘的瞬间，事件闪烁着光芒，真理的道路（我想这仅仅是属于他自己的）向他敞开。

我正在做些什么呀？我痛苦地写下道路、选择、河流、神父、我、奥费斯、武士，反复地唠叨着道路，像一名失忆的老人不停地用沉重的双唇吐他唯一能够记得起来的词语。这些词语和事物其实都是不可言说（切实存在的是它们的神秘性和虚无性）的，本应该像维特根斯坦那样保持沉默。对于自己，我也许犯下了更大的错误，我喋喋不休地述说我自己。我早就把伽达默尔的名言——关于自己，我们宁可沉默——置之脑后了。我偏执地言说我自己，几达厚颜之境。

写下这些词语就是我的生活，就是我必然要行走的道路。它们涵盖了我的生命，它们作为元素充斥在我存在的世界里。诚如策兰所言“它穿过并把握时代——是穿过，而不是跳过”，我必须

“穿过并把握”我自己的时代。我羞愧地想，我是没有能力也没有雄心“把握时代”的，我仅仅只是禁锢在自己狭小的田地里，忙碌着仅能供给我生存之需的庄稼，我所能把握的仅是自己的时代。

地平线

我的房间在遥远的地平线上，在浩瀚的长江边上。

人类历史的地平线，人们生活的地平线，世界存在的地平线……我的房间就这些地平线的尽头，在视力所不能及之处。

不停地行走，也许能够接近地平线，但是目的地就消失了。不断追寻的脚步其实已经僵硬，但是不说话，那些话在早年已经被说完。

长江，一种如此庞大的事物，在我这里，像我豢养的一条小狗，静静地伏在我身边。曾经有一种热爱，空泛地落在各种庞大的事物上。但没有落在庞大的尘埃上，或者习惯上，或者词语上。只有伫立在这里，让江风吹过自己日益粗糙的脸庞，我才明白自己的奔波是多么地荒唐，自己的梦想是在怎样无望的状态中平添的一种绝望。好在，我长大了，明白了地平线和道路之间的关系了。这种自信也许仅仅在某一刻一次性地适用于我。

不断深入的意识是一个我在这个世界上的不断消失。这就像一部电影，一个人物的消失是为了另一个人物的出现，因为前者的任务已经完成，而后者的到来则是剧情存在的必然要求。我欣喜地看到我在不断地消失，坐在尘世办公室里的我越来越小，就要看不到了，就要消失了。

不断运动的是风，季节与它们同行。确切地说，是空气。它们收缩，膨胀，东奔西跑，似乎是为了一种信念。也许跟我一样，仅仅是为了一种迫不得已的生活，它们必须屈服于所谓气象的淫威。那些树，有的叶子已落光，只剩下枝杆了；有的是常青植物，仍呈现出生命的墨绿色；有的树，还挂着些枯黄的树叶。不管它们处在什么情况，休息或者喘息，都不约而同地摇晃着身姿，有时候又觉得它们可怜至极。因为，它们必须追随风的姿态和步伐。

山的形状也在我的视线里，在长江的对岸，可非常模糊，就像这暧昧初冬的薄暮。远远的，是一个冷酷的女人躺在那里，宽阔的江面托起她硕大而性感的躯体，她在那里沉默。我与她隔着一条江，也在沉默。我们之间，谁都不愿意打破自己或对方的沉默。暮色作为时光的使者，渐渐走到我们的世界里来，而且加重了我们的漠然，连内心也不再拥有言语。

一群鸟，叽叽喳喳地落在院子里的柿子树上，它们有长长尖尖的喙和短得不可抓住的尾巴。它们的到来，打破了原有的宁静。一种秩序，从建立的那一刻起，就已经等待打破它的时刻的到来了。在某一刻，我与地平线和对面群山构成了一种秩序，在那一刻，我的内心是那么冷漠和平衡，似乎这样的时刻会延续到生命的终结。然而，现在，这群鸟，它们来了，它们是负有使命的，它们砸碎了沉默的枷锁。

在江中央，有一座很小的洲，上面没有人居住，只有四五华里长，两华里宽，那儿只有枯萎的芦苇和乱七八糟的杂草。但于我而言，好像是一块为我准备的栖息地，是我将来准备从事修炼的洞天福地。我想象自己是一条蛇，正哆嗦着藏身在其中，恐惧时刻伴随着我。人们说我正在冬眠。其实不是，那是我一种神圣的仪式，我正在祈祷。我的祈祷不为弱者，也不为强者。我的祈祷首先是为了我自己，必须解决我存在的身份问题，这已不是什么新鲜话题了，几千年来，所谓人类，他们获得他们合法的身份，而我们从来没有得到。如果有的话，就是我们面临流放、排除在外和无情杀戮的命运。我的祈祷还为了我身处的这个房间，一个不大的小洲，我不希望别的事物占领它，蹂躏它，或者摧残它。这样说，其实还是为了我自己。除了我自己，我不知道我的祈祷还能为了谁。

想象的命运比生活来得更彻底、更真实。因而，在这里，我应该学会绘画的技艺，把美丽的、运动的、坚实的事物画下来，以代替不必要而又能伤及自身的想象。

一条狗，真的是一条狗，而不是我的比喻。它有竖起的耳朵，突出的利牙，蜷曲的尾巴，发达的四肢。它从我的窗下走过，走在江边那狭窄的水泥路上。它的姿态不像一条狗，而像一个人。它身上有一种特别闲适的感觉，迈步不紧不慢，很像一名知识分子或者艺术家之类的文化人。也许，它在江边看多了这类人，脚步和姿态也就在不知不觉间发生了改变。这种可喜的变化正预示着世界美好的明天，不是吗，连狗都像艺术家了？就像柏拉图眼中的统治者，是有思想的哲学家。这必然是两千年来最大的进步。

我遥望地平线，可是一想到那一地平线上还有地平线，就觉得自己的房间变得神秘、遥远。我的房间是真实的，不是想象中的，位于江心洲乡大江大队 86 号。我坐在房间里，世界以各种不同的方式和不同的速度走向了我。这样的房间是存在的，只不过它是另一个宇宙的产物，是“事象”的房间。

残酷的功能赋予看得见风景的房间，也许是不公平的。但暴力的真相是如此强大，你身在其中而无法感知、无法觉察；你在遥远的地平线上有了这间可以观望窗外风景的房间之后，你就不同了，因为你已经自觉地把自己与它们隔离，距离产生了，虽然它们仍萦绕在你的身边，但你绝不是身陷其中。也因如此，我要把赞歌送给我的房间。对它有所保留的称赞暴露了我自身的软弱，我还是一个情感丰富的人，我憎恨自己有这样不可饶恕的缺点。

杳渺、寂寥的时刻，似乎是一种等待，等待一个电话或者一封信。是的，真的有一封信试图进入我的房间，在天黑之前。来自人类的讯息只需一行字就可以成功地打败我和我的房间，我必须作出一个决定：接受或者拒绝。

是拒绝，还是接受？

对抗之路

写作者苦心经营（或者像人们常说的那样——苦心孤诣），完成某一种作品，创造一个崭新的世界，即是从行动上否定他所在的现存世界。否定的过程就是创造的过程。否定即创造。否定现实世界的激情成为创造另一世界的力量源泉。

可以说，写作者跟现存世界是对立的。他们的对立方式隐匿而沉默，从不惹人注目。这种对立是通过写作者创造出的作品显示出来的。而对作品本身则没有提出任何要求，好坏优劣、发表与否、读者数目等都跟这一主题毫无瓜葛，关键是存在——作品从写作者的内心世界里走到现实的物质世界里。对立是真实存在的，并非个人因表达的需要而蓄意设置、凭空捏造的，没有对立就不可能出现作品。

同时，他们对立的状态又统一在他们相互间的对话中，不管对话的气氛是融洽的还是充满火药味的。对话是双方共同致力促成的，当然这之中已经可怕地建立起某种秩序，签订了某种契约。这一契约无论是从形式上还是从内容上都和人与神定的约十分相似。我以为每个写作者的命运都无限地趋向于约伯的遭遇。条件都是一方对另一方虔诚、顺服，另一方则执掌生死予夺大权，应许对方以生命，以死亡为惩罚。对话从来都是不会停止的。把这一关系比喻为两性的恋爱关系或生物学上的共生现象都是可以的。如果您想对这个问题有一个明确而感性的认识，我想推荐您去参阅罗兰·巴特的《一个解构主义文本》大概是不会错的。通过错综复杂而令人陶醉的恋人絮语的陈述，您会明白我所说的对立又统一的恋爱关系到底是什么样子的。不过相当重要的一点我得提醒：不要把它奉作解构主义的圭臬或其他什么类别的文学作品，它只是絮语。这里有两种情况：一是一方投射于另一方，一方是主动的，是倾诉者，是强权，而另一方则处于被动或受压制的状态。比如说吧，即便写作者默默无言，现存世界仍会喋喋不休地说个不停；即便现存世界冷漠似冰，对写作者不闻不问，写作者还会不知疲倦地倾诉、歌唱或呼号。二是双方坦诚地交流，对话的气氛和谐舒畅，这有点像传统意义上的模范夫妻或热恋中的恋人。

从某种意义上讲，这一契约的双方是不平等的，不管什么时候、什么场合，想获取平等是不可能的，那么，这种对立必将走向对抗。对抗是正常的，没有对抗就没有个人的位置。假如对抗彻底消失，那么艺术也将丢失它应有的位置。对于个人来说，想在对抗消失的情况下从事艺术创作也是不可能的。在对抗中，个人才可能取得位置。当我们确定了生活与作品、艺术与现实是一种对抗关系后，那么是否还存在另外一种关系——即它的反面：

生活、作品、艺术、现实的和谐统一关系。普鲁斯特通过一生的努力——不懈的写作，通过巨著《追忆似水年华》完成了对这一统一性的证明。在《追忆似水年华》中，叙说者在一到六卷（除第七卷《重现的时光》）中经历着写作者必须面对的最大痛苦和折磨：文学上的无能与贫乏。恰在这时，感悟的时刻君临了，“我敲遍了所有的门，它们全都紧紧地关闭着，唯有一道门可以打开、进去。本来，我也许要花100年的时间，徒劳无功地寻找这道门，但是，我盲目地撞上了它，门启了开。”而在此之前，他是一个多么恐惧和纤弱的孩子啊！他害怕玛德莱娜小甜点、地名“斯万家那一边”和“盖尔芒特家那一边”的诗意、妈妈临睡前的吻等等如此美好刻画了他生命轨迹的事物会在他的世界里消失。作为作家、艺术家，更是作为一个独具一格的人，普鲁斯特深刻地意识到他的使命：“我就像那种子，一旦植物发育成长，我便会死去，而且我觉得自己无意中就是为它而生存的，没有想到我的生命有一天会同我欲撰写的那些书籍发生关系，过去，当我在书案前坐下时，我竟想不出写些什么好。因此，我的生活既能又不能归结为这个命题：感召。”不能归结是因为他以虚无并终极的眼光看待文学，“因为文学在我的生活中并没有起到过任何作用”；能归结是一种必然，他一生的幸福之谜、他全部生命的光辉全都系这部巨著——《追忆似水年华》，他必须以自己的方式打开那扇唯一的门。从这一点来说，普鲁斯特是幸运的，他比卡夫卡要幸福得多。

不仅如此，他们几乎站在由写作生活支撑起来的情感的两端，普鲁斯特扣开了无限幸福的大门，而卡夫卡由此走向了无限深渊。最终他完成了对自己的塑造：成为无限深渊中唯一裸行的思想者。

在《猎人格拉胡斯》中，猎人不愿承认自己的过错，一直奔走不停。市长问他天国是否有他的份，他说："我总是处于通向天国的阶梯上。我在那无限漫长的露天台阶上徘徊，时而在上，时而在下，时而在右，时而在左，一直处于运动之中。我由一个猎人变成了一只蝴蝶。您别笑。"这种无休止的运动是个人对命运的对抗，卡夫卡毕生致力于这场广阔而无所不在的对抗，在他看来，正是这些对抗、这些无休止的运动使一个人的上升成为可能，使他在通向天国（毋宁说是真理的深渊）的道路上多迈出了一步，即便这一步微不足道也是令人鼓舞的。猎人在最后大胆地宣言："我现在在这儿，除此一无所知，除此一无所能。我的小船没有舵，只能随着吹向死亡最底层的风行驶。"本雅明指出，从某种意义上说，卡夫卡作品所有的主人公都是卡夫卡自己本人。是的，猎人格拉胡斯的宣言也就是卡夫卡面对巨大而残酷的命运不屈的呼号，是他斗争的号角。加缪在《弗郎茨·卡夫卡作品中的希望与荒诞》中深深地意识到荒诞作品的本质是："不落言诠的反抗（然而正是反抗在写），清醒的、沉默的绝望（然而正是绝望在创造）。"

卡夫卡的道路是对抗之路，他与存在于他身边的世界和秩序一直是抗争着的，艺术或者说文学写作是他对抗外部荒诞世界的唯一武器，他别无选择。虽然在此期间，他极度渴望实现艺术与现实的统一，甚至他个人与外部世界有过短暂的统一，但这种统一也是稍纵即逝的、表面和形式上的。他也渴望有自己的家庭，但他害怕家庭损害他的写作；他也像凡夫俗子一样，渴望有自己的孩子，做一名好父亲，但直到他去世都不知道他有一个长到七岁才夭折的孩子。

事实上我们清楚，每一个写作者（毋宁说一个真正的艺术家）从动笔的那一刻起，就在试图寻找着什么。此刻，这需要寻找的东西尚不明了，但不会用多长时间，他就知道他寻找的是什么。那将要耗费他毕生的精力和智慧去寻找，并不是某种确定不移的物，诸如葡萄和金苹果；也不是可以让人欢愉或不快的东西，诸如名声和荣辱。它既是隐秘的，又是无处不在的。它潜伏于为艺术而努力的人的内心深处，每时每刻在那儿蠕动，搅得他一刻也不得安宁，而且可怕的是：每过一段时间它就会以无法预测、无法控制的野气狂奔乱跳起来。它的爆发对于他来说是无可逃避的劫难，它的任性劲儿叫人心惊胆战。在局外人看来，从来就没有这种问题，这简直是不可想象的，他们甚至还认为：思考统一还是对抗就如同思考是先有鸡还是先有蛋一样无聊而可笑，这一问题毫无意义，而且毫无解决的可能。真是这样的吗？也许他们说的颇有道理，但现实状况却是：无论这一问题最终是否得到解决，无论这一问题是否荒诞可笑，他们——真正热爱并献身于艺术的人——必须坦然接受这一命题，必须实实在在地面临拷问。

面临拷问，就是面临成为一名流浪者的生活，就是从平静舒适的生活走向冒险、走向世界的另一端。合格的流浪者并不是很容易就可以做到的，一蹴而就或一劳永逸的想法是绝不可靠的，成为一名好的流浪者、百折不挠的流浪者更是难于上青天。流浪不仅仅局限在地域或空间上的转换与变幻，同时更重要的也许是内心的流浪。但这种近乎“内心流亡”的流浪是十分危险的，它可能陷入平庸琐碎的生活泥潭。就是说写作者（或真正的艺术家），必须拿唯一的生命作车旅费，以便搭上通向生活的四面八方的列车。这是一项自我放逐的宏伟计划。自我流放在事实上并不是逃避现实生活，而是勇敢地面对，只不过方向却是相反的，它宣言了对抗。

我觉得此时我正在做的工作已经被另一人做得相当完美了，如果说我能继续下去的原因是因为读了几本书或了解几个作家的话，我想这只是某种画蛇添足的愚蠢行为罢了。我的实情是：我有话要说，我有表达自己的愿望（通过别人）。我所指的“另一个人”是加缪，我现在的处境可能与他在作《西西弗斯神话》时相似。（这样说也许有点攀附大师的意味。）《西西弗斯神话》不应简单地被看作一篇哲学论文，或者一般意义上的文论，应该说这是一名艺术家在面临死亡的严峻时刻所流露的内心世界。我们从资料中可以获悉：那时的加缪身患极为严重的疾病，并且试图寻找解决的办法，自杀的念头萦绕着他。加缪下手了，他从“自杀”开始——开头就说：“只有一个真正严肃的哲学问题，那就是自杀”——推演出荒诞存在的主题，亦即是通过语言、通过表达筑成的道路他获得了出口。此刻，最为极端的对抗找到了它对应的罅隙，虽然这罅隙异常狭小，但它毕竟提供了一个喷发的契机。这种喷发把他过去体验的内涵从一片混沌昏暗中提炼出来，而它的喷发物便是《西西弗斯神话》了。对抗的爆发过程，加缪写作《西西弗斯神话》的行为，都是在实现一种否定、一种创造。而且我们必须说，过程与行为的价值远远大于作品的本身，《西西弗斯神话》是从对抗的硝烟中走出来的孩子，是否定的创造物。

加缪的《西西弗斯神话》不仅仅是理论，而且是他以无比的勇气面对死亡和荒诞作出的抗争。他对这一行为的巨大意义有着清醒的认识，在《西西弗斯神话》中他写道："反抗贯穿着生存的始终，恢复了生存的伟大。对于一个目光开阔的人来说，最美的景象莫过于智力和一种超越他的现实之间的搏斗。……于是，我明白了为什么对我解释一切的那些理论也同时使我衰弱。它们把我自己的生活的重负从我身上卸下，而我是应该独立承受的。"

作为一名作家，一个思想自由的人，他无权放弃他的权利和职责。而这权利和职责的核心便是对抗，他必须对抗一切威胁或将要威胁他作为自由主体之独特性的外部事物。如果不堪重负，他必然就会走向投降之路。屈服与退缩将使他丧失自我，这里不仅包括文学艺术家所必需的所谓风格与独特的文学素质，还有比风格、特性重要数千倍的独立人格和自由灵魂。因而我们可以说，写作者的命运绝对不是自娱自乐或求得声名与富足，写作是另一种可怕的生命形式。他必须意志坚决地对抗世俗的幸福以及获得这种幸福的种种可能的途径。卡尔维诺的《树上的男爵》彻底而尖锐地表达了这个问题，男爵的对抗是不可更改的，坚如磐石，他从一爬到树上起就决心不足踏陆地，并在“树上的理想国”度过一生。

费尔南多·佩索阿写道：“对于我来说，写作是对自己的轻贱，但是我无法停止写作。写作像一种我憎恶然而一直戒不掉的吸毒，一种我看不起而一直赖以为生的恶习。有一些毒药是必要的，有一些非常轻微的毒药组成了灵魂的配方，诸多草药在残破之梦的角落里熬积，黑色的罂粟在靠近坟墓的地方才能找到……”一名作家一旦具有这样残酷的自我拆解的锐利智慧，一旦把对抗看作恬淡而不可避免的命运之时，他所追求的地狱和天堂也就无甚分别。作家最为珍视的便是作品，而到这时，连作品都是无足轻重的了。若热·萨拉马戈评价佩索阿时说：“没有任何葡萄牙当代作家追求佩索阿那种伟大。”不仅是葡萄牙，即便是全世界也没有几个作家有能力、有胆识追求那种近乎绝对的伟大。

激烈的对抗会树起一座巨大的壁垒，能够穿越这种壁垒的人寥寥无几。但是这种壁垒在卡夫卡或佩索阿这样的作家面前便会不存在。

写作困难

写作过程中遭遇到困难，对于任何一名作家而言，是必然的事。托马斯·曼说，作家就是那种写作困难的人。而奥地利作家罗伯特·穆齐尔的遭遇，给“写作困难”这一说法添上了一个极为沉重的脚注。

他的作品的难产度在作家群中恐怕是绝无仅有的。例如为了撰写两篇总计一百多页的小说（《爱情的完美》和《宁静的维罗妮卡的诱惑》），他用了整整两年半的时间，而且用他自己的话来说还要“没日没夜地工作”。至于他的代表作《没有个性的人》的写作故事则更离奇：穆齐尔从1905年开始构思这部小说，20年代开始动笔，前后易稿凡20余次，一直到他1942年去世，书仍然没有完成。也就是说，这部小说花了近40年的工夫（当然，它也是一部百万字以上的文学巨著）。穆齐尔把他常常陷于的困难的写作状态称作“写作瘫痪”。他甚至说：“我的传达欲望极其微小：已经偏离作家的类型了。”

写作者常常会面临无路可走的绝望境地，通常的情形是从某一刻起他的写作停滞了，或是写不出新的作品，或是作品在行进的过程中遇到无法解决的麻烦。

他必然要寻找出路，而且要耗费他所拥有的一切能量。他宁愿把自己身体的精华献上，把智慧的血液抽干。写不出新的作品，他一定会想他已经江郎才尽了，他的才华到此枯竭了。他似乎已经写完了一切他该写的东西，即便事实并非如此。在《追忆似水年华》中，以第一人称叙述的马塞尔（当然他在相当大的程度上代表了作者普鲁斯特）是一个对自己写作极不自信的人，其中还夹杂着对自己怠惰的自责，我们看看他是如何说的：

我可能怠惰成性，习惯于把手头的工作一天天地向后拖延，我甚至猜想，死亡也同样可以向后拖延的。

（《追忆似水年华·重现的时光》）

刚刚写完开头几页，一股烦恼涌上心头，笔从手中掉了下来，我号啕大哭，不禁想到，我没有这份天赋，也永远成不了天才。

（《追忆似水年华·在少女们身旁》）

在熄灭蜡烛之前，我阅读了自己誊好的那一章节。读罢，深感自己缺乏写作才能，这正是盖尔芒特一家早就预料到的。

……

（《追忆似水年华·重现的时光》）

真是这波平了，那波又起，老摆脱不了，使我每每为自己缺乏写作才能而懊恼。后来，我远离巴黎，去疗养院疗养，在这段悠长的岁月中，我根本不打算再写作了，这才摆脱了懊恼的心绪……

（《追忆似水年华·重现的时光》）

被怀疑蒙蔽住双眼的人往往显得非常之固执，他此刻甚至表现得极为可笑，简直顽固不化。但是普鲁斯特对待写作消极悲观的情绪并没有影响他的创造，相反，他从未停止过《追忆似水年华》的写作，即便第一次世界大战在他身边爆发。

作品无法继续下去，半截子工程撂在露天的旷野中。这种状况令建造者和经过此地的路人焦急、尴尬、愤怒、无奈，渐而是漠然视之，可笑的是到最后所有人认可了这种两可状态的存在。我记得几年前，我的家乡要建一座四五十层的双子塔楼，我们高兴地看着它一层层地成长，不到三个月，它就拔地而起了，有一些傲然，有一些雄伟，我们也随之感到有一种说不出来的高兴就堵在嗓门眼儿。我们是谦虚而有自持力的市民，我们要等到双子塔楼彻底竣工才会说出我们的高兴劲儿，到那时，当我们站在高耸入云的楼顶，自豪感就会油然而生。但是后来，工程停止了，大楼不再按我们的想象一天天地生长了，它像一个半身不遂的人站立在风雨中。我们不知道到底发生了什么。我想不外乎有以下几个可能的原因：一是资金不足，包括前期资金准备不足，后期资金无法到位什么的；一是工程本身有问题，可能是基础没打好，也可能是建设中出现问题，材料质量差或结构不合理都是有可能的嘛。对应地说，就是写作者能量不够，他没有具备足够强大的学识、想象力和创造力，而到后来他又无法补给到位；工程问题就相当于半截子作品问题了，涉及具体的写作技巧和写作能力，像什么语言啦、节奏啦、结构啦等等，不一而足。

此时的写作者又像一只被陷阱困住的野兽，四处横冲直撞，寻找出路。那个古老的不讨人喜欢的成语——“困兽犹斗”，就会呈现在我们的面前。是啊，他从来就不曾停止过斗争，他努力阅读，寻找出口，我多次看过一些作家自述时这样干过；他在大街小巷上晃来晃去，努力成为一个真正无所事事的人，等候着所谓灵感的光顾；他甚至不惜再谈一次恋爱，以激发他停滞的才思，当然也有人是一而再再而三地希望从爱情或异性那儿获取源泉。如果这些行为在相当长的时间内没有奏效的话，他对自己产生怀疑是必然的。他怀疑是上帝、是神、是魔鬼突然间以超自然的力量夺去他的写作才能。迷信也会在瞬间产生，他认定这就是宿命，好像他的作品进行不下去并不是他个人的原因，而是个人之外的偶然因素造成的。

如果经过长时间的不断努力，他的境遇尚未得到改善，怀疑行为就不仅是内部和自身的了，而会成为外部和他者的，他和他的写作将会成为外界的话柄。但是写作者寻找出路的斗争从未停止。我一点也不怀疑几乎所有伟大的作家都必然会遭遇此境。一名真正艺术家的成长需要一个过程，这是一种阵痛，是一种嬗变。写作过程中的每一次停止对于他来说都是一次难得的蜕变的机会。最优秀的作家是那些具有独特的艺术风格和大胆的创新意识的作家。他们要做的不仅仅是写作内容上的革新，相应的形式革新也必须要完成。作为吸收人类文化与艺术精华的写作者，在成为独创性作家之前，他必然地学习和模仿前人或其他优秀作家的艺术风格与写作手法，这个过程往往是痛苦而漫长的。如果要人为地在庸常作家和真正艺术家之间画一条线的话，我想一个作家在到达这条线之前一定要经历多次这样的痛苦蜕变，需要一次次否定自己的勇气和行动。在这一漫长的过程中有一次极为重要，对于他来说有决定意义，即从蛹化蝶的蜕变。这一刻就是那条看不见却又至关重要的线，是那条本不存在但又无法缺失的分水岭。

作为20世纪最伟大的诗人，里尔克在《布里格日记》中这样写道："唉，要是过早地开始写诗，那就写不出什么名堂。应该耐心等待，终其一生尽可能长久地收集意蕴和甜美，最后或许还能写成十行好诗。"也许我们认为这不过是诗人的谦逊与不实之词，但事实并不是那么简单。里尔克本人在他的内心深处对写作好的诗歌有着审慎而执着的忧虑。他接着写道："因为诗并非像人们认为的那样是感情，而是经验。为了写一行诗，必须观察许多城市，观察各种人和物，必须认识各种走兽，必须感受鸟雀如何飞翔，必须知晓小花在晨曦中开放的神采……"他要求诗人回想起童年的疾病、压抑的日子、海边的清晨、各种不同的爱情之夜等生活中与思想上遭遇的细致入微的情形。参照这种严格到近乎苛刻的要求，里尔克总结他的创作时说："迄今为止我写的诗却不是以这种方式写出来的，所以都称不上是诗。"他时年28岁，已出版了几部诗集，但认为自己仍是一事无成。是的，对于里尔克来说，也许可以称作"一事无成"，因为他最重要、最优秀的作品尚未开始写作。

里尔克的写作遇到了巨大的困难，这倒不是说他江郎才尽写不出什么优秀的诗歌来，而是在写作过程中，他还要继续攀登，向诗歌艺术与人类思想的最高峰艰难地爬去。到1922年，这样艰苦卓绝的攀登尤为明显。他说，1922年2月期间他感到很孤独，他的全部工作就是等待，等待着什么东西出现。奇迹出现了，但对于诗人自己而言也许并非如此。这一年，里尔克完成了他一生中最伟大的作品：《献给奥尔甫斯的十四行诗》和《杜依诺哀歌》。同年，令人惊异的是，现代主义文学达到了它的顶峰，最优秀的作品同时在1922年相继问世。瓦莱里在沉寂数十年后完成了《幻美集》，T.S.艾略特经过长年不懈的努力，出版了《荒原》；乔伊斯用七年时间写就的巨著《尤利西斯》终于出版。

写作困难在某种意义上将是一种写作沉寂。安德烈·纪德在《重读〈欢乐与时日〉》中开宗明义地写道：

我不遗余力地赞美两位与我们同辈的作家——一位是诗人，另一位是散文作家，他们俩几乎互不相识，彼此无法理解，但分别获得了异常独特而又如此相似的成功——在我看来，希冀永久性的荣耀，于他们是件慎之又慎的事情，他们是：马塞尔·普鲁斯特和保尔·瓦莱里。他们几乎是同一年龄，同时发表了早期作品，然后又沉默了十五年。

十五年到底有多长？是一个人生命的四分之一？这样说毫无意义。在这里，十五年就是从幼苗发芽到长成参天大树的时光，就是普鲁斯特和瓦莱里从一般作者走到大师这段道路所花费的时间。在这样漫长的沉寂中，一棵成长中的树木要经历多少风风雨雨啊！困难么？这不用我再赘言。

还有许多事例可举。比如塞缪尔·贝克特，他在年轻时写了一篇关于乔伊斯的论文——《但丁……布鲁诺·维柯……乔伊斯》(1929，贝克特时年 23 岁）和一篇论述普鲁斯特的论文——《普鲁斯特》（1931)。随后他就一直在默默无闻的状态下写作，十几年的时间只写过零星的小说作品。据他的传记记载：1945 年，在战后他返回都柏林，在都柏林港纺波堤突码头上获得“顿悟”，迎来他一生中最重要的创作时期。相继创作了短篇小说《被驱逐的人》、《末日》、《镇静剂》、《初恋》，长篇小说《梅西埃与卡米埃》、《马洛纳之死》、《无名的人》，剧本《等待戈多》等作品。十几年过去了，他才写出一系列优秀的、具有独创意义的作品来。我们把过多的目光投向了他的“井喷”时期，但我们还应该深入他的“写作困难”时期——一个必然的黑暗时期，需要艺术家以大无畏的勇气和艰苦卓绝的努力破除黑暗、开拓广阔领域的时期。

毫无疑问，越是优秀的作家，就越是“写作困难”的人，必须经历写作中的黑暗时期，须以自己坚忍不拔的意志和坚持不懈的努力实现他们艺术上的飞跃。真正的写作必然是一种沉寂，真正的作家必然是遭遇“写作困难”的人，一切都无须言说，最终优秀作品的问世会说明一切。

写作就是不断制造写作困难，进而努力去解决这种困难。否则，就只能叫写字。

当蝴蝶翩翩起舞的时候，我觉得它应该在那一刻笑一笑，或者微微地点一点头。不是吗？这样轻松舒展的羽翼是多么来之不易啊！

写作，或赌博

写作必然是一种赌博。阿兰（Alain）说，它（赌博）漠视……重要的过去，而这正是工作所依靠的东西。写作是一种没有过去、没有历史的冒险。在未知的丛林里，你的经验和过去所依靠的东西正成为一种障碍，我们要摆脱这种障碍越来越不易。赌博使经验失效。那些生活的经验，那些阅读的经验……这里蕴含一个寓言，那个古老的西西弗斯神话正在上演。因而我们可以说作家每一天都是一名新作家，当他停止前进，他就回到了原地，甚至可以说不再作为写作者而存在了，他的赌局已经“玩完了”。

我一直没有任何赌徒的习性，因而就极为正常地怀疑起自己写作的合法性。在生活的溪流中，有很多支流，如果你愿意，你会选择一条风景怡人的道路，至少对自己的生命而言，有一种合理性。只有确定这种哪怕是养家糊口之类最低生存愿景之时，合理性为之成立，才能谈得上生命的合法性。那么，参与赌博的合法性建立在哪里呢？显然，赌徒认为该行为将在某种程度展示或促成了其生命的价值。进而，写作者呢？如果他并没有把自己的生命押上的话，作为赌徒已经是下一等了。他也许可以是赌场上的常胜将军，也许可以是春风得意、运筹帷幄的智者，但作为赌徒，他丧失了其最根本的品质：赌徒就是那些把自己最大的宝一股脑押上的人，他们渴望成功，但绝不害怕失败。常胜将军和智者渴望成功，并以各种努力保证他持续不断的成功。他们不希望失败，也惧怕失败。在波德莱尔那里，赌徒的形象是英雄的形象，他羡慕那些“可怜虫”：我的心害怕，竟羡慕这许多狂热地，向张开大口的深渊走去的可怜虫。

写作的前景是无谓的，谁也不知道它到底能给写作者带来什么。写作的道路漆黑一片，伸手不见五指，企图看清方向只能往回走，但必将仍旧“走在老路上”……而那条“老路”并不叫写作，也许叫抄写、仿作、写字、重复……

赌博是一种自愿的交换行为。你想获得的，也正是你将要失去的。既然是交换行为，就必然手提“代价”上场，否则就是不尊重游戏规则。能进行赌博的前提就是要敢于付出代价，你必须拿起你手中所能掌握的资源作为筹码，才能走上赌台。这时候，很多准赌徒会踌躇，犹豫不决：拿着你一生一世的时光、拿着你的身家性命去博一把，万一失败了，一切就全完了……押还是不押？这是一个严峻的问题。马尔科姆·考利在《流放者归来》中，面对乔伊斯，他除了钦佩，就只剩下对他惶恐的猜测了：

我们不属于那种把他和荷马相提并论的热衷者，但是有一点至少是可以肯定的：可能除了马塞尔·普鲁斯特之外，活着的作家中没有人能在深刻、丰富、复杂或广博方面和乔伊斯相比。他的成就促使我们前进；他的雄心使我们较小的雄心也沾上了尊严的色彩。但很显然，他写成《尤利西斯》是付出了代价的——他少吃了多少顿饭，放弃了多少欢乐？写出了一部杰作的人是怎样生活的？

考利深入地考察乔伊斯的写作状况，这种状况对于一般写作者而言几乎是骇人听闻的：

他似乎放弃了生活中的其他一切来满足他的雄心。他似乎达成与浮士德相反的交易，出卖他的青春、财富和一部分普通人性以求增长他心灵的骄傲。

赌博的另一个最重要的游戏规则是愿赌服输。诗人奥登描述的小说家正是这样的赌徒，可是他不该说他是那么委屈，他不该为他怜悯，不愿意你就不要干吗。《小说家》是这样写的：

可是他
必须挣脱出少年气盛的才分
而学会朴实和笨拙，学会做大家

都以为全然不值得一顾的一种人。

因为要达到他的最低的愿望，
他就得变成了绝顶的厌烦，得遭受
俗气的病痛，像爱情；得在公道场

公道，在龌龊堆里也龌龊个够；
而在他自己脆弱的一生中，他必须
尽可能忍受人类所有的委屈。

俗话说，世间没有后悔药。你要是输了，你就倾家荡产，庄家什么都不会留给你的。如果侥幸，你获胜了，你将在精神上获得安慰，将为人类带来可以继续阅读和思考的文本。事实上，这种胜利是可有可无的，因为一旦决定参与赌博后，他的选择就只剩下唯一的选择了：就是与庄家周旋到底，一直到生命终结，没有中途退出的选择。

写作作为一种工作，既是劳作本身，也不简单等同于其他类型的劳作。它在本质上更接近于赌博。阿兰更清晰地指出：

赌博概念本身……就含有这个意思：没有哪一方会根据前一轮的情形行事……赌博中没有任何保险的成分……它对前面赢到的东西是不加考虑的，在这一点上它与工作不同。

也许是这个原因，让年轻的但雄心勃勃的考利蹀躞羽翼：因为他（普鲁斯特）既不力求超越于公众，又不力求以意志的力量创作出一部天才的作品。

> ……《追忆似水年华》是一个象征。可是这个象征过于冷酷、过于遥远，不能使我们有亲切的感受。我们既无那种愿望，也无那种财力资源和智力资源把自己关在墙上贴软木的房间里来审视我们的回忆。

这位伟大的赌博者也许只有几个世纪才会碰巧出现一个，同时因为世界上没有两场一样的赌局，就意味着普鲁斯特为他下的注是唯一的，我们谁也不再可能有此机会了。因为他获胜了，胜利之后，那个赌局将不再存在，只留下伟大的战利品——《追忆似水年华》。

一个清醒的人都能预见到赌博的后果，微不足道的胜利或者终身的失败。卡尔维诺说过的一句名言："在许多工作中，宏愿过多会受到谴责，在文学中却不会。"这句话也许确实能起到鼓舞写作者斗志的作用。但是在今天，写作者的宏愿越来越小，文学宗教在残酷的生存面前不堪一击，写作者与非写作者必须要在同一个世界中、同一个职场上争夺自己的生存空间。赌博正成为一种谶语，几乎预言着溃败。即便说，与已有的作品博弈的说法过于残酷；即便说，文学作品之间不存在比较的问题，可是它们之间的竞争从来就没有停止过。也许庄家是那些逝去的大师，一些静静躺在书架上的书籍成了它们的化身；也许是正在某一个房间默默写作的同时代人，他们尚未完成，有着巨大的可能性。我们不愿意说写作如竞技体育那样直接甚至浅薄地决出胜负。但是，写作本身也是与这些已有或潜在的对手进行赌博。普鲁斯特式的豪赌再也不会出现了，总结而言，现在的写作者很难同时具备下列的三个条件：

宏愿，一个试图写出一部《追忆似水年华》或《尤利西斯》的伟大愿望。

财力，一种能够让你一生一世不愁吃穿并能达到同时代人生活享受的财富资源。

智慧，自信有足够的智力达到或超过那些已成为纪念碑的前辈。

因而我们不难理解考利的力不从心，同时我们也不难想象大部分写作者的胆怯和退缩。物质生活甚至也是一个问题，即便我们不愿意谈及这个问题，即便如尼采所言“人生的幸运就是保持轻度的贫困”，但事实上，现在社会（特别是我们国家）的社会保障并不足以让一名作家无忧无虑地生活下去。除了以上三个难以具备的条件外，写作与赌博一样还需要运气，就连卡夫卡这样严谨的写作者也慨叹：“就这样盲目地跟随着我的运气，用手一把一把地从那洪流中把那些东西捞出来。这样，当我在沉思中把我所获得的写下来的时候，与它原来生活在其中的丰富的构思相比，简直微不足道，不能召唤这种丰富于万一。”（《卡夫卡日记》）阿多诺在论及本雅明写作《单行道》时说本雅明是一个赌者，同时本雅明本人也“一而再地对赌者的性格特征进行思考”。阿多诺在思想意义上给予本雅明“赌者”性格在写作中发挥的重大作用以彰明：

> 思想放弃了所有精神梳理出的确定性，放弃了引申、决断和推导，它完全听命于经验，在是否遭遇真实的问题上完全任凭福祉和风险的安排。

一名真正的写作者是天生注定的，他骨子里透出的是最纯粹、最卑贱甚至最无赖的赌徒气质。因而，也可以说，一名作家最完美、最吸引人的气质就是这种近乎下三烂的赌徒气质。也许有人说，你这样说太粗鄙、太无情、太不道德了。是的，那些道德只为循规蹈矩的人而设，赌徒的道德就只有一个字：赌。赌徒的道德就是写作者的道德。通过这样简单的递进，我的结论就是：赌是写作者的唯一道德。写作者如果要实现自己最高的道德理想的话，他只有放手一搏，彻底地赌上一把。

写作必然意味着赌博，写作的道路就是那条不归的赌博之路。

诗歌札记：危险的交谈

一方面，诗歌来自无处不在的生活经验、不断上涌的回忆、行走的足迹、想象甚至梦境；另一方面，还要求它不停地偏离生命航道，探寻那些晦暗的地带，进行所谓超越的活动——试图摆脱重力的白日梦。我一直以来的诗歌写作就支持这些说起来正当但又虚幻的理由。好在，在多年前（打算以写诗来表达我与这个世界关系之时），我就学会容忍自己这一纯粹来自精神领域的带有理想主义色彩的荒诞想法。

成就一名诗人需要一定的身体经验和阅读经验，但仅有这样的利器是远远不够的。一名真正的诗人必须不断地超越自身已有的经验，因为有更多的隐秘的生活等待着我们去深入，有无限的神秘的书籍等待着我们去阅读，有数不清超出我们经验的道路等待我们去探索。真正的写作必然是一种沉寂，真正的诗人必然是遭遇“写作困难”的人。写作就是不断制造写作困难，进而努力去解决这种困难。否则，就只能叫写字。这是一种存在的艰难。

一定程度上讲，诗歌是一件相当完美的认识工具：对自己的认识，对世界的认识，对人与事物关系的认识……但这实在是小看了诗歌。远远不够。诗歌足以构建一个宇宙，有太阳，有月亮，还有星星点缀其间。它是与个人有关一切的总和。

作为技艺领域里的诗歌，微不足道，任何有志于诗歌写作并有相应天赋的人都会在此范畴内实现自给自足。通过阅读、模仿、练习，一名学徒会成功地掌握写诗的技艺。有了技艺并不能保证你能写出优秀的诗作来。也许，也许吧，像狄兰·托马斯说的那样："优良的技术总是在诗的构件中留有空隙，以便诗外的什么能够爬进来、溜进来、闪进来或闯进来。"因而我们总是需要储备好"优良的技术"，以期在某一刻实现诗。

诗歌首先是关于语言的艺术。词语是帮助我使瞬息万变的想法、气息、睡梦、感觉固定下来的泥沙，它们固执己见，哪怕正在建设的是一座不可能实现的巴别塔或一个明显缺少存在基础的豆腐渣工程。它们为满足我一时的愉悦或痛苦之感而奋不顾身。诗人的语言对于诗人而言是精确的，负载着自己个人信息和密码。较之其他文体，诗歌对语言的要求更高，它需要语言陌生化并流动起来。如卡尔·克劳思所言："我的语言是一个世界妓女，我得把她变为处女。"但同时我们不能仅仅把它看作言说的状态。更多时候，它是无言的，沉默带给诗歌巨大的存在空间，它在适当地点、适当时刻停顿，并留给我们。

诗歌的价值与意义何在呢？也许对于一个把生命与诗歌混为一谈的人而言，这是一个并不存在的问题。因为他们在这个世界的关系是共生的，是互文的。在每一首诗、每一行诗中，都沉淀下我们的影子、我们的黑暗。诗是蒙上复杂色彩的自传。

作为诗人的六世达赖喇嘛仓央嘉措在诗中这样写道：“被诗歌埋没了一生的人 / 黎明前又重新回到了想象中 / 他在一首诗的结尾处停了停 / 就想到了布达拉宫 / 他只朝前迈了一步 / 就与积雪一同融化……”诗人必然的命运就是融入这无边的世界、那无垠寒冷的白雪。诗歌就是我们的出生地，是我们日复一日的睡眠，是我们的生老病死、怨憎相会、离愁别绪；从本质上来说，诗歌对于诗人而言，是骨骼，是血。同时，我们也相信，诗人是这个世界的存在之谜，就像让·科克托说的那样：“诗人是一个谜。他不出谜语。他讲述他所居住的世界，一个游人不知道怎么去、因而不能把油腻的纸扔得到处都是的纯洁的世界。”诗人还是演员。他不靠相貌、声音和动作来演戏。在生活中他乔装改扮，一方面作为蹩脚的演员絮絮叨叨，经常穿帮；另一方面还精心化妆，装得像某一个人。他的演出不仅不能取悦于人，倒是常常令人惊骇。他仅仅靠自己的心灵来实现自己与世界的疏离，使他在写诗的那一刻摆脱人世的重力，获得飞升的神奇机能。

佛陀在《经集·蛇经》开示说：“他不在生存中寻找精髓，犹如不在无花果上寻找花朵，这样的比丘抛弃此岸和彼岸，犹如蛇蜕去衰老的皮。”比丘是修行，诗人也是修行。比丘是求解脱之人，而诗人是在这反面。诗人也许永远无法抛弃此岸和彼岸，也许无法蜕去自己衰老的皮，但这些正是诗人不断走向诗人的必由之路。

谈论写诗，多么奢侈，多么危险……

镜 像

在传统的架上绘画作品中，我们会看到大量的自画像。那些大师以各种目的和手法为自己的面孔和精神建立永恒的镜像。他们成功地传达了他们对艺术品留之后世的想法，当然也有大师未必作如斯想。爱德华·蒙克的《呐喊》所建立的极具震撼力的镜像随着时间的流淌深入到后世人的灵魂中，一个孤独的灵魂常常在不自觉中就把这种镜像作为自己精神困惑的写照。这是一个广泛存在的艺术事实，像一个秘密的行为艺术，在数十年或数百年之后，那些逝去的画家仍旧有能力操控我们的灵魂。

我们为什么热衷于各式各样的艺术作品？我们阅读诗歌可歌可泣，我们阅读小说如痴如醉，我们看电影沉陷其中……我想，这里藏匿着一个秘密，就是读者或观众与这些艺术品建立了诡异的镜像关系。一旦这种关系建立以后，作品便获得法力，而读者必然成为被魔法控制的青蛙王子。

书籍中蕴藏着我们潜在的模样，甚至在无声无息中塑造着我们。这从我们学会阅读时就开始了。我们会不知不觉地喜欢上某一类书，书中的某一个人物，一个写书的人，一种看似跟自己毫不相干的观念、思想、态度……

书籍对我们来说，不仅仅是镜子，可以观照我们隐秘的形象、一些非物质的事物在自己身上的存在；事实上，书籍中还蕴藏着我们潜在的模样，这是我们没有料到的。我在上大学的时候，曾经写过一个仿作，是普鲁斯特式的，是一篇即兴和缩微式的小品。

在这篇小品中，我看到了十三岁的我幼稚而又蠢蠢欲动的形象，我看到记忆中永远存在的美好形象。我明白我潜在的模样是什么，在若干年前就开始呈现……并不断地清晰起来……一些纤细的事物和变化发生在我的生命中，那个潜在的我渐渐地被唤醒了……在这个唤醒的过程中，我闻到了青春期的气息，羞羞答答，对一个邻家女孩暗送秋波，而一切又无可奈何，因为我是那么地小，还是个小白点……想到那些可爱的非分之想，想象着自己慢慢长大，像那些大孩子一样穿着牛仔裤、吹着口哨、开着摩托车在人群前呼啸而过，而那个“她”正坐在我的后面……当然，当然，这都很美好，但却没有发生。通过阅读获得镜像的幻觉，我愿意把这些虚构当作我生命的一部分——我那酸涩青春期的倒影。这也正是普鲁斯特所言的“感召”。我知道，我通过阅读为自己制造了镜像，不管世界的真相到底是何样的。

我是在书籍的感召下发现自己潜在的形象的。我接受它们，无论它们的真实存在跟我们的物质世界和现实生活有多大的差距，无论它们跟我的外在形象是多么地大相径庭，但它们却是那么地真切，不容忽视。

对于写作者而言，他们不承认这种感召。越是不承认，这种力量就越大。对于所有敏感的读者而言，书籍镜像帮助他们发现了他们自身，帮助他们发现了一个新的世界。他们甚至通过镜像建立起自己的乌托邦——在有限的空间建立起自供自给的无限生活。

在塔科夫斯基的电影《镜子》中，有一个感人至深的镜头，让人难以释怀。母亲站在镜子前，墙面和顶棚连同雨水纷纷坠落，她看到了她自己未来的面容——日趋衰老的妇人……时光与世事在这里迅即流过，给我们带来了无尽的惆怅和思考。这部电影带有导演强烈的自传色彩。塔科夫斯基说："一想到母亲将会去世，我无论如何也无法接受，我将抗争，我将证明，母亲是不朽的！我要让别人相信她鲜明的个性和体验到她的独到之处。内心的前提就是对性格做一次深入的分析，以期证明母亲是不朽的。"我们知道，塔科夫斯基是通过影片建立母亲永恒的镜像，使其不朽。导演创造了这个镜像，它将覆盖他已有的关于母亲的回忆，艺术的真实将取代生活的真实。

《大师与玛格丽特》第十三章"主角登场"中，布尔加科夫这样写道：于是他走出秘密的安乐窝，进入生活的时刻终于到了。大师喃喃地说："我手捧这部小说进入生活之时，就是我此生活结束之日。"书中大师的镜像正预言着作者的选择，当然他知道自己来日不多了，《大师与玛格丽特》写就之时就是他生命走向衰微之时。当这种淡然而终结的镜像完成之时，布尔加科夫也就可以安然地离开了，因为他的影子、他的血液甚至他挥手的姿态都倒映在小说中了。

我们多么小心翼翼啊，因为在我们与作品之间建立镜像是一种秘密活动。正是由于秘密才解除了道德规则对我们的巨大束缚，在绝大部分时刻，镜像超越了道德的藩篱，善恶与是非的判断被无情地抛弃了。然而我们又是贪得无厌的，“我相信文学很快也就成了一种不能令人满意的、或者说有欠缺的、难耐的经验了。”（德里达《文学行动》）如果在这样的时刻，这个读者将决然地走向哲学思考或从事写作，以弥补已有镜像的不足。对于每一个人而言，世界和生命都是全新的，已有镜像只能提供有限的经验，要想获得一种无限和永恒，就必须以自己的创造来建立崭新的镜像。像我要写一个虚假的故事一样，真正的作家并不问津文学本身，而只是要求在自己和作品之间建立他秘密的、牢不可破的镜像关系。

彼岸在哪里

记不得是谁说的了：写作是工作的彼岸。（注：工作即社会工作，不包括艺术创作类的工作。）

伯格曼的电影《豺狼时刻》讲述的是一个“羞辱”的故事。一个人很难不与现实生活相接触，但是这种接触在很大程度上一定是蒙受羞辱的过程。不与生活接触的愿望无疑是幼稚的。片中的主人公最后在强大的生活的逼迫下，成为一个荒诞的受难者，耻辱永远侵入了他的体内。显然，与生活隔绝的想法在很多知识分子的观念中流行，做一名隐士成为很多作家的乌托邦。而最终事实是，不是做一名假隐士，就是成为满腹牢骚的持不同政见者，或者成为传说中的仙人，成为人们的谈资。

王维有一首诗写庄子，名《漆园》，曰：“古人非傲吏，自阙经世务。偶寄一微官，婆娑数株树。”知识分子也是人，作为苦思冥想的哲学家也要吃饭。对于庄子而言，做个漆园吏某种意义上是对自己的“羞辱”。他要学会生存，这几乎是现代意义上的知识分子的悖论。朱利安·班比说：“知识分子事实上也食人间烟火，对于实践利益也有感触。”但是一个人必须要有“经世务”的生活经验，他不是一个绝缘体。一个绝缘体的哲学将是对人类毫无益处的天外思想。只有有足够的生活经验，当事人才能走在“经世务”或“经世务”的反面。“偶寄微官”提供了世俗生存的反面，它为庄子立一面镜子，它给予他的是繁复的沉重感。他希望逃离世俗的重力，因此飞翔就成了他生命里唯一的命题。

今天，“经世务”也就意味着工作。也许“工作”一词被破坏了，“如今它带着太多征服和生产的意味”（朱利安·格拉克语）。各种实在的工作完全取代了梦想，工作只剩下“贫乏”的特征了。

有时候，我们说工作就是上班。“上班”这个词的关键是“班”，是一个隐藏的强大体制。“班”意味着集体，意味着无意识地顺从，意味着吞噬个人的生存空间。我们总谈论体制对我们的摧残：摧残了一名才华横溢的作家，一名极有天赋的艺术家。它摧残自由和创造。但是我们永远在体制内存活。有的人还活得很滋润。当然，这也让我们怀疑。从泛文化意义上说，我们不管怎么生活都存在于一种无所不在的体制中。这既可能是权力体制，也可能是市场体制，对于一个作家而言可能小到发表体制、出版体制等等。马尔科姆·考利在《流放者归来》中说：“我们成了我们想逃避的体制的一部分，于是这个体制从内部而不是从外部战胜了我们；我们的心按照这个体制的节奏而跳动。”

在很多时候，一名写作者必须面临这样的痛苦。卡夫卡在办公室的时光无疑是一种折磨，一种无法挽回的浪费。“羞辱”很难表达这样的状态。我们被工作所控制的时光细致、残酷而又彻底地割杀，在意识清醒的时候被血腥地屠杀。这种现实也同样长久地落在我的身上。我的一个朋友开玩笑地对我说：“有一种育邦叫浪费。”我极其痛心地赞同他的说法。

除去可憎的工作之外，还有可怕的生活。意大利作家艾里·德·卢卡在小说《有一次，有一天》的开头即写道：

> 一个令人窒息的午后，在一个狭小的房间里，一缕阳光照射在那些平底锅上，而幼小的孩子们在午睡中流着汗，你站在一个男人搬来的家具中间，明白了你的生活成了这个模样，就是这样，而非其他，这就是你最终的家庭，这个满头发油、埋在书堆里的神经质的男人，就是你的男人，你永远的丈夫。

这让人不寒而栗，“永远”有多远？我们每天从家里到上班的地点，走着同样的路，一直到退休。我们每天面对相同人群、相同的食物、同一座城市、同一个国家……“永远如此”的生活给我们的只有永远的绝望。

工作是站在写作的对岸的。站在此岸的我们难道只有眺望？彼岸在我们的内心。在工作或生活之下，我倾向于认为普鲁斯特是唯一的作家。他的写作生涯诠释了“彼岸在哪里”。

烦躁的隐喻

这些日子我不知道是怎么度过的。烦躁不安，然而又无所事事。没有站在山冈上去诅咒上帝，也没有到庙里去问道于佛陀。

生活的欲望是如此之少。

写作的欲望同样如此。不像一名作家，既不想动手写作，也不想获得任何意义上的成功。

充其量，我是一个无聊的人。朱利安·格拉克说："我偶尔度过了忧郁不堪的白日。"而我，则在一段相当长的时间里度过了烦躁不安的夜与昼。

工作的要求把我绑架了，显然这样的生活见黜于我的内心，但并没有多少反抗，仅仅是几句低声的嘀咕而已。克尔凯戈尔曾经写道："常常使得在世人眼里微不足道的事情，在我眼里却举足轻重，或者相反，世人若鹜之事，于我毫无意义。"我也这样想。因此，他不管作出多么重大的生活决定，到头来都还是那样——永远摆脱不了溃败者的命运。一个反道行驶者，一个抗拒大众规则的人，没有什么其他的结果，只能是失败者。如朵渔言，做一个失败者吧！

我们（也许仅仅是说我自己）的存在就是一种烦躁。这种烦躁是不适引起的，而且可怕的是我们必须要强制自己适应这种不适。克尔凯戈尔绝望地指出："我们全部在世的存在便是一种不适。"这难道还要说明什么原因吗？没有什么可说，只是一个赤裸裸的事实而已。

烦躁并不要求解脱。它是一种纯粹的存在，一种澄明的呈现，没有什么需要隐瞒，也没有必要遮蔽什么。它不同于痛苦、快乐、绝望等情绪。烦躁是低于苦闷的，甚至也可以说是一种轻度的苦闷。它本身引导我们走向洁净，走向简单。波德莱尔的《祝福》中有这样的话：

> 祝福你，天主，你赐予的苦闷，
> 就是治疗我们的污垢的灵药。

我们并不因此就寄希望于烦躁，或者苦闷。它们是没有功效的"灵药"，如果我们确有深重的"污垢"的话。波德莱尔身上紧裹着的是沉重的忧郁，而不单单是烦躁或苦闷。他误解了自我救赎的途径。

烦躁是我们对于世界的一个隐喻。这个隐喻有一点苦涩，在有些时候，它并不透明。我们看不清它的背后到底是什么，也许是一个无关紧要的阴影。烦躁是我们的身体对于外部世界的轻微感冒，这种感冒把我们推到一个清醒的思维角度之下，从而避免了更为冷淡或者更为激烈的体征反应。

烦躁在被我们主动抽离于物质身体的情形下，就被当作修辞手法和隐喻来看待，甚至作为一种艺术事实。

王维有一首著名的诗叫《苦热》，诗中云："长风万里来，江海荡烦浊。却顾身为患，始知心未觉。忽入甘露门，宛然清凉乐。"多人评论此诗是禅诗代表，说佛心常映，使自在清凉，浇灭世俗的烦恼和内心的躁动。学佛的摩诘居士理应说不会心生烦恼，我却看到一个烦躁不堪的王维，"烦浊"丛生。诗歌作为艺术品而存在，而烦躁则作为《苦热》最为显著的艺术事实而得以彰显。烦躁是帮助王维完成了他的隐喻。烦躁不仅仅是现代意义上的"不适"，它还具有古典的悠远和韵味……事实上，它是我们人身上永远无法摆脱的气息，一种凡人身上必然散发的味道。只有神或佛不再烦躁，只有天生的圣人没有烦躁。

苏珊·桑塔格在谈及写作《疾病的隐喻》时说："我写作此文，是为了揭示这些隐喻，并借此摆脱这些隐喻。"而我写下"烦躁的隐喻"之时，倒完全没有想到要摆脱它；相反，我沉迷其中。烦躁在我背后悄悄地架起另一面镜子，让我看到自己从未转身的影像和生命那微小的尘埃。烦躁也许无法"治疗我们污垢的心灵"，但作为一种隐喻，我相信它给我们暗示甚至是呈现了无限可能的艺术事实。

眺　望

在年轻的学徒时代，一名写作者很容易就会确立起他的文学宗教。虽然教主的身份在他成长的过程中会不停地变换，但一旦固定，这些教主便会以绝对的权威站在他的意识深处。有一则暗中流传的传闻说明文学宗教的存在，它说：福克纳在公共场合总是说他没有看过《尤利西斯》，也就是说他的《喧哗与骚动》的形式美学完全来自他自己的创造。但有人揭发说，福克纳几十年如一日，床头一直放着一本《尤利西斯》。亦即说，福克纳一直秘密地在守护着他的文学教主。这没有什么错，这也不是羞耻。我甚至认为，一名写作者如果无法确立他的文学宗教，那么他的写作将很难继续。马尔克斯在他的自传中坦白，他的文学宗教来自高中时代的一次阅读，是卡夫卡的《变形记》俘虏了他。“一天早晨，格里高尔·萨姆沙从不安的睡梦中醒来，发现自己躺在床上变成了一只巨大的甲虫。”这句也许是20世纪最伟大的小说开头神奇地指使了马尔克斯的写作，他的《百年孤独》在圣徒灵魂的指引下前进。

文学宗教带来的是盲目的热情，甚至是巨大的野心。同样，也可以说，文学宗教的目的就是煽动写作者的宗教狂热。这种宗教狂热让他们幻想着终身致力于文学事业，不惜把自己的生命奉献给文学女神。文学宗教甚至明显地出现一些类似于传统宗教的特征，这个最大的特征就是信仰的力量。宗教信仰者通过对教主、圣徒的崇拜，相信宗教本身拥有巨大的力量。文学宗教的信奉者也相信他自身短暂的生命只要在文学力量的推动下就会获得无限的意义，他的写作将为这个庞杂的世界画下一道艺术的痕迹，并且是深刻而恒远的。

文学宗教似乎是一个写作者青春期的荒唐行径。文学青春期与生理青春期不是一回事，一名写作者可以没到生理青春期的时候就度过了文学青春期。雷蒙·拉迪盖（1903—1923）必然是这一类型的写作者，一个早慧而同时早逝的天才，以至于在他死后，比他大 14 岁的让·科克托悲伤地说："他的死亡让我失去了方向，我无法处理自己的事情，提高我的作品。"谁都有文学青春期，这没有什么值得害羞。事实上，这是少不了的。当这位写作者开始慢慢长大，甚至断奶，他需要的是一种漫不经心的眺望。他坐在自己的书房里，眺望那些远去的写作先辈，或者在空间上不能轻易相交的同代人。这时候他们之间的关系，不再是上帝与选民之间的那种盲目崇拜的关系。写作者变成一名阅读者，他通过眺望，以一种松弛而平凡的姿态阅读其他写作者。

菲利普·勒吉尤对格拉克的访问就是这样一种眺望。他把这次访问过程写成了一本书——《卢瓦河畔的午餐》。勒吉尤也许有他的功利想法，他也许想通过访问将有所得。正如被访者朱利安·格拉克所说："我们通过书从大部分作者那里得到了他们最好的东西。有一些作者，我们希望认识他们；还有一些作者，通过私人的接触，我们得到了额外的东西。"勒吉尤，这位年轻的写作者，他把对格拉克的文学崇拜渐渐发展为一种长久的眺望。而格拉克是否正成为一种象征了呢？被誉为20世纪法国纯文学的最后一位作家，他是不是正成为被写作者钉在写作版图上的耶稣呢？距离正演绎着神话，勒吉尤决定去拜访格拉克，一探这个神话的真假。他与所有的崇拜者一样，把格拉克看作一个传奇：

> 长久以来，我梦见他如此遥远。他在他的传奇里，头戴光环，不可企及。一个伟大的魔术师。他不是人们可以随便认识的人，说些雨季和晴天，说些逝去事物的无意义。他的传奇，人们口中的传奇，以及我对他的书的无尽敬仰，使他离开日常关系的游戏，他并不一定高高在上，只是离得远远的，在某个近乎神圣的门槛的另一边。

勒吉尤的造访让我轻轻地走到格拉克的院子里。他长期孤独地生活和写作，他的状态是忧郁的美。他轻声地说："我偶尔度过了忧郁不堪的白日。"他作为偶像的形象坍塌了，我们相信他作为一名写作者，也是一个凡人。格拉克对勒吉尤无不动情地谈到他和安德烈·布勒东的友谊。他对布勒东似乎怀有一种悠远的宗教情感，布勒东已成为诗的殉难者和诗的忏悔者，但那个时代和传奇过去了，他没有焦虑、没有自豪地回忆着，他在眺望他的友情。

在《卢瓦河畔的午餐》之前，我看过格拉克的书，叫《林中阳台》。这部小说充满了残酷的诗情画意，从类型上说是一部“二战”题材的作品。但事实上，这部小说远远抛离类型作品的窠臼，几乎未用一字来描写战争。它无法用简单的语言来描述故事的内容、情节或者人物形象，因为这些传统的小说价值体系已远远退居二线。按文学术语说，它是超现实主义作品。但我又坚决地反对术语和文学史对作品的粗暴解读，因为它们只能带给读者以误读，或者说它们只是懂兽医的医生，却自命不凡地要给人瞧病。作品呈现出复杂细密的面貌，抒情、思考、虚幻与现实均交织在一起，这里萦绕着一种综合感觉的气息。这让我想起奥尔罕·帕慕克的《我的名字叫做红》，书中的土耳其细密画大师和他们的创作。

格拉克的写作不为挣钱，他不靠文学收入维生，这一直让我心仪不已。他言道：“老早以来，文学就是我的第十三个月……”勒吉尤深深倾倒于他的姿态：

奢华、功利、阴谋从来不曾玷污过他的双手。渴求听众、渴求卖书，他的圈子绝非如此。圣·弗洛朗的孤独，无与伦比的作坊式书店、迟来的合作、亲和力的不可征服，他将永远追随自己的道路，犹如一个顽固的异乡人，烦恼着有人会关注他——任何出版人、任何外界存在。这不是想要赶时髦，不是想标新立异。这是处于审美的公正。

我，一个被世俗缠身的写作者，在这个夜晚，正以一种深契于胸的心态来眺望格拉克的写作与生活的方式。我被他的“第十三个月”的说法所迷醉。我渴望文学活动成为自己的“第十三个月”。我在眺望勒吉尤的时候，看到了格拉克，如今我的目光越过了这名中间者，直接落到格拉克的身上。在格拉克眼里，文学宗教彻底地被瓦解了，他可以说普鲁斯特也过于轻盈了，他可以说法兰西学院毫无用处了，他在批评让·科克托……我努力寻找他身上发出的矫情的气息，但一无所获，他是那么澄明，如一片湖面，清澈见底，但又深邃无限。格拉克站在开阔处，也许并不是顶峰，眺望远方，目光忧郁而明晰。而我站在大地的另一端，踮起脚尖，眺望着他……灯火阑珊之夜，我也许品尝着忧郁悄然度过，就像格拉克偶尔度过那些忧郁不堪的白日一样，恬静而美好。

一次性的符箓

菲利浦·拉金（Philip Larkin）在一首诗的结尾处这样写道：

> 在我们即将消亡的那个薄暮时光，
> 仅仅掌握那盲目的印记难以令人满意，
> 因为它仅仅一次性地适用于一个人，
> 而且这人已经奄奄一息。

这里面包含生命的终结追问，死亡临近，恐惧不可避免地降到每一个人的头上。我常对着这句诗发愣，在那时，我们的诗歌到底又能作何凭证呢？证明我们曾经有一个不甚快乐也不甚灰暗的童年？证明我们青春年少的荒唐？证明我们无可挽回的悔恨？证明我们曾经在大雨滂沱中倾听自己的心跳？可以证明的还很多，但是这一切仅仅都是“盲目的印记”，我们不能也不可能让它们留下清晰的足迹和可辨认的道路。

我们在漫长的生命中已经写下一些诗歌，在不同的时刻，在不同的地点，在不同的心境下。我们会兴趣盎然地想起在一个辗转反侧的夜晚写下了我们生命中的第一首情诗，我们会记得在海边的一个小旅馆里写下了大海的气味，我们还曾经在路上为斟酌一个词语的确切性而撞到别人……我们还将继续写下去，不管我们的态度是暧昧还是明晰，不管我们是有意还是无意。总有一天，我们会放下手中之笔，躺在病榻上（像叶芝的“当你老了……”），在心中想着或者用眼睛看着我们生命中那些特定时刻里写下的诗篇，或清淡如水，或刻骨铭心。那时候，我们会怎么想呢？我们会怎么看待我们写下的诗歌呢？我们不再认为它们是别人可欣赏的艺术品，我们不再认为它们是我们曾经博得荣誉的载体，我们不再考虑它们是否完美，是否有缺陷。我们没有时间想这些了，作为“盲目的印记”的它们曾经在何时在何种情况下印在我们的生命中（血液和灵魂中）呢？我们茫然地看着那些散落一地的诗稿，它们随时都要随风而去，最后什么也不剩下。就像一些水漂，曾经在水面上溅起令人目眩的水花，但是最后，水面一片沉寂，平静得如同面对虚无。

我们深深地知晓：每一首诗，就是每一个曾经凝滞的时刻，就是每一次我们凝思握笔的时刻，“它仅仅一次性地适用于一个人”。一首诗，就是一个形象，一个场景，一种图形或线条，是我们生命中某一刻必然需要的符箓……就在那时，我们的灵魂说，这个符箓会驱散你的不快，给你福祉。于是，我们深信不疑，对诗歌充满了期待，我们像信奉上帝一样信奉诗歌。我们相信，我们在写诗的那一刻，我们所写的、所言的都是最后的诗，都是我们生命中意味着终结的诗。但是现在，在生命的最后一刻，我们明白那仅仅都是一次性的符箓，只能是为那逝去的时刻担保，为那些成为影子的时刻作证。在那一刻，它也许拯救了我们，也许给我们以慰藉，也许叫我们高兴……它会在那一刻给我们无限的功用，包括来自物质和精神的。可是，一旦它成为过去，它就再也无法成为我们现存生命的符箓了。它的期限一到，我们就需寻找新的符箓，因为它们永远都是一次性的。但可悲的是，到那时，我们已无能为力。我们等待上帝的帮助，给我们一个永恒的符箓，给我们写一首永恒的诗。

生活中我们需要智慧，当我们从事虚构艺术的时候，我们也需要智慧。但是，诗歌，它恰恰相反，它需要我们有勇气去反智慧。智慧成为阻碍我们进入世界、进入内心的绊脚石。我们丧失了这样的勇气，我们仍然信奉智慧，信奉运用智慧去写诗。世界的最终真相也许就是要我们明白我们所谓的智慧也不过是一次性的艺术，诗歌也不例外。

一个孤独的夜晚，天空中正下着漫天的大雪，房间里没有别的人，有一个（或者说曾经有一个）我默默地坐在那里，他不抽烟，也不喝酒，望着窗外……想着远方……世界在他的心中……他的内心图像是那样清晰……在这时，智慧是不存在的，诗飘荡在大雪中……一切都异常静谧……有诗在这时诞生，轻盈并沉重，像最后的一道符箓……温暖……我们再也不需要诗了，因为我们已经存在于最后的诗歌中，我们在那里生活，徜徉在那无怀疑的世界中。

为什么总是渴求最后的东西呢？连符箓都要是最后一道。也许，也许我们厌倦了，我们厌倦了这个世界。是的，我们早在许多年前就心生倦意，可我们一直硬撑着。对于现存世界的留念让我们永久地妥协于它的淫威。

写诗是不幸的。

承担不幸的力量似乎是对艺术抑或诗歌的力量的信赖。可是，脆弱的我们从来就没有认识到作为艺术的诗歌也是脆弱的，想通过诗歌试图达到某种平衡的愿望也是不切实际的。

阴影总是跟随着我们，那些可怕的狰狞的家伙，像鬼魅一般缠绕着我们……在人们独自行走的时候……黑夜、悬崖、陷阱、深渊就在他们的面前，因而他们战战兢兢，他们渴求一次性的救赎，毕竟生命只有一次……我们需要战胜，最起码我们战胜自己的阴影，和那些阴影所笼罩的词语。这是我们的追求，也是我们的罪愆，是前进的道路，不分对与错。而接下来发生的就是向着谬误和荒诞的，而且这是唯一的选择。我们把“一次性”错误地当成“永恒”。我们明明只能“一次性”地生活、存在、写诗或者唱歌，女歌手约瑟芬就是我们的镜子……但我们以为这就是“永恒”——可怕的、恒定的价值、场景、艺术、诗意。

当我说，我相信拉金的时候，就是说，我在怀疑我们的存在，我们的诗歌……

当我说，一次性的符箓早已在我们的生命中打下楔子时，就是说，我们对于诗歌的爱是盲目的……

《博尔赫斯或李公佐》评注

序

我以为向一位伟大作家致意的最好方式就是模仿他的风格写一篇作品。普鲁斯特在创作《追忆似水年华》之前有一本极其重要的著作《驳圣伯夫》，其中有大量的仿作。无疑，这类的仿作是充满机智的游戏之作，但更主要的是它们属于批评的范畴。普鲁斯特在效仿某一位作家时，就致力于寻索这位作家的节奏和笔调风格。于他而言，这样做就是批评所要达到的目标。他在致友人的信中说："说到仿作，感谢上帝！仿作只有一种。这就是懒于去搞文学批评，让文学批评处于运行状态借以自娱。"

我有幸读到南京师范大学中文系杨波同学在 1997 年写的一篇仿作，模仿的作家是博尔赫斯，至今印象深刻。更为庆幸的是，通过努力，我竟然找到了这篇被作者称为小说处女作的仿作。

现全文照录如下，并作扼要评注（评注中所引用博尔赫斯的小说均来自王央乐翻译、上海译文出版社 1983 年出版的《博尔赫斯短篇小说集》）：

博尔赫斯或李公佐

杨　波

我一直怀着一个善良的愿望，我希望把我阅读到的好作品（至少我认为是）介绍给更多的人。也许从某种意义上说，巧妙地愉悦人心便是文学最主要的实用主义功能。最近（或许是若干年前），我发现一篇极妙的小说，其实也是大家熟知的唐代传奇——《南柯太守传》。因为这是一篇文言作品，为了方便一些不大懂文言的朋友，我想把它翻译成现代汉语。我这样讲，倒不如作如下的陈述：只要做一件事——把《南柯太守传》译成现代白话，我就可以轻而易举地成为这个南方[①]都市里的博尔赫斯。这并不是一件容易的工作，但也不太艰难。现在有许多像我这样的默默无闻的作者在做这项工作，他们希望在一夜之间让他们的大名和骄傲刊印在这个都市最引人注目的文学杂志的头条，在批评家和读者还没有明白这是怎么一回事时，他们就成为这个城市里的博尔赫斯。事实上，我们知道，二十多年过去了，他们之中谁也没有成为博尔赫斯，虽然他们捞得了或多或少的名声。我想去做这件事，并非是志在必得，因为我看到成功的契机就一直在我心中，只是我以前没有动手去干而已。

《南柯太守传》是一部幻想文学，这一点必须明确。它的作者可能是一个叫作李公佐的唐代文人。我钻研了《新唐书》、《旧唐书》，甚至洋洋十二卷的《中国古今小说文库》，只知道他是陇西人，举进士，做过高等秘书之类的小官。在查考李公佐生平的过程中，竟有些意外的收获，我发现了他的其他零星作品[②]：

（一）七律诗一首，是其和友人用韵三首之一，另两首佚逸。此诗作于元和初年，现存于《全唐诗》卷一百三十九，南方出版社[③]。

（二）推理小说《谢小娥传》，具有浓厚的古典主义色彩，此文作于元和十年，现存于《太平广记》卷四百九十一，中华书局。

（三）与监察御史白行简合编了《古今志怪小说》，这是唐代的第一部具有明显幻想文学性质的小说总集。成书于贞元七年，封面题词为："昔日庄周梦为蝴蝶，栩栩然蝴蝶也，自喻适志与！不知周也。俄然觉，则蘧蘧然周也。不知周之梦为蝴蝶与，蝴蝶之梦为周与？"[④]公元一九九三年南方出版社重新排印。

（四）小说《庐江冯媪》，平淡的行文被罩上神秘主义的光环，此文作于元和十三年，现存于《太平广记》卷三百四十三，中华书局。

（五）幻想文学一篇——《李汤》，此文是关于书中之书《古岳渎经》的小说，作于元贞九年，现存于《太平广记》卷四百六十七，中华书局。

当然，最重要的作品还是《南柯太守传》，作者（一个可能叫作李公佐的文人）的想象力以人类智慧所能达到的最高境界创造了这部最奇妙而又极为合情合理的传奇。我早就说过，翻译一部作品绝不是件很容易的事，有时甚至要付出比创作作品本身更为艰苦卓绝的努力。十二年来，我放弃了一切节假日和随时可以飞黄腾达的机遇，整日在为翻译这部唐代传奇而呕心沥血。

首先要做的工作便是收罗尽量多的版本。许多年来，我没有放弃任何一个可以收集到关于此书版本的机会，钻图书馆，进拍卖行，逛各式各样大大小小的书店，目光还常常停驻在街头旧书摊上。又经过七百二十九个日日夜夜（整整两年的时间）的校读，发现他们在文字与标点上有所不同的版本实际上只有九种。我充分利用这九种版本进行校勘，但每一次校勘的结果都不能令我满意。事实上，这一部书就是九部书，这九种版本就是一种版本。⑤对它们进行校雠是荒唐可笑的。既然没有校雠的必要，我的工作就得继续行进了。翻译工作这就开始吧！我随便地捡了一部宋版的《太平广记》开始翻译。“信、达、雅”是最起码的要求，还可以适当地加一些这个南方都市里的方言，以区别可能出现的其他翻译版本。因为在北部和西部同样存在着若干个庞大的翻译群体，而目标同样也是《南柯太守传》。是啊，谁不渴望得到那一顶令人炫目的桂冠呢？我的想法很明确，不求一鸣惊人，也要独树一帜嘛！第一个（也可能不是第一个）现代汉语版的《南柯太守传》只在一夜之间就完工了，只是在第二天朗读它的时候才发现：它已不再是幻想文学了。这一阅读结果简洁明了，判决了我的失败。当然我还要垂死挣扎，我又试着把它译成什么英文、葡萄牙文之类的东西，其结果不言而喻：又一次失败了。

我的这项工作陷入最艰难的境地，或者说已无路可走了。我的老朋友——达生教授给我提供了及时的帮助。达生教授是研究中国幻想文学最负盛名的学者之一。我把我的失败和这可怕的处境向他和盘托出，达生教授笑了，接着说：

“我在研究幻想文学的时候，常常用做梦的办法找到我在国家图书馆和街头旧书摊永远不可能发现的重要文献。譬如说吧，我在上个月发现了庄周的一本小说。由于众所周知的原因，在作家庄周所处的时代，也就是两千一百多年前，小说家被人们认为是街谈巷议、道听途说之流，小说只是歪门邪道，雕虫小技，不足为文人学士们所挂齿。所以这部伟大的著作，可以说是人类历史上最早的、最伟大的小说，就从那个时代消逝了。人们的记忆里，各种文献里，都不再有这部小说的任何踪影。不过这没有关系。我把自己关在密室里，你是知道的，就是我家后院菩提树下的那个蹩脚的地下室。经过一千九百九十七个日日夜夜，我反复阅读了《庄子》即《南华经》共计一百三十七遍。不放过任何的蛛丝马迹，然后我从各个方面：文化学、音韵学、风俗学、训诂学、人类学、文字学、历史学、代数学、几何学、语言学，甚至力学及相对论等诸角度对它进行冥思苦想，终于得出一个结论：庄周生前写过一部小说，并且是幻想文学，其语言风格酷似《逍遥游》。然后根据这个结论，我决定去寻找这部书。当然了，它是幻想文学，在现实中无处可寻，只有通过梦的道路才能获得。[6]

我先是斋戒九日，不进任何食物，只喝一点儿水……”

无论如何，我得感谢达生教授的热情帮助。没有他，我的劳作将付诸东流。因为他的指点，我的翻译工作得以继续进行。我先是斋戒九日，不进任何食物，只喝一点儿水……对付幻想文学，必须借助幻想的方式。虽有些荒诞，但还是切实可行的。我斋戒，我祈祷……我把自己关在被黑幕拉得严严实实的工作室里，点起一盏清油灯，在微暗的光线下开始研读宋版的《南柯太守传》，等待着梦幻的光临。我分不清昼夜，时间在这里成了一条毫无痕迹、单调前进的直线。直到有一天，一位远方朋友的来访打断了这个过程，我才知道我已经在我的工作室里整整待了六十四天。或者说，两个月来，我的工作毫无进展。我不禁焦虑起来。

不得有丝毫的懈怠，工作还得继续进行。泡了杯红茶，我坐在桌前，眼睛盯着“生解巾就枕，昏然忽忽，仿佛若梦”发愣。诗意迷幻的双眼注视着那个精制的茶具以及缭绕升腾的杯口之雾。朦朦胧胧之中，有人敲门，然后进来一个穿着长袍马褂的人，他走到我的桌前，说你是杨波先生吗，我说是啊，那人随即转身并对我说：请跟我来。我被他带进了一幢古色古香的图书馆大厅，大厅中间放着一张条形的檀木茶几，茶几上放置着一套别致的茶具。这时走进一位头戴典雅黑帽、身着青色长衫的人，来人开口便说：“来者可是杨波先生?”我诺诺作点头状。青衫之人又说：“鄙人李公佐也。”我受宠若惊，起身向他鞠躬，作揖道：“久仰，久仰!”我的文言不是很好，拗口得很，颇不自然，后来只得改用现代汉语与公佐先生交谈。听说我为翻译他的书已经昼夜不息地工作了十二年，公佐先生向我投来了赞许的目光，并鼓励我还需不断努力，又说：

“本质上，这本书并不是我创作的。作为人类幻想文学的先驱之作，它是在十一个世纪之后由阿根廷人豪·路·博尔赫斯通过做梦，在梦中一个字一个字地完成的，他是作为巫师而存在的，并非像你们所想象的那样是一个仅靠文字游戏而生存的作家。他在梦中完成了对人类幻想文学的创造。既然您已是我的客人，在我的时空中存在，您甚至有幸见到巫师本人。”

讲完最后一句话，公佐先生消失在我的眼前，从门厅里走来一位体态微胖，身着紫色长衫，面貌模糊不清，戴着墨镜的老年人。他自称是博尔赫斯，并且说李公佐，刚才接待我的李公佐先生是他在梦中制造出来的。我恐惧地想：公佐先生真是这位自称是博尔赫斯的巫师在梦中制造出来的吗？不，这可能是一场阴谋，那位博尔赫斯才可能是被制造出来的呢。或者，李公佐与博尔赫斯，他们在各自的梦幻中制造了对方。⑦这位博尔赫斯打手势示意我坐下，我也不客气，屁股一挪就坐下了。⑧

“请用茶！”那个博尔赫斯轻声说。

“噢！”我伸手去拿茶杯，杯口还微微冒着热气。端过茶杯，我轻轻地呷了一口，睁开眼睛。室内的窗户上拉着黑色的幕帘，清油灯仍散发着微暗的光。桌上的书正打开着，文字是这样的：

生解巾就枕，昏然忽忽，仿佛若梦。见二紫衣使者，跪拜生曰：“槐安国王遣小臣致奉邀。”生不觉下榻整衣，随二使至门。[9]

1997 年 5 月

评注：

①、③南方："南方"作为一个方位名词给人以特定的遐想，"南方都市"和"南方出版社"似乎已成为对博尔赫斯"南方"的无限谦恭与致敬。《南方》是博尔赫斯最著名的短篇小说，"南方"对于达尔曼而言，"这不仅仅是一种习惯，谁只要跨过那条街道，就会进入一个更为古老更为实在的世界"（见《博尔赫斯短篇小说集》第 125 页）。"南方"是逝去的岁月和梦想，是古老的记忆和广阔的世界。在现实生活中，博尔赫斯与当时阿根廷的《南方》杂志社有着极其暧昧而又长久的友谊。他的小说《特隆，乌克巴尔，奥尔比斯·忒蒂乌斯》、《〈吉诃德〉的作者彼埃尔·梅纳德》均首先发表在《南方》杂志上。

②列举法写作：在小说中，像学术论文那样列举文献资料对在博尔赫斯之前的小说作者而言是不可思议的。在《〈吉诃德〉的作者彼埃尔·梅纳德》中，"我仔细地检查了他个人的文件，证实他的文件一共包括以下几个项目：（一）……（二）……（十九）……"（见《博尔赫斯短篇小说集》第 39、40、41 页）。这些文献既有某种意义上的事实，也有若无其事的虚构。杨波在仿作

中写到李公佐“与监察御史白行简合编了《古今志怪小说》，这是唐代的第一部具有明显幻想文学性质的小说总集。”显然是作者有意为之的虚构。

⑤版本与书的说法：作者说“事实上，这一部书就是九部书，这九种版本就是一种版本”。这与博尔赫斯关于书的说法是一致的，仿作的痕迹是很明显的。博尔赫斯的观念是成千上万的书籍其实就是一本书，人类所有的书就是一本书，任何一本书也就是所有的书。

④、⑥庄生梦蝶：博尔赫斯曾拥有一根产自中国的竹手杖，他在一首诗中写道：“我看着那根手杖，觉得它是那个筑起了长城、开创了一片神奇天地的无限古老的帝国的一部分。我看着那根手杖，想起了那位梦见自己变成蝴蝶、醒来之后却不知道自己是梦见变成蝴蝶的人还是梦见变成人的蝴蝶的庄周。”

⑦梦中制造：作者产生一个巨大疑虑：公佐先生真是这位自称是博尔赫斯的巫师在梦中制造出来的吗？另一种情况是：那位博尔赫斯才可能是被制造出来的呢。或者，最后一种情况：李公佐与博尔赫斯，他们在各自的梦幻中制造了对方。博尔赫斯在《圆形废墟》中写一个人“要梦见一个人；要梦见他，包括全部的细节而且要使他成为现实”。经过他艰辛而不懈的努力，他梦见一个小伙子，在梦中他生育了他、培养了他，并成为他自己的儿子。但最终他才明白“他自己也是一个幻影，一个别人在做梦时看见的幻影”。在《两个人做梦的故事》中，某人在梦中被巡逻队长暴

打一顿，打他的人告诉他，他接连三次做梦梦到一处地方埋有大量金钱，这个人在队长的启示下真的找到了大笔财宝。这是一个梦中梦。

⑧另一种邂逅（兼说博尔赫斯的先驱）：文中的研究者杨波与博尔赫斯和李公佐邂逅在图书馆大厅。这种邂逅在博尔赫斯的小说中屡见不鲜。这在博尔赫斯短篇小说《另一个我》中表现得最为明显。但事实上，通过我个人的阅读，我认为上文可以说是对德国女作家安娜—西格斯《旅途相遇》的笨拙的但带有善意的模仿。西格斯在小说中让不同时代的三位作家在咖啡馆里相遇，通过相互交谈介绍出三个人的重要创作风格以及艺术特点。他们是卡夫卡、霍夫曼和果戈理。文中的霍夫曼喊道：“我根本不在乎什么时间！比如我的小说中有两个荷兰学者在莱茵河畔的法兰克福相遇，尽管其中一个早已埋在地下了。……如果我们严格地恪守时间，我们三个人根本不会一起坐在这张桌子旁。我不是早在您果戈理之前就出生了吗？而您，果戈理不是比卡夫卡差不多早生了一百年吗？”他具体地阐述异地重逢这一艺术手法，废除了时间对一成不变日期变更的记忆，对年复一年皇位的世袭。霍夫曼十分喜欢格鲁克的音乐作品。他写了一篇小说，名叫《骑士格鲁克》。1809年的“我”，在柏林的晚秋时节谈论着音乐、格鲁克的作品。“我”穿过一扇象牙大门便进入了梦境的王国，在那里遇到了一名演奏者。后来，某种魔法被解除了，演奏者从梦境中走了出来，出色地演绎（以各种方式）了格鲁克的作品。小说结尾更是出人

意料地精彩。他这样写道："我愣住了；他却欢快地朝我走过来，轻柔地抓住我的双手，面带奇异的笑容说：'我就是骑士格鲁克。'"而我们知道，格鲁克早在一七八九年就去世了。

从某种意义上说，霍夫曼确定无疑是博尔赫斯的先驱之一。博尔赫斯的《另一个我》即是源于对霍夫曼的创造性模仿。它讲述了1969年在美国查尔斯河畔的剑桥城，已经70岁的声名卓著的博尔赫斯，遇见了1914年日内瓦罗纳河畔长凳上只有15岁的博尔赫斯。他们谈论了各自的"我"、家庭以及文学。我们能够轻而易举地从博尔赫斯的许多作品中辨识出霍夫曼的声音。

这种异地重逢，我称之为"另一种邂逅"。它可以使作者借助于时间历时性的消失去访问他喜爱的或颇感兴趣的艺术家，从而使艺术家的行为与作品都蒙上不朽而神秘的光芒。艺术家在尘世生活中的艰难存在，毕竟可以得到小小的补偿，他们能够在梦境中(艺术创造时)自由地飞翔，卸下生活中各种令其难堪的重负。飞翔也许是我们永远去追逐的主题。

⑨柯尔律治之花及其他：文中的《南柯太守传》其实就是柯尔律治之花。博尔赫斯曾不厌其烦地提到柯尔律治之花，它是指柯尔律治作的一个注释。它是这样叙述的：

> 如果一个人在梦里穿越了天堂，并且收到一枝鲜花作为他曾经到过那里的物证；如果他梦醒时鲜花还在手中……那么，又会怎样?

博尔赫斯又兴致勃勃地引出另外两部作品进行深入的论述。一是威尔斯所写的小说《时间机器》，一是亨利—詹姆斯的未竟之作《过去的感觉》，这样他完成了他的文学评论名篇《柯尔律治之花》。

现在我将引出两个阅读生涯中所遭遇的例子，以达到我个人谦卑的目的：印证伟大的博尔赫斯。

其一是大家所熟知的作品。《西游记》第三十七回“鬼王夜谒唐三藏　悟空神化引婴儿”中说到唐僧住在宝林寺禅堂，有一鬼深夜来访，乃是乌鸡国国王的鬼魂。他向唐僧细细地讲述他被妖魔残害的经过，希望高僧为他报仇雪恨，并送他金厢白玉圭一块，作为凭证以取得家人的信任和协助。一阵风刮过，国王不见了。唐僧醒了，这才知道刚才的一切不过是个梦而已。但他发现手中正攥着那块金厢白玉圭。

第二部我要说的作品是一篇唐人传奇——《三梦记》。其中一梦是讲宰相刘幽求夜晚路过佛堂，见有数十名女子环绕共食，其妻也在其中，语笑不止。他想进去看个究竟但无门可入。刘幽求只好“掷瓦击之”，击中了器具，器具破裂迸碎，人群走散。他入院察看，结果什么也没有发现。后至家中，其妻说，她刚才与数十人游一佛堂，共食语笑，“有人自外以瓦砾投之，杯盘狼藉，因而遂觉”。现实的瓦砾击碎了刘夫人的好梦。梦与现实神奇地交织到一起！

在完成个人的谦卑目的之后，我们可以思考一下这个假定的存在原因。仔细想一想：一个人穿越了梦境，来到天堂，在那里，他获得了一束玫瑰。等他醒来时，他发现他手中正拿着那束玫瑰。那么，这将意味着什么？

这又能意味着什么呢？现实与天堂其实只隔着一条河，这条河便是梦，但是穿越它是何其艰难啊！在梦中我们会跌入深渊，冒险泅渡的代价是不可承受的。

关于知识分子的留言条

◎我一直在想，自己是不是知识分子呢？如果是，是在何种意义上所言的知识分子呢？朱利安·班比认为："知识分子的作用不是去改变世界，而是忠实于理想，我以为这对于人类的道德是必要的（对于人类的审美，更是如此）。"如果这样的说法成立的话，那么我们要忠实的"理想"是什么呢？

◎"知识分子事实上也食人间烟火，对于实践利益也有感触。""轻视人间的幸福，高扬某些知识分子的价值，特别是公正价值，这些人的目的如果是为了'拯救自己的灵魂'，那么他们也不是知识分子。"——这里他无非在说明知识分子也是人，就如同说佛陀首先是人一样。知识分子难道也是彼岸的向往吗？像所有的宗教信仰一样，知识分子的理想世界必须是现实生活价值的对立面吗？它摒弃对生活的种种傲慢之举，摒弃现有的共同的世俗价值理念，只能去践行彼岸的生存方式。知识分子要"把真理置于现实的利益之上”。

◎我不是纯粹的知识分子，但也不是非知识分子。

我既是知识分子，又不是知识分子。有时候，我站在反知识分子的岸边。

在确切和妥协的意义下，我可以（且只能）成为集知识分子和反知识分子性质于一身的人。知识分子对人的社会性和道德感作出了要求，而反知识分子则强调个人的精神谱系。

◎作家是不是知识分子？几乎所有的人都认为是，至少在广义上而言。从提供或传承人类理想价值的角度看，作家无疑从属于知识分子的范畴。但一名作家一旦要进行创作，就会“弃世而独立”。福楼拜说，创作者必须摒弃整个世界，以蟹居于作品之中。他本人也是践行此道的。他赞许放弃人世的姿态，以便更好地投入到“作品的玩石”之中。作家正当的形象应当是以自己的背影站在人世地平线的尽头。也就是说，假如这一形象能够存在的话，就意味着作家的意愿是：一是对世事的厌倦；二是隐遁于自己世界的要求；三是对彼岸世界的欲念。

◎那么，接上，萨特的文学行动、文学介入是违背创作原则的，是虚假的。或者他说的伪命题，或者说他的理论就本质而言是对文学的反动。在法国曾经出现过这样的思潮，如果小说体现了作者“介入事件”的意志，特别是介入当下事件的强烈意志，那么它就会被捧为最伟大的作品。这种“知识分子”思潮显然是对知识分子“坚持真理”这一基本原则的全面否定和背叛。当下，介入，这是极其虚假的价值表象；用它们来评判文学的价值是多么恶劣的行径啊！

◎知识分子的背叛是必然的。从知识分子价值的形成、发展，到今天，它已像佛教所言进入了“末法时代”。在末法时代，知识分子能够做的就是不断地背叛那些公正、理性的价值理念。同时，诗人们也走向背叛自己阶层固有价值的时代，而且是一路狂奔，势不可挡。

◎作家作为知识分子，不应该简单地归结于道义上的担当，而是真实地呈现自己。他不该是个说教者，也不该认为自己是启蒙者或道德典范。救世主的理想也许是美好的，但事实上他只有写出作品的能耐，而没有宣教的权威。阿多诺直到晚年才明白：知识分子的希望不是对世界有影响，而是某天、某地、某人能够完全了解他写作的原意。

◎作为批评者的知识分子，似乎要担当更多的道义。真正的知识分子批评那些“软绵绵的、迟钝的、温吞吞的、没有棱角的思想”。批评成为知识分子呈现的最显著方式。萨义德说，批评必须把自己设想成为提升生命，本质上反对一切形式的暴政、宰割、虐待；批评的社会目标是为了促进人类自由而产生的非强制性的知识。（《世界·文本·批评家》）我不得不清醒地看到“设想”是萨义德的立足点。纵观20世纪直至当前，萨义德概念下的知识分子（也包括他本人）无不落入了意识形态（民主和共产主义）、社会组织（高校和学术团体）设下的陷阱，或者说在资产阶级提供的丰盛的午餐中盲目自信，在市场经济的环境下制造或贩卖各种适销对路的文化产品和精神价值。

◎马尔科姆·考利在《流放者归来》中言，我恨透了，也最看不起文学生意和文学生意人。这是一个最简单的价值判断，即作为作家的知识分子的价值认识。

◎那些被班比定义为纯粹知识分子的人，必然是某种意义上的流亡者。即是萨义德所谓的谔谔之人（nay-sayers），“这些个人和社会不合，因此就特权、权势、荣耀而言都是圈外人和流亡者。”流亡是一种可以让他们继续保留和发展自我的方式，甚至在现代社会中是一个了不起但又富有挑战的选择。“对于受到迁就适应、唯唯诺诺、安然定居的奖赏所诱惑甚至围困、压制的知识分子而言，流亡是一种模式。”（萨义德《知识分子论》）流亡者丧失了自己的故乡，那些有形的物质基础和无形的外部气息，他唯一的安身之处就在那些洁白的、尚未展开的纸上。阿多诺作为一名真正的流亡者，直陈：“对于一个不再有故乡的人来说，写作成为居住之地。”

◎知识分子的热情构筑了一个乌托邦。但他们从不期望弥赛亚的诞生，他们明白救世主是不存在的，他们只依靠自己。

农村新型合作经济组织的理论与实践

Study on Theory and Practice of Development of Rural New Type Cooperative Economic Organization

齐　力◎著

暨南大學出版社
JINAN UNIVERSITY PRESS
中国·广州

图书在版编目（CIP）数据

农村新型合作经济组织的理论与实践/齐力著．—广州：暨南大学出版社，2010.10
ISBN 978－7－81135－627－4

Ⅰ．①农…　Ⅱ．①齐…　Ⅲ．①农业合作组织—研究—中国　Ⅳ．①F321.4

中国版本图书馆 CIP 数据核字（2010）第 173918 号

出版发行：暨南大学出版社

地　址：中国广州暨南大学
电　话：总编室（8620）85221601
营销部（8620）85225284　85228291　85228292（邮购）
传　真：（8620）85221583（办公室）　85223774（营销部）
邮　编：510630
网　址：http://www.jnupress.com　http://press.jnu.edu.cn

排　版：暨南大学出版社照排中心
印　刷：广州桐鑫印刷有限公司

开　本：890mm×1240mm　1/32
印　张：6.75
字　数：190 千
版　次：2010 年 10 月第 1 版
印　次：2010 年 10 月第 1 次
印　数：1—2000 册

定　价：20.00 元

目 录

第一章 绪 论 ········· 1
第一节 本课题研究的学术背景及其理论与实际意义 ··· 1
第二节 国内外文献综述 ········· 7
第三节 课题来源、研究方法、研究内容及创新之处 ········· 15

第二章 农村新型合作经济组织的基础理论研究 ······ 23
第一节 农村新型合作经济组织的内涵 ········· 23
第二节 农村新型合作经济组织的性质、特征及原则 ········· 28
第三节 农村新型合作经济组织的理论基础 ········· 33
本章小结 ········· 43

第三章 农村新型合作经济组织的作用与效用分析 ········· 45
第一节 农户交易成本和交易费用分析 ········· 45
第二节 农村新型合作经济组织产生的规模经济效应分析 ········· 47
第三节 农村新型合作经济组织的效率衡量 ········· 49
第四节 发展农村新型合作经济组织的必要性与现实意义 ········· 54
本章小结 ········· 65

第四章　黑龙江省农村新型合作经济组织的发展现状与问题 …… 67
第一节　黑龙江省农村新型合作经济组织的类型划分 …… 67
第二节　黑龙江省农村新型合作经济组织的特点 …… 80
第三节　黑龙江省农村新型合作经济组织发展过程中存在的主要问题 …… 87
第四节　黑龙江省农村新型合作经济组织的典型案例分析 …… 92
本章小结 …… 103

第五章　农村合作经济组织发展的国际经验与启示 …… 104
第一节　综合合作社模式——日韩模式 …… 104
第二节　专业合作社模式——欧美模式 …… 110
本章小结 …… 119

第六章　影响黑龙江省农村新型合作经济组织发展的因素分析 …… 121
第一节　影响黑龙江省农村新型合作经济组织发展的有利因素 …… 121
第二节　制约黑龙江省农村新型合作经济组织发展的因素分析 …… 126
本章小结 …… 131

第七章　黑龙江省农村新型合作经济组织发展的模式选择与途径 …… 133
第一节　黑龙江省农村新型合作经济组织发展模式选择 …… 133

第二节　黑龙江省农村新型合作经济组织的发展途径 …… 135
本章小结 …… 139

第八章　黑龙江省农村新型合作经济组织建设的指导思想、思路、原则与保障措施 …… 141
第一节　黑龙江省农村新型合作经济组织建设的指导思想、思路与原则 …… 141
第二节　黑龙江省农村新型合作经济组织建设的保障措施 …… 145
本章小结 …… 154

第九章　结　论 …… 155
第一节　若干结论 …… 155
第二节　创新与不足 …… 156
第三节　若干展望 …… 158

附　录 …… 160
附录1　农村合作经济组织发展新趋势典型案例介绍 …… 160
附录2　改革开放以来颁布的支持农民专业合作社发展的文件汇编 …… 171
附录3　农民专业合作社法 …… 174
附录4　农民专业合作社登记管理条例 …… 186
附录5　黑龙江省农民专业合作社条例 …… 193

参考文献 …… 200

后　记 …… 212

第一章　绪　论

第一节　本课题研究的学术背景及其理论与实际意义

一、本课题的研究背景

目前，我国农业和农村经济发展进入了一个新的历史发展阶段。进入新阶段后，农产品供给出现了从短缺转为总量阶段性过剩的现象，农产品供求关系由供给导向转向以市场需求为导向，由卖方市场转向买方市场，导致各类农产品难以实现其价值，农民增收困难。农业和农村发展仍处在艰难的爬坡阶段，农村基础设施薄弱，社会事业发展滞后，城乡居民收入差距扩大，制约农业和农村发展的深层次矛盾尚未消除，促进粮食稳定增长和农民持续增收的长效机制及统筹城乡发展的机制尚未建立。

如何从根本上改变农业基础薄弱这个问题，帮助农民增收，扭转农村经济发展滞后局面，已成为政府亟待解决的重大课题。2004 年 1 月，中央一号文件——《中共中央关于促进农民增收若干问题的决定》的颁布，标志着“三农”问题再次成为政府及各界人士关注的焦点。“三农”问题的解决是一个复杂而漫长的系统工程，要求构想要有大思维、举措要有新思路。“三农”问题的最终破解，要通过农村经营体制的制度创新来实现。其中，以提高农民组织化程度为目标，发展农村新型合作经济组织被证明是一条行之有效的途径。

农村合作经济在西方国家已有 160 多年的历史。无论是发达国家还是欠发达国家，凡是受市场经济支配的农业都存在合作经济组织。虽然这些国家合作经济组织的名称和形式各不相同，但对经济发展的基本功能和作用是一致的，即保护农民利益、提高农民组织化程度和市场竞争力、增加农民收入。在世界范围内，农村合作经济组织在诸多方面为人类的可持续发展作出的贡献不可忽视。如在稳定农业发展、减少贫困状况、保证食品供应、维护绿色消费主义、为人民提供稳定的生活、创造就业机会、促进更清洁的生产技术的利用、建立环境管理系统、保护经济系统、建立保护环境的市场营销体系等方面，合作经济组织对人类的可持续发展作出了巨大的贡献。

我国正处在全面建设小康社会、加快推进社会主义新农村建设的历史时期。新农村建设的关键在于培养新农民。农民素质提高决定着农村生产发展，农村发展是农民科技水平、劳动技能、组织化程度和经营管理水平综合作用的结果。合作社作为农村新型合作经济的典型形式，被证明是最普遍、最规范、最有效、最成功的培养农民综合素质的组织形式。合作社是人们自愿联合、通过共同所有和民主管理的企业，是满足人们共同经济和社会需求的自治组织；基本价值是自助、民主、平等、公平和团结，合作社社员信奉诚实、公开、承担社会责任和关心他人的道德价值观；合作社奉行“自愿和开放的社员制，社员民主管理，社员经济参与，自主和自立，教育、培训和信息，合作社间的合作，关心社区”的原则。显而易见，合作社的定义、基本价值和原则与建设社会主义新农村的要求和标准相吻合。实践证明，发展现代农业的关键一是加快推进农业经营主体的组织与制度创新，二是政府要在资源配置中发挥有效作用，提升农业产业综合竞争力。这是东北地区落实科学发展观，构建和谐社会的一个重要方面，也是东北地区建设新农村的基础工程。

二、本课题的研究意义

改革开放以来，我国农业和农村发生了历史性的变化，农村经济发展取得了举世瞩目的成就。但是当前农村经济发展仍处在爬坡阶段，基础设施薄弱，社会事业发展滞后，城乡居民收入差距扩大，制约农业和农村发展的深层次矛盾尚未消除，促进粮食稳定发展和农民增收的长效机制尚未形成，统筹城乡发展的机制尚未建立，农村经济发展滞后局面没有根本改观。

农村经济发展进入新阶段后，如何从根本上改变农业投入不足、农业基础薄弱，帮助农民增收，彻底扭转农村经济发展滞后局面，已成为政府亟待解决的重大课题。2004 年 1 月，中央一号文件——《中共中央关于促进农民增收若干问题的决定》（第六个一号文件）的颁布，标志着“三农”问题再次成为政府及各界人士关注的焦点；新农村运动的实施，表明现阶段乃至今后相当长一段时间里，全面建设小康社会的最艰巨、最繁重的任务在农村。解决“三农”问题及建设新农村是一个复杂而漫长的系统工程，要求构想要有大思维、举措要有新思路。“三农”问题的最终破解，要通过农村经营体制的制度创新来实现；建设新农村，最终要培育综合素质高的新型农民。实践证明，培育和发展各种类型的农村新型合作经济组织是提高农民组织化程度、提高农民素质、实现农村经营体制创新的一个有效途径。

研究农村新型合作经济组织建设问题是及时的。一方面，解决“三农”问题同农村新型合作经济组织建设关系密切。无论是城乡利益关系调整还是建立和完善农村治理结构，都对农村新型合作经济组织建设提出了现实而迫切的要求；另一方面，中国农村经济正处在大好发展时期，政府把解决“三农”问题、实现城乡统筹发展列为现代化进程中的重大历史任务，先后采取了减免农业税、粮食直接补贴、实行最严格的耕地保护制度等措施，加大解决“三农”问题的决心和力度，农村新型合作经济组织建设出现了前所未有的发展机遇。

探讨农村新型合作经济组织建设是必要的。国内外农业与农村经济发展的实践表明，当家庭经营发展到一定阶段，市场发育到一定程度，家庭经营难以与竞争性市场实现有效对接时，就需要在两者之间建立一个有利于实现农民与市场对接、有利于提高农民组织化程度的中介组织。中国农业发展已经到了产业结构亟须调整的阶段，农民无法充分享受到农产品产业化后的完全价值，分散农户离高度竞争性的市场距离甚远；在入世保护期已结束的国际环境下，农户分散经营的现状无法抵御入世后高度市场化带来的冲击。中国农业经济组织面临的竞争对手是规模化、组织化程度极高的大农场主集团、合作社联盟和国际性垄断集团，在对手面前，中国农民在产业组织层面不具备任何优势。此时研究发展农村新型合作经济组织问题，对提高中国农业整体竞争力意义重大。

中国农村合作经济发展进程相对滞后，道路曲折。合作经济组织发展的滞后性不仅制约了家庭经营制度优势的发挥，而且在一定程度上削弱了农业与农村经济发展的后劲，影响了农业基础地位的发挥。这是因为在农村经济体制改革初期，家庭承包责任制的实施，一方面调动了农民的积极性和创造性，解放了农村生产力；但另一方面也降低了农民组织化程度，由于缺乏利益表达和利益实现的组织形式与渠道，多数农民处于孤立无助的境地。尤其是随着农业生产效率提高和经济体制改革的深入，完全纳入市场经济运行轨道的家庭经营面对资源与市场的双重约束，迫切需要对农业微观经济组织形式进行创新。合作经济组织作为农业和农村经济发展的内在需求，是破解家庭经营与社会化大市场之间矛盾的有效途径。合作经济组织作为一种有效率的制度安排，本质是让处于弱势地位的农民通过经济联合的方式，将家庭经营的个体劣势转化为群体优势，在更大范围、更广空间内实现资源的优化配置，实现个体理性与集体理性的有效协调，实现外部利益内部化和交易费用节约，减少经济活动的不确定性，打破市场垄断，共享合作带来的经济剩余。正是这种无可比拟的优势，合作经济组织才具有旺盛的生命力和广阔的发展空间。因此，在农业家庭经营基础上，引导和推动合作经济事业，建立农业家庭经营制度与农民合作制度相融合的农业经济组织体系，以提高农民组织化程度为目标，培育和发展农村新型合作经济组织，促进农业生产关系调整和改善，不仅有利于深化农村改革的方向，而且对于实现农村经济社会发展的二次飞跃具有重要的现实意义。

本书以经济不发达地区——黑龙江省农村新型合作经济组织为研究对象，通过研究农村新型合作经济组织建设，探索构建农民持续增收的长效机制。构思于党中央第六个一号文件颁布之际、社会主义新农村建设之时，指导思想立足于提高农民收入、拉动农村居民需求，以农民富裕促进整个国家共同富裕、以农民和谐带动整个社会和谐的整体思考之上。

党中央历来高度重视农业、农村和农民工作。2004 年 1 月颁布的中央一号文件再次提到提高农民组织化程度和农民增收的问题，明确“三农”问题的核心是农民增收问题。农民增收机制是一个长期、持续、稳定的制度，不是注血式、暂时性、外在的缓解措施。从国民经济构成看，农民收入增长带来的引致需求是拉动经济快速增长的巨大动力，是拉动内需的关键。目前，城市内需渐趋饱和，拥有 9 亿农民的农村市场潜力巨大，但多年来，国家采取的诸多刺激农民需求的措施见效甚微，城乡贫富差距日渐拉大。

2005 年 12 月 16 日，联合国开发计划署（UNDP）发布的《中国人类发展报告二〇〇五》显示，中国经济增长中受益者与落后者之间的鸿沟正逐渐拉大，这种不公平现象在地区之间、城乡之间、性别之间及不同人群之间表现得尤其突出。报告指出，中国弱势人群，尤其是无地农民、民工、下岗职工和农村人群，处于极端贫困的生活环境中，他们是这种正在不断增加的不公平现象的受害者。在城乡差距方面，中国城市人口的人类发展指标[①]为0.81，而农村人口的人类发展指标为0.67，后者仅是前者的83%。基尼系数以0.4为警戒线，当一国或一个地区的基尼系数大于0.4时，便认为收入分配差距过大，出现了社会不公平现象。目前，中国基尼系数已经超过0.4，甚至达到0.45至0.465之间。国务院发展研究中心主任王梦奎在该报告序言中指出，中国全面建设小康社会和现代化所追求的，不单是经济增长，而是在经济发展的基础上实现社会的全面进步，让全体人民共享发展和改革成果。伴随着经济体制改革的不断深入和经济的快速增长，中国社会经济结构正发生着深刻的变化。在有着13亿人口而又经济落后、发展不平衡的中国，实现社会经济结构转型的任务艰巨。完成这个任务，需要解决大量政策问题和实际问题，而且要经历一个较长的过程。本书以研究农村新型合作经济组织建设为突破口，探索构建农民增收长效机制，是缩小贫富差距、建立和谐社会的切实举措。

黑龙江省农业正处于结构优化与产业升级的关键时期，农业产业化水平和农民组织化程度低是农业经济运行中存在的一个突出问题。构建完善的现代农民经济组织体系和农村社会化服务体系，已成为黑龙江省农村经济发展的迫切要求和必然选择。自20世纪80年代以来，黑龙江省在建立农村新型合作经济组织方面进行了积极探索，形成了组织形式灵活、区域特色鲜明的各类新型合作经济组织，在促进农业和农村经济发展、增加农民收入等方面发挥着重要作用。但由于黑龙江省农村新型合作经济组织

---

① 联合国开发署1990年使用人类发展指标（human development index）来衡量一国经济社会发展水平。该指标是对人类发展成就的概括衡量，它衡量一个国家在健康、知识和生活水平三个方面的平均成就。它的大小是从1到0之间的数值。它是衡量一个国家经济水平的相对指标，比人均国内总产值指标的内涵更丰富，更能体现一个人的全面生活质量。联合国开发署把世界分为三类国家：高人类发展水平国家（该指标为0.800及以上）、中等人类发展水平国家（该指标为0.500～0.799）和低人类发展水平国家（该指标在0.500及以下）。

发展尚处于起步阶段，发展过程中面临许多亟待解决的困难和问题。从整体看，由于农民缺乏对真正意义上的新型合作经济组织的认识和理解，难以从人民公社制度失败的阴影中摆脱出来，潜意识中对新型合作经济组织存在着本能的抵触和恐惧；合作经济组织内部管理不规范、制度建设不完善导致的运行效率低下等因素，使其在参与市场竞争、抵御市场风险方面能力不足，示范带动效应有待提高。新型合作经济组织因而未能建立起规范的运行机制，实践中的盲动和盲从不仅制约着其自身发展，也影响着其职能发挥。

因此，以农村新型合作经济组织实践为研究对象，通过汲取国内外成功经验，探寻新型合作经济组织发展的内在规律，总结其发展的历史经验和教训，以符合农民意愿和适应生产力发展要求为出发点，有针对性地构建具有黑龙江省地域特色的农村新型合作经济组织制度框架和发展模式，具有重要的理论意义和现实意义。本书对于提高农村微观经济组织效率、提高农民组织化程度及增强农业竞争力具有重要的指导意义，对欠发达地区农村新型合作经济组织建设有一定的指导意义。

可以预见，在政府、各涉农部门、各级地方政府及农民的共同努力下，通过大力发展农村新型合作经济组织，我国农民组织化程度将大幅度提高，农民收入将会进入持续增收的良性循环轨道；连接政府与农民、企业与农民的稳固发展的组织形式将会蓬勃发展，将有利于实现农民组织化、农业国际化、农村城镇化和统筹城乡经济社会发展、全面实现小康社会的目标。

第二节　国内外文献综述

一、国外研究文献综述

国外学者对合作经济问题的研究可追溯到 19 世纪 20 年代前后。早在欧文进行新和谐公社试验之前，英国就出现了最早的消费合作社。1844 年，英国曼彻斯特市郊罗虚代尔镇 28 名纺织工人创办了公平先锋社，并制定了著名的“罗虚代尔”原则，包括入社自愿、退社自由、民主管理、公平交易、利润返还等。随着全球经济的发展，合作社原则也不断完善。1955 年，国际合作社联盟曼彻斯特大会通过的《对合作社特征的宣言》中对合作社的定义、基本价值和原则作出了明确而富有远见的规定：合作社是人们自愿联合、通过共同所有和民主管理的企业，是满足共同的经济和社会需求的自治组织；基本价值是自助、民主、平等、公平和团结，合作社社员信奉诚实、公开、承担社会责任和关心他人的道德价值观；合作社原则共有 7 项，包括自愿和开放的社员制，社员民主管理，社员经济参与，自治和自立，教育、培训和信息，合作社间的合作，关心社区。

合作社在欧美等发达国家发展较早，有关合作社的研究也比较完善。美国有代表性的两个合作社学派当属萨皮罗学派和诺斯学派。萨皮罗认为农业应实行合法垄断，他主张：①按照不同的农产品组织专业合作社，使之在各自农产品市场上拥有较大市场份额；②合作社应该通过内部协调实现农产品有序销售，防止收获季节同时上市带来损失；③合作社要自上而下地建立，并实行专家管理；④直接吸收会员，通过签订长期合同，建立中央集中控制体制等具体措施[①]。诺斯的观点与萨皮罗相反。他反对垄断，主张通过建立合作社来加强竞争，通过市场竞争来配置资源，提高市场效率。其竞争尺度理论的主要观点有：①通过合作社来建立市场均衡力，提高经济效率，使合作社成为检验市场竞争效率的尺度。②合作社是资本主义企业的一个补充，不是其他商业形式的替代。③合作社是个体农场企业的延伸，必须维护团体纪律，从而赢得经济效率与保护个人对其所有业务进行有效决策之间维持微妙的平衡。④合作社成功与否，应当根据其业绩，

---

① 杜吟棠．合作社：农业中的现代企业制度．南昌：江西人民出版社，2002. 64

而非组织规模、经营规模及成员数量多少来判断。

1940 年以后，美国合作社理论从强调合作社在宏观经济中的公共协调作用、外部经济总体利益逐步转向内部组织结构及关系分析。1948 年，埃米里扬诺夫（苏联合作经济学者）提出，合作社是一种纵向一体形式，本身不是独立营利单位，而是成员经济单位的一个集合体。在此基础上，他又提出以成员为委托人的代理机构概念。按照该解释，社员作为委托人，通过有效的成员控制行使合作社决策和支配职能，董事会作为社员代表，被当做代理人而赋予管理职能。到 20 世纪 60 年代，汉姆伯格和胡斯运用企业理论建立了合作社模型。在该模型中，合作社通过对成员按惠顾量返还收入的办法使其平均产品价格最大化。

近年来，以诺斯和托马斯为代表，从经济学意义上用制度经济学的交易成本理论来分析农村合作经济组织的研究方兴未艾。美国制度经济学家埃格特森从这些学者的研究中总结出了三个研究经济组织的基本原则：①假设存在着一种起作用的规则，低成本组织趋向替代高成本组织。②一旦发现高成本组织持续存在，如人们稍加改变即可增加净产出，就应该从非常规的地方寻找人们的潜在利益。③如果没有找到潜在利益或契约限制，人们就应该转向寻找阻碍产权重新安排的政治约束。

20 世纪 90 年代以后，合作社理论研究成为经济学研究的一个新热点，有关研究文献在西方主要学术刊物中不断涌现，研究内容主要有：Ruttan、Loepke 等的组织制度创新理论，Hendrikse、Veerman、Bijman 等的内部治理结构理论，Eilers、Hanf 等的契约关系联结理论，Bourgeon 和 Chanbers（1999）、Karantinis 和 Zago（2001）、MacPherson（2005）等的组织效率理论诸多方面，其中从组织效率角度研究农业合作社的理论比较有代表性。主要代表人物和观点有：Bourgeon 和 Chanbers（1999）建立了在信息不对称情况下合作社定价的两阶段博弈理论模型，说明了异质性可能影响合作社效率；S. D. Hardesty（1992）研究了有效率的农业合作经济组织必须具备的条件，并提出了提高合作经济组织运营效率的具体措施；MacPherson（2005）认为，对于从事农产品加工与销售的合作经济组织而言，其优势在于获得初级产品和原料，但最大障碍是合作社组织原则和制度限制了合作经济组织的融资渠道。因此，提高合作经济效率的关键在于实现对合作经济组织的重构。Narciso Arcas 和 SalvadorRuiz（2004）通过对同类蔬菜和水果合作社运营效率差异产生原因的研究和分析说明，富有经营管理经验、具有要素禀赋优势和贯彻灵活多变战略的合作社具有更高的运营效率。合作社运营效率与合作社规模和产业水平呈正相关（Lerman Z.，Parliamentya C.，1991），对合作社与非合作社企业的运营效率的比较研究表明，合作经济组织在赢利能力方面处于明显劣势（Shermain D. Hardesty，Vicas D. Slgia，2004；Katz J. P.，1997；Hind A. M.，1994；Ferrier G. D.，Porter P. K.，1991）。

从以上综述可以看出，国外合作经济组织理论的发展，从早期理想主义转向实用主义，从宏观方法转向微观方法，近年来又融入了新制度经济学、产权理论、交易费用理论、公共物品理论等理论；研究内容从寻求其存在合理性解释，走到对合作社组织制度进行深入剖析（产权、契约、博弈、代理、交易费用、资本市场等视角），再走向在新的社会经济技术条件下合作社组织制度的设计和调整等内容。

二、国内研究文献综述

研究中国合作经济，首先应该提及林毅夫。对于中国1959—1961 年发生的农业危机，传统的解释是由于自然灾害、人民公社内部管理不善等原因造成的。林毅夫在《集体化与中国 1959—1961 年的农业危机》一文中指出，农业生产合作社中监督困难，而自我监督机制只有在入社自愿、退社自由时才有效。由于农民的退社权在公社化运动以后被剥夺，造成社员工作积极性下降，是导致 1959 年农业生产崩溃的主要原因。此观点在国内外引起强烈的争议。

随着20世纪80年代中期农村新型合作经济组织的兴起和发展，国内学者比较关注农村合作经济组织建设，合作经济研究日益上升为经济学的一个研究热点，与此相关的理论研究不断增加，研究内容主要集中在以下四个方面：

一是关于农村新型合作经济组织的客观必然性、内涵、特征、组建原则、组织形式、运行方式及重要意义的研究。牛若峰（1999）、徐旭初（2005）、夏英（2005）、苑鹏（2002）、赵凯（2004）、郭红东（2004）等人定义了农村新型合作经济组织的概念，并进行了类型划分。牛若峰、夏英（1999）提出："尊重基层和农民群众的自主选择，从当地实际和不同特点出发，创造性地寻求农村合作经济组织的最佳发展道路，形成自己的发展模式，是今后较长时间内我国发展农村合作经济组织的基本思路。但并不排斥合作社的规范化建设，两者并行才能将各种有利因素调动起来，在现有条件下发挥农村合作经济组织的各项功能。"牛若峰、夏英还从我国各类农村合作经济组织存在的问题出发，认为发展农村合作经济组织的关键在于三大支点：制度、主体、环境。黄祖辉（2000）、陈吉元（2001）等人分析了农民合作的必然性及其变革趋势。张晓山（2006）、徐旭初（2004）、丁佐明（2001）等人对农村新型合作经济组织产生的时代背景和发展意义及发展中存在的问题及对策等方面进行了探索，其中杨东宛（2001）将农村专业合作经济组织发展称为"新中国农业的第五次制度革命"，郭翔宇（1999）认为农村专业合作经济组织是"农村深化改革的突破口"，提出以此为主要内容进行中国"第二次农村合作化"，并对"第二次农村合作化"的意义、必然性、有利因素及不利因素、模式、机制和具体措施等问题进行了系统、全面、详尽的论述。

二是张晓山、苑鹏、潘劲（1997）、傅晨（2004）、郭晓鸣（2004）、孔祥智、周琳琅（2005）、姜长云（2005）、林万龙（2006）等人分别从组织规模、服务内容、内部制度建设、运行机制、政府行政干预、决策权、外部力量的介入程度等方面对农民合作经济组织发展面临的问题与限制因素进行了探索。其中，张晓山等人（2002）从农村合作经济组织的一般性概念出发，对合作经济组织进行比较详尽的论述，研究了合作经济组织内部管理机制的现状和问题，从理论和实践上进行了系统的归纳、总结，探索了新型合作经济组织和原有合作组织的对接问题，旨在探求提高中国农民组织化程度，降低交易成本的新思路，即通过制度创新和组织创新，发展农村新型合作经济组织，同时最大限度地发挥供销合作社等原有合作组织的作用，充分利用其资源优势，形成农业科技能迅速转化为生产力，农产品能顺利实现其价值的组织体系，促进农民增收。苑鹏（2001）通过对自办、官办以及官民结合等三种农民合作经济组织基本类型的案例分析，集中讨论了中国农村市场化进程中，农民合作组织与国家（政府）的关系。她提出合作社制度的反市场性决定了其对国家抉择具有天然倾向性，在农村市场化进程中，国家与农民合作组织之间开始表现为互相渗透、相互作用的权利的对立。这种分立一方面是国家对农民合作组织的强大作用和渗透力，另一方面是农民合作组织的逐步独立和分化。因此，未来我国农村合作组织发展的核心问题在很大程度上就转化为政府在经济发展中的定位问题。

三是韩俊（2006）、罗剑朝（2001）、刘惠、苑鹏（2002）、崔俊敏（2002）、郭红东（2002）、郭晓鸣（2004）、缪建平（2005）、任大鹏（2004）、周建华和傅晨（2005）、孔祥智和周琳琅（2005）、徐寒梅（2005）、全国人大农业与农村委员会课题组（2005）等对于农村合作经济组织发展中的政府职能与行为及国家立法保护与规范等问题进行了探索。刘振伟（2004）着重对农村合作经济组织立法工作进行了分析，提出中国农民合作经济组织的立法原则，既要符合国际公认的合作制原则，又要与中国具体实践相结合，符合中国社会主义初级阶段的国情，还要体现与时俱进的时代特征。此外，他还对农民、农民合作经济组织社员资格、农村合作经济组织法的调整范围、农民合作经济组织的法人地位等问题进行了进一步研究。

四是黄祖辉、徐旭初（2005）、冯开文（2004）、郭晓鸣（2004）等学者研究了农村专业合作经济组织的发展模式、运行机制和政策对策问题。黄祖辉（2002）通过对浙江省农民专业合作经济组织发展现状的分析，从理论上提出了影响农民专业合作经济组织发展的因素大致归结为产品特性因素、生产集群因素、合作成员因素和制度环境因素，并结合实际讨论了我国农民专业合作经济组织发展的制度环境，提出了农民专业合作经济组织制度变迁的分析框架。

随着我国农村经济的发展，农村新型合作经济组织实践活动发展迅速，以农村新型合作经济组织建设为重点的理论研究和探索还处在不断发展、完善之中。

三、研究进展与不足评价

目前，中国应大力发展农村新型合作经济组织的观点已得到理论界的一致认同，学术研究氛围空前热烈。有两份重要研究成果使农村合作经济组织的内容系统化、深入化，缩短了农村合作经济组织研究和现代经济学研究的距离。张晓山等学者对中国农民中介组织的研究，从改造、利用农村现存组织资源和在市场经济条件下逐步形成的农村新型经济组织两方面进行了创新性研究，重点探讨了两种组织资源的对接问题，提出最大限度利用、改造现有组织资源，形成农业科技力量并能将其顺利转化为现实生产力、农产品最终实现价值的网络体系，使农民节省交易费用，降低成本并能以快捷方式进入市场的思路①。而罗必良将新古典经济学与制度经济学的理论方法相结合，吸纳公共选择理论、信息经济学与机制设计理论及产业组织理论，对农民经济组

① 张晓山等．联结农户与市场——中国农民中介组织探究．北京：中国社会科学出版社，2002

织进行规范的经济学意义上的理论和实证研究，构建了经济组织制度逻辑的分析框架；从交易技术结构与体制组织的匹配关系上揭示了政府、市场和农村合作经济组织的职能空间，为正确处理三者关系提供了合理性判断，避免了目前存在的把责任推向政府或一味强调农民自身功能的极端倾向。在此基础上，罗必良还从农民经济组织的理性中提炼出政策基准，为发育农村合作经济组织提供了政策指南，在运用经济理论对农民经济组织的制度研究方面做了可贵探索。①

以上学者从农村合作经济组织的不同方面进行了详尽探讨，仁者见仁、智者见智。不过，专门针对不发达地区农业发展中存在的农村新型合作经济组织进行规范意义上和实证方面的研究还不多见，特别是从区域经济角度，系统、全面、完整地研究农村新型合作经济组织建设问题的论述还比较欠缺。可以肯定的是，现阶段中国农民需要农村新型合作经济组织，但农村新型合作经济组织的合理性和必然性何在，国外农村合作经济组织的成功经验及对不发达地区农村经济的启示有哪些，现实中应该如何对农村新型合作经济组织进行绩效评价，对落后地区农村新型合作经济组织发展模式和道路该如何选择，地方政府和各级利益主体应该在什么层面上支持农村新型合作经济组织，如何支持，等等，这些都是应该着力探讨和深入研究的问题。本书正是以上述问题为研究重点，通过对黑龙江省农村新型合作经济组织发展过程中出现的特征、类型及制约其发展的因素进行分析，揭示其发展的一般规律，探讨进一步完善农村新型合作经济组织发展的可行之路和具体措施，为黑龙江省农村经济发展的实践活动提供参考。本书对区域经济中存在的农村新型合作经济组织发展过程存在的一系列问题作了比较全面、系统、深入的分析研究，弥补了当前理论研究领域的不足。同时，本文在理论分析和方法论研究方

---

① 罗必良．经济组织的制度逻辑——一个理论框架及其对中国农民经济组织的应用研究．太原：山西经济出版社，2000

面，以国内外学者所做的开创性研究为启示，借鉴前人研究成果，学习专家们严谨的治学态度，在对学术界理论研究成果充分研究和比较的基础之上提出了自己的观点，是对国内外农村合作经济理论进一步深入研究的有益补充。

第三节　课题来源、研究方法、研究内容及创新之处

一、课题来源、研究方法

本课题来源于郭翔宇教授主持的哈尔滨市科技攻关项目“哈尔滨市农村新型合作经济组织发展对策研究”，课题编号：2005AC9CT141。

本书运用了新制度经济学的有关理论和方法，注重理论与实践相结合，注重深入农村调查研究，努力将规范研究与实证研究相结合、一般分析与个别分析相结合、静态分析与动态分析相结合、总量分析与结构分析相结合、归纳与演绎相结合，还采用了历史与现实相比较、国内与国际相比较的方法进行分析和研究。

本书的研究内容是以中国粮食生产主要省份之一、经济欠发达地区——黑龙江省农村新型合作经济组织发展问题为研究对象，探讨新时期农村新型合作经济组织在发展成长过程中存在的问题及其解决对策。在理论研究部分，本书阐述了农村新型合作经济组织区别于传统农村合作社的9个方面的新特征、新内涵；从制度经济学角度探寻了合作经济产生发展的理论基础；从宏观层面上提出了农村新型合作经济组织的绩效衡量指标体系；在国内外农村合作经济经验比较过程中，选举了合作经济发展典型国家的典型模式，如日韩模式和欧美模式进行比较，从中追寻中国农村新型合作经济发展的有益经验；在本书重点部分，即黑龙江省农村新型合作经济组织问题研究部分，通过对影响农村新型合作经济发展的有利因素和不利因素进行分析，明确了长期以来制

约黑龙江省农村合作经济发展的障碍性因素，为本书政策建议的提出做了铺垫；在政策建议部分，分析、归纳、总结了大量实证材料和典型调研材料，谋划了黑龙江省发展农村新型合作经济组织的运作思路和发展模式，提出了解决问题的措施和政策建议。

二、研究的主要内容

本书以黑龙江省农村新型合作经济组织为研究对象，采用规范研究与实证研究相结合、普遍调查与典型调查相结合、静态分析与动态分析相结合、历史与现实相比较、国内与国际相比较、归纳与演绎相结合的方法进行研究；理论基础涉及制度经济学的交易费用理论、制度变迁理论、制度创新理论；通过对黑龙江省农村中出现的多种新型合作经济形式典型案例进行重点调查和研究，对其形成过程、影响因素、制度作用、存在问题等方面进行了剖析，并对该地区农村新型合作经济的发展思路、发展模式、制度建设、保障措施等实际问题提出了建议和解决措施。

从结构上看，全书共分为九章，各章主要内容分别为：

第一章：绪论。阐述了本书的研究背景、目的、意义、国内外研究文献综述。

第二章：农村新型合作经济组织的基础理论研究。该部分从我国20世纪50年代农业合作化运动的弊端入手，归纳了以人民公社为代表的农业合作化运动给人们带来的危害，揭示了合作化运动实质上是加大对农民土地的剥夺，违背了国际上公认的合作社关于农民入社自愿原则，最终造成了公平和效率的双重损失；农村新型合作经济组织是在1978年以后出现的、在中国计划经济体制向市场经济体制过渡时期产生的、在家庭承包经营基础上发展起来的，为谋求、保护、改善农民共同经济利益而自愿联合起来，在坚持不触动农民生产资料私人财产权和坚持自愿、公平、民主、互利等原则的基础上通过共同经营活动建立起来的各种农村经济组织。其内涵广泛，涵盖了多种形式的农村新型合作经济组织形式。农村新型合作经济组织区别于传统农村合作社，有别于农村供销社，它是对农村基层微观经济制度、组织制度的创新，是在商品农业发展和农产品贸易国际化背景下为克服家庭分散经营弊端应运而生的现代农业企业化组织形式，是市场经济的产物；它建立在家庭经营的基础上，承认和保障农户财产权；以“民办、民管、民享”为基本原则，承认和保障农民的民主权利，按社员惠顾额进行分配；具有农民自愿、多元参与、政府引导、以人为本、城市反哺、协调推进等鲜明的时代特征。本书总结了农村新型合作经济组织区别于传统合作经济组织的在产生年代、经济体制、劳动力主体、生产力发展阶段、农产品供求背景、农民财产权、管理机制、职能及创办形式 9 个方面的新特征，并对农村新型合作经济组织的性质、原则予以阐述，较系统地阐述了农村新型合作经济组织的基本理论；同时，从交易费用理论、制度变迁理论、制度创新理论等角度对新型农村合作经济组织产生的理论基础进行了研究。

第三章：农村新型合作经济组织的作用与效用分析。围绕着农户交易成本和交易费用、合作经济组织的规模经济效应及农村新型合作经济组织的效率衡量进行分析，并阐述了发展农村新型合作经济组织的必要性与现实意义。

第四章：黑龙江省农村新型合作经济组织的发展现状与问题。对黑龙江省农村中存在的新型合作经济组织现状与问题进行了实证分析。目前，黑龙江省农村合作经济发展还处于起步阶段，虽然呈现出组织数量和规模日益壮大、合作内容和领域不断拓宽、促农增收作用显著等特点，但也存在着规模小、经济实力不强、作用难发挥、运营效率低下、环境不宽松，缺少政策法规支持、内部制度建设和运行机制不规范等问题；本书系统地阐述了经济欠发达地区——黑龙江省农村新型合作经济组织的发展现状、类型划分、特点及存在的问题，并对现实中存在的典型案例进行了研究；为本书政策建议的提出提供了实证分析基础。

第五章：农村合作经济组织发展的国际经验与启示。该章对国际上合作经济组织发展的两大模式——专业合作社模式和综合合作社模式进行了比较，分析了两种模式的特点。专业合作社大多专业性强，多以流通领域合作社为主；综合合作社服务体系完整，服务内容全面，覆盖范围比较广泛。黑龙江省作为我国的农业大省，农业人口众多，农村新型合作经济组织的发展应借鉴发达国家的经验，坚持合作制原则，合作社发展注重专业化与综合性相结合，走因地制宜的发展道路。

第六章：影响黑龙江省农村新型合作经济组织发展的因素分析。对推动黑龙江省农村新型合作经济组织发展的有利因素和障碍性因素进行了深入分析。该章通过分析，找到了长期阻碍黑龙江省农村新型合作经济组织发展的原因，即龙头企业实力弱，合作经济组织法律地位缺失，对合作经济组织政策扶持力度不够，合作经济组织内部缺乏严格制度规范，政府干预过多及文化因素制约等。同时也应看到，近年来，农村新型合作经济组织之所以蓬勃发展并迅速壮大，有其内在必然性。因为加入农村新型合作经济组织是由农户共同需求决定的；其迅速发展是政府长期以来高度重视的结果；更重要的是，随着农民综合素质的不断提高，农村新型合作经济组织将不断发展壮大。该章通过分析认为，黑龙江省发展农村新型合作经济组织的优势和障碍并存、机遇和挑战同在。我们必须发挥优势、克服障碍，寻求黑龙江省农村新型合作经济组织的发展途径迫在眉睫。

第七章：黑龙江省农村新型合作经济组织发展的模式选择与途径。结合农村新型合作经济组织发展过程存在的问题和发展思路，建设性地提出了黑龙江省农村新型合作经济组织的模式选择与发展途径。在发展模式选择上，应兼顾农民自发组织的新型合作经济组织、政府引导的新型合作经济组织、企业参与但以农民为主体的新型合作经济组织及供销合作社领办的农村新型合作经济组织四种模式；在途径选择上，应将改造传统的（供销社改革、发展社区综合服务社）、规范现有的（规范农民股份合作公司、规范社区各类合作经济组织为社区综合服务社）及发展新型的（加强专业合作社建设、发展专业协会、农民经纪人队伍等）农村新型合作经济组织相结合。

可以肯定的是，我国农村新型合作经济组织的最终目标是要发展农民自发组织的农民合作经济组织。由于多方面原因，现阶段不能一步到位地直接由农民自下而上地自发建设，但可以通过多种途径帮助、引导农民建设。由于各地自然、社会经济条件不同，农村新型合作经济组织的建设和发展也不能采取统一模式。在引导过程中，要坚持因地制宜、百花齐放、分类指导的原则；在组建形式上，可以是农民自办、联办，也可以是农民和国家技术经济部门、事业单位联办，还可以是农民与涉农企业、公司联办；在服务内容上，可以办服务实体，也可以不办服务实体。只要能解决农民的实际困难，帮助农民办实事，都应大胆试验和发展。与此同时，还要鼓励各地根据实际情况，创造和总结一些成功的管理经验，真正把好经验、好做法总结出来并推广出去。这种建设是循序渐进的，不能着急、不能替代、不能越位，各方帮建主体只能引导和扶持，无论哪种形式的农民专业合作经济组织，政府都应给予支持和引导。同时，农民也应尽可能地发挥其主观能动性，因为农民的综合素质最终决定农村新型合作经济组织的发展水平。

第八章：黑龙江省农村新型合作经济组织建设的指导思想、思路、原则与保障措施。在对全书各部分分析总结的基础上，提出了黑龙江省农村新型合作经济组织建设的指导思想、思路、原则与保障措施。首先提出了发展黑龙江省农村新型合作经济组织建设的指导思想、具体思路及坚持的具体原则，从宏观层面为保障措施的提出指明了方向。在建设思路上，提出了在完善农村新型合作经济组织的组织体系建设的同时，建立完整的农业产业链条，形成“市场—农村合作经济组织—农户”相连接的农业产业化经营模式，建立起“政府—农村合作经济组织—农户”相结合的农户经济管理系统，以上两方面并行建设，坚持“两条腿”走路的方针；在发展模式方面，大力发展以下四种合作经济组织：①由农民自发组织的新型合作经济组织；②政府引导的新型合作经济组织；③龙头企业牵动、以农民为主体的合作经济组织；④各涉农部门领办的新型合作经济组织。因地制宜地提出了黑龙江省发展农村新型合作经济组织的原则，如坚持灵活运用合作制的原则，坚持按产业发展规律和经济区域整体布局的原则，坚持先发展后规范、边发展边规范的原则等具有中国特色、适合黑龙江省农村发展实际的合作制原则。在措施建议方面，从政府政策支持、公共管理角度、加强合作经济立法角度、农村金融角度、农业保险角度、土地自由流转政策角度等方面提出了若干措施，为黑龙江省农村新型合作经济组织的建设提出了具体解决办法。

第九章：结论。在综述全文的基础上，总结了本书的基本结论和后续研究展望。

三、本书主要观点及创新之处

主要观点：

（1）农村新型合作经济组织是在农村经济体制改革（1978年）以后出现的，是为保护农民经济利益而自愿联合起来，在不触动农民生产资料私人财产权和严格尊重自愿原则的基础上建立起来的各种农民经济上的联合。它包括农产品专业合作社、专业协会、联合会、农民股份合作公司、各类经济联合体。

（2）农村新型合作经济组织无论分类标准如何，从其发展实践来看，都是市场经济条件下，分散农民的理性选择；各种类型农村新型合作经济组织都有其存在和发展的基础，应采取先发展后规范的原则。

（3）专业合作社管理规范、与社员联系紧密。在工商管理部门登记注册为企业法人，目前数量较少，但对农民增收作用重大。其特点是与农产品加工企业相连接，形成“公司＋专业合作社＋农户”的产业化模式，是农民增收的主要经济实体组织，也是黑龙江省乃至全国大力倡导的典型形式。

(4) 农产品专业协会作为新型合作经济组织的一种类型，是对专业合作社的有益补充，组织体系比较松散，在民政部门注册，是社团法人，主要为农民提供各种服务，发展速度快，数量众多。

(5) 各类农村新型合作经济组织有价格发现功能，通过提高农业生产要素的资源配置效率，能降低交易费用，挖掘农产品最大化价值，增加农民收入，保护农民的社会经济利益，农民加入愿望迫切。

(6) 农村新型合作经济组织在黑龙江省乃至全国都处于起步阶段，发展很不完善，并呈现出地区发展不平衡的特点。从国际经验来看，这种不平衡性是传统农业国向工业国过渡的一个基本经济规律，不可违背；发展阶段不可逾越。

(7) 发展农村新型合作经济组织实质上是对农村经营制度的创新。按照熊比特的创新理论，发展就是创新，在农业生产要素中加入一种新“东西”，这种新“东西”导致农业整体效率提升、效益增加。在农业经营中实行一种全新的合作社企业制度，引发了农业经营制度的创新。农业经营制度的创新是农业增长的关键。

(8) 作为新生事物的新型专业合作社，随着农村社会经济实践不断发展将日趋完善；随着国家政治、经济、社会、文化等环境的不断变化，合作社原则向着使合作经济组织更有竞争力、凝聚力、吸引力的方向不断发展完善。

(9) 各国实践表明，农村合作经济组织的发展需要政府的财力支持和政策倾斜，带领新型合作经济组织发展的农民企业家活动具有公共产品性质，国家应为其成长壮大创造宽松的环境。

创新之处：

第一，系统地论述了农村新型合作经济组织问题，给出了农村新型合作经济组织的定义及分类；对传统合作经济组织和农村新型合作经济组织进行了系统的区别和比较，提出了新型合作经济组织9个方面的新特征；构建了农村新型合作经济组织的理论研究框架。

第二，提出了“实践中存在的各类农村新型合作经济组织，都有其存在发展的合理性，农民根据自己的需要加入各种类型的新型合作经济组织，都是为实现经济利益而采取的自我保护行为，是市场经济条件下农民作为经济人的理性选择”的观点。

第三，提出农村新型合作经济组织具有优化资源配置功能和价格发现功能的观点。

第四，提出“经济欠发达地区农村新型合作经济组织在发展初期体现出的不平衡性和不均衡性，是传统农业国向工业国过渡时期呈现出的一条基本经济规律”的观点。

本书对提高农村微观经济组织效率、提高农民组织化程度，增强农业竞争力具有重要指导意义，对经济欠发达地区农村合作经济组织建设有一定的指导意义。在写作过程中，笔者认为本书还有诸多理论和实践方面的问题需进一步探讨，如新型合作经济组织的绩效评价的具体方法、具体指标，新型合作经济组织在农产品流通中对农民收入增加的具体评价体系、合作经济组织内部运作机制等问题，笔者将在今后的工作中继续研究。

第二章　农村新型合作经济组织的基础理论研究

第一节　农村新型合作经济组织的内涵

一、传统合作经济组织的弊端

本书所指的传统合作经济组织包括新中国成立之初的农业合作化运动和传统供销合作社。

提到农业合作化运动，人们脑海中自然会出现中国最初合作化运动的印象，人民公社的“大一统”政策给人们带来的危害至今难以忘却。新中国成立后，合作社被认为是一种能促进农业与工业同时发展的战略，政府对合作社的态度起初是谨慎渐进式的，合作社对农村经济增长的推动作用也是明显的。1955 年存在的三种主要合作社形式有互助组、初级合作社和高级合作社。1952 年至 1958 年间，人口增长了 14.8%，以 1952 年的价格衡量，农业产值增长了 27.8%（林毅夫，1992）。合作化进程在其初始阶段是成功的，它没有受到农民的有力抵制，且进行得相对平缓。但 1958 年强制实行了一项新政策，将高级社集中成一个更大的单位，即人民公社，从 1958 年 8 月到 11 月初仅三个月内，就有 753 000 个集体农场被合并成 24 000 个公社，由 1.2 亿农户组成，约为 1958 年中国总农户的 99%，公社化运动导致了 1959 年至 1961 年间严重的农业危机。农业总产值在 1959 年下降了 14%，1960 年下降了 12%，1961 年又下降了 2.5%。最为惨重的结果是谷物产量比例严重下降，具体数字为：1959 年下降了15%，1960年下降了10%，1961年也保持在同样低的水平，从而引起约3 000万人不正常死亡的危机以及约3 300万应出生人口而没有出生或延后出生（Ashton等，1984）等一系列问题。

人民公社违背了国际上公认的合作社关于农民入社自愿原则，把农民土改得到的土地拿去入社，最后农民不仅退社不成，反而全部财产强制性地被改为人民公社的集体财产，人民公社通过提高公有化程度加大了对农民土地资产的剥夺。林毅夫对传统合作社的经济绩效及家庭承包制度有效性的解释认为，1958年合作化运动，实际是剥夺了社员的退社自由。在农民享有退社自由的条件下，合作社的性质是一种“重复博弈”；在农民没有退社自由的情况下，合作社性质是“一次性博弈”。在这个博弈过程中，农民“自我实施”协约难以维持，从而导致劳动积极性降低，生产效率滑坡，在生产队体制下劳动的激励和生产率都低于单个家庭农场和自愿形成的合作社下的劳动激励和生产率。可见，20世纪50年代的农村合作化运动初衷是追求社会公平，但在追求公平的过程中造成了极大的效率损失，最终结果是以公平和效率双重损失为代价的一场失败的全民合作的政治运动。

供销合作社作为传统合作经济组织，最初定位于以农民为合作主体，是群众性的服务组织、服务性的经济组织。1957年以前，供销合作社严格按章程办社，尊重社员民主权利，坚持为农服务宗旨；自身组织健全、经营机制灵活，体现了供销社群众性合作经济组织的优越性，形成了历史上蓬勃发展的“黄金时代”（郭翔宇，1999）。但从1958年开始，供销合作社开始进入长达24年的曲折和徘徊阶段，它两次与国营商业合并，由集体所有制过渡为全民所有制，由“民办”改为“官办”，背离了合作社原则，发生了严重错误，遭受了重大挫折，于1982年开始了体制改革。经过近20多年的改革，其营利性企业性质丝毫没有改变，只是名称变了，变成了顶着合作社名称的企业。农村供销社改革成绩主要体现为巨额减亏，安置了数百万供销社职工，创办了一些新的加工和流通企业等，但这一切和9亿农民关系不大。因为改革没有按照国际通行合作社原则进行，农村供销社已变成顶着合作社名称的真正股份制企业了。据统计，全国供销社近5 000亿人民币总资产（2003年数据）中以各种公司企业名义注册并缴纳企业所得税的经济实体的资产占供销社总资产比例高达80%以上。可以说，现在的农村供销社等集体性质、打着合作社旗号的合作经济组织，其实是独立于农民之外的追求利益最大化的纯粹企业组织，已背离了农村新型合作经济组织对内服务、对外谋赢利的双重性质。

二、农村新型合作经济组织的内涵

为清晰了解农村新型合作经济组织的产生背景和特征，现将新中国建立后的农民合作经济组织从生产要素和资源配置方式两方面划分为三个时期六个阶段，新型合作经济组织列在第三个时期的最后一个阶段，如表2－1所示。

表2－1　农民合作经济组织发展阶段划分

时期划分	起止年代	经济组织	所有制	规模	特点
农业合作化	1949—1957	小农经营	土地私有	一家一户	生产资料私有，私人所有，分散经营
		互助组	土地私有	4～8户	共同购买若干生产资料，集体劳动，互助合作
		初级社	土地私有	20～30户	土地入股，生产资料作价归公，统一使用，统一支配

（续上表）

时期划分	起止年代	经济组织	所有制	规模	特点
农业合作化	1949—1957	高级社	集体所有	150～200户	土地集体公有；耕畜大农具入社；生活资料及部分生产资料私有，有部分公有自留地，集体劳动、统一经营、按劳取酬
人民公社	1958—1977	人民公社	土地集体所有	5 000户不等	三级所有、队为基础、分级管理、权力下放、三级核算、自负盈亏、物资按劳分配、承认差别
家庭承包经营	1978—	新型合作经济组织（专业合作社、社区合作社、协会、经济联合体）	土地集体所有	一家一户或多户联合	以家庭经营为主，集体统一经营与家庭分散经营相结合，农村专业户、农民经济联合体等合作经济组织发展迅速

（注：本表参考了王东阳的《中国农业实践概论》等文献）

农村新型合作经济组织的内涵可以概括为：农村新型合作经济组织是在1978年以后出现的、在中国计划经济体制向市场经济体制过渡时期产生的、在家庭承包经营的基础上发展起来的，为谋求保护、改善农民共同经济利益而自愿联合起来，在坚持不触动农民生产资料私人财产权和坚持自愿、公平、民主、互利等原则的基础上通过共同经营活动建立起来的各种农村经济组织。其内涵广泛，涵盖了多种形式的农村新型合作经济组织形式。

对于上述基本概念，可以从九个“新”的方面去理解（见表2－2）：①产生时间新。农村新型合作经济组织产生于1978

年以后。②产生于新的经济体制及新的经营体制之上。农村新型合作经济组织产生于中国计划经济体制向市场经济体制交替时期。它是市场经济的产物，建立在农村家庭承包经营的基础之上。③产生于新的农业发展阶段。农村新型合作经济组织产生于商品经济发达、市场经济渐趋完善、高资本技术、现代化商品的农业阶段。④产生于新的农产品供求阶段。农村新型合作经济组织产生于农产品总量相对过剩阶段和买方农产品市场背景下。⑤以农民为主体。农村新型合作经济组织是为了保护新经济发展阶段的理性农民的经济利益，以农民为加入主体。⑥保护农民产权。农村新型合作经济组织承认和保障农民的财产权，不改变家庭经营制度。⑦坚持新时期合作制原则的管理机制。农村新型合作经济组织坚持“民办、民管、民享”的新时期合作制原则。⑧性质不同。农村新型合作经济组织是自愿参与、以人为本、改变弱势经济地位的农民经济上的联合，坚持走联合致富道路。⑨创办形式多样化。农村新型合作经济组织包括各种专业合作社、社区综合合作社、农产品专业协会和各类新形式经济联合体等。

表 2－2　传统合作经济组织与新型合作经济组织比较

序号	比较内容	传统合作组织	新型合作经济组织	备注
1	产生年代	20 世纪五六十年代	20 世纪 80 年代以后	新时期
2	经济体制及经营体制	计划经济体制下、分散经营	商品经济、市场经济条件下、家庭承包经营	新体制
3	农业发展阶段	农业生产力不发达、低资本技术、密集型劳动的传统农业阶段	商品经济发达、市场经济渐趋完善、高资本技术、现代化商品农业阶段	新阶段

（续上表）

序号	比较内容	传统合作组织	新型合作经济组织	备注
4	农产品供求背景	粮食长期短缺阶段、卖方产品市场	农产品总量相对过剩阶段、买方农产品市场	新背景
5	加入主体	新中国刚成立时弱、贫、愚、私的小农	市场经济中综合素质较高的理性农民	新农民
6	农民财产权	否认农民生产资料个人所有，取消集市交易	承认和保障农民财产权，不改变家庭经营制度	保护农民产权
7	管理机制	强制加入、政治上集中控制、背离合作制原则	承认和保障农民民主权益，坚持民办、民管、民享原则，按照利润分配，经济、政治上民主	新机制
8	性质	经济剥夺、政治控制的工具	自愿参与、以人为本，改变弱势经济地位的农民经济上的联合	新性质
9	创办形式	人民公社等旧农业合作化形式	专业合作社、专业协会等	新形式

第二节　农村新型合作经济组织的性质、特征及原则

一、农村新型合作经济组织的性质

农村新型合作经济组织的性质体现在：

1. 农村新型合作经济组织的典型代表——合作社是一种特殊性质的企业

合作社是一种由作为惠顾者的社员“共同所有民主控制的

企业”，合作社的所有权在民主的基础上归全体社员所有。这是合作社与其他资本控制或政府控制的企业组织的主要区别。这种特殊性还表现在合作社的企业性质与合作性质、营利性与服务性的合一。即合作社对内讲服务，为社员提供与农业生产和产品销售相关的各类服务，具有合作性质；对外谋赢利，为成员谋求最大限度的利益，具有企业性质。因此，农产品专业合作社既不同于一般的社团法人，又不同于一般企业法人，而是介于二者之间的特殊法人，是“合作社法人”。

2. 农村新型合作经济组织是“人的联合”，是农民的自治、民主联合体

它的经济主体是加入新型合作经济组织的社员，是为一个共同目标即维护、完善社员的经济利益而结成的民主联合体。

3. 农村新型合作经济组织是农民资本和劳动的联合

农民按照合作社原则集资入股，在自愿的基础上联合劳动，合作社成员之间以经济利益为纽带，通过共同劳动结成“利益共享、风险共担”的经济利益共同体，为共同利益而组建起来共同劳动；在非营利的基础上为自己服务，并根据其参与比例获取利益，根据农产品交易数量和质量返还利润；在分配制度上采取按劳取酬与投资分红相结合，是农民资本和劳动的联合。

4. 农村新型合作经济组织是民办自愿契约经济组织

农村新型合作经济组织不是政府部门职能管理机构，不是官办组织，不是国家与农民的联合，不是半官半民组织，是农民自己的经济组织，尽可能独立于政府部门和私营企业；是农民在自愿的基础上建立的，社员的联合是自愿和自治的，有入社（会）和退社（会）自由，社员自我管理、民主互利；合作经济组织与农户之间实行合同契约管理，通过签订合同、协议等建立一种契约关系，明确各自的权利和义务，规范各自的行为；是由以对内部非营利为基础为自身提供所需服务的共同所有权益的人们组成的一种非市场意义的自愿契约组织。

5. 农村新型合作经济组织具有混合所有制或合作所有制性质

农村新型合作经济组织以社员个人所有为基础，兼有私人所有和集体所有两种性质，是一种混合所有制或合作所有制形式（郭翔宇，2000）。这种混合所有制表现在新型合作经济组织的资金构成和分配形式上。

在资金构成上，社员入社股金所有权归社员私有，具有私有性质；但合作社对其有现实经营权，从这个意义上讲，私人所有股金又是在社员私人所有基础上，由全体社员集体占有、支配和使用，具有集体占有性质；公共积累资金是合作社自有资金的主要组成部分，归社员所有，但不能由社员个人占有和支配，属于社员集体共有，这是合作社集体所有关系的主要内涵和重要标志。

在分配形式上，合作社税后盈余主要包括红利和公积金两项。红利分配采取按股分红和按社员与合作社交易额进行盈余返还两种形式。这两者都不具有彻底的按劳分配性质，具有私有制因素，体现了私有制的分配关系，合作社的公共积累体现了集体所有的分配关系。

二、农村新型合作经济组织的特征

1. 农村新型合作经济组织区别于传统农村合作社

农村新型合作经济组织是中国向全面小康社会迈进过程中的农村基层经济组织制度的创新；不是在传统分散耕作制度下为克服个体实力不足而产生的低层次联合，而是在商品农业发展和农产品贸易国际化背景下为克服家庭分散经营的弊端而产生的现代农业企业化组织形式。

2. 农村新型合作经济组织区别于我国20世纪50年代初的“农业合作化”运动

农村新型合作经济组织建立在家庭经营基础上，承认和保障农户财产权；以“民办、民管、民收益”为基本原则，承认和保障农民的民主权利，按社员惠顾额进行分配；农村新型合作经济组织不是经济上剥夺、政治上控制农民的工具，而具有农民自愿、多元参与、政府主导、以人为本、城市反哺、协调推进等鲜明的时代特征。

3. 农村新型合作经济组织区别于与“乡政村治”格局下政社不分的村经济联合社

“乡政村治”格局下的村经济联合社由全体村民参加，村支部书记或村委会主任任社长，政治经济职能合一；农村新型合作经济组织则突破了村集体边界，实现跨村域联合。它一开始就与村支部、村委会等组织理顺了关系，形成新的产权和治理结构；农村新型合作经济组织与乡（镇）政府之间没有行政隶属关系，突破了“乡政村治”格局的约束（2005，王景新）。

4. 农村新型合作经济组织建立在社员生产资料个人所有和家庭经营的基础之上

入社农民是独立的生产经营单位，拥有独立生产经营自主决策权，生产经营决策不受农村新型合作经济组织干预；除土地外的生产资料都归自己所有，不改变其财产所有关系，不触动农民的个人所有权，不改变其家庭经营方式，二者在法律上和经济上平等。

5. 农民加入农村新型合作经济组织的动因是经济利益推动

市场经济条件下的农民入社动机多数是在自己处在市场交易弱势地位时的自主选择，受收益最大化原则驱动，入社动机不是“政治倾向或意识形态”驱动，而是经济利益推动，是为充分规避市场风险、节约交易费用、提高经济地位而加入的，是理性经济人的现实选择；农民无论加入哪种新型合作经济组织，都是自愿的，社员以缴纳会费为纽带，只要社员申请即可退社，有入社及退社自由。

6. 农村新型合作经济组织入社成员地位平等、注重服务优先、实行民主管理

农村新型合作经济组织以社（会）员为服务对象，社员既是所有者、管理者，又是服务的直接受益者。各类农村新型合作经济组织为农民提供的服务包括农产品原材料或种子采购、农业生产加工、销售、储运等环节；农村新型合作经济组织管理以经济和法律手段为主，合作社成员地位平等，实行民主管理。

7. 农村新型合作经济组织具有兼顾公平与效率的特征

加入农村新型合作经济组织的社员地位平等，实行民主管理，在互助、互利基础上通过对内提供服务、对外创造效益，在民主、公平的基础上增加社员收入，在公平的前提下创造效率。因此，农村新型合作经济组织具有兼顾公平与效率的特征。公平与效率是一对固有的矛盾，实现公平需要费用，这就决定了农村新型合作经济组织的组织制度与营利企业有很大不同。

三、农村新型合作经济组织的原则

农村新型合作经济组织是农民按照合作社原则建立起来的农民自己的经济组织，合作社是其典型代表。农村新型合作经济组织原则应遵循 1995 年 9 月在国际合作社联盟成立 100 周年代表大会上修订的合作社七项原则。

1. 自愿与社员资格开放的原则

农村新型合作经济组织是自愿加入的组织，向能利用其服务并承担社员责任的所有人开放，不受任何社会、政治、种族、宗教歧视。

2. 社员民主管理原则

合作社等农村新型合作经济组织是由社员管理的民主组织，社员积极参与制定政策和作出决策，选出的代表对全体社员负责。基层合作社，社员有平等投票权（一人一票），其他层次合作社也以民主方式组成。

3. 社员经济参与原则

社员公平入股并民主管理合作社的资金。农村新型合作经济组织资本至少有一部分作为合作经济组织的共同财产，社员对其认缴的资本最多只能得到有限回报。社员盈余分配应用于下列部分或全部目的：发展农村新型合作经济组织，如设立公积金，其中至少有一部分是不可分割的；按社员与合作经济组织之间交易额比例返还给社员；支持社员协商好的其他活动等。

4. 自治和独立原则

农村新型合作经济组织是由社员管理的自治、自助组织，合作社等农村新型合作经济组织如果与其他组织（包括政府）达成协议或通过社外渠道筹措资本，社员的民主控制原则和合作社自治原则不应由此而受到损害。

5. 教育、培训和信息服务原则

农村新型合作经济组织为社员选出的代表、经理及雇员提供教育和培训，以使他们能有效地促进合作社发展；合作社应使公众广泛了解合作社本质及其优越性。

6. 合作社之间的合作原则

农村新型合作经济组织通过地方的、区域的、全国的和国际的合作，为社员提供最有效的服务并促进组织的发展。

7. 关心社区发展原则

农村新型合作经济组织在满足社员需求的同时，要推动和促进其所在社区的持续发展。

第三节　农村新型合作经济组织的理论基础

本书研究农村合作经济理论及实践，属于合作经济范畴，理论基础包含制度经济学中的交易费用理论、制度变迁理论；同时，本书又是研究农村微观生产经营组织的创新问题，又属于制度创新范畴。因此，本书理论基础是制度经济学理论和制度创新理论的结合。下面涉及的主要经济理论包括康芒斯的交易理论、科斯的交易成本理论、威廉姆森的交易费用理论、道格拉斯·诺斯的交易费用理论和制度性因素决定经济增长理论、制度变迁理论及熊彼特的制度创新理论。

一、交易费用理论

1. 康芒斯的广义交易活动理论

康芒斯在《制度经济学》一书中提到的广义交易活动包括三类：①买卖的交易，即法律上平等的人们之间自愿的买卖关系，是所有权的转让和取得，主要指市场交易，其一般原则是稀缺性。②管理的交易，是一种在法律和经济上的上级对下级的关系，主要指企业内交易，其一般原则是效率。③限额的交易，是具有权利的参加者之间达成协议的谈判，也是一种上级对下级的关系，包括政府交易、企业之间的非市场交易和少数企业内交易。

2. 科斯的交易成本学说

"交易成本"这一概念最初由科斯提出。他在《企业的性质》中指出：交易成本是运用价格机制的成本。它至少包括两项内容：

第一，发现相关价格的成本，即获得可靠市场信息的成本。价格是不确定的、未知的，要将不确定变为确定，将未知变为已知，企业要付出代价。

第二，谈判与履约的成本。市场当事人之间存在冲突，为克服冲突就要谈判、缔约并求助于法律，要建立企业间有效的联系就需要支付费用。

科斯将交易成本定义为："为完成一项交易，必须弄清楚谁是某人与之交易者，必须通告人们，某人愿意出售某物，以及愿意在何种条件下进行导致协议、签订合同实施为保证合同条款得到遵守所必要的检查，等等，比如，要进行谈判、起草合同、进行检查、作出安排来解决争议等。"交易成本决定企业的存在，企业存在是交易成本进行比较的成果。如何比较？他认为，第一，必须与市场中存在的交易成本比。交易成本的存在意味着除了市场外还有其他协调方法，但采用这些方法是有成本的。第二，必须与相同企业的交易成本相比。在一个竞争系统中，最适度的计划标准就是交易成本。一个企业要生存下去，它行使的协调职能的成本必须低于市场交易这一方式行使协调职能的成本，而且还必须低于另一家企业行使这同一职能的成本。为了有一个高效率的经济系统，就不仅要有市场，还要有适度规模的组织内部的计划领域。

科斯进一步阐述了企业的作用，“显而易见，采用一种替代性的经济组织形式能以低于利用市场内成本而达到同样的结果，这将使产值增加”。企业是作为通过市场交易来组织生产的替代物而出现的。在企业内部，生产要素不同组合中的讨价还价取消了，行政指令替代了市场。科斯强调了决定企业替代市场的重要因素是交易费用，企业存在并不意味着企业组织交易的行政成本必定低于被取代的市场交易成本。相反，他认为当交易双方缔结契约的费用高于市场交易成本时，交易双方就会放弃企业的形式组合在一起。只要企业的行政成本低于其所替代的市场交易的成本，企业活动的调整所获的收益多于企业的组织成本，人们就会采用这种方式。

交易成本不仅决定企业的存在，还决定着企业的边界，决定着企业的规模与联合的形式。他的结论是：企业将倾向于扩张直到在企业内部组织一笔额外交易的成本，等于通过在公开市场上完成同一笔交易的成本或在另一个企业中组织同样交易的成本为止。他认为企业规模决定在企业内部交易的边际费用等于市场交易的边际费用或等于其他企业内部交易的边际费用。

3. *威廉姆森的交易费用理论*

威廉姆森赋予了“交易费用”新的含义，并使之成为一个完整的理论体系。他从节省交易费用的角度，解释了各种经济组织的性质和存在理由，形象地将“交易费用”比喻为“经济世界中的摩擦力”。他认为交易费用是“经济系统的运行费用”，交易费用分为事前交易费用和事后交易费用两部分。事前交易费用包括协议起草、谈判费用和保障协议执行所需要的费用。事后交易费用包括四种形式：①当交易偏离了与“契约转换曲线”相关联的序列时所引起的错误应变为费用；当事人想退出某种契约所付出的费用。②当交易双方都作出努力来校正事后的错误序列时所引起的争吵费用；交易者发现事先确定的价格有误进而需改变价格所付出的费用。③纠正发生需要诉诸某种规则结构时，这种规则结构的建立和运转的费用；交易当事人求助于政府解决他们的冲突所花费的费用。④为了使承诺完全兑现而引起的约束费用。为保证交易关系的长期性和稳定性所付出的费用；对于交易成本产生的直接原因，威廉姆森将其分为客观的交易因素和主观的人的因素。前者主要指市场环境中的不确定性，后者指人的有限理性和投机心理，根本原因在于产权制度规定不严格。只有选择了恰当的治理结构形式，才有可能降低组织内部交易费用，提高经济组织效率。

威廉姆森认为，交易成本的存在取决于三个因素：受到限制的理性思考、机会主义以及资产专用性。

（1）受到限制的理性思考，即有限理性，是指人的行为既有理性的一面，也有理性的局限性的一面。有限理性取决于环境因素的不确定性。为此，他将环境因素导入了有限理性的分析范围，分析了环境的不确定性和小数目条件。不确定性或复杂性是现实经济中一种常见的现象，即所谓“天有不测风云”。小数目条件指市场上的角色数目越小，市场机制就越不灵。

（2）机会主义，是指信息不完整或信息受到歪曲的透露，尤其是指旨在造成信息方面的误导、歪曲、掩盖、搅乱或混淆的蓄意行为，是各种形式的欺瞒倾向，它是造成信息不对称的实际条件或人为条件的原因，机会主义的存在使交易费用增加。由于环境的不确定性造成的有限理性和机会主义，导致了信息拥塞或信息不对称的出现，“当与交易有关的内在真实信息为交易者之一或少部分人所知晓，而其他交易者若不破费就不可能知情时，信息不对称就产生了”，就会出现产品市场上的逆向选择。

（3）资产专用性投资实质就是一种沉淀成本，资本、技术和其他资源的所有者因技术上的原因，被迫不可逆转地长期地使他们的资源固着在特定资本物品上。专用性程度的高低，就看这种资产重新布置后资产价值损失的大与小或增值的大小。资产专用性对经济组织的影响并非完全相同，威廉姆森列出了五种资产专用性，即场所专用性、物质资产专用性、人力资产专用性、专用资产、信号资产。资产专用性表明了一个企业对其相关市场的依赖性。

市场组织作为一种交易的协调机制，在有限理性、机会主义行为、不确定性和小数目条件的综合作用下就会失灵，这时企业组织就会应运而生。企业组织影响以上决定交易费用的几个因素：其一，企业组织通过决策专业化和沟通费用的节约拓展了理性的有限性，减少了有限理性的限度。其二，企业组织采用更具选择性的方式，提供了附加的激励和控制技术，从而可用来应付小数目的机会主义。其三，企业组织用一种协调方式使相互依赖的单位之间具有可预测性，从而减少彼此之间交易的不确定性。其四，企业组织通过命令来解决小数目者讨价还价的不确定性。其五，企业组织通过审计等手段促进了内部信息的沟通，缩小了自主单位获得信息的差异。其六，与市场相反，企业组织之间的交易不仅仅是基于计算，它们之间有着更多的目的，因而能获得令人满意的氛围，企业在某些交易上更具优势，它能节约某些交易费用。

4. 道格拉斯·诺斯的交易费用理论

美国著名经济史专家、新制度经济学家、诺贝尔经济学奖得主道格拉斯·诺斯认为，对经济增长起决定作用的是制度性因素而非技术性因素。“有效率的经济组织是经济增长的关键，一个有效率的经济组织在西欧的发展正是西方兴起的原因所在。”（诺斯，1989）。美国、西欧、日本等国家的农业现代化之所以能取得良好发展，关键的一条是他们都培育了一批适应各自国情的农业合作经济组织体系。诺斯认为，交易费用是制度理论的基础。交易费用不仅是制度规则的基础，还是规则是否制定的评价标志。在许多情况下，当一定时期的技术给定时，如果衡量的成本超过所得，制定规则就不值得，也不必对所有权进行描述。诺斯在一次经验性研究中证明，1970 年美国国民生产总价值中的45%是用在交易部门中，说明了交易成本是高昂的。他以农民协会和全国农民组织为例，指出美国最为紧密的有组织的农场团体是一些特殊日用品市场营销合作社，包括奶制品、柠檬、桃子及葡萄等，这些组织的特点是成员少、地理集中、对就近市场垄断及近乎完全垄断，并能对联邦和州立法机关施加影响以支持建立和执行市场营销规则，也可以建立基于由政治行动计划的农业基金会所提供的有关服务组合。

诺斯认为，导致交易费用降低的因素，一是技术，二是制度。这两种因素常常交替出现、互相促进。制度的设立与有一定议价能力的人相联系。个人一般在不完全的信息基础上行动，它们主观得出的模型经常是错误的，信息反馈一般不足以纠正这些主观模型。在交易成本为正的环境中议价能力会直接影响结果的效率，因为在非常不稳定的经济运行类型中低成本交易的条件不是自动生成的。他引用博弈论描述了这一复杂的过程，其方法是用个人与交易对手之间的重复博弈与不重复博弈两种情况加以对比：当重复进行博弈时，博弈方完全掌握对方过去行为的信息以及参与者的数量时，与进行交换的对方进行合作是十分值得的；当博弈不重复时，对另一方参与者的信息不完全，而且参与者数量庞大时，就很难维持合作，此时，就需要创造经济制度，而且要得到适当的政治制度的支持。

二、制度变迁理论

制度变迁是一个演进过程，即用一种效益更高的制度替代另一种制度的过程，它包括制度的替代、转换与交易过程。在此过程中，实际制度需求的约束条件是制度的边际替代成本。

按照诺斯的观点，有两种制度安排：正式制度安排和非正式制度安排。正式制度安排是人们有意识地创造的一系列政策法规，包括政治规则、经济规则和契约以及由这一系列的规则构成一种等级结构，从宪法到成文法和不成文法，到特殊的细则，最后到个别契约，它们共同约束着人们的行为。非正式制度安排则是人们在长期交往中无意识形成的，具有持久的生命力，并构成代代相传的文化的一部分。非正式制度安排主要包括价值信念、伦理规范、道德观念、风俗习性、意识形态等因素，其中意识形态处于核心地位。从历史来看，在正式制度安排设立之前，人们之间的关系主要靠非正式制度安排来约束，即使在现代社会，正式制度安排也只占一小部分，而非正式制度安排则占据着人们生活的大部分空间。

诺斯认为，正式制度安排只有得到社会认可，即与非正式制度安排相容的情况下，才能发挥作用。对于较为活跃的技术变迁过程来说，正式制度安排经常作出"滞后调整"，但它可以在一夜之间就发生变化；而非正式制度安排由于其固有的传统性和历史的积淀，其"滞后"现象则更为严重，它的改变一般是一个长期过程。非正式制度安排也可能由于技术变迁过程的推动而较快地更新，也可能由于外部示范移植先于正式制度安排而形成，并构成对正式制度安排的压力而缩减时滞。但非正式制度规则尤其是意识形态能否移植，要取决于移植国的技术变迁状况和其文化遗产对移植对象相容的程度。若二者相容，制度创新的引入将进一步降低制度变迁的成本。概而言之，正式或非正式制度变迁所设定的目标与既定的制度遗产距离愈小，亲和力愈强，制度变迁的目标愈容易实现。

诺斯指出，制度变迁一般是渐进的、连续的。渐进性变迁来源于企业家对改变现存制度将改善其状况的感知。这一感知主要取决于企业家所获得的信息及其处理信息的方式。包括企业家的经济活动常常根据不完全的信息行事，而且常常凭想象来处理问题，因而也可能误入无效之歧途。政治和经济市场中所存在的交易成本会导致效率低下的产权及产权制度。

诺斯强调，应该根据制度的绩效来评价制度的作用。制度的绩效表现于对生产活动的激励或促进。据此，诺斯认为，“第三世界之所以贫困，是因为他们的制度为其政治经济活动所确立的一系列规则没有促进生产性活动。社会主义经济直到现在才开始承认，他们所依赖的制度框架是绩效不佳的根源，因而他们试图重建制度框架以再引导激励，从而引导经济组织向提高生产率的方向发展”。

诺斯进一步指出，有两种力量规范制度变迁的路径：一是报酬递增；二是正的交易成本所确定的不完全市场。在存在报酬递增时，制度是重要的，由制度所提供的机会将会产生显著的组织学习效应，进而使组织演进到适应该制度提供机会的程度。在存在报酬递增时，制度的重要性还在于它确定了经济长期发展的路径。如果存在正的交易成本，市场则是不完全的，信息反馈是分散的，经济活动者的主观模型便会被不完全信息所修正，不仅会出现发展路径上的歧异，而且还将使制度的不良绩效长久居于支配的地位。

制度变迁理论对于分析发展中国家的农业发展缓慢的原因、过程和途径，以及技术进步与发展中国家农业发展关系等问题，具有重要意义。可以使人们更加清楚地认识到制度在发展中国家农业发展中具有至关重要的作用。发展中国家农业之所以落后，不仅是由于其农业技术落后、缺乏资本、产业结构不合理等纯经济原因，制度不完善也是重要原因之一[①]。因为制度变迁通过影响信息和资源的可获得性，建立交易的基本规则，可以降低信息成本和交易成本，由此扩展人类选择的机会，丰富包括农业在内

---

① Hansman, H. Ownership of the firm. *Journal of Law, Economocs, and Organization*. 1998 (4): 267 - 304.

的经济发展的内涵。

三、制度创新理论

早在熊彼特之前，古典经济学家亚当·斯密把经济增长定义为人均产出的提高或是劳动产品的增加，并认为劳动、资本、土地的数量决定一国的总产出，是经济增长的基本要素。

20 世纪初，美籍奥地利经济学家约瑟夫·阿洛伊斯·熊彼特在 1912 年出版的《经济发展理论》一书中首次提出了“创新理论”，被认为是最早把“创新”引入经济学的人。熊彼特以“创新理论”为核心，研究了资本主义经济发展的实质、动力与机制，探讨了经济增长和经济发展模式和周期波动，预测了经济发展的长期趋势。

创新理论基本要点有四个方面：

1. 创新概念

熊彼特认为，“创新”是把生产要素和生产条件的新组合引入生产体系，即“建立一种新的生产函数”，目的是为了获取潜在利润。所谓生产函数，是指在一定时间内，在技术条件不变的情况下，生产要素的投入同产出或劳动的最大产出之间的数量关系，它表示产出是投入的函数。这种“创新”或生产要素的新组合包括五种情况①：一是引进新产品，即产品创新。制造一种消费者还不熟悉的产品，或一种与过去产品有本质区别的新产品；二是采用一种新生产方法，即工艺创新或生产技术创新，采用一种产业部门从未使用过的方法进行生产和经营；三是开辟一个新的市场，即市场创新，开辟有关国家或某一特定产业部门以前尚未进入的市场，不管这个市场以前是否存在；四是获得一种原料或半成品的新的供给来源，即开发新资源，不管这种资源是已经存在还是首次创造出来的；五是实行一种新企业组织形式，

① [美] 熊彼特. 经济经济发展理论. 北京：商务印书馆，1990. 32

即组织管理创新，如形成新的产业组织形态，建立或打破某种垄断。

熊彼特的创新概念在涉及技术创新范畴的同时，也涉及了管理创新、组织创新等，但他强调的是把技术与经济结合起来，他所说的创新是一个经济学概念，是指经济上引入某种“新”东西。

2. 创新与企业家

熊彼特指出：“我们把新组合的实现称为‘企业’；把职能是实现新组合的人们称为‘企业家’。”企业家活动的动力来源于对垄断利润或超额利润的追逐，其目的或结果是实现“新组合”或创新。可以说，创新的承担者（主体）只能是企业家，企业家的创新活动是经济兴起和发展的主要原因。

发明者不一定是创新者，只有企业家才有能力把生产要素和生产条件的新组合引入生产体系，实现创新。在熊彼特看来，企业家应具备三个条件：一是有眼光，能看到市场潜在的商业利润；二是有能力、有胆略、敢冒经营风险，从而取得可能的市场利润；三是有经营能力，善于动员和组织社会资源，并实现生产要素新组合，最终获得利润。

企业家之所以创新，是因为他看到创新可能带来赢利机会，或使潜在的赢利机会变为现实的利润。经济发展的动力是利润和企业家精神。

3. 创新与经济增长

熊彼特认为，经济会由于创新而增长，但这种增长呈现周期性。

创新能够导致经济增长，是因为创新者不但为自己赢得利润，而且为其他企业开辟了道路，起了示范作用。创新一旦出现，往往会引起其他企业模仿。普遍的模仿会引发更大的创新浪潮，于是经济走向高涨。当较多企业模仿同一创新后，创新浪潮便会消逝，经济出现停滞。如果经济要再度增长，就必须要有新一轮的创新。只有不断创新，才能保证经济持续增长。

资本主义经济增长的过程是通过繁荣、衰退、萧条和复苏的周期过程而实现的，而创新是决定这种周期的主要因素。经济危机是创新过程中不可避免的周期性经济现象，繁荣之后便是衰退，衰退和萧条就是危机，摆脱经济危机只有通过创新。

4. 创新与经济发展

熊彼特认为，经济发展是一种“质变”或生产方法的“新组合”，它与经济增长的最大区别在于经济发展是一个动态过程，它是内部自行发生变化的结果。创新就是实现生产方法的新组合，创新就是经济发展。因此，“创新”、“新组合”、“经济发展”实际上是同一个意思或同义语。创新是一种创造性的破坏。熊彼特注意到，创新的过程是不断破坏旧结构，不断创造新结构的过程，是一个创造性的破坏过程。一批又一批企业在创新浪潮中被淘汰，一批又一批新企业在创新浪潮中崛起，具有创新能力和活力的企业不断发展，生产要素在创新过程中实现优化组合，经济就会不断发展。持续创新、持续破坏、持续优化、持续发展，这就是创新的经济发展逻辑。经济发展了，必然带动社会发展。所以，创新与社会发展密切相关。

在农村中发展新型合作经济组织，在经济发展过程中重新培育新的经济增长因素，就是农村经济制度创新的过程。按照“民办、民管、民受益”原则，有计划、有步骤地培育农民专业合作经济组织，确立农民专业合作经济组织的合法地位，带动我国现代农业产业体系发展，用合作经济组织的发展带动整个农村社会经济的发展，实现农村经济的增长，是熊彼特创新理论与我国农村经济实践的有机结合和具体应用。

本章小结

本书是围绕着农村新型合作经济组织若干问题进行研究和探讨的。因此，本章开门见山地提出了农村新型合作经济组织与传统合作经济组织的区别，通过对两者产生的历史时期、体制背景、农民特征、农业生产力发展所处的发展阶段、农业发展阶段、农民财产权、合作经济管理机制、性质、创办形式九个方面的比较，提出了新型合作经济组织与传统合作经济组织的区别，即九个方面的“新”特征；在此基础上，归纳了农村新型合作经济组织的定义，为加深对概念的理解，又对其内涵做了进一步解释；同时对农村新型合作经济组织的性质、特征、原则进行了阐述，使人们对农村新型合作经济组织基础理论有一个比较清晰的认识和了解。

任何理论研究都需要有相应的理论基础做支撑。为了追寻合作经济的理论基础，本章用诸多笔墨谈及新制度经济学的交易费用、制度变迁理论及熊彼特的制度创新理论。具体而言，本章涉及的主要经济理论内容包括康芒斯的交易费用理论、科斯的交易成本理论、威廉姆森的交易费用理论、道格拉斯·诺斯的制度性因素决定经济增长理论、制度变迁理论及熊彼特的制度创新理论。

本章对交易费用理论做了着重论述。其原因在于：本书的命题属于制度经济学范畴，而制度经济学的理论核心是交易费用，农村合作经济最大的功能是降低农民的交易费用，节约成本，增加农民收益；同时，合作经济组织又是对农村微观组织制度的创新。按照熊彼特创新定义中所包含的五个方面（增加新要素投入、采用新技术、开辟新市场、开发新资源、改变新的生产组织形式）的论述中，最重要的是改变生产组织形式，这是经济发展或经济增长的充分条件。实践证明，农村经济中新型合作经济组织这一新组织形式的加入，有利于促进农民收入提高、农业经济增长和农村发展。这就为农村新型合作经济组织是农村微观组织制度的创新的论断找到了理论基础。

第三章　农村新型合作经济组织的作用与效用分析

第一节　农户交易成本和交易费用分析

农产品交易市场是不完全竞争市场，市场中存在的不完全和不对称信息导致逆向选择和道德风险，导致农户参与市场交易的成本过高。随着农村经济市场化程度的提高，农产品交易范围扩张、交易频率增加，个体农民进入市场的交易成本增加，生产中单独使用大型机械或采用先进生产技术就变得不合算。农户交易成本包括以下几方面：

1. 农户与市场上的个体或团体组织发生交易时的交易费用(即康芒斯所指的买卖的交易)

（1）信息搜寻费用。指农户搜集市场信息、潜在客户所投入的时间、劳务和资金等费用。在现实中，由于农民的有限理性和信息搜寻偏差引起的信息不对称，在我国农村表现得尤为典型。

（2）交易签约费用。指农户在搜集到信息、找到有交易意向的伙伴后，根据自己掌握的信息和效用标准，同交易伙伴讨价还价、签订合约时发生的费用。交易签约费用主要受双方掌握信息量大小、谈判地位、谈判技巧等因素制约。

（3）交易履约费用。指实现交易时所花费的成本，主要包括招待费用、产品运输费用、中间人佣金及赋税和政府管理费用等。

（4）监督违约行为并对之进行制裁的费用及维护交易秩序

的费用等（事后交易费用）。

2. 农户与政府之间发生交易时的交易费用（限额交易）

如农民到乡政府上访，要求保障其经济利益和合法权益时，就必须支付时间、精神、精力和交通费用，这些就构成了农民和政府交易时所发生的交易费用。

以合作社为代表的合作经济组织从事农产品交易有利于节约因不完全和非对称信息及资产专用性存在所产生的交易费用。不完全交易市场和非对称信息使交易一方或双方担心自己受骗，导致合同或协议难以达成，双方不得不花费巨大的成本来确定某种制度安排以消除机会主义行为（林坚、马彦丽，2006）。在农业投入品的销售商和农民之间及农民与农产品购买者之间存在着信息的不完全和不对称，这使逆向选择和道德风险等机会主义行为有了生存空间。

农业生产投资是比较典型的存在着资产专用性的例子。由于农作物生长是一个生物过程，一旦品种确定，即使市场环境发生变化也无法迅速改变，生长周期长的作物更是如此。尤其是当这种投资遇到特定交易伙伴时，农民销售其农产品没有或很少有其他选择，更有可能承担交易伙伴机会主义行为的风险。同理，大规模投资于农产品加工的企业，假如其资产专用性程度很高的话，可能由于农民的机会主义行为难以得到稳定的货源，从而导致这些农产品加工企业的规模不足。

农业合作社可以更有效地降低交易费用。降低交易对方机会主义行为风险的方法通常是将外部交易内部化。由于农业生产过程复杂，投资企业的业务往往难以延伸到生产领域，在与农民的交易中，通常以合同方式来稳定交易双方的业务关系。目前在我国，在市场价格波动较大的领域，企业很少与农民签订合同；即使签订合同，履约率也不高。在农业生产中，合作社是实施外部交易内部化的有效手段。合作社社员是独立的生产者，他们与合作社之间的关系既有市场关系又有层级关系。合作社一方面为社员提供作为独立生产者的充分激励，降低将生产过程大规模延伸到农业生产领域需要花费的巨额监督成本；另一方面将社员的收益与其对合作社的使用联系在一起，使社员分担合作社的风险和收益。社员会从主观上向合作社提供质量高的农产品，也愿意稳定地成为合作社的惠顾者，这样就减少了合作社监督社员的成本。另外，由于合作社成员之间彼此相互熟悉，声誉的重要性强化了社员的自我约束能力。

第二节　农村新型合作经济组织产生的规模经济效应分析

为降低成本、提高收益，农民合作联合起来，借助外部交易规模扩大来降低交易成本，实现规模经济。这种以合作经济组织形式在市场流通领域联合带来的规模经济效应描述如下：*SS* 为市场上单干农户的农产品供给曲线；*MC* 为中间商的边际成本曲线；*DD* 为中间商的需求曲线，也是边际收益曲线。在双方力量相当的条件下，*SS* 与 *DD* 相交形成的均衡点为 *E*（见图 3－1）。

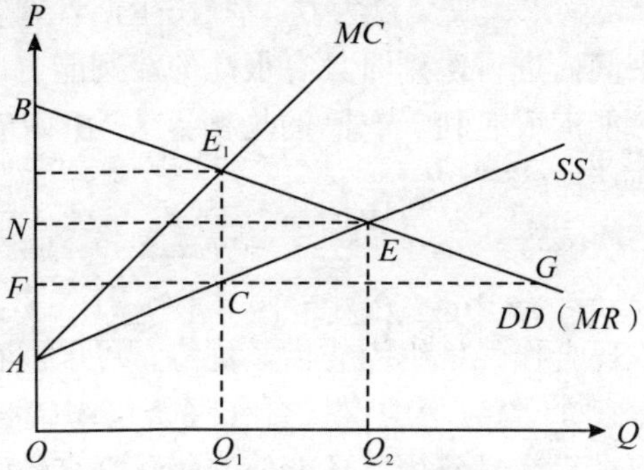

图 3－1　中间商与交易成本

第一种情况：单干农户直接进入市场交易。农民处于不利谈判地位，中间商可以利用信息优势，进行压级压价，形成市场均

衡 E_1 点（$MR=MC$），此时产量为 Q_1，中间商占有了本应属于农民的生产者剩余。

如果以 E 为均衡点，农户的生产者剩余为 $PS=S_{NEA}$（S_{NEA}表示三角形 NEA 的面积），中间商的消费者剩余为 $CS=S_{NEB}$（S_{NEB}表示三角形 NEB 的面积）。但在中间商的均衡点 E_1，农户的生产者剩余为 $PS=S_{FCA}$（S_{FCA}表示三角形 FCA 的面积），中间商的消费者剩余为 $CS=S_{FGB}$（S_{FGB}表示三角形 FGB 的面积）。

$$\Delta PS=PS'-PS=S_{FCA}-S_{NEA}=-S_{NECF}$$

$$\Delta CS=CS'-CS=S_{FGB}-S_{NEB}=S_{NECF}+S_{ECG}$$

可见，中间商利用其优势地位占有了应属于农民的生产者剩余。从理论上讲，中间商代替分散农户的直接交易活动，在一定程度上降低了农民的市场交易成本，只要交易成本的节约大于农民生产者剩余的损失，农民仍愿意与中间商发生交易。但如果中间商过度盘剥，导致 S_{NECF}增加，有可能导致交易破裂，农民自发兴办的合作组织便应运而生。

第二种情况：农民以合作组织形式进入市场。如图 3－2 所示，如果合作组织与中间商的交涉能力均等，则 SS 与 DD 相交于 K，均衡价格为 F，成交量为 Q_2，农民生产者剩余不变；如果合作组织与中间商进行谈判时具有很高的谈判能力，因而在市场价格谈判中可能形成有利于农民的均衡点 I。由 $MR_1=MC_1$ 决定出售量 Q_1，均衡价格为 P_0。

$$\Delta CS=CS'-CS=S_{BNH}-S_{BFK}=-S_{NHKF}$$

$$\Delta PS=PS'-PS=S_{NGA}-S_{FKA}=S_{NHKF}+S_{HGK}$$

可见，农民合作经济组织凭借其优势，可以占有原先由中间商拥有的部分剩余 S_{NHKF}。由农民合作经济组织代替农民进行交易，不仅可以减少交易费用，还能使农民分享交易所带来的经济利益。

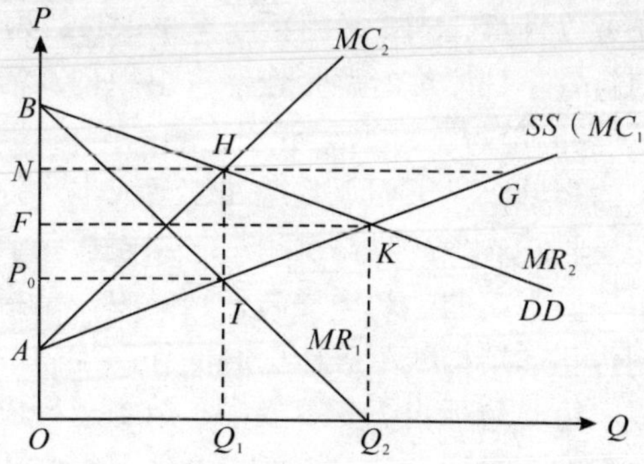

图 3－2　合作经济组织与市场交易成本

第三节　农村新型合作经济组织的效率衡量

一、农村新型合作经济组织效率的衡量标准

如前所述，根据熊彼特的组织创新理论，在经济组织内部引入某种“新”东西，因为这种“新”要素的加入，导致经济发展，发展就是创新。因此，农业经营组织中加入的这种新要素即农民组织起来加入合作社而产生了新型合作经济组织，这种组织变革即组织创新。

新型合作经济组织（组织创新）的效率应该从多个角度进行评价，但各个角度侧重点不同。以下从创新效率、交易效率、组织效率、组织效益四个方面进行衡量：

1. 创新效率

创新效率是通过加入合作组织的收益与成本比较分析，旨在分析加入这种经济组织的必要性和现实利益以及哪种创新模式最适合。

创新也要讲求效率。新型合作经济组织的创新可以用创新效率来衡量：创新效率 = 创新收益 ÷ 创新成本。当创新效率 > 1

时，组织创新可以进行，当1＞创新效率＞0时，说明创新活动是低效率，创新效率是评价新型合作经济组织创新活动在经济上是否合理的标准和界限①。

创新效率的高低取决于创新收益和创新成本。创新收益包括生产收益和交易收益。生产收益是指组织规模扩张、内在机制优化、结构变革等所引起的生产率提高；交易收益是指组织规模扩张、内在机制优化、结构变革等所引起的外部性内部化、风险减少等。创新成本主要包括组织变革成本和组织运行成本，前者是指组织创新方案的搜寻、设计、协商以及新旧组织体系摩擦引起的损失；后者是指新组织运行花费的管理成本。

2. 交易效率

交易效率是通过不同配置方式交易费用的大小比较，旨在说明组织创新的合理限度。

交易效率＝农产品流通费用÷农产品流通销售额。在农产品销售额一定的条件下，交易费用与交易效率成反比。新型合作经济组织创新是否有绩效，主要看合作经济组织将市场交易成本内部化可节省的交易费用是否大于因扩大组织管理范围所增加的管理成本。当市场交易费用＞组织内交易费用时，农户选择参加合作经济组织；反之，则选择分散经营。

3. 组织效率

组织效率侧重于组织内部产权结构、激励和约束机制的比较分析，以说明创新前后组织功能是否得到有效改进。农村新型合作经济组织为达到特定经营目标所支付的成本与其产出的对比关系，称为组织效率。组织效率水平主要取决于以下方面：

（1）组织规模及内部分工。新型合作经济组织虽然是对内提供服务，对外求赢利，但其为维持组织运转要发生办公费用、人员工资等费用。规模是效率的基础，合作组织内部各要素适度规模的集聚能通过组织内部的分工协作降低组织成本，提高组织

① 黎元生．农产品流通组织创新研究．北京：中国农业出版社，2003. 35～42

效率。组织规模及其分工是否适度是影响组织效率的重要因素之一。

（2）组织内部结构与组织机制。组织内部包括产权结构、治理结构、权力结构和分配结构等，其中产权结构是核心。法律或章程对组织内部各种权利的初始界定以及对伴随交易过程中发生的权利让渡后的再界定所形成的产权结构，在很大程度上决定了组织参与者之间的竞争程度，从而决定了是否存在对组织参与者的充分激励。一方面，适当的产权安排有助于降低契约的不完备性和不确定性，提高预期的稳定性；另一方面，明晰的产权有助于降低组织内部的交易费用。因此，在新型合作经济组织内部建立明晰的产权对组织效率影响重大。

（3）组织的市场结构及其适应环境的程度。结构决定功能，功能决定效率。在市场竞争中，新型合作经济组织不是孤立的，合作社的市场结构是否合理主要看组织与外在环境相适应的程度。组织的外在环境包括制度环境、资源环境和市场环境等。制度环境与市场环境的发育完善程度及组织内部安排与之的相容程度，决定了组织与环境交易的效率及环境在多大程度上提供对组织的正向激励，进入经济组织的资源及其产出品的特性与组织计量方式共同决定了组织的计量能力，或者说组织内部交易费用（管理成本）的大小。根据资产专用性理论，农产品、农产品流通及农产品市场都有其区别于其他产品的特征，农产品流通组织所隐含的制度内容是否与之相吻合决定着组织的效率。因此，有效的农产品流通合作经济组织必须能减少搜寻费用与谈判费用，提高交易速度，适度扩大交易频率和交易半径，提高交易的规模经济性。

4. 组织效益

组织效益通过对创新前后经济效益进行比较，度量创新组织在经济上是否有合理性。

任何经济活动都以经济效益为中心，新型合作经济组织也不例外。在买方市场条件下，组织创新是提高农产品流通效益的最有效途径。合作经济组织可以通过规模经营在成本不变甚至减少的情况下，实现数量更多的农产品价值与使用价值；可以通过机制转换完善内部激励和约束机制，提高组织内部管理效率；通过组织形态结构优化，发挥各流通组织形态的比较优势，形成多元主体平等竞争和充分协作的市场格局，从而降低交易费用，提高交易效率，但组织效率和交易效率的提高并不意味着组织效益的提高，二者变化并不是永远一致的①。组织效益的提高还受诸多外部因素的影响，如产品供求数量与结构、市场竞争程度、消费者需求偏好及政府宏观政策等。农产品流通合作经济组织创新的结果可以用经济的、技术的和社会的各项标准进行评价，其中最重要的是看能否带来经济效益，这是综合评价的核心。经济效益临界度是经济效益评价和选优时的数量标准。但随着我国和谐社会的构建进程，新型合作经济组织的社会效益显得日渐重要。

组织效益指标主要是通过组织创新前后的经济效益对比分析来评价的。用公式表示为：

经济效益临界度 = 创新后的经济效益 ÷ 创新前的经济效益 > 1 或创新后的经济效益 - 创新前的经济效益 >0

二、农村新型合作经济组织效率衡量指标的具体化

建立新型合作经济组织创新的度量标准，需要提供一定具体的指标作为组织创新规划和组织创新绩效度量的依据。完善度量标准应遵循以下原则：①特征性原则。根据新型合作经济组织创新的最核心目标，突出重点，指标少而精。②易操作原则。指标

---

① 托马斯·G. 罗斯基认为：“经济效益不一定指示经济效率的改善，垄断、竞争、普及新产品和专业化的例子都表明经济效率和经济效益常常以相反方向运动。”[托马斯·G. 罗斯基. 经济效益与经济效率. 经济研究，1993（6）]。在现实经济生活中，产业组织从自由竞争格局转为垄断经营将导致产出减少而利润上升，配置效率下降，但经济效益上升，产业组织从垄断转变为竞争将增加产出而减少利润，效率将上升，但效益下降。

要容易测算。③独立性原则。各指标之间相关性不能太强，但可以互相补充。根据上述原则，仅就交易效率标准和组织效益标准加以具体化。

1. 交易效率的具体指标

除公式交易效率 = 农产品流通费用 ÷ 农产品流通销售额外，还包括以下方面：

（1）交易费用与消费者支付价格的比率或生产者实际卖出价与消费者支付的比率。流通环节越多，流通交易费用就越多，生产者获得部分占消费者买入价的比率就越低，交易效率也就越低。日本学者主要采用这种指标来度量交易效率[①]。

（2）批零差价或地区差价。批零差价或地区差价越大，说明农产品流通环节越多，流通费用越高，交易效率就越低。

（3）农产品销售的平均交易成本或商品销售的平均交易时间。农产品流通中，等待时间越长、各种费用支出越多，交易效率就越低。

2. 组织效益的具体指标

在其他条件不变的前提下，农产品流通合作经济组织创新前后的组织效益变化可以表明创新绩效的高低。组织效益可以用销售量、销售额、销售利润等指标来度量。市场经由率也是一个重要指标，它是指农产品的市场流通量与其总流通量的比例，批发市场或大型超市的经由率高，表明该种流通组织的农产品销售量大，农产品流通集中度越高，组织效益也越高。

① ［日］小林康平等．体制转换中的农产品流通体系．［日］菅沼圭辅等译．北京：中国农业出版社，1998. 51

第四节　发展农村新型合作经济组织的必要性与现实意义

一、发展农村新型合作经济组织有利于加强农业抗御风险的能力，提高农产品的国际竞争力

1. 目前落后的农村组织结构阻碍我国农业现代化进程

农村现代化的一个重要前提是农村组织结构的现代化。然而，目前我国农业仍然是以分散小农户为主体的传统组织结构。农户分散经营存在着规模狭小、高度分散化、农户结构趋同等不利因素，加之在发展过程中呈现的规模不经济、资金投入不足、技术更新缓慢及市场趋同效应导致的无序竞争和抵御风险能力较差等组织行为缺陷，导致我国农业整体比较利益低下、农民增收困难等一系列传统农业国固有的发展难题，使农业竞争力低下，在很大程度上制约着我国农业现代化进程。

2. 我国农民组织化程度低决定农产品市场的竞争能力较弱

市场经济要求各市场竞争主体都具备较高的组织化程度，竞争能力强弱与组织化程度成正比。在市场经济进程不断加快、农业结构调整不断深入以及我国加入 WTO 的形势下，农民组织缺陷已成为农业发展的最大障碍，组织化程度低成为农民走向市场的最突出问题。“中国农业部门是世界上组织情况最差的”（《中国日报》，2003-02-25），我国农业部门基础环境和组织性很差，缺乏为此提供服务的经济组织。不解决农业领域产业组织问题，即使采取其他技术性应对措施也难以奏效。入世后，中国农业组织面临的竞争对手，是规模化、组织化程度极高的大农场主及其组成的合作社联盟、大公司企业、跨国公司和由农产品出口国组成的国际垄断集团。在产业组织层面不具备优势，竞争基础薄弱，在经济全球化和加入世贸组织的新形势下，中国农业单纯依靠传统组织结构不能完成农业与国内外市场的对接，农民的合

理利益很难得到保护。

扭转农业弱势局面的出路在于，在家庭经营基础上通过农村新型合作经济组织把农户组织起来，形成规模经济，提高农业市场集中度和农民组织化程度，农民以合作经济组织成员身份进入市场，联合起来抵御风险，从而提高农业整体竞争力。

3. 家庭经营方式使中国农业面临着加入世贸组织后遇到的冲击和挑战

我国加入 WTO 时，正值农业和农村经济进入一个新发展阶段，该阶段的主要任务是增加农民收入和保持农村社会稳定。分散农户独自无力应对市场经济竞争和入世所带来的诸多挑战，使我国农业和农村经济面临着严峻的冲击。

（1）我国农业加工领域利润将被国外农产品加工企业攫取。据联合国粮农组织估计：消费者在食品和农产品上每消费 100 个货币单位，在生产和加工阶段的价格构成比例如表 3－1 所示：

表 3－1　农产品价格构成比例表

年份	农业前（生资供应领域）	农业中	农业后（加工与销售领域）
1950	10%	55%	35%
1965	15%	35%	50%
1980	20%	20%	60%

（资料来源：农民合作经济组织培训教材．长春：吉林教育出版社，2004）

目前，发达国家农产品加工产值大多为农业产值的 3 倍，我国还不到 80%；发达国家加工食品占食物消费总量的 80%，我国却不到 30%。发达国家进入我国市场的多是附加值高的制成品，如可口可乐、雀巢咖啡等，它们解决了农产品易腐烂，不易储藏和运输的问题，将种植业、加工业和流通业融为一体，将科技、文化、管理融为一体，在占领中国市场的同时，也稳定地赚取了高额利润。

外国农产品加工业与流通业利用WTO进入我国市场并站稳脚跟后，会逐步垄断我国农产品加工、流通及相关领域，使我国农业在相当部分上成为单纯的原料生产基地。

（2）农产品关税的降低，农产品市场的开放，使我国农产品面临着激烈竞争和严峻考验。入世后，根据农业协议内容，我国承诺对农产品关税减让，外国农产品进口关税水平从2002年的45%降至2004年的17%，有些农产品关税则要降至14.5%。

对受约束的综合支持量（“黄箱”政策）① 不超过农业产值的8.5%，承诺不对任何农产品采取出口补贴等。10年来，我国农产品尤其是粮食生产成本以平均每年10%的速度递增，国内价格大约高于国际农产品市场价格的20%～40%，在国际上不具有竞争力。由于我国农产品生产相对过剩，农产品市场的开放

---

① WTO农业协议以“政府执行的农业政策和计划是否对生产和贸易产生扭曲作用”为标准，将各种国内支持措施划分为要求减让承诺的和可免除减让承诺的国内支持措施分为“黄箱”政策、“绿箱”政策及“蓝箱”政策。农业协议将那些对生产和贸易产生扭曲作用的政策称为“黄箱”政策（Amber Polices），要求对其作出减让承诺。“黄箱”政策包括：①价格支持；②营销贷款；③面积补贴；④牲畜数量补贴；⑤种子、肥料、灌溉等投入补贴；⑥某些有补贴的贷款计划。“绿箱”政策是指政府在执行某项农业计划时，其费用应通过公共基金资助，而不是从消费者身上转移而来，没有或仅有最微小的贸易扭曲作用，对生产影响很小的支持措施，以及不具有给生产者提供价格支持作用的补贴措施。“绿箱”政策的具体措施标准包括：①一般政府服务；②以粮食安全为目的的公共储备；③国内粮食援助；④对生产者的直接支付。一些与生产限制计划有关的“黄箱”政策支持可以放在被称为“蓝箱”的特殊政策中，从而得到免除减让。其条件是必须满足下列要求之一：①按固定面积或者产量提供的补贴；②根据基期生产水平85%以下所提供的补贴；③按牲口的固定头数所提供的补贴。

农业协议第六条第一款规定，成员减让表第四部分中的国内支持削减承诺是以“综合支持总量”及“承诺约束年水平与最终水平”的形式表示的。综合支持总量是指有利于农业生产者的所有国内支持的总和，即综合支持总量＝所有特定农产品的综合支持量＋所有非特定农产品的综合支持量＋所有特定农产品支持等值。综合支持总量为正表示农业得到了正保护，正值越大，说明对农业的支持和保护程度越高；综合支持总量为负表示农业得到了负保护，负值越大，说明农业积累转出的程度越高。

使我国农业必将面临一场激烈的竞争和严峻考验。入世后，我国农业面临进口冲击的农产品主要有小麦、玉米、稻谷、大豆、棉花、植物油等。一些在成本和价格上有一定优势的产品，如肉、水果和蔬菜等，品质上却有较大差距。高度分散的生产经营活动，是影响我国农业竞争力的一个重要因素。面对入世带来的机遇和挑战，必须实施农村经济组织制度创新，引导农民发展多种形式的合作经济组织，同时，要培育一批具有实力的涉农公司，发展行业协会，通过合作经济组织组建大型农业经济联合体，创立品牌，按照比较优势原理调整农产品生产、加工布局，增强我国农业的国际竞争力。

二、发展农村新型合作经济组织有利于农民降低交易费用，提高农民组织化程度

1. 农村新型合作经济组织有价格发现功能，能促进农民增收，维护自身经济利益

价值规律认为，价值是价格的基础，价格是价值的表现形式，价格围绕价值上下波动。我国长期以来出现的农民增产不增收的局面说明，农产品价格偏低，农产品价格需求弹性相对过小，粮食增产不能带来农民经济效益的增加，农产品价值没有得到最大化体现，农业整体效益低下。农业效益低下的根源是农产品价格偏低，农产品价格不能起到促进资源优化配置的功能；农民增收缓慢的根本原因是自己种植的农产品在分散经营、谈判地位处于劣势的情况下，没有卖出最高价格。

农村新型合作经济组织把分散的生产、劳动与技术、资金及产加销各环节有机连接起来，通过实施各种专业服务，扩大农业生产分工的细密程度，促进土地、资金、技术等生产要素的流动重组，实现农业经济资源和农村生产要素的优化配置。新型合作经济组织以经济实体身份及其强有力的谈判能力参与市场竞争，可以节约农户交易费用和履约成本，使农民处于卖方市场。整体

谈判价格高于农户分散接受的价格，通过市场集合竞价能有效地反映农产品销售的最有效率价格，市场有助于发现农产品的最高价格，这个价格充分反映了农户所投入的资金、技术、人力管理等生产要素的价格，充分体现农产品的使用价值和价值。因此，农村新型合作经济组织具有资源配置功能和价格发现功能，能促进农民增收。

2. 农村新型合作经济组织能节约交易费用，抵御市场风险、自然风险、技术风险和来自社会不同利益主体的竞争压力

农村新型合作经济组织降低交易费用的具体表现为：①新型合作经济组织统一为成员开辟市场，解决农业生产资料购买和农产品销售问题，农户完全可以不与外部打交道，就实现农产品价值，节约交易费用。②单个农户能以较低费用从合作组织获得产前生产资料供应、产中机耕、技术服务等，将精力集中用于农业生产，有利于提高生产效率。③新型合作经济组织以整体身份为成员搜寻市场信息、进行市场谈判、处理市场纠纷，使农民交涉能力和谈判水平大大提高，改变农产品市场结构，使农户巧妙回避原来单干时存在的市场信息不对称及谈判能力弱的“天然”劣势，在与各利益主体竞争中能有效保护自己。“各种农业合作社则像一座水库，将从农业部分外流的一部分利润截留、蓄存起来，然后以返还金的形式使之重新回到农民手中”（樊亢，1994）。

农村新型合作经济组织能抵御市场风险，满足农民在经营活动中的多种生产经营需求。农民通过大型高性能机械设备的共同利用可以降低生产成本，通过生产技术的改良和普及，可以增加产量和改善产品品质，获得生产领域的准内部经济；农民通过先进流通设施手段的共同利用可以降低销售费用，以经济整体的身份进行谈判可以节约交易费用，获得流通领域的准内部经济；通过农村新型合作经济组织进行融资、开拓市场，可以把农业生产链条的各环节有机连接起来，获得社会平均利润。

3. 农村新型合作经济组织有助于提高农民组织化程度

因规模小、素质低、实力弱等因素，分散农户进入市场谈判地位的不平等和综合市场竞争能力低，只能被动地接受更高的农资价格和更低的农产品销售价格；若以新型合作经济组织的形式将农民组织起来进入市场，以整体经济组织身份参与谈判，能提高农户在产品市场和要素市场讨价还价的能力，提升农户的谈判地位，在提高农民组织化程度的同时，又保护了农户的合理利润，形成农户利益自我保护机制。因此，在家庭经营基础上、农业经济市场化、国际化大趋势下，既兼顾农民利益，又顺应分工协作的生产社会化要求，提高农民组织化程度，发展农村新型合作经济组织迫在眉睫。

【案例】 河南省荥阳市赵家庄奶牛生产合作社①

赵家庄奶牛合作社是在郑州、荥阳两级政府及业务部门的帮助下指导建立的。该合作社以实施无公害畜产品生产为重点，不断规范合作社的运作模式，发挥优势资源，以“低购进、高销出”的措施为社员提供全方位的服务，在社会主义新农村建设及农业结构调整中发挥着重要作用。合作社通过为农户提供“五统一”的服务来增加社员收入，合作社的具体做法是：①合作社统一采购饲料。首先对玉米、豆粕、麸皮、预混料等生产资料进行统一购买，由于购买量大，购买价格显著降低。入社前，社员自购饲料原料，配成的全价料每公斤 1.5 元；加入合作社后，合作社统购原料，全价料每公斤 1.46 元。每头奶牛平均每天喂全价料 7.5 公斤，每头奶牛每天节约饲料费 0.3 元，这样每年可以节约生产成本 109.5 元。全社 410 头奶牛年节约饲料费用 4 万多元。②统一配种改良，降低成本，提高效益。2006 年，合作社在市畜牧中心、市改良站的大力支持下，积极发挥奶牛综合

① 吕新业，卢向虎. 新形势下农民专业合作组织研究. 北京：中国农业出版社，2008

服务站的作用，加强对奶牛的人工授精技术及性控制技术的宣传和推广，经过协商，由市改革站供给优质冻精细管，配种操作由合作社副理事长翟金中和理事贾东友具体实施，使每头牛配种价格由原来的80元降到现在的60元。截至目前，对奶牛共实施人工授精46次，为农户节约配种费用920元。③服务周到，统一免疫。2007年，在春季防疫及亚洲I型口蹄疫专项防治过程中，市疫苗中心对合作社所需防疫物资优惠供应，消毒药半价，口蹄疫疫苗由45元/瓶降为35元/瓶，由合作社理事贾东友逐户实施预防注射，全社410头奶牛全部按免疫程序进行了防疫。④统一实施无公害标准化生产。针对合作社社员奶牛养殖水平参差不齐的现状，合作社邀请郑州市农业局畜牧专家杨翠萍、荥阳市畜牧局局长王雨等领导及有关专家多次到合作社开展专题技术讲座，使科学养牛知识和无公害生产理念在社员中得到普及和提高。在奶牛投入物管理、防治用药、环境改善等重要环节，严格按照无公害标准化生产饲养技术规程进行操作，保证牛奶品质符合无公害标准化生产饲养技术规程进行操作，从而保证牛奶品质符合无公害产品的要求。⑤统一牛奶销售，提高商品奶价格。2005年7月，在郑州市政府、荥阳市政府和各级业务部门的支持下，合作社投资7.6万元建造了一座300平方米的挤奶大厅，另外，投资30万元购买并安装了具有国内领先技术水平的“利拉阀”全自动挤奶设备一套，拟对全市奶牛实现统一机械化挤奶。挤奶大厅的建成，缓解了奶农卖奶难和客户压级压价的现象，提高了社员的经济收益。截至目前，小区内的14家养殖户的410头奶牛已经全部进入挤奶大厅进行机械化挤奶，挤奶大厅每天出产的牛奶达2.4吨，使用机械化挤奶的商品奶价格每公斤提高了0.1元左右，仅此一项，14户加盟挤奶大厅的养殖户的奶牛年净增商品奶收入就达8.76万元。

三、发展农村新型合作经济组织有利于推动城乡均衡发展，构建和谐社会

农业与工业、农村与城市发展是不平衡的。原因在于，一是工业和农业的收入水平与城市和农村生活水平差异过大，诱导众多农村劳动力奔赴城市就业，农村和农业发展缺乏劳动力资源；二是农业投资风险大，比较利益低，对私人资本吸引力小，农业发展缺乏资金，在“马太效应”作用下，农业发展缓慢、农村落后、农民贫困人口增加；三是在二元经济社会体制作用下，城乡教育质量差距大，农民文化素质较低，农村劳动力资源对农业发展的科技贡献过小；四是在有特殊矿产资源的地区，以单纯开采为主，一旦开采完毕，经济便无法支撑，很快陷入萧条状态，从而使城乡经济发展越来越不平衡（刘志扬，2003）。

要统筹城乡经济均衡发展，目前最有效的方式是大力发展农村新型合作经济组织。

首先，农村新型合作经济的多功能效应在减贫方面比任何一种组织形式都更有效率。中国低收入群体多，完全依赖财政援助难以满足要求。根本途径是制定得力政策，引导农民发展合作经济。合作社是劳动群众自愿联合的自助和自治组织，是弱者的联合，在激烈的市场竞争中，合作社是小人物在大世界中的表现。它与股份公司不同，不是单纯资本联合，而是劳动者的劳动联合。通过发展合作社，可以有效地促使低收入群体（偏远地区农民、难民、移民、失业者、老人、妇女、残疾人等）联合起来，自我发展、自我服务、自我救助，依靠自己的力量，发展壮大合作经济实力，改变不利处境，创造富裕的生活。从某种意义上讲，合作社起到社会安全阀的作用，缓解社会矛盾，并把弱者纳入人类可持续发展进程中。政府应倡导建立多种形式的合作社，使弱势群体达到自助、自强的目的，通过这种方式帮助政府实现其部分减小贫穷职能及公共管理职能；合作社又是弱势群体

联合起来维护自身利益，改善生产、生活条件的最佳途径，是民众帮助政府的最有效方式。

其次，合作经济是创造就业的最好途径。在韩国农业合作运动中，NACF[①] 发起了一场“Rural Community Love-Campaign”运动，旨在减少城乡在各社会层面包括商业企业、消费者、社会群体、政府、学校及其他方面的差距。实践证明，该运动效果显著。国际合作联盟是美国最大的非官方组织，现有 92 个成员国和 223 个国际成员，在世界范围内有 8 亿个人成员，为 1 亿人提供了就业岗位。

最后，合作经济组织是学习民主、保护文化及历史、共筑和谐的学校。合作社能为成员提供参与民主的机会，通过组织合作社，可以培养社员间的互助精神，增强社员的民主管理意识，积累社员的民主管理经验；通过培训，提高社员的生产技能，提高农民的综合素质，实现农民的全面可持续发展，共同构建和谐社会。

实践证明，农村新型合作经济组织推动了传统农业向现代农业的转变，推进农村城市化进程；农村合作经济组织改变了农村地区科学文化的落后状态，带来了农村地区社会、经济、文化的繁荣，是解决中国经济发展带来的贫富差距过大问题的有效途径。

四、发展农村新型合作经济组织是建设新农村的根本保证

新农村建设的基本标志可归纳为：生产发展、生活富裕、乡风文明、村容整洁、管理民主。新农村建设要求在农村中建立新的经营组织方式，依靠农村新型合作经济组织去建设农村，将加快新农村建设进程。

① NACF（National Agricultural Cooperative Federation），韩国农业合作社联盟

1. 作为国家实施新农村建设各项政策的承接主体和开展农村各项工作的最好载体，农村新型合作经济组织可以促进农业生产发展，奠定新农村的物质基础

专业合作社等各种新型合作经济组织可以解决农户分散经营的困难，调整产业结构，借鉴发达国家经验，将种植业由粮食作物和经济作物的二元结构调整为粮食、经济和饲料作物的三元结构；有利于实现农业现代化，有助于实现农业机械化、良种化、科学化，农村新型合作经济组织在发展农业生产方面作用巨大。

2. 农村新型合作经济组织可以提高农业综合生产力，增加农民收入，使农民走上富裕之路

我国农民当前的恩格尔系数为47.7%，至少要降到40%以下才能达到富裕标准。据国家发改委的一项调查报告，建设新农村，全国平均每位农民需要投资1 700 ~4 900 元，贫困地区投资需求则更大。只有在生产发展的基础上，才有经济实力去建设新农村。合作社可以通过教育培训有知识、懂技术、会管理、综合素质高的新型农民，变农村剩余劳动力为财富；可以帮助农民拓宽就业渠道，从第一产业转向第二、第三产业，维护农民的经济利益，避免中间商剥削，增加农民收入，使农民走上富裕之路。

3. 农村新型合作经济组织建设有利于实施民主管理，提高乡风文明

合作社强调民主，充分尊重农民意愿。合作社中社员有选举权和被选举权，合作社实行人人平等，一人一票；社员大会是最高权力机构，合作社制定法规和章程，确保社员和合作社的民主权利。

合作社倡导“自助、民主、平等、公平、团结”的价值观，主张“诚实、公开、承担社会责任和关心他人”，推崇“我为人人，人人为我”的精神理念，合作社精神有利于建立和谐社会和培养农民的社会公德意识，有助于促进乡风文明建设。

4. 农村新型合作经济组织的建设有助于培育有知识、有技能、综合素质高的现代化新型农民

新农村建设的关键在于培养和造就新农民，没有新农民，就没有新农村。新农村建设的五个方面都是以农民为中心，以提升农民素质为基础，为农民根本利益考虑的。新农村的物质富裕是以农民素质提高为前提和依托的；农村生产发展，归根到底是农民创造的，是农民科技水平、劳动技能、组织化程度和经营管理水平综合作用的结果；农民生活水平的提高不仅表现为物质富足，还表现为精神上的健康和满足；乡风文明是农民文化素质、道德水平、社会规范的综合反映；村容整洁代表着全村农民的文明程度和社会管理水平；管理民主不仅是对新农村运转制度上的规定和要求，更是对农民参与社会事务管理的意识、能力水平的规定和要求。总之，对新农村的要求和界定实质是对新农民的要求和界定。

从世界范围来看，培养和造就新农民，最普遍、最规范、最有效、最成功的方式首推合作社。发达国家合作经济经过 160 多年的发展，已进入相当成熟的阶段。国际合作联盟对合作社的定义、基本价值和原则的规定都是从农民实际利益和身心健康出发的，其宗旨和我国正在建设的新农村要求和标准极其相似，甚至可以说是一致的。如合作社是人们自愿联合、通过共同所有和民主管理的企业，是满足共同的经济和社会需求的自治组织；其基本价值是自助、民主、平等、公平和团结，合作社社员信奉诚实、公开、承担社会责任和关心他人的道德价值观，合作社自愿和开放的原则、社员民主管理、经济参与、自主和自立，教育、培训和信息原则、合作社间的合作原则、关心社区原则等。借鉴国际经验，通过新型合作经济组织培育新农民，全面提高农民素质，是当前我国新农村建设中的重点内容。

5. 农村新型合作经济组织建设有利于新农村面貌的改善

据专家研究，小康社会全面建成时，村容建设应该实现以下目标：①80% 以上的农户人均住房面积达到 25 平方米，基本消

灭土坯房；②80%以上的农户用上自来水；③70%以上的农户使用清洁能源；④70%以上的农户享有卫生厕所；⑤80%以上的农户室外道路为硬质路面；⑥有垃圾处理设施；⑦有文化娱乐场所，如图书馆、会议室等；⑧森林覆盖率达23%；⑨电话普及率达80%以上，每百户拥有计算机不少于20台。

因地制宜组建的不同类型的各种农村新型合作经济组织，如专业合作社、住宅合作社、产品运销合作社、信用合作社等，能调动社会各界力量和优势密切合作，在提高农民收入的同时，为农村面貌带来天翻地覆的改变。

本章小结

农村新型合作经济组织最明显、最直接的作用是降低交易费用，节约成本。农户在生产和流通中的交易费用有哪些项目，通过加入合作经济组织如何能降低交易费用，导致农户成本节约的机制是什么，从经济学角度如何分析交易费用的节约，对上述问题的论述，是研究本课题首先需要明确的最基本问题，是本书后几部分分析解决现实问题、提出政策建议的基础；以专业合作社为典型代表的农村新型合作经济组织作为农户的经济组织，是一个特殊的企业，其特殊之处就是企业对内搞服务，对外要效益、求效率。因此，新型合作经济组织的绩效评价便成为一个不可回避的研究课题。本章从理论上提出了新型合作经济组织评价的体系，提出了创新效率、交易效率、组织效率及组织效益四个评价指标，并对每个评价指标进行了具体阐述。

以合作经济组织的交易费用节约功能为理论基础，从现实角度阐述农村新型合作经济组织的必要性和意义显得更为重要，因为中国经济发展目前正处于转型时期，由于城乡体制二元结构的长期存在，导致城乡收入差距逐渐扩大，各种社会矛盾凸现。针对这一情况，我国提出了构建和谐社会的目标。政治、经济、文化、社会四个方面的和谐构成和谐社会的全部。和谐社会的提出是以基尼系数出现危险信号为背景的。收入分配不公是构建和谐社会最大的障碍，农民收入水平太低是中国2020年实现全面建设小康社会的最大障碍①。构建和谐社会、实现社会公平、保持社会稳定必然会带来经济效率的损失，经济效率的损失需要一种制度创新去弥补。农村新型合作经济组织作为农村经济制度的创新，它的诸多意义都超不过对农村经济发展的效率补偿，同时它也是构建和谐社会的既直接又间接的有效途径。本章围绕上述几方面，对农村新型合作经济组织的现实意义进行了论述。

至此，通过前几章及本章的阐述，完成了对农村新型合作经济组织理论部分的全面、系统论述，为文章的重点章节即现实问题部分作了铺垫。

① 2002年党的“十六大”提出小康社会要达到人均年收入3 000美元水平，按农民收入年增长5%的国际经验数据算，当时我国农民年收入按2 500元人民币（约合300美元）算（在全国农民收入中占中等偏上水平的黑龙江省刚好与这个数字相仿），把时间往前推算2年，那么，300美元×$(1+5\%)^{20}$=794美元，这与人均3 000美元相差太远。按这种算法，尚需经济平稳发展而不出现政府决策失误、国际国内政治斗争等非经济因素干扰，即使城镇居民收入增长很快，但占9/13的农民低收入水平也不会出现接近3 000美元的可能性。

第四章　黑龙江省农村新型合作经济组织的发展现状与问题

第一节　黑龙江省农村新型合作经济组织的类型划分

截至2004年年底，据综合农业部等机构的统计和估算，全国新型农民专业合作社总数已达到15万个左右，拥有农民专业合作社的村占同期村民委员会总数的22%左右。参加组织的会员约2 363万人（户），占乡村农户总数的9.8%。2006年年底，农民专业合作组织成员数为3 878万户，其中，农民成员3 486万户，农民成员占全国农户总数13.8%。截至2008年3月底，依法在工商行政管理部门新登记的农民专业合作社为4.3万个①。

2003年3月11日，黑龙江省农村合作经济组织协会（简称“农合会”）的成立，标志着黑龙江省农村新型合作经济组织发展进入了一个新阶段。截至2005年年末，全省已有11个市、64个县成立了农合会，11个市、55个县成立了农经会（农民经纪人协会），并在乡镇发展了分支机构。全省农合会组织网络体系已基本建成，各级农合会已成为农村合作经济发展的公共服务平台。

截至目前，黑龙江省发展农村专业合作社、农村专业协会、

① 孙政才．农业农村改革发展三十年．北京：中国农业出版社，2008

农村综合服务社、农民股份公司等各类农村新型合作经济组织达5 342个，农民经纪人达48 882人（由农民经纪人领办的农村合作经济组织2 326个，占全省农村合作经济组织总数的43.5%），各类合作经济组织带动农户60.26万人，占农户总数的14.3%。2005年销售农副产品59.2亿元，为农民增收14.2亿元。表4-1为2006年全国各省农民专业合作组织的数量及成员数对比。

表4-1　2006年各省农民专业合作组织的数量及成员数对比

省份	数量	带动农户和成员数（万户）	占总农户比例（%）
北京	1 103	26.4	44
天津	236	10.26	8.5
河北	6 590	230	15.1
山西	3 850	85.7	11.8
内蒙古	3 045	160.6	5.27
辽宁	2 821	199	30.6
吉林	4 510	191	49.5
黑龙江	4 807	71.4	15.1
江苏	6 862	550	22
浙江	4 608	278.97	6.05
安徽	5 000	483	37
福建	1 700	95	8.7
山东	25 586	761	36.6
河南	8 473	938	54.2
湖北	4 998	221	4.42
湖南	7 833	220.9	15.03
广东	1 136	144.6	13.59
海南	769	19.78	18.4
重庆	5 422	321.4	44.72
四川	9 439	1 037.05	57.6
贵州	2 203	137.46	6.24
云南	2 858	221.1	7.74
甘肃	4 873	103.83	22.3
宁夏	892	70.4	72.6

（资料来源：吕新业，卢向虎．新形势下农民专业合作组织研究．北京：中国农业出版社，2008）

农村新型合作经济组织类型分类是国内学者分歧最多的一个问题。参照相关文献和借助实地调研结果，笔者认为以农村现实中发生的具体发展形态为依据来分类更能体现新型合作经济组织的最新发展现状，划分不能过于绝对，因为新型合作经济本身处在初级发展阶段，这种经济形态中有混合经济成分，类型划分不能过于绝对化和单一化。实践中存在与发展的各类形态必然有其合理性，不同模式的新型合作经济组织都是农民的理性选择。

一、按组织形式分类

按组织形式不同，可将农村新型合作经济组织划分为六种类型：

1. 农村专业合作社

农村专业合作社是指同一生产、经营的农户，为共同目标遵循合作制原则组织起来进行专业化生产经营及提供系列化服务，实行风险共担、利益共享的新型合作经济组织，是新型合作经济组织的构成主体。专业合作社是一种管理规范、社员联系紧密的新型合作经济组织。规范的专业合作社是特殊形式的企业法人，是合作社法人，在工商管理机构登记注册。合作社盈余在各项扣除以后（公积金、公益金等），按照社员与合作社的交易量分红。目前，黑龙江省规范的专业合作社数量较少，但作用重大。大力发展各种农产品专业合作社是带动农业产业化的有效途径，专业合作社是今后农村新型合作经济组织的发展方向。如巴彦县洼兴镇农民种猪养殖专业合作社、方正县富硒米专业合作社、平房区无公害白菜专业合作社、林甸县供销合作社与红旗镇联合组织的110户农民建成的绿色养牛专业合作社等。

值得一提的是，2003年，黑龙江省在全国率先组建了农机作业合作社，这一新型农业生产组织模式一出现便显示了强大的生命力和优越性。农机合作社在提高农业标准化水平、实现农民增收目的的同时，也促进了劳动力转移和土地流转。农机专业合作社已成为农业生产中最活跃的生产组织，焕发着巨大生机和活力。黑龙江省安达“丰桥”农机合作社由省农业开发办、地方政府、集体与村民三方筹资兴办，目前农民股东有212名。在经营机制上实行以直接经营土地为主，入社农户以土地经营权入股，每亩股金为300元。合作社5 000亩地全由合作社直接经营，从种、收、销全过程实施机械化作业，改变了以往农机合作社以代耕代运为主的模式。土地高度集中，统种统收，方便了大农机集中作业，有利于合作社整体规划经营，真正实现了农业生产规模化、集约化。原来由200多户经营，现在只要8个农机操作员即可，生产效率大为提高。入社农户把土地交给合作社后，开春可领到每亩150元的最低保障金，秋后还按股分红，每亩不低于30元，农户每年每亩收入在180元以上。

富锦市农机作业合作社的建立，使大豆实现了真正机械化、标准化耕作，亩产比全省平均高20公斤以上，增产幅度达15%以上。合作社生产的大豆在产量、品质、价格等方面都有所提高。经收购部门检测，大豆含油率平均比普通品种高出2~3个百分点，每公斤市场售价比平均价格高出0.05~0.1元。

农机作业合作社向人们展示了一种先进的生产组织模式，极大地增强了农业发展的后劲。黑龙江省耕地广阔平坦，适合大型机械化作业，按照全省现有9 000多个行政村计算，如果农机合作社试点达到3 000个，黑龙江省农业生产将发生质的飞跃（《黑龙江日报》，2005-07-26）。

【案例1】 黑龙江绥化市采取多种形式发展各种类型的农民专业合作社

近年来，绥化市把发展农民专业合作社作为促进农民增收、农业增效、农村增活力的有效途径。截至2009年11月末，全市农民专业合作组织已达4 995个，发展农民经纪人2.6万人，入会农户25.9万户，累计助农增收29.6亿元。

段广成是望奎县先锋镇群锋兔业养殖服务协会会长，在他的带动下，发展会员136人，辐射全县乡镇及青冈等地。2005年，协会与伊春林海兔业集团联营，不断扩大规模，形成了产、销、服务一条龙体系。2009年，出栏商品兔1.5万只，产值90万元，纯利润达60万元，养殖户户均增收5 000元。

推进“五建”机制和模式。一是供销社领建。依托供销社农产品专业市场和特色商品基地，创办农民专业协会，依托村屯供销部，创办村级综合服务社。目前，全市供销社系统领建的各类农合组织已达1 100多个。二是龙头企业带建。该市依托涉农龙头企业，创办各类农合组织。海伦市翔宇公司创办了绿色黏玉米专业协会，发展会员120人，种植面积6 000余亩，年助农增收600多万元。三是农民经纪人创建。充分发挥农民经纪人优势，积极创办有特色、区域型农村合作社组织。望奎县农民经纪人宋新辉牵头领办了东升乡农副产品协会，年收购白芸豆4 000多吨，助农增收20余万元。肇东市向阳乡许彦彬与省农科所合作，创建了瓜菜协会，组织推广寒地黑土越夏栽培番茄标准化栽培技术，项目覆盖3个乡8个村，带动农户1 800户，年增收1 000多万元。四是部门帮建。全市有关部门利用政策、项目、资金等便利条件，积极创建农合组织，其中全市妇联组织领办了600个。

多种模式创建农民合作组织。一是以产业、资源、区位等优势，创办农合组织。围绕加快农村产业结构调整，发展畜牧养殖型农合组织，推进畜牧业不断向规模化、集约化和产业化方向发展。肇东市涝洲镇养貉协会已发展成为集繁育、养殖、销售为一体的规模养殖场，年出栏优质商品貉近2万只，推动了当地畜牧业的快速发展。二是围绕推进农业产业化经营，发展产业承接型农合组织。通过大力推广“公司+农合组织+农户+基地”的产业化发展模式，形成上联龙头企业和市场、下联基地和农户的产业化发展经营格局。庆安县双洁米业专业合作社已发展社员387户，种植富硒水稻2 300亩，成为清华、北大等80多所高校的专用米生产供应基地，年可助农增收40多万元。三是突出主导产品和特色产业，按照产业规模、产业类型和产业布局，组建一批具有地方产品特色的农民专业合作组织。庆安县已发展专业合作社451个，涉及种、养、加、运等领域，年销售各类农副产品3.5亿元，助农增收300万元。四是建立劳务输出型的农民专业合作组织，有效地促进土地集约化经营，调整产业结构，组织农民离土离乡，推动小城镇建设，拓宽农民增收渠道。安达市先源乡劳务输出经纪人郭景山，广泛联系省内外用人单位，积极开展劳务输出业务，去年先后输出长短期农民工370余人，为农民增收160余万元。五是围绕健全农村社会化服务体系，发展农机合作型农合组织，促进农业机械化水平的提高。目前，全市已兴办农机专业合作社近200个。

（资料来源：绥化市供销合作社信息员姜春明提供）

2. 农村专业协会

农村专业协会是指同一生产、经营的农户，为了共同利益，在合作制原则下，自愿组合起来，实行自我服务、自我管理、自主经营的互助性经济组织。它不是真正意义上的合作经济组织，而是服务性质的社团法人，应当到民政部门注册登记。专业协会包括农产品专业协会和研究会，是一种比较松散的合作经济组织形式。专业协会每年向会员收取一定数量的会费，以提供技术、信息、运销服务为主。协会一般不直接为社员销售农产品，只提供服务，没有销售收入，因此没有利润分配（陈晓华，2003）。表4-2列举了各种类型的专业协会。

表 4－2 各种专业协会

序号	类型	典型举例
1	龙头型	①肇源县以龙头企业绿友集团为依托创办的肉鸡协会，养鸡 2 000 万只，为农民增收 2 000 万元 ②富锦市以合资企业永泰丰国际食品有限公司为龙头成立的葵花专业协会，吸收会员 3 200 人，种植规模达到 6.5 万亩，为农民增收 1 200 万元 ③以金锣集团为依托组建的生猪专业协会，拥有正式会员 369 人，全年通过协会外销生猪 1.5 万头
2	市场需求型	桦川县供销社围绕城市饮食结构的变化，与佳木斯三江新技术研究所合作，在悦来镇沿江村建立了台湾农友名优瓜菜种植示范基地。桦川县供销社牵头创办的桦川县台湾农友名优瓜菜种植专业协会，吸收会员 240 户，发展台湾农友名优瓜菜种植示范基地 1 200 亩，为农民增收 20 多万元
3	主导产业型	鸡东县供销社于 2001 年组织创办的鸡东县万寿菊生产专业协会，把农民、基地和龙头加工企业联结起来，为会员和农民提供良种、科技信息、技术指导、经营管理等优质服务，促进万寿菊特色支柱产业的持续发展。协会吸收会员 2 430 人，发展万寿菊种植基地 3.5 万亩，鲜花总产 3.25 万吨，产值 2 100 万元。2003 年万寿菊产值占全县种植业总产值的 7.3%，为农民增收 1 218 万元
4	服务型	①密山市兴凯奶牛专业协会，吸收会员 275 户，占奶牛养殖总户数的 51%。市、乡两级政府和市畜牧局共为协会投资 24 万元，购买青储饲料加工机、收割机。为奶牛户提供卫生防疫、品种改良、种畜调剂、饲养技术等配套服务 ②肇源县肉鸡协会在资金紧张时，会员之间提供整体联保，取得贷款；卖鸡时，逐户轮流，集体抓鸡，统一销售 ③肇源县天樱椒专业协会拥有天樱椒分会 11 个，入会农户 1 800 多户，种植面积 6 300 亩。2003 年为广大农户销售 140 万公斤，增加收入 220 万元。协会免费提供技术咨询、指导、赠送技术资料等多项服务，设立了热线咨询电话 24 小时开通，并派专门技术人员轮流值班，随时帮助农民解决问题

（资料来源：笔者根据调研资料整理）

【案例2】 改革开放以来全国最早的农民专业研究会之——天长市界碑镇水产研究会的发展现状①

位于安徽省东部与江苏省交界高邮湖畔的天长市界碑镇，水资源丰富。1982年，该镇以普及推广技术的界碑镇水产站和农民技术学校为基础，成立了界碑镇水产研究会。到1985年，会员发展到129人，1994年达到798人。全镇84%的农户开展水产养殖业，人均收入由1980年的100元增加到1994年的878元，其中仅渔业收入就达到193元，占人均收入的22%。

水产研究会的发展经历了从最初几年的技术推广为主导到1985年以来成立咨询处、渔需部、信贷部以及16个研究小组，开展技术经济服务，再到1990年后，在原有组织基础上，成立养殖基地、水产研究所，将会员按村分为19个活动小组，提供从良种引进、培育，到技术培训、咨询、指导，再到渔需品供应和低息信贷，直至最终水产品推销的全程服务，发展成为渔、科、教相结合，产供销一体化的经济实体。到1994年，水产研究会的业务联系点达到3省、6市、12县。

在运行机制上，该研究会坚持"民办、民管、民受益"的组织原则。会员限定为"有一定水产养殖实践经验和从事水产养殖技术试验有研究能力的专业户"，会员人人平等、进退自由。领导层上，除理事长由镇行政领导担任外，其余副理事长、理事均由从事水产专业的农民担任。协会规定每个理事必须有一个示范点，扶持一个贫困户，每年要缴纳80元会费作为活动经费。协会按照成本价为会员提供各种服务，会员优先获得各种技术培训和技术信息以及优惠利率贷款等。

3. 农民股份合作公司

股份合作公司是股份制与合作制的结合。由企业、农技推广单位、涉农单位及部分农民出资作为股东，再吸收部分农民入股

① 陈进．中国农民专业协会（研究会）的组织运行特征趋势——安徽省天长市界碑镇水产研究会案例分析．北京：中国农业出版社，1995

组建而成。多数有自己的企业，在工商管理部门登记为企业法人。大多数股份合作公司一般按保护价收购农产品，按月结算，年底按股金分红，少数股份合作公司除股金分红外，年底按交易量进行利润返还。

从运行机制来看，农民股份合作公司实行平等自愿、合股经营、风险共担、利益共享、按劳分配、按股分红机制，体现了合作制原则和股份公司机制相结合的特点；从组建方式来看，形式多样，如表4－3所示。

表4－3　黑龙江省庆安县农民股份合作公司情况

类型	特点	典型案例	经济效益
能人带动型（占44%）	由种田能手、种养大户或经纪人组织起来，以土地、资金等要素入股，实行规模化经营、企业化管理	任民镇四通高效农业开发股份公司	股东39人、经营土地370亩，2004年可分配净收入56 405元，每股分红126.6元
亲友聚合型（占42%）	由亲属、朋友组成，集中经营，股份管理	景山种植股份公司、羊草镇创元牧业股份公司	2002年创立，股本68 812元，集中土地114亩；资产200多万元
招商引资/引智型	引进资金和能人、吸收当地农户入股	中艺农业开发股份合作公司、永贵中草药种植股份合作公司	经营470亩地，每亩折价300元，2004年纯收入14.3万元，每股分红257元
订单联结型	对外签订农业生产订单，公司统一购种、管理、收获、销售、分配	众鑫蔬菜股份合作公司	2002年可分配净收入26.95万元，每个股东分红26 946元

（续上表）

类型	特点	典型案例	经济效益
党员帮带型	党员牵头，帮扶贫困户组成，统一种植、养殖、生产	昌德镇龙昌农业种植股份合作公司（养羊）；安达镇振发养殖股份合作公司（养鸡）	经营土地 360 亩，绵羊 45 只，2002 年每股分红 9 000 元；2003 年每股分红 1.4 万元；2005 年预计每股分红 1.5 万元；2003 年经营总收入 13.3 万元，养鸡纯收入 9.6 万元，每户分红 3.2 万元

（资料来源：黑龙江省农业开发办2004 年材料汇编整理）

【案例 3】　黑龙江省安达农民股份合作公司

黑龙江省安达市农民以土地、设备、现金等生产要素入股，成立了一种特殊形式的农民新型合作经济组织——农民股份合作公司。2003 年，农民股份合作公司经营总收入 6 378.4 万多元，净收入 1 868.42 万元，提取公积金及管理费后可分配净收入 1 511.4 万元。入股家庭人均纯收入 3 821.5 万元，比全市农民人均纯收入（2 725 元）高出 1 096.5 万元。

【案例 4】　黑龙江省黑河地区某村的土地合作经营①

黑龙江省黑河地区某村人均耕地 0.12 公顷，1984 年实行家庭联产承包经营责任制后，农户的耕地基本为 5 ~ 9 块，一片地最多分成50 户耕种，最少的也有10 户，种植品种少杂，严重地影响了大型机械的使用。

为此，党支部和村委会曾动员农民、引导农民投亲、投缘，自愿结合组建生产互助联合体，并以村里的 4 套农机具为依托，

---

① 张晓山，苑鹏．合作经济理论与中国农民合作社的实践．北京：首都经济贸易大学出版社，2009

采取农民自愿结合的方式组成4个生产互助联合体，实行统一耕种、分散管理，每个联合体都有30户左右。但由于部分成员拖欠农机购置款，加之缺乏流动资金，联合体无法正常运转，除了1个联合体正常经营外，其余的3个陆续解体。

1994年，新上任的村党支部书记看到村里的一些纯农业户由于缺乏使用技术、市场信息和农业机械，生产水平低，收入少，生活非常贫困，而联合体内的农业普遍经济效益好，即便是缺乏劳动力或常年有病的农户也保持了较好的收入水平。总结联合体的经验，他带头成立了新的土地合作经营联合体。在他的示范带动下，其他农户也纷纷效仿，在有能力的村干部、种地大户、农机大户的牵头下，以土地连片种植为联合的纽带，按照自愿原则，自发地组建起各种形式的土地合作经营联合体。

4. 农民经纪人组织

农民经纪人是从事农产品收购、储运、销售以及销售代理、信息传递服务等中介活动而获取佣金或利润的人员。

农民经纪人在拓宽农产品流通渠道方面有着强大优势，大多信息灵通、头脑灵活、有一定经营管理能力和办事能力，是村里的能人，在带动农产品销售中发挥着不可替代的作用。黑龙江省2004年仅巴彦县就有各类农民经纪人1 300多人，有影响力和牵动力的有140多人，他们自办农产品营销企业，大多数常年活跃在农村，成为专门从事农产品销售的职业经纪人。农民经纪人经过农合会的培训，组建了农民经纪人协会，使农民经纪人的整体素质得到了提高。2003年农民经纪人协会组织发展订单1.8万亩，实现销售额2 600万元。

5. 村级社区综合服务社

村级社区综合服务社是以满足农民生产、生活、文化娱乐需要，自愿联合，实行民主管理、自主经营、自我发展，综合服务的互助性社区新型合作经济组织。

村级综合服务合作组织成为发展农村新型合作经济的有益补充。一批围绕农民生产和生活提供服务的村级综合服务合作组织的发展壮大，丰富了农村新型合作经济的内涵，扩大了农村新型合作经济的外延。由农民入股兴办的村级综合服务社、合作服务站，立足农村、贴近农民，不仅为农民提供服务，而且逐渐发展成为当地的经济、文化和信息中心。目前，全省有 1 200 个村级综合服务合作组织正面临着整合改造，将规范成为社区综合服务社，为农村新型合作经济发展起到助推作用。

二、按创办主体分类

按创办主体不同，农村新型合作经济组织可划分为以下七种类型：

1. 由基层供销社牵头或领办，联合农户入股建立的农村专业合作社

这类专业合作社以农民为主体，供销合作社起组织、引导、服务、协调的作用，体现了供销社以农民为服务对象的宗旨。

2. 以村为单位，基层供销社组织吸收农民入股建立的村级专业合作社

这类合作社往往以村为区域单位，联合本村经营同业农产品的农户组成，基层供销社起的作用是组织、引导、服务和协调。

3. 由农村专业大户或能人带头，联合从事同一产业的农户建立的专业合作社或协会

这类新型合作经济组织充分发挥能人作用，由村里的种植能手或销售大户将农民组织起来，是农民自发建立的农村新型合作经济组织。

4. 由龙头企业联结基地，联结农户建立的专业合作社

这种形式是规模较大、实力最强、发挥作用最明显的一种合作经济组织形式，目前在农村中促农增收作用明显，也是积极推广和大力发展的形式之一。

5. 由供销社牵头，组织农户、经纪人建立的农产品行业协会或农民经纪人协会

这类协会不是真正意义上的新型合作经济组织，但在农村中吸收农民数量较多，为农民提供信息服务的作用非常明显，尤其在销售、采购、运输等方面作用突出。

6. 由乡镇、涉农部门组织农民建立的各种协会或专业研究会

这类组织也不是严格意义上的农村新型合作经济组织，是针对农村中农民的现实需要，由乡镇政府等部门为农民建立的有利于农产品购销信息交流、种植养殖等经验传授及提供各类服务的组织。

7. 村级合作服务站

这类服务站发挥供销社网络资源优势，兴办和领办村级合作服务站，围绕农业生产，做好产前、产中、产后服务，如创办庄稼医院等服务组织，是受农民欢迎的形式之一。

三、按服务形式分类

按服务形式不同，农村新型合作经济组织可分为以下五种类型：

1. 信息技术服务型农村新型合作经济组织

这类合作经济组织主要是为农民提供农产品生产、销售信息，提供农产品产前、产中、产后的技术服务而建立的，多以协会为主。在农村中比较普及，是农民亟须的服务形式之一。

2. 流通服务型农村新型合作经济组织

这类合作经济组织规模大、数量多，是目前农村迫切需求的新型合作经济组织，主要是为了解决农产品销售以及解决农产品与市场交易问题而形成的，多以农产品专业合作社为主。这类合作经济组织的交易对象广泛，可以与合作经济组织进行交易，也可以与非合作经济组织交易，还可以和企业进行交易。因其交易

范围广泛，故能有效地提升农产品的交易效率和经济效益。

3. 技术推广型农村新型合作经济组织

这类合作经济组织主要针对农户在种植养殖过程中需要的技术服务和指导而建立的，以协会和专业合作社为主。

4. 农产品加工型农村新型合作经济组织

这类合作经济组织解决的是农产品产后增值问题，以农产品专业合作社为主，在农村中比较普遍，数量较多，发挥的作用较大。

5. 综合服务型农村新型合作经济组织

这类组织适用范围较广，是生产同类农产品的农户为解决产前、产中、产后的一系列交易问题而联合组建的。这类合作经济组织规模较小，管理环节较多，效率没有服务型合作经济组织高。但在目前农村新型合作经济发展起步阶段，适用范围还比较广。

第二节 黑龙江省农村新型合作经济组织的特点

一、农村新型合作经济组织的数量和规模日益壮大

截至2005年12月31日，全省有各类新型合作经济组织5 342个，其中专业合作社1 298个，专业协会3 175个，农产品专业协会146个，带动农户60.26万人（全省农户420万户），占全省农户总数的14.3%。哈尔滨市共有各类农村新型合作经济组织466个，会员达6万余人，其中固定资产总额为100万~500万元的发展到41个，各类合作组织主要为农户提供技术、咨询、信息和销售等方面的服务。

二、合作领域体现地方农产品资源特色

黑龙江省农村新型合作经济组织都是以省内特色资源为依

托，如牡丹江滑子蘑协会、巴彦养猪合作社、密山白瓜子协会等，都是围绕黑龙江省主导产业和名、优、特、新农产品品种，在产前、产中和产后的某一环节开展的合作。各种类型的合作经济组织充分体现了黑龙江省农业资源丰富的地方特色，同时也说明，农民合作与产业本身特点有关，特色农产品领域比大众农产品更容易引发经济合作。

【案例1】　黑龙江省九河泉米业专业合作社发展情况

黑龙江省铁力市九河泉米业专业合作社得利于铁力市优越的自然地理条件和得天独厚的农业发展环境，发展空间及前景十分看好。专业合作社占地总面积20 000平方米，现有办公楼、厂房，生产车间7 300平方米；员工80人；资产7 515万元，净资产1 515万元。入社社员105户，社员股金850万元，销售额8 568万元，带动农户1 500户。九河泉米业专业合作社本着“以信誉求发展、以质量求生存、以消费者满意为目的”的经营理念，在全体员工的共同努力下，合作社已由建厂初期的小厂发展成为铁力市米业加工销售业的民营龙头企业。

铁力九河泉米业专业合作社生产的“九河泉”牌大米是纯绿色食品。产品在超市中年销售额800万元，产品在批发市场中的年销售额7 768万元。“九河泉”商标于2008年通过国家绿色体系认证，是无公害的有机产品。为打造品牌米业，进一步提高产品的生产能力和质量，九河泉米业专业合作社先后引进了日本佐竹优质大米筛选机、国内最先进的生产设备及抛光机等三套大米生产线，日生产优质大米200吨，年设计生产能量12万吨。通过引进先进的加工设备提高了合作社在同行业中的竞争能力。九河泉米业专业合作社现拥有一批专科学历以上高素质的业务人才以及现代化的管理体系，严格按照国家规定的质量标准组织生产。

合作社现拥有生产基地面积600亩，其中标准化生产基地面积300亩，可以进一步实现原料系列加工，延长产业链，发挥自身产业优势，促进产业向纵深方向发展。近年来，铁力九河泉米业专业合作社以“诚信为本、科学发展、打造品牌、服务于民”为宗旨，继续发扬“求实拼搏、开拓创新”的精神，不断扩大和塑造“九河泉”品牌的知名度，创造更高的经济效益和社会效益。全体员工决心在合作社负责人兰兴的领导下，坚持奉行“务实、高效、勤俭、诚挚”的经营作风，精诚努力，进一步把九河泉米业专业合作社打造成全面发展的大型合作社。

（资料来源：黑龙江省供销合作社信息中心，2010 年 5 月 11 日）

三、合作形式多样化

如前所述，合作形式主要有以下几种类型：

一是专业技术协会、经纪人协会、农产品行业协会、农产品研究会等。这部分组织形式灵活，合作关系比较松散，大多是非实体性质和非营利性质，主要以向会员提供技术和产供销信息服务为主。这类协会数量众多，占到合作组织的 85% 左右，但它不是真正意义上的合作经济组织，只是一种服务性机构，属于农民集体组织。各类农产品专业协会、农产品行业协会带领农民增收作用明显，发展迅速，提高农民组织化程度作用显著，是各乡镇比较多见的带领农民致富的组织之一。

二是专业合作社。专业合作社是新型合作经济组织的典型形式，是实体性质。合作社联系紧密，贯彻合作社原则，但数量不多，发展相对缓慢，但组织运作相对比较规范，能基本按照合作社通行原则运作，发展势头迅猛，是今后合作经济组织发展的主导方向，目前仅占 24.3% 左右。

三是农民股份合作公司。农民股份合作公司发展迅速，兼有企业性质和混合经济成分；增收作用明显，所占比例在 5% 左右。

四是联合社或联合会，实际上是专业合作社和专业协会的联合与合作，目前这种形式的数量在不断增加。各类以综合服务为主的合作组织服务意识浓厚，受到农民欢迎，是为农民提供信息等综合服务的不可缺少主体之一。

五是农民经纪人组织。农民经纪人是各专业的能人，他们活跃在田间地头，沟通农产品信息、传送致富之路，能起到组织农民、领办新型合作组织的作用。

在黑龙江省农村，农民加入农村新型合作经济组织的方式有多种，但无论这些经济组织采取什么样的组织方式，以什么形式出现，可以肯定的是，它们都是市场经济条件下分散农民的理性选择。

四、地区发展不平衡

黑龙江省各县市农村新型合作经济组织发展状况不均衡，有部分县市发展状况较好。如巴彦县农村合作经济协会（简称农合会）、农合会分会、专业协会、农民经纪人、省级和县级龙头企业、信息服务中心、科技推广中心、组织发展中心、劳务中介事务所等各类合作经济类型齐全，发展势头迅猛，是国家农村合作经济组织试验点之一；富锦市生猪、葵花、西瓜、大蒜等各类专业合作社发展较好，白瓜专业合作社被授予“全国百强专业合作社”荣誉称号；肇源县由农村经纪人和专业大户为主建立的经纪人协会之间联合合作，在调整农业产业结构方面发挥着重要作用。但部分县市受地理位置和资源条件限制，农村新型合作组织呈现出规模小、龙头企业少、组织化程度低等不足之处，并没有真正运作起来，亟待健全和完善。

不难看出，经济欠发达地区农村新型合作经济组织在发展初期体现出的不平衡性和不均衡性，导致了发展中国家的农村合作经济发展的缓慢和滞后；国际经验告诉我们，农村合作经济组织在发展初期的不均衡性是传统农业国向工业国过渡时期的一条基本经济规律。

五、合作内容和领域不断拓宽

合作领域从生产环节扩大到产前、产中、产后所有环节，从某个产品扩大到种植、养殖、加工、资源开发、农机服务、信息中介等多方面。目前以畜禽养殖和蔬菜销售方面的合作居多。从合作内容上看，运销型合作组织主要是解决农产品流通领域的运销难题；供应型组织主要是提供生产资料供应服务，避免和减少中间商对农民的盘剥。“产加销”一体化服务的综合型合作组织，有效地把农民与农产品加工、销售企业联系起来，使各利益主体实现了多赢。

六、与农业产业化结合紧密

哈尔滨市道里区新发、榆树、新农三镇是绿色蔬菜生产基地，由供销社领办的道里区无公害蔬菜专业协会，围绕当地无公害蔬菜主导产业，以哈尔滨龙宝农产品技术开发有限公司为龙头，以三大基地为依托，下连630个农户，通过订单组织无公害蔬菜种植，产品远销北京、上海，并出口日本、韩国。该协会吸收吉林省白山市喜丰塑料有限公司为会员，以联合和合作为纽带，初步形成了“龙头企业＋中介组织＋基地＋农户”的农业产业链条，探索形成了由龙头企业自办或与农户联办合作社或协会，形成“公司＋合作社（协会）＋农户”模式、合作社联办龙头企业或向龙头企业参股、专业协会办企业、龙头企业参与协会或合作社等多种有效的结合模式。巴彦县农合会和专业协会利用组织优势，促进农民与龙头企业对接，构建了“龙头企业＋协会＋基地＋农户”的产业化模式，初步形成6大产业链、20个种养业基地，有效地促进了黑龙江省的农业产业化经营。

七、联合与协作逐渐加强，合作层次不断提高

随着市场经济的发展，新型合作经济组织之间的横向联合与合作、农产品生产经营的纵向联合与合作发展迅速，纷纷组建了联合社、联合会。2004 年 3 月 11 日黑龙江省农村合作经济组织协会（简称“农合会”）的成立，标志着黑龙江省农村新型合作经济组织网络体系的建成和黑龙江省农村新型合作经济组织合作层次的不断提高。

八、农村新型合作经济组织发挥作用日益重要，促农增收作用显著

以专业合作社、专业协会为基础，行业协会为龙头，以各级农村新型合作经济组织协会为统领的农村新型合作经济组织体系的形成，在农业和农村经济发展中发挥着重要作用。

2003 年，黑龙江省富锦市“农合会”争取到 23 000 亩高油大豆种子繁育基地建设项目，已被国家立项，并由世界银行投放专项贷款 800 万元，成为富锦市最大的农业合作项目，也是农民协会独立运作项目的成功典范。

巴彦县玉米协会代表农民与哈工大集团西集淀粉厂在玉米收购价格上据理力争，达成每公斤比市场收购价格高出 0.02 元的订单，协会与淀粉厂还签订常年委托合同，由协会落实种植基地，协会年供玉米 4 万吨，各分会组织农民种植，落实种植面积 8 万亩，形成了高淀粉玉米产业链。

巴彦县农合会针对农民在发展中遇到的资金不足问题，利用自己在全县树立的良好形象和在经济发展中起到的突出作用，争取到农村信用联社的信任，积极协调金融部门，获得委托发放养猪专项贷款的权利。目前已落实 2004 年贷款计划，全年信用社发放养猪专项贷款 8 000 万元。

据统计，入社农民收入普遍高于未入社的，人均多收了200多元，增收幅度较大。一些办得较好的新型合作经济组织，入社农民多收入高达几千元。比如，黑龙江省集贤县板子房西瓜专业协会会员2004年人均收入达到1万元，比当地农民正常收入高出7 000多元。

【案例2】 黑龙江省方正县社创办农民专业合作社助农增收

方正县供销合作社坚持不断引领农民做大、做强稻米产业，帮助农民增加比较经济收入的原则，在天门乡利民村创办了方正县利民绿色稻米专业合作社。经过4年多的发展，方正县利民绿色稻米专业合作社在带动当地经济发展、促进农民增收上取得了良好的成绩。

方正县利民绿色稻米专业合作社于2006年成立，专业合作社成立以后，充分发挥了主体地位和引领拉动作用。它以南天门米业有限责任公司为依托，走“公司+农户+生产基地”的发展之路，搭起了以订单农业为主要形式的产业化经营“龙”型平台，初步架起了农民与市场、与企业之间的桥梁。2006年，利民绿色稻米专业合作社生产优质水稻20万公斤，实现产值45万元，实现利润2.5万元，为专业合作社社员增加比较收入30万元以上，附近村屯的一些农民开始对专业合作社有了新的认识，纷纷申请加入绿色稻米专业合作社。

发展特色水稻种植，提高农民比较经济收入始终是绿色稻米专业合作社坚持的原则。2009年春，通过与专业合作社社员充分协商，在利民村刘家屯原有有机水稻种植基地的基础上，进一步明确地块，确定48户农民、两块地共500亩为有机水稻长期种植户，并明确规定，农家有机肥由每年每亩施用1立方米增加到1.5立方米，其他肥料一律由合作社统一在通过有机认证的黑龙江省达丰科技开发有限责任公司购买，在天门、利民、黑河口等7个村共56户确定香稻种植面积1 400亩，富硒水稻7 900多亩，绿色水稻面积23 200亩，总面积达33 000亩。秋天收获时，经统计，平均单产达500公斤，部分农户可达600公斤，特色水稻种植可为农民社员增加比较收入近200万元。

为了降低专业合作社社员的生产成本，确保绿色稻米生产需要，2009年专业合作社为社员购进水稻测土配方肥120吨，尿素45吨，每吨比市场价格低100元，给合作社社员减少生产成本1.2万元。方正县利民绿色稻米专业合作社统一到省市种子部门认证的种子公司集中购进种子，按批发价加运费直接供应给专业合作社社员，每公斤比市场价格低0.4元，给合作社社员减少生产成本0.7万元，两项农资商品共为农民节省支出1.9万元。

截至2009年，方正县利民绿色稻米专业合作社入社社员已达280户，带动农户720户，绿色水稻生产基地11 000多亩，总资产已达180多万元，其中净资产68.7万元。在日前召开的方正县利民绿色稻米专业合作社社员分红大会上，全体社员共分得红利和二次返利38 258元，订单超市场价，收购专业合作社绿色水稻惠农增收117 079元，农民专业合作社社员得到了实惠，一致赞扬方正县供销社和米业协会帮助办起了农民专业合作社，是惠农富农的好帮手。

2010年，方正县利民绿色稻米专业合作社将进一步扩大特色水稻种植面积，搞好订单农业，做好专业合作社生产的一系列服务，争取发展社员实现300户，带动农户达1 000户以上，每个社员平均增收3 000元以上。

（资料来源：黑龙江省供销合作社信息中心，2010年5月11日）

第三节 黑龙江省农村新型合作经济组织发展过程中存在的主要问题

一、规模小、实力不强，处于起步阶段

黑龙江省农村新型合作经济组织还处于起步阶段（见表4－

3)，总体水平还很低，但发展势头迅猛。截至2005年，东北三省入社社员规模超过110万户，约占农户总数的7%，高于全国3%～5%的平均水平。但农村新型合作经济组织在东北地区总体上发展水平仍然很低，覆盖农村和农户的范围狭窄，真正意义上的农村新型合作经济组织作用难发挥。具体表现为：

一是组织化程度不高。多数新型合作经济组织特别是民办经济组织，处于自发状态，往往是大宗农副产品上市之前临时拼凑起来搞一阵子，组织结构比较散，有相当一部分合作社与社员的关系基本停留在商业买卖关系上，没有形成利益共同体。

二是专业合作社专业化特色不明。一些新型合作经济组织往往是既销“西瓜”又卖“芝麻”，既搞销售，又搞技术服务，“小而全”问题比较突出，没有形成专业特色。合作社提供的服务层次偏低、综合竞争实力弱，开拓市场能力较差。

三是大协作意识不强。各地新型合作经济组织种类较多，但真正在专业化基础上开展行业协作的很少，各专业合作经济组织联合起来形成紧密性经济实体的更是少见，同行业相互杀价，组织结构规模小，在很大程度上制约了农村新型合作经济组织的大发展、大提高。

四是农村尚缺乏具有合作理念、懂经营、有威望，并愿意带领农民共同开拓市场的企业家类型的合作事业领办人。

表4－4　黑龙江省农村合作经济组织与全国及发达国家比较

比较内容	发达国家	中国	黑龙江省
商品化程度	商品化程度高	多数合作经济组织商品化程度不到30%，相当一部分还处于温饱阶段，谈不上真正意义上的商品化生产	处在初始商品化阶段

（续上表）

比较内容	发达国家	中国	黑龙江省
组织化程度	成员与合作经济组织利益密切相关，组织化程度高	农村以家庭承包经营为主，产权模糊，经营不善，联系松散，组织化程度低，发展较为缓慢	组织化程度偏低，参加合作社的农户率为2%左右
现代化和知识化程度	世界农业进入了以高科技和信息化为标志的知识化阶段，现代化和知识化程度较高	农村合作经济尚处于发展初始阶段，现代化和知识化程度较低	少数专业合作社开展电子商务业务，总体上现代化和知识化程度很低
专业化程度	专业化程度较高	大多分布在乡村范围，专业化程度普遍偏低	专业化程度低，但处在大力发展阶段

（资料来源：新华社，2003 年 3 月 23 日）

二、运营效率低下

黑龙江省各类农村新型合作经济组织绝对数量较多，但参与农民比例还是过低。现有的新型合作经济组织规模小、实力较弱，运作不规范，组织内部与成熟的合作社比较起来，运营效率低下。合作社作为真正的企业没有按照企业机制运作，合作社领导人对企业长期发展思路模糊，盲目的跟风效应使合作社短期内难见经济效益，也影响其长远发展，真正能发挥作用的合作经济组织不多。究其原因，主要有农民思想认识障碍、各级政府和相关部门对合作经济组织有认识误区、现有农业经济组织缺陷、制度环境障碍、农村新型合作经济组织内部运作机制制约因素等。组织运营效率低下是影响新型合作经济组织发展壮大的关键性制约因素。

在今后的发展过程中，农村新型合作经济组织在坚持对内服务的基础上，要多以企业化思维发展合作社，注重其对外赢利性，按照企业发展战略考虑，尝试在合作社内部建立企业决策系统、动力系统、管理系统、信息系统，使其发展正规化、企业化。在完善内部管理机制的同时，提高效益，最终提升合作社的整体效率。

三、缺少有力的政策立法支持

我国至今没有出台合作经济组织法（亚洲只有朝鲜和中国没有合作经济组织法），现行法律没有赋予合作社企业法人地位。农民合作社虽然写进了《农业法》，但在规范运作、经营管理等方面都缺乏具体的法律保障，合作社的确认、登记无明确的部门负责。调查中发现，合作社办理企业法人营业执照是个难题。在同一个城市中注册，有的区发给法人工商执照，有的区发给社团法人执照，各地区政策不统一。这种政策的不定性导致合作社解决纠纷时缺乏法律依据。

合作社作为互利合作性质的农民经济组织，在税费方面基本没有优惠，农村新型合作经济组织在市场竞争中处于劣势，也影响了组织的发展和作用的发挥。

各类农村新型合作经济组织没有获得相应的法律地位，其职能、称谓繁多，术语不统一。文献和实际调研表明，有专业合作社、专业协会、农村专业技术协会、研究会、农村经济合作社、农村综合服务社、农产品行业协会、农村合作经济组织协会等很多提法，缺乏一个具体统一的称谓，既不利于管理和研究，也不利于我国合作经济组织立法的出台；有关合作社立法的具体出台还没有确切的实施时间表；农业部作为广义农民组织的职能部门，其授权及具体职能和职责没有具体化，如以前的集体组织等农村组织也都被当作服务和管理对象。

四、认识有偏差

地方政府对合作社认识模糊，一些部门对农村新型合作经济组织发展的必要性、重要性和紧迫性缺乏足够的认识，工作中没有将合作经济组织摆到应有的位置。甚至有的地方“恐合”心态严重，担心随着农民经济上的合作联合日益紧密与壮大，管理难度加大。认识上的不足导致了领导上的无力，制约了农村新型合作经济组织的发展。由于认识模糊，一些地方政府对农村新型合作经济组织发展实践缺乏理论上的总结，在农村新型合作经济组织的性质、地位、管理、组织程序等问题上存在着说不清楚、做不利索的现象，甚至一些地方对农村新型合作经济组织的兴办、起名、挂牌、运营、管理、监督、解散等方面都比较随意。政府制定鼓励、支持农村新型合作经济组织发展的政策措施力度不大，有些已制定的政策没有得到贯彻落实。

五、组织内部运行机制不规范

由于农村新型合作经济组织尚处于起步阶段，其组织内部制度建设还不完善，具体表现为：

一是没有建立起社员所有的产权制度，特别是在政府部门牵头兴办和供销社领办的农民合作经济组织中，存在产权不清的问题，社员的主体地位有待明确。

二是合作社受政府干预过多，对政府依赖性较强，运作不规范。

目前，大多数农村合作经济组织是由供销社牵头，能人、大户领办，以不同方式挂靠政府，这样就使政府在合作经济组织的运作过程中充当了主角，很多经营方面的事都由政府包揽，致使合作经济组织偏离了民营化轨道，没有形成利益共享、风险共担的经营机制，没有真正成为一个自主经营、自负盈亏、自我发展的独立经济实体。多数新型合作经济组织没有建章建制，制度约束力不强，管理手段落后，应变能力不强，规避风险能力弱，在市场风云骤然变化时束手无策。

三是大多农村新型合作经济组织内部机构、章程、制度不完善，缺乏符合合作经济规则的社员控制的决策机制和利益分配机制，运行不规范。其主要表现为会员大会或会员代表大会不能定时召开并行使职能，监事会等监督机构乏力；会长、秘书长、会员的责、权、利不明确，经费、财务管理不民主；相当部分农村新型合作经济组织没有章程，各方面责、权、利关系不明确。在这种情况下，农村新型合作经济组织在初始阶段尚可维持，一旦有一定积累后，各种经济纠纷将不断出现，难免出现发起人独占利益或成员之间互侵利益等问题；很多农民只享受利益，不承担责任，完全靠发起人、带头人的兴趣和觉悟，发起人既是董事长又是总经理，一人控制合作社，社员参与程度低，合作社缺乏凝聚力，这些都是制约农村新型合作经济组织进一步发展壮大的内在因素。

第四节　黑龙江省农村新型合作经济组织的典型案例分析

一、典型案例介绍

1. 黑龙江省巴彦县洼兴农民养猪专业合作社

巴彦县洼兴农民养猪专业合作社于2003年以洼兴养猪场牵头，吸纳天增、镇东、龙泉、木兰县等9个养猪大户为社员成立的跨区域专业合作社，如今已吸纳240多户农民入社。专业合作社年均实现销售商品猪3万头，实现产值2 000余万元。

合作社实行社员会议决策、理事会主任负责制，即较大的经营和服务活动由社员会议集体讨论决策，由主任具体负责组织实施。专业合作社在经营、服务上实行统一引繁和供种、统一养殖技术、统一防疫规程、统一饲料（配方）、统一营销的“五个统一”。即社员饲养的纯种公、母猪和二元母猪都由专业合作社生产，并以优惠价提供；统一防疫；社员们饲养的生猪全部由专业合作社按生猪免疫程序免费防疫；统一购进饲料和养殖配方；统一应对市场；根据市场行情，生猪销售实行统一定价，专业合作社无偿提供市场信息服务和帮助寻找市场；分散饲养管理，社员们的生猪由其自主饲养管理，专业合作社提供技术指导和服务。

在利润上实行一次性分配，即在经营、服务的统一上所取得和提高的效益，以及降低的成本不收为专业合作社的经营所得，直接给予社员；在费用上实行一次性摊销，即在专业合作社的运营中所发生的费用由专业合作社理事会一事一议表决后分摊。同时建立合作金制度，每名入社社员按年末生猪存栏量向专业合作社缴纳合作金 1 元/头，此合作金用于防预风险和新技术研发，即社员在生产经营中发生无法恢复生产的非内因损失，用合作金按恢复生产额度给予全力支持，在取得收益后再收回，以及依托洼兴养猪场开发新的生猪养殖、繁育技术，以体现合作的基本原则，保证社员养殖户生产安全和抵御市场风险。合作金在达到一定数额后按比例返还而后重新积累，退社时则全部返还。在社员的吸纳上实行社员和准社员两种方式，即达到入社的生产经营规模的养殖户在缴纳合作金后入社，享有本社社员的所有权利，准社员为未达到入社标准但提出入社申请的养殖户，其享有合作金支持外的其他权利。

2. 黑龙江省哈尔滨市平房区无公害蔬菜合作社

哈尔滨市平房区农民有种植秋白菜的传统，平房、平新两镇 11 个村 2 083 户农民种植白菜在万亩以上。随着农村改革的不断深入和产业结构的不断调整，农民千家万户的小生产与千变万化的大市场的矛盾日益突出，增产不增收的矛盾日益突出。在这种情况下，平房区供销社按照依托当地无公害白菜的资源优势，在不改变现有家庭联产承包责任制的基础上，以专业合作社形式把农民组织起来，于 2003 年创立了平房区平新镇无公害白菜专业合作社。目前入社社员 406 人，社员股金 36.4 万元，固定资产总额 185 万元，年均销售额 200 多万元，年均利润达 2 万元，在全省率先通过了农业部农产品质量安全中心产品认证。

专业合作社的成立，遵循了成员共同出资、共同参与管理、共担风险、共享利益和坚持自愿的原则，建立了社员代表大会制度。合作社通过民主选举组成了理事会、监事会，理事会共 8 人，其中农民社员占 5 人。在领导组织机构产生过程中，一直遵循“民主性、群众性和精简效能”的原则，受到社员的拥护和认可。

专业合作社在工商局登记注册，是法人实体。合作社经营范围包括：

第一，合作社突出为社员服务的职能，为社员提供科技服务。发放科学种菜的书籍，使社员按无公害标准化指导生产。同时成立庄稼医院，做好病虫害的预防和诊治；举办生产技术培训班，聘请专家对农民进行培训，先后培训社员 1 800 人次。

第二，提供信息服务。2003 年、2004 年秋白菜喜获丰收，亩产超 5 000 公斤，总产 4 000 万公斤。在秋白菜上市前，合作社派人前往山东寿光、上海、北京等蔬菜市场了解行情，使农民及时获得外地价格偏低、运费上涨等信息，避免外销风险；合作社通过广告等媒体宣传“平房牌”无公害白菜，吸引外地经纪人来社洽谈业务，《哈尔滨日报》对“白菜广告销售”的事迹做了新闻报道。

第三，销售服务。专业合作社为了刺激白菜销售，为社员制作了 160 多个写着“我省唯一获得国家无公害产品认证平房牌无公害白菜”的条幅，并制作了胸卡。社员李宝种的 22 亩白菜，总产 11 万公斤，每公斤比普通白菜多卖 0.06 至 0.08 元钱，增收近 9 000 元。

第四，仓储服务。合作社提供 600 多平方米的恒温大库，为农民储菜 30 万公斤。

第五，深加工服务。合作社得到当地政府和市供销社的支持，投入30万元新建300平方米的生产车间，进行白菜深加工。合作社将500口大缸发到30多户社员手中，腌制酸菜7.5万公斤，并注册了“哈平牌”无公害酸菜商标。通过家庭生产、集中销售的策略，以每公斤增收0.3元计算，返利给社员22 500元。

3. 黑龙江省宁安市渤海镇水稻协会

闻名全国的宁安响水大米、镜泊湖大米产自黑龙江省宁安市渤海镇。渤海镇水稻协会作为农村新型合作经济组织，在水稻的种植、销售过程中起到了重要作用。

渤海镇有土地6.7万亩，其中响水大米种植面积3.79万亩（石板地面积），占全镇土地面积的57%。近年来，随着响水牌、镜泊湖牌大米声誉的提高，市场需求量也不断扩大。但随着种植面积的扩大，产量的增加，水稻质量反而下降。渤海供销社及时组织专家进行调查研究，认为原因在于：一是水稻品种混杂、退化；二是水稻生产技术指导不到位，投入产出比较低；三是种植户自发经营、分散发展、各自为战，没有形成规模优势，难以对抗激烈的市场竞争。经过深入分析，专家们一致认为，水稻生产出现的问题归根结底是作为弱势群体的农民缺少组织载体，难以实现千家万户的大生产与千变万化的大市场对接。发展水稻专业协会，创新农村微观组织机构，发展新型专业合作经济组织是解决问题的根本出路。通过调查发现，要办好协会，必须具备三个条件：一是要有水稻专业技术人员；二是要有水稻生产物资供应；三是要有水稻生产、加工、销售的龙头企业。经过努力，渤海供销社聘用了原渤海镇农业书记、水稻农艺市朴锦春为技术专家和常年水稻顾问，并争取到了响水米业等龙头企业的扶持，承诺每年给订单任务1 000吨，订单内水稻每公斤高于市场价0.2元，并由龙头企业全部收购。

建立健全符合产业发展特点的章程，章程中明确规定了会员的基本条件，即农民自愿、村委会推荐、任劳任怨、靠地为生、卖粮困难、科学种田意识强的农户，向协会提出书面申请，经理事会审查通过后方可入会。经过民政部门批准，2002 年 8 月 8 日，宁安市渤海水稻协会正式成立。协会下设 7 个水稻分会，1 个水稻科技物资服务中心，1 个大米专业合作社。协会主要职能是督促落实协会决议，推荐吸纳会员入会，开展技术指导，供应配套物资，组织专家授课，发布信息，帮助销售农户产品，搞好良种示范试验，组织外出考察，总结交流经验等，为会员和农户提供综合配套服务。加入协会的种植农户以往卖水稻时是 1.6 元/公斤，现在能卖到 3 元/公斤以上，即使灾年也比市场价格高出 0.2 元/公斤以上。

二、黑龙江省农村新型合作经济组织调研案例研究

本案例分析结果是基于对黑龙江省巴彦县洼兴农民养猪专业合作社（见典型案例 1）和黑龙江省哈尔滨市平房区无公害蔬菜合作社（见典型案例 2）的分析研究所得。

1. 黑龙江省农村新型合作经济组织制度建设

（1）发展模式。发展模式主要有两种：①与供销社联系十分紧密，形成了供销社职工牵头创办模式（案例 1）。这种模式是供销社在改革过程中，其职工转变身份后，通过自己的努力发展成为种、养、运销专业大户，然后联结周边农民联合种植与养殖，从而形成一定规模的产销专业合作社。②以供销社为依托，组织农民参与共同兴办的专业合作社模式（案例 2）。实地调查的案例局限在供销社系统牵头组建的专业合作社内部。

（2）社员的加入和退出方式。社员加入方式主要有三种：①自然加入，即在该区域从事相同或相关行业的农户自然成为该合作经济组织的会员。②申请加入，即一般不受地域限制，只要承认章程，自己申请并通过批准即可成为会员。③自然加入和申请加入并用，这种情况是指区域内的农户自然加入，区域外的农户需要通过申请才能加入。退出方式也有三种：①自然退出，一般包括三种情况，因死亡而退出、因离开本区域而退出、因不按

时缴纳会费或不参加协会的活动达到一定期限而自动退出。②自愿退出，即社员本人提出退社申请，但一般都需要经过申请批准程序。③被迫退出，指社员严重违反国家政策法律、违反本合作经济组织的章程和规章制度等，被合作经济组织除名。

(3) 社（会）员的权利和义务。会员的权利一般包括会员资格权、会员优待权和会员监督权三类。会员资格权包括会员的选举权和被选举权，参加协会各项活动的权利；会员优待权是相对于非会员而言的，在专业合作社及协会提供的各种服务，如物资供应、资料发放、参加培训、技术信息及政府优惠政策等方面享有优先权；会员监督权体现在对合作经济组织的理事会工作监督以及提出批评意见和改革方案等。会员义务最主要的是要遵守合作经济组织章程，执行合作经济组织的决议，维护合作经济组织的利益，包括按时缴纳会费、参加合作经济组织活动、完成各项任务等。

(4) 合作经济组织的内设机构及职能。专业合作社与协会的机构设置包括社员或会员代表大会、理事会与监事会、职能部门三个层次。①社员或会员代表大会。大会由全体成员或成员代表参加，是合作经济组织的最高权力机构，一般定期（一年一次）举行。②理事会与监事会。理事会是合作经济组织的常设机构，在社员或会员代表大会闭会期间负责日常工作，对社员或会员大会负责；一般设有会长或理事长、副会长或副理事长、秘书长、理事、监事等职务，一般任期为2至3年。负责制定本会各项管理制度、规定和办法，及时向政府反映农民的要求，组织开展有关业务活动，负责社员、会员大会的召开和筹备工作，向社员、会员大会报告工作，聘任或解聘工作人员。设立监事会，形成监督制衡机制，保证合作经济组织的正常进行。③职能部门，一般包括生产、经营、服务等机构。

(5) 资金来源和管理。资金来源主要有三个方面：一是合作经济组织对外提供的有偿服务；二是会员的会费；三是政府、社会或个人的赞助。在这三者中，主要依靠的是会员的会费收入。在调查中，农户反映最多也最紧迫的问题就是资金紧缺问题。关于资金的管理，资金主要用于组织的日常开支，并建立了有效的管理机制，一般由秘书长或其他专人负责，按期进行预算和决算，并交会员大会审议。

（6）利润分配。在调查的专业合作社和协会中，有的是一种纯粹的服务性组织，没有营利性活动，没有资金来源，不能进行分配；有的合作经济组织在对会员提供服务的同时，也从事一些经营性的业务活动，有相对固定的收入来源，可以进行利润分配。一般地，合作经济组织在扣除正常运作的经费开支后，按照国际通行的合作社原则进行分配，即根据会员惠顾额进行二次返利，有的合作社实行一次利润分配形式。

2. 专业合作社和专业协会的作用

（1）加快农业结构调整进程，促进地方支柱产业发展。专业合作经济组织通过为农民进行购销服务、传递市场信息，通过技术服务，指导农民怎么调、怎么种，促进专业生产的发展和产业结构的调整，提高农业比较效益，增加农民收入。如巴彦县玉米协会和大豆协会，统一为农民提供优质良种，提供种植技术，进行专项培训，并以高于市场价的价格收购农民的产品，使种植农户每年直接收益增加了5%。

（2）通过专业合作经济组织的组织和引导，使农产品顺利进入市场并实现其价值。一是为会员提供经济信息，指导会员错开播种、生产和产品上市时间，避免同一类产品集中上市；二是牵线搭桥，做好中介服务；三是建立自己的销售网络，将组织成员的产品打入市场。

（3）推动农业产业化经营。作为农业产业化经营的一种组织载体，专业合作经济组织是农民自己组织起来、联合起来创办的共营性经济组织，与广大农民利益关系密切，与农民天生就是利益共同体。农户和协会签订合同，手拿订单去生产，解除了农民的后顾之忧。通过“公司＋合作经济组织＋农户”的形式，形成真正的“一体化”经营的利益共同体，“公司＋合作经济组织＋农户”优越于公司直接加农户，改变了“法人”对“自然人”博弈的格局。

（4）促进农村生产要素的合理流动和优化组合。农村合作经济组织把农村分散的小生产、农民的劳动与技术、资金，以及产加销各环节有机联结起来，通过实施各种专业服务，扩大农业生产分工的细密程度，促进土地、资金、技术等生产要素的流动重组，通过合作使各种资源得到充分利用，做到人尽其才，物尽其用，各取所长，相得益彰。实现农业经济资源的优化配置，对农村商品经济的发展与农民收入的提高起到了促进作用。

（5）促进科技成果转化。技术培训服务是黑龙江省农民专业合作社和专业协会形成和发展的基础，各个农民专业合作社和农产品行业协会为了使自己的农产品不断满足市场变化的需要，就必须不断更新生产技术和优良品种，引进并掌握先进的科技成果和生产技能，提高产品的科技含量。

（6）发挥桥梁和纽带作用，维护成员的合法权益。专业合作社和专业协会可以促使政府转变工作职能，改变工作作风，强化服务意识，把一些不该管、管不了、管不好的工作交给合作经济组织去办，解决政府部门在市场经济中的“越位”、“错位”、“缺位”问题，真正负担起农民和企业做不到、解决不了的各种事情。

（7）提高农民的组织化程度。各类专业合作社和农产品行业协会，可以把农民和企业组织起来，协调一致，参与国内市场竞争和国际竞争与交流，应对国内和国际市场的挑战。

3. 专业合作社和专业协会在发展过程中存在的问题

第一，发展面临资金约束。

合作社发展遇到的最大障碍是发展所需的资金问题。

发展蔬菜深加工产业，形成产业链条。白菜要窖储，要腌成酸菜，就要扩大厂房、增加设备，资金需求是硬约束。在资金解决上，建议采取“五个一点”的筹资办法，即“当地政府支持合作社一点，有关部门出一点，合作社发展资金里掏一点，农民自己拿一点，乡镇政府及村社出一点”，千方百计筹措和落实建设资金。也可以考虑实行农民股份制筹集资金。在资金申请手续上，实际运作过程中要层层打报告，层层行政审批，这种人为因素是个大障碍。因此，呼吁各涉农部门（农委、农业银行、财政等）将“三农”问题特事特办，抓住政府支持“三农”发展的大好契机，从速从简解决农民发展资金问题。

合作经济组织承担政府委托的任务，政府应当提供必要的资金和成本费用，建议在即将出台的《合作组织法》中，将对合作组织在初期发展过程中紧缺的资金和技术等生产要素以法律形式明确规定由国家财政或地方财政提供支持，同时建立和完善通过农民合作经济组织对农民实施收入支持的政策，并联合组织安排有关扶持资金。

第二，合作社作为企业法人实体，在发展上缺乏长远打算。

合作社领导人对企业长期发展思路模糊，盲目跟风使合作社短期内难见经济效益，也影响其长远发展。在今后发展过程中，要多以企业思维发展合作社，注重其对外赢利性，按照企业发展战略考虑，尝试在合作社内部建立决策系统、动力系统、管理系统、信息系统，使其发展正规化。

（1）在领导班子建设方面，要建设一个与时俱进、真抓实干、团结协作、务实创新、乐于奉献的领导班子，担当发展合作社事业的领头羊，并培养出一支吃苦耐劳、能征善战的队伍（建立企业决策系统）。

（2）在企业运作机制上，以合作制为基础，坚持市场导向原则，采取商业化运作策略，加强市场管理。根据资源优势和地域优势，以市场为向导，组织农民进行生产经营，大力发展具有市场竞争优势的特色产业或经营项目，培育特色经济，打造农产品品牌；考虑服务与营利相结合，系统内相互合作，系统外联合竞争，规模发展。对内讲服务，对外讲赢利；专业合作社之间相互合作，信息共享，规模发展，专业合作社组成联合社，联合社再组成大联合社，抗拒市场风险；坚持建立经济利益共同体原则。正确处理专业社合作社、综合服务社、龙头企业、连锁企业与农户之间的利益关系，建立起风险共担、利益共享的运行机制和经济利益共同体，谋求多个利益主体利益均衡、实现多赢（建立经营管理系统）。

(3) 在组织形式上，以流通合作社为主导，专业性和综合性相互发展，行政性和区域性协调并存，多样化、多形式共同发展。比如，蔬菜、食用菌合作社是一种专业性的组织，但它里面包融一种综合性；行政性和区域性，有些以行政村为主，有些以经济区域为主。

(4) 在组织体系上，以合作制为基础，内联社员，外联市场，自下而上，相互融合，开放联合。开始办的时候，相对独立，发展到一定规模后则进行开放联合，组织联合社，可以联合各村、行政区的同类合作社，即跨区联合、跨地域联合。

(5) 企业组织边界方面，以企业生产、销售半径决定企业辐射范围。按照交易费用理论，将企业经营上的盈亏平衡点定位于边际成本和边际收益相等时的那一点上，当组织成本（管理费用）大于组织收益时，应减少入社人数，减少组织成本，可采取分立成小的合作社的方式；当组织收益大于组织成本时，组织才能正常运行。

(6) 在人力资源管理方面，依靠政府优惠政策吸引大中专毕业生和有管理经验的人才来合作经济组织工作，落实并用好政府关于人才引进的相关政策；加强社员培训，全面提高合作社社员的综合素质；合作社领导成员要掌握市场竞争知识，熟悉WTO相关规则，使自己的知识结构适应市场竞争的需要；努力建设一支能组织、会管理、善经营的团队。

第三，立法政策不统一的问题。

合作社办理企业法人营业执照是个难题。有的区发给法人工商执照，有的区发给社团法人营业执照，各区政策不统一。实际上，合作社发给社团法人执照或农委发的行政许可证是不合适的。

在政策上，要承认合作社是合作社法人实体，不能按照社团法人来注册。建议早日出台《合作组织法》。在《合作组织法》中，一是要确定合作组织在市场经济中的经济地位，确定合作组织的合作社法人地位，合作社法人与一般赢利性法人不同，合作社法人有合作经济互助互济的性质，在税收上享有一定优惠，而以赢利为目的的企业法人则没有；二是确定社员的身份，是合作经济实体成员之一，不是散兵作战。

第四，税收方面。

根据国家规定，农产品进入市场后，不应该收取一些额外税费。但农民进城卖菜，有的地区执行土政策，不但收取卫生费、占道费、工商管理费，还要他们交税，使农民负担加重，这种现象虽经多方呼吁，但成效不大，政府部门解决力度不够，问题没有得到根本解决。

第五，合作社需要市场、信息等多方面的大力支持。

政府、农委及一些主要涉农部门应该利用自身条件便利的特点，发挥为农服务职责，提供农产品外埠供求价格、需求量等信息，使农民在对外销售时能心中有数，不盲目外出，以节约成本。

第六，合作社发展中存在的现实矛盾。

协会作为中介组织，按照中介组织管理办法，要收取服务金额2%的中介费用作为协会发展资金；专业合作社要自主经营、自负盈亏，要从服务中要效益，实现企业职能。但现实中，帮农民卖白菜分文不收，合作社发展受到资金限制。未来专业合作社要发展成为标准的实体型的专业合作社、办成标准的企业型实体，路还很长，短期内难以见到经济效益，但是作为一个组织，要维持正常运转就必然要花费成本、支付管理费用，这就导致了矛盾的必然出现——合作社的成本谁来支付？合作社领导人没有节假日，赚的是死工资，没有激励机制，新时期的这种传统报酬制度也会影响合作经济组织管理者的工作热情和积极性。

本章小结

本章以经济欠发达地区同时又是产粮大省、农业人口大省的黑龙江省农村新型合作经济组织为研究对象，系统地阐述了农村新型合作经济组织的发展现状、类型划分、特点及存在的问题，同时对黑龙江省农村新型合作经济组织的典型案例进行了研究，为后文政策建议的提出提供了实证分析基础。

通过对本章的分析研究及深入思考，形成如下观点：①在黑龙江省农村，新型合作经济组织有多种模式，但无论这些经济组织采取什么样的组织方式，以什么形式出现，都是市场经济条件下分散农民的理性选择。②虽然这些经济组织在各个方面还不尽完善，离经典合作社原则还有一定差距，但这些经济组织都有共同的经济目标和共同需求，在维护农民经济利益和社会地位方面作用显著，应该在政府的大力支持下茁壮成长。③经济欠发达地区农村新型合作经济组织在发展初期体现出的不平衡性和不均衡性，导致发展中国家农村合作经济事业发展缓慢，但国际经验告诉我们，合作经济在发展初期的不平衡和不均衡是传统农业国家向工业国家过渡时期的一条基本经济规律。

第五章　农村合作经济组织发展的国际经验与启示

第一节　综合合作社模式——日韩模式

一、综合合作社模式的特点

发达国家和发展中国家的农民合作社主要有两种类型：一种是综合合作社，以日本、韩国为代表；另一种是专业合作社，以欧美各国为代表。

综合合作社有完整的分级组织体系，以全国合作总社为核心，以基层合作社为服务重点，综合指导和协调社区及区域合作社的经营活动，以日本农协、韩国农协为代表，主要特点有以下几方面：

1. 独特的行政区划组织体系

日本农协实行自下而上层层组建的原则，与其行政管理体系相一致，分为市、町、村，都、道、府、县和中央三级，合作服务网络体系遍布全国，分为基层农协、县级联合会、全国农协联合会三个体系。韩国农业合作社则实行基层合作社——合作社中央会的两级组织体制。农业合作社拥有金融、农产品销售、工业品购买、产品加工、设施共同利用、社会保障和教育指导职能。

2. 综合经营、服务内容全面

日本农协开展综合经营联合服务，根据农业经营和农民需要提供服务。农协组织不仅进行农产品分类加工、委托贩卖、储藏运输以及生产资料和生活用品的供应，还从事信用、保险、生产和生活指导、培训、文化娱乐等活动。韩国农协是韩国农业领域最大的民间组织，设有1个中央总部、15个地区分部。农协中央会的两大主要业务是农产品推销业和金融业，也是会员农协的主要业务活动。无论在农村还是在城市，农协中央会及其会员农协在农产品和消费品的营销方面都扮演着重要角色。农协系统拥有覆盖全国每个角落的银行网络系统，为广大农民及城市提供服务。韩国农协的系列培训和指导服务如表5-1所示。

表5-1　韩国农协进行的培训和指导内容

年　代	培训或指导内容
20世纪60年代	推广理念，调整组织： 1. 推广合作社理念 2. 开展新农民运动 3. 推广自助、互助精神 4. 指导会计、记账等基本技能
20世纪70年代	推广新村运动，指导增收事业： 1. 推广新村运动精神 2. 指导村单位的增收事业 3. 指导“营农会”、“妇女会” 4. 支持粮食增收政策 5. 支持新农村收入综合开发事业
20世纪80年代	支持区域农业发展，推进流通事业： 1. 指导农业经营技术和农产品销售 2. 建立新农民技术大学和农协指导员教育学院 3. 指导非农收入事业
20世纪90年代	指导农业结构改善与农村福利事业： 1. 指导农业结构改善事业 2. 指导区域农业发展规划 3. 强化农业经营指导员的指导工作

（续上表）

年　代	培训或指导内容
21世纪初	指导农业经营创新，支援合作社内部组织： 1. 指导生产、经营、流通 2. 支援和培育合作社内部组织 3. 推进区域农业发展规划 4. 培养新一代农民 5. 支援社员的生活 6. 指导社员组织进行的事业

（资料来源：《韩国农协论》，2001）

3. 服务体系完整

综合合作社有完整的分级组织管理体系，以全国合作总社为核心，以基层合作社为服务重点，综合指导和协调社区及区域合作社的经营活动。综合合作社的优点在于可以为社员提供便利服务，有利于协调和管理及降低组织成本，适宜于小规模、零散性经营的农户，但缺乏竞争，难以优化合作社的规模结构。

4. 农协与政府之间是相互依赖、共存共荣的关系

农协的产生和发展离不开政府支持，农协同时也是政府连接农民的中介。在亚洲许多国家，如日本、印度、泰国、韩国等，合作社都属于政府推动模式，即政府在合作社产生和发展过程中起到了决定性的推动作用。这种类型合作社的组织体系、经济功能等都是在政府直接推动下实现的。在这种相互依赖关系的作用下，农协依靠政府制定符合农民利益的农业政策，政府的法律、有关农村政策依靠农协帮助实施，农协成为政府贯彻实施执行农业政策的有力助手。韩国农协就悬而未决的农业问题向政府提出建议以供参考和立法，使农业管理和农业经济各项政策合理运转；开展与政府相关的活动来保护农民权益，督促政府将一些政策合法化，要求政府修改不合适政策；向政府和国会反映农民愿望等。农协在“亚洲农民合作组织”、“国际农业生产者组织”等国际组织中扮演重要角色，加强了韩国在WTO农业谈判中的地位。

【案例】 日本的农协系统

在日本，农协社员所需的生产资料合作购买业务主要是通过全国农协经济联合会、县经济联合会和基层农协3个层面的组织来完成的。其中，全国级农协的农业投入品采购主要通过国内生产厂家或进口商进行；县级农协采购除了主要来自全国农协外，投入品采购还部分地通过一级批发商或通过生产厂家采购；基层农协所需投入品除了由县级农协提供外，其余部分则要依赖批发商。

农协实行“预约订货、计划购买”的合作购买原则，并且购买活动采取“无条件的完全委托”方式，即购买方不能提出任何附加条件，一切妨碍合作购买活动的特殊要求都将被忽视。社员在信任的基础上对所购买投入品的品种、交货时间乃至价格全权委托给农协负责。投入品购买价格采取以财务年度为限计算出全年平均价格的做法，以减少季节或市场变化带来的价格大幅波动。而投入品购买中实际产生的运费、保管费等则由农户按照实际费用进行负担。此外，农协采取现金支付的方式，以促进交易过程的合理化，提供业务效率。

具体的商流（投入品订单）流程是：由基础农协获取社员的需求，而后上报到县级农协归总、协调，再提交到全国农协进行品种、规格、数量、供货期等的汇总统计，并统一组织在国内外市场上集体采购。农协控制了大多数农业投入品的市场供给，而在各级农协的合作购买活动中，全国级的农协是主体，具有举足轻重的作用。[①]

① 章政．现代日本农协．北京：中国农业出版社，1998

二、综合合作社模式对黑龙江省发展农村新型合作经济组织的启示

1. 坚持合作制原则，依法规范、依法治理，把农协办成农民自己的合作经济组织

在日本农协发展起步阶段，日本国会就颁布实施了《农业协同组合法》，政府还根据农村经济和农协事业的发展需要，对《农业协同组合法》进行了23次修改和补充。它不仅规定了农协的性质、宗旨、权力、义务等，而且对政府如何监督管理农协作出了明确规定。这就避免了农协的异化倾向，保护了农协的合法权益，保障了农民参与市场竞争的合法权益。日本《农协法》规定，参加农协必须具备三个条件：一是在本农协辖区内居住，二是本辖区内有土地，三是每年参加劳动不少于90天。具备这三个条件才能取得正式组合员资格，有代表权和选举权；如果只具备第一、第二条，只能取得准组合员资格，无表决权和选举权。农协的干部实行选举制，职员实行聘用制，非农民社员不能担任农协领导职务；作为农民社员的合作经济组织，农协经常向政府反映农民的要求，维护农民利益，同时保证了政府农业政策的贯彻落实，促进了日本农业的发展和农村经济的稳定。

2. 在农协组织功能配置上，注重专业化与综合化相结合

日本农协现行体制分为全国联合会、县联合会及综合农协三个层次。一方面，与农户直接联系的是综合农协，具有综合服务功能，能够为农户提供生产生活、采购、销售、保险、信用等全方位服务，农户只需加入一个组织即可得到所需的全部服务，大大方便了生产与生活。另一方面，为解决综合农协存在的服务功能多样化、单项服务水平和规模质量不高的问题，县级农协联合会和全国农协联合会采取了明确的专业化管理，分为信用联（中央金库）、经济联、共济联等各项专业服务组织，他们为综合农协提供专业化服务，成为综合农协的坚强后盾。日本农协系

统在功能设置上的这一特点，使其能够把服务的专业化和配套化两个方面有效地结合起来。

3. *在组织农产品流通方面实行无条件委托代理制，在农产品价格计算方面实行共同计算制，切实维护农民利益*

如果农协在组织流通方面采取收购制，农协与农户的关系就是一般的商业买卖关系，双方处于两个不同的利益主体，则会影响农协对农户的信誉和凝聚力。日本农协在组织流通方面采取了无条件的委托代理机制，即农户对农副产品的销售和生产生活资料的购买，在价格、地点、季节等方面不提任何要求，无条件委托农协进行，农协只收取劳务费、材料费、运输费等手续费。因此，农协不会利用购销差价赚取农户的利润。在农产品价格计算时，实行共同计算制，即农协在完成委托后，将完成委托的总金额除以销售（或购买）产品的总数量，得出平均价格，以此价格支付给农户（或从农户收取）。因此，农协在完成委托过程中遇到的季节性价差不会计算到农户身上，这种价格制度能够使得价格稳定、公平合理，并能有效牵制商人的投机活动。

4. *政府支持必不可少*

发达国家不仅为各类农业合作经济组织提供法律保障，而且还通过税收优惠和各项补贴政策，使这些组织避免了部分激烈的市场竞争所带来的市场风险。提供法律保障改善了农民合作经济组织的交易环境，降低了交易费用；优惠政策在降低交易费用的同时也降低了组织成本。政策保障措施表现为：

（1）法律上的保护。西方国家关于合作社立法主要有两种形式：一是订立专门的合作社法；二是在其他相关法规中制定关于农业合作社的专门条款或章节。日本的《农业协同组合法》(1947）是日本农协稳定发展的前提和基础，任何行政部门都无权超越法律规定来干预农协的活动；德国早在1867年就制定了第一部合作社法，而且不断修改，合作制被视为是构成社会经济体制和维持农村与社会稳定的重要组成要素而加以维护和保护；法国1980年颁布了关于农业合作社及其联盟创建注册和审批程序的法令及法国农业合作社示范章程；意大利则在民法典中对合作社性质、社员资格、股金机构等进行明确规定；美国各州都制定了专门的合作社法，还针对特殊情况制订专门规定来保障合作社的发展。如美国的《谢尔曼反托拉斯法》曾一度给合作社发展带来极大冲击。针对这一情况，美国国会制定了《卡帕—沃尔斯坦德法》，规定凡是符合条件的农业合作社都可免受《谢尔曼反托拉斯法》限制，在法律上为农业合作社提供了保护。

（2）财政金融优惠政策。一是低税和免税政策。日本农协所得税是一般企业的58%；美国农业合作社纳税只有工商企业的1/3；德国合作组织在不开展有损于纳税的副业交易情况下可以免税；加拿大合作社社员的惠顾返还可以不纳税，新成立的合作社3年内可以不纳税。二是低息贷款和无偿补贴。在法国，凡是符合政府要求和国家规划的发展项目，都给予优惠利率；德国对合作社的管理费用进行补贴；意大利合作社免缴于国家银行相当于资本总额30%的储备金，合作社贷款利率仅为非合作社贷款利率的1/3；日本农协进行的获得政府同意的农产品加工项目，其厂房、设备所需投资，50%由政府提供；韩国政府帮助农协建立各种服务设施，如农产品集运中心、水果分级中心和批发市场。三是低价供应生产资料等。

第二节　专业合作社模式——欧美模式

一、专业合作社模式的特点

专业合作社是以专业化生产和社会化服务为基础，围绕某一类或某类相关产品的生产、加工和服务，在自愿、互利、合作的前提下组成的专业合作组织，如奶制品合作社、养猪合作社、水果销售合作社等，以欧美各国最为典型。

欧美等专业合作社的特点表现为以下几方面：

1. 专业性强，合作类型丰富

欧美等发达国家农业合作社按合作内容可分为供销合作社、信贷合作社、消费合作社及其他服务合作社。销售合作社的农产品几乎覆盖所有农产品品种，专业化水平很高，合作社类型和经营内容更加丰富和多样化。专业合作社的优点在于专业性很强，适应现代专业化分工、产业化经营和社会化服务的发展需要，实现科研、生产、加工和销售的一体化经营和服务。

美国供销合作社专业化水平很高，一个合作社一般只围绕一两种农产品展开合作业务，从小麦、玉米、大豆、牛肉到马铃薯、胡萝卜等，几乎每个农产品都有一个行业协会，有些合作组织从产地到有关的州直至全国，形成了覆盖全行业的网络。法国农业合作社专业性强，除小部分专供化肥、农药等供应合作社外，单个品种农产品的专业合作社占绝大多数，如粮食合作社、奶制品合作社、肉类合作社等。在产前供应农用资料、种子、饲料、幼畜雏禽以及人工配种等，产后收购、加工、储藏、运输、营销和出口农产品等。同时，在全国范围内，同类型的合作社在更高层次上组成全国性专业化的合作社联合会。

2. 以流通领域合作社为主，销售合作社最发达

欧美单个品种农产品专业合作社占绝大多数，这些农业合作社以流通领域合作社为主。美国现有的 4 000 个专业合作社，如果按供应、销售和有关服务的营业额占本社营业总额 50% 以上划分标准来分，销售合作社占 52%，供给合作社占 36%，其他服务合作社占 12%。销售合作社不仅仅从事销售，许多合作社的业务范围涉及农产品收购、运输、储藏、检验、分级、加工、包装以及最终产品销售等环节，实行一揽子经营；销售合作社有自己的加工设备、储藏设施、运输工具、装卸倒仓设备，甚至还有自己的港口、码头和驳船；美国销售合作社的加工业相当发达，其设备先进、装备率高、职工队伍庞大、分布广泛，覆盖全国各地，分工细、门类多；但生产合作社数量少，大多不成功，官方在制定合作社方面的政策法规时，一般也不涉及生产合作社。

【案例 1】 从荷兰农产品出口大国的经验中看农产品合作经济组织的作用①

荷兰成为农产品出口大国的重要经验之一就是依靠农民股份合作组织，建立灵活、高效的销售体系。荷兰经济是一种私人团体与公共团体都能发挥重要作用的混合市场经济。在农业生产领域，农民的股份合作组织发挥着十分重要的作用。在农产品贸易领域，农民股份合作组织十分活跃，这种“小规模、大合作”、“小生产、大网络”的组织形式，给荷兰农产品贸易开辟了顺畅的流通渠道。

（1）研究和预测市场。绝大部分农民股份合作组织都有专门的市场研究机构，对长期处于买方市场的市场环境进行研究，并以此为依据，制订市场计划，包括销售数量、销售途径、产品质量、花色品种等，以便能在销售中处于主动地位。

（2）建立销售网络。荷兰农业股份合作社是产供销一体化的营销组织。从全国到各地乃至每一个村镇，都形成了销售网络。比如，奶牛协会、农业与园艺合作社、花卉合作社等，销售网络已遍及欧洲，形成了畅通的销售链。如农业和园艺合作社，在法国建立了 4 个销售公司，在德国建立了 5 个销售公司，这些销售公司直接与用户签订合同，产品销售十分便利。

（3）从事拍卖交易。在荷兰，拍卖公司是销售合作经济组织的一种独特组织形式，被誉为最具荷兰特色的市场机制。目前，荷兰有 25 家大型拍卖公司和与之相配套的大型拍卖市场。荷兰 80% 的蔬菜、82% 的水果和 90% 的鲜花通过拍卖市场成交，有的在成交后直接销往国外。如荷兰阿斯米尔联合拍卖公司（Aalsmeer），是目前世界上最大的花卉拍卖公司。这个拍卖公司是由荷兰 5 000 多家园艺种植公司共同入股的股份联合体。在联合体内，各园艺种植公司必须按规定的义务将自己的产品经由拍

① 万宝瑞．中国农业发展的思考与展望．北京：中国农业出版社．2006

卖公司出售。产品出售以后，拍卖公司从园艺种植公司的销售额中提取5% ~10%的费用，作为代销产品的佣金。花卉购买商不是拍卖公司的成员，但需在拍卖公司登记注册，以便稳定购买渠道和接受拍卖公司提供的各种便捷、有效的服务。阿斯米尔拍卖公司已成为荷兰花卉业的最大集散地，每天完成业务5万宗，销售1 400万枝鲜切花和150万株盆景植物。荷兰花卉植物全年出口额约30亿美元，该市场就占了全国43%的份额。分析阿斯米尔联合拍卖公司的运行机制，其销售方式的好处有：一是供需直接见面。市场供给法则有效发挥作用。拍卖是面对面竞争，竞争必然产生比较公平的交易价格。二是确定最低销售保护价，保护了生产者利益。拍卖公司每年根据实际情况确定一个最低销售价，如果产品价格降到最低销售价后还不能销售，这些鲜活产品则被销毁，生产者从拍卖公司按保护价得到一定赔偿，补偿从拍卖风险基金中支付。三是把流通渠道的诸多环节有机连接，节省了流通时间。拍卖市场除拥有现代化的拍卖销售设施外，还具有产品分类分级、质量检测、标准包装、储存保管、资金结算、交通运输、出口检疫等职能。每天清晨从阿斯米尔售出的鲜花和盆景植物，当天晚上或第二天就会出现在欧美乃至世界各地的花店里。

（4）实施行业管理。荷兰有各种农民股份合作组织2 000多个，其中25个属全国性合作组织（也叫行业协会），各工业公司都参加3至4个不同职能的合作组织。这些行业协会已成为政府调控经济活动的中介。如荷兰最大的股份合作组织——荷兰奶牛协会，既组织全国牛奶及奶制品的出口业务，又承担分配牛奶生产配额和限制生产量的任务。荷兰农、渔部每年将欧盟确定的牛奶生产配额下达给奶牛协会，奶牛协会再根据全国已登记的奶牛数量组织生产，并分配限产补贴。荷兰的拍卖市场中心管理局也是同类拍卖市场的行业协会，该局作为拍卖市场的总代表，协调拍卖市场的销售计划和销售活动，干预拍卖市场的行为，制定行业规章，举办贸易展览，扩大国内外销售，成为生产者、消费者和政府间的桥梁。我国于1999年在云南昆明举行的“世界园艺博览会”，荷兰政府组团参加，但政府并不介入工作，而是委托荷兰农业和园艺协会具体招展组团，政府只出个名分。

荷兰的实践证明，通过中介组织来实现政府的宏观调控职能，其调控效能比政府直接面对千家万户要大得多，也省事得多。

3. 合作社经济实力雄厚

欧美各国合作经济在经历了起步、发展壮大、完善阶段的道路后，现在大都走上了正规化发展阶段，合作社数量虽有所减少，但合作社规模、经营范围、营业额和社员总数不断扩大，合作社经济实力日益强大，管理模式日趋现代化。一些大的合作社已发展成为规模巨大的跨国集团，如美国兰德莱克奶制品合作社联社，占领了美国1/3的黄油市场，成为美国最大的奶制品加工企业。该合作社建立了自己的科研机构，下设包括食品口味、营养、细菌含量、卫生标准、包装以及市场调研、新产品开发等研究机构。澳大利亚奶制品大型专业合作社非常发达，全国70%的奶制品业由合作社控制，奶制品合作社是奶制品产业化的主要载体。墨瑞歌本合作社有限公司是澳大利亚最大的奶制品公司和食品加工出口商。目前共有社员3 350人，员工1 800人，总股本为6 500万澳元，总资产3亿澳元，有6个加工厂，每年加工牛奶35亿公斤，占全国总产量的1/3，75%的奶制品出口世界55个国家和地区，年出口额达10亿澳元。

4. 合作社之间注重协作与联合

专业合作社服务范围从地域上看很广，可以是多个地区农户参加，也可以是跨国间合作。美国的农业合作社从不受社区限制，无论全国联合社还是地区联合社，它们与基层合作社之间是一种建立在民主基础上的协作关系。全国联社和地区联社通常设有理事会，负责组织各项活动，主要在宏观上从全国角度或行业角度协调各基层社的经营活动；组织合作社之间交流；为合作社提供市场和技术信息；进行社员培训；代表合作社与政府或大厂商谈判等。

5. 取得政府支持，通过合作社立法

欧美各国的农业合作社与政府建立的是一种相互依赖、相互利用的关系。合作社依靠政府制定符合农民利益的农业政策，政府的法律、农村政策依靠农协帮助实施，为保证合作经济发展，许多发达国家都通过了合作社立法，政府对合作社的态度在不同时期各不相同。现以美国政府对合作组织的态度为例，如表5－2所示。

表5－2　美国政府对合作组织态度的演变

对立	中立	扶持	参与	调控
采取敌视、粗暴干涉的破坏政策	既无肯定、又无否定的公共政策	为合作社提供一个法律、商业的优惠条件	通过一些专门组织的活动提供服务，包括一定管理	对合作社的管理和决策实施宏观调控

（资料来源：李克伟，国外农产品市场体系与产销一体化组织的发展情况，《中国农村经济》1997年第9期）

19世纪末以前，美国处于自由竞争时期，政府作为“守夜人”维持市场秩序，不支持农民合作运动，采取敌视、粗暴干涉的破坏政策。“二战”后政府开始扶持合作社发展。目前美国正处于由对合作社参与向调控过渡的第五个阶段。

6. 新一代合作社注重投资方式创新

美国北达科塔州和明尼苏达州的新一代合作社向社员或非社员出售没有投票权的股票或资产有价凭证，这种没有投票权的股份通常按一定比例分红来吸引人们投资。目前，在加工合作社内部，兴起了一种新的直接投资方式，即“可转让交货权”。如果社员想获得加工增值收益，必须以一定数量资金向合作社购买长期交货权，该交货权赋予社员向合作社提交特定面积或特定数量农产品的权利，也是义务。一般只有购买交货权的生产者才能成为社员，合作社根据加工能力和赢利水平确定出售交货权的数量。

二、专业合作社模式对黑龙江省发展农村新型合作经济组织的启示

1. 政府强有力的支持是农村合作经济蓬勃发展的重要力量

无论是发展中国家还是发达国家，无论是综合合作社还是专业合作社，都普遍得到了各国的重视和扶持。各国对农村合作社的扶持大多表现在法律保护、优惠政策及鼓励和支持合作金融事业的发展等方面。如美、英、德、日等发达国家的合作经济发展始终与合作社法的建立和完善相伴而行；美、德、意大利、加拿大等国对合作社给予税收优惠和财政资助，通过立法允许合作社兴办合作金融事业；前苏联消费合作社始终没能大步发展，原因之一在于政府对它除计划限制外没有足够的扶持措施。

2. 遵循并灵活运用国际通行的合作社原则

国际通行的合作社原则，概括起来有七项内容。一是入社自愿原则；二是民主管理原则，合作社由社员选举或指定人员管理，基层合作社享有同样的民主权利；三是收益分享原则，合作社收益由全体成员分享，收益分享原则一方面表现为合作社股金可获利息，但不参加分红，股金利息有严格限制，另一方面要适当提留公积金和公益金，用于合作社未来发展；四是惠顾返还原则；五是重视教育原则；六是合作原则，即所有合作社都应积极与别的地区、国家的合作社进行合作，共谋发展；七是关心社区发展原则。

“二战”以后，由于世界贸易体系变化和市场竞争加剧等因素，传统合作社原则受到挑战，各国都根据实际情况对国际合作社原则加以灵活运用。有的国家为适应本国经济发展，在罗虚代尔原则基础上制定了本国合作社原则。按照罗虚代尔原则，合作社不能有盈余，但墨西哥于1994年修改的合作社法中删除了这

一条法规。

3. 引导和尊重农民的选择

互利是自愿的基础，自愿是合作的前提。无论什么样的农村合作经济组织，其产生和发展的基本动因是市场需要，最基本前提是农民意愿。只有农民出于自身利益考虑建立或参加的合作经济组织才有吸引力和生命力。要尊重农民选择，并适度引导。前苏联在集体化初期采取强制入社、残酷斗争的做法，结果只能适得其反，对农民、合作社、合作社自身发展都没有好处，我国应该引以为鉴。

4. 正确处理政府与农村合作经济组织的关系

农村合作经济发展离不开政府支持。一些国家的农业政策大量借助于农村合作经济组织来贯彻执行，如日本农协和印度农业合作社兼有实施国家农业政策的职能。但在政府与农村合作经济组织的关系上，有的国家采取行政手段直接干预，如墨西哥官方参与的合作社，在资金上得到政府社会发展部的社会发展基金资助，政府要求这类合作社必须根据国家指令性计划安排种植计划、林木砍伐和营造等；欧美发达国家采取法律及经济手段间接干预。从总趋势上看，国家直接干预的合作社缺乏市场竞争力，当前发展趋势正在从直接干预向间接干预转变，农村合作经济组织应摆脱依赖关系，独立于政府，而政府应通过法律、经济等手段对合作经济进行适度的宏观调控。

5. 发展农村合作经济要因地制宜、分阶段循序渐进

发达国家的经验表明，农村合作经济产生和发展是一个长期、分阶段的渐进过程，不同阶段有不同的模式和特点，不能按一种模式一蹴而就。发达国家农村合作经济经历了几十年甚至百余年的历史才形成今天的发达局面。

合作经济组织在雏形阶段必然会出现局域上的、地区性的不平衡，这就决定了政府要发挥其管理职能进行扶持。合作社在资本积累过程中，在局部地区出现不平衡是一条基本经济规律。因此，发展农村合作经济要“因地制宜、循序渐进”，地方政府要

给予大力支持。

6. *农村合作经济发展以流通和服务领域的合作为主*

实践表明，流通和服务领域合作经济比较发达，生产合作社成功很少，这是因为生产型合作组织有着低生产效率。G. D. Perrier 和 P. K. Porter 运用 Farrell 径向效率度量法，采用 1972 年美国鲜奶、冰淇淋和有关产品加工和分配厂商的观察值，分别对样本中 28 个合作社和 28 个非合作社企业效率进行比较分析，得出合作社和非合作社鲜奶加工者都显示出低效率，但合作社效率更低的结论（农业部农研中心，1995）；我国传统体制下的人民公社运行低效率更是明证。

国际经验表明，农民购销合作组织一直是农产品流通领域的重要组织力量，购销合作社始终是农村合作经济发展的主流形式。在美国农产品收购总量中，私人企业（包括批发商、中间商）占 60%，合作社占 30%，国家和个体贸易收购占 10%；在欧共体中，个体收购和合作社收购的农产品几乎各占一半；日本谷物收购主要靠农协；印度由供销合作社收购的粮食在 20 世纪 50 年代占到 70%，现在仍占 30%；在法国 73 万个农场中，绝大多数农场主参加了产前、产后流通领域的合作社；德国几乎所有农户都是购销合作社的成员，绝大多数荷兰农民至少是 3 至 4 个合作社的成员。

【案例 2】　国外农产品供应市场中合作社的市场份额[①]

据不完全统计，到 20 世纪 90 年代中期，在欧洲的农产品市场上，农业合作社平均占了 60% 的份额。其中，在欧盟许多国家（如丹麦、爱尔兰、奥地利、芬兰、瑞典、英国等），农业合作社几乎垄断了全部奶制品的国内供应市场；在美国，近 3 000 家农产品营销合作社主要产品的市场份额分别是：奶制品占

① 苑鹏．农民专业合作经济组织：农业企业化的有效载体．农村合作经济经营管理，2003（5）

85%，棉花占35%，谷物和花生占42%，水果蔬菜占21%；在亚洲，日本95%的大米和小麦、90%的渔产品、74%的水果、51%的蔬菜等都是通过农协进行销售的，印度市场的奶制品主要由合作社提供，25%的种子也是在合作社企业中加工；在拉丁美洲，巴西50%以上的牛奶、17%的蔬菜、29%的大豆、28%的咖啡以及40%的棉花由合作社经销和供应，阿根廷合作社经销的茶叶占全国产量的45%，粮食、奶制品加工占35%，加工的大米和葡萄酒分别占全国的30%和20%。

实践证明，以小农经济为基础的国家，首先从流通领域入手，建立类似“买卖机关”式的流通合作社，是引导农业从小农经济走向农业现代化的可行之路。

7. *充分发挥农民行业组织的作用*

一方面要提高农民的组织化程度，解决生产经营规模小的问题；另一方面要使农民行业组织其在实施政府调控政策、发展农产品出口创汇基地、成为行业自律组织方面发挥作用。荷兰的实践说明，农民组织在协调政府调控生产和经营活动，建设出口基地，规范出口行为，完善销售网络方面，作用十分显著且富有成效。

本章小结

研究中国的农村合作经济组织，尤其是个别省份的合作经济组织的发展，只看区域状况是不够的，是孤立的，得出的结论也是片面的，因此，对农村合作经济组织进行国际比较，从中寻找黑龙江省乃至中国发展农村新型合作经济组织的有益经验和启示，显得十分必要。本章对国际上发达国家合作经济组织发展的两大模式——专业合作社模式和综合合作社模式进行了比较，分析了两种模式的特点。专业合作社大多专业性强，多以流通领域合作社为主；综合合作社服务体系完整、服务内容全面，覆盖范围比较广泛。黑龙江省作为我国的农业大省，农业人口众多，农村新型合作经济组织的发展应借鉴发达国家经验，坚持合作制原则，合作社发展应注重专业化与综合性相结合，走因地制宜的发展道路。

第六章　影响黑龙江省农村新型合作经济组织发展的因素分析

第一节　影响黑龙江省农村新型合作经济组织发展的有利因素

一、农户的共同利益和共同需要

1. 农户的共同利益和需要是影响新型合作经济组织发展的最重要因素

合作是各个市场主体自己的事，在市场竞争活动中，只有当企业、农户感到合作可形成新的利益，或感到单靠自己并不能处理好一些事，需要寻求合作才能办好，对合作寄予良好的预期时，才会产生合作的需求和愿望。农户在劳动中形成的共同利益和共同需要是创办农村合作经济组织的前提和基础，是激发农村新型合作经济组织迅速发展的最重要因素。

黑龙江省巴彦县生猪养殖产业具有一定规模，农户的共同需求成为创立养猪行业协会的动力。巴彦县供销社以养猪产业为切入点，抓住发展养猪业的企业和农户迫切需要成立一个组织来为他们的产供销提供系列化服务的愿望，采取全县征集、重点筛选的方法，以养猪场和养猪大户为核心，创办了养猪行业协会。协会成立后，重点从防疫体系和养殖技术规程入手，由协会开展与农户的服务对接，提高养猪农户的防疫水平和养殖技术水平，抓住金锣集团兴隆分公司在巴彦县建厂后，年加工生猪生产能力达100万头这一契机，协会积极开展为养猪农户与龙头企业对接，为会员和农户解决销售问题，积极向政府申请开辟生猪绿色运输通道，为生猪农户提供销售服务。

以上由农户共同需求而催生的新型合作经济组织的建立过程可以用图6－1表示：

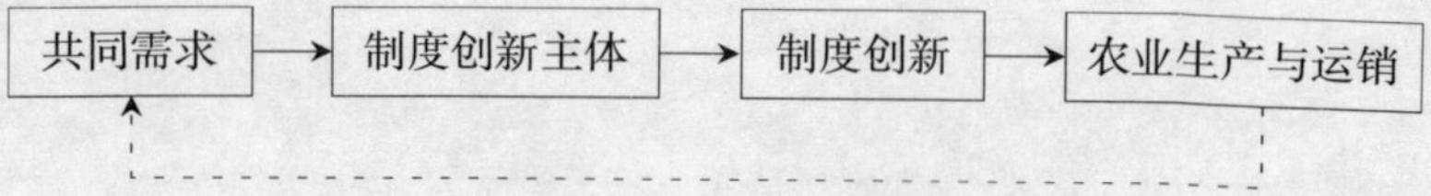

图6－1　共同需求推动合作经济发展模式

调查中发现，由于诸多因素限制，农户在生产生活中遇到的困难还不能得到及时、有效的解决，农户对新型合作经济组织充满着迫切的渴望和强烈要求。该结论印证了学者郝志中对农民渴求社会化服务的说法（郝志中，2006）。农民最渴望的服务大致包括以下方面：

（1）农资服务。农民购买农业生产资料主要关注两个问题：一是质量问题。农民最怕买到假种子、假农药。他们迫切希望政府及相关部门进一步加大对假冒伪劣农资的打击力度，严肃查处坑农、害农等违法行为，保障农业生产安全。二是价格问题。近年来，农资价格大幅上涨。他们希望政府及相关部门采取措施，严格控制化肥、柴油等农资价格的过快上涨，不要让“一免两补”的惠农政策给农民带来的实惠在农资涨价中被抵消。

（2）销售服务。由于农民对农产品市场状况分析不透，生产中容易形成盲目跟风，种养项目趋同，造成产品供大于求，价格下跌，农业增产不增收。因此，农民迫切希望发展“订单农业”，希望通过组织农民按照合同进行生产，解决农民盲目生产、销售困难的问题。

（3）信息服务。除了希望社会提供农产品价格、农业资料等信息外，农民还希望获取以下信息服务：一是生产项目信息；二是外出务工信息；三是种养结构调整信息；四是销售信息。

(4) 技术服务。随着农业结构调整的深入，农民迫切希望政府有针对性地开展一些实用性强、易于掌握的农业技术和劳务技能培训，帮助他们掌握一技之长，增强致富本领。

(5) 法律服务。外出务工经商农民对社会能否为他们提供法律服务、提供什么样的法律服务非常关注，尤其渴望政府为他们提供法律援助，切实维护他们的合法权益。

(6) 资金服务。农民由于资金有限，他们希望社会能提供低息贷款，加快致富步伐。

(7) 文化服务。农村文化生活单调，除了看电视、打麻将、打扑克外，能参与的文化娱乐活动几乎没有。他们希望有关单位多捐赠一些报刊图书，成立村组阅报栏和图书阅览室，丰富群众的业余文化生活，提高农民的综合素质。

调查中发现，围绕着农户各种需求建立的各类农产品运销合作社、行业协会、农民经纪人协会等农村新型合作经济组织迎合了广大农户的需要，解决了农户自己解决不了的问题。在2003年到2005年两年时间里，黑龙江省巴彦县初步建成了农合会分支下县级行业协会、行业协会分支下乡村专业协会和农民专业合作社的服务、经营组织体系。现有养猪协会、养牛协会、大豆协会、玉米协会、养鹅协会、食用菌协会、药材协会和劳务协会、农民经纪人协会等9个行业协会、26个乡镇专业协会、15个农民专业合作社。协会两年来共吸纳会员和社员2万多人，带动农户近3万户，占全县12万农户的近1/4，发展种植业、养殖业基地25个，推广新技术成果14项。

2. 典型案例借鉴

【案例】 四川省安县圣康蛋鸡养殖合作社技术服务情况①

圣康蛋鸡养殖合作社，创建于2001年7月，位于四川省安县花荄镇柏杨村，地处花荄镇腹心地带，以安县花荄镇柏杨村养

① 吕新业，卢向虎．新形势下农民专业合作组织研究．北京：中国农业出版社，2008

殖户为基础，以全镇7个村316户蛋鸡养殖户为主体，覆盖安县的安昌、黄土、界牌、兴仁4个乡镇10多个村组和周边的江油方水、北川擂鼓的部分养殖户。该合作社拥有会员386人，养殖蛋鸡110余万只，年产值达1.56亿元，会员户均年纯收入4.5万元以上，合作社年收入30万元以上。在此基础上，以合作社入股70%，养殖大户入股30%的方式成立圣康禽业有限公司，投资660万元新建日处理鸡粪50吨、年产值达2 500万元的绿色有机肥料厂和投资20万元日产蛋托20万个、年产值达300多亿元的蛋托厂。

合作社在实际运行中，除了创建“联合经营”的合作机制、“五统一分”的经营机制和“四个联结”的利益联结机制外，还创建了“五个到位”的服务机制，主要包括：①技术培训服务到位。针对社员技术水平参差不齐的状况，组织会员每年至少5次到成都、乐山及圣迪公司等地进行实地考察，学习先进养殖技术、管理经验。同时，每年至少4次邀请四川农业大学、西南科技大学畜牧专业教授为社员讲授蛋鸡饲养、科学管理、治病防疫等知识。要求鸡苗、疫苗和饲料等厂家对企业产品进行详细的推荐和使用培训，社员通过现场考证共同决定是否采用该企业产品。同时，合作社社员定期交流养殖技术和养殖经验，相互学习，相互帮助，共同提高养殖水平。②技术指导到位。合作社承担养鸡专业户疫病防治服务，聘请县畜牧局技术人员对社员所养的鸡按疫情程度，实地统一防疫、统一消毒，防止疫病交叉蔓延。几年来，柏杨村及所有周边村都未发生重大疫情。③信息传递到位。合作社在注重科学养殖的同时，还注重为社员提供各类市场信息，传递市场交易行情。综合分析市场行情后，及时发布信息，实行统一价格，帮助社员销售蛋品。每天下午5点在合作社办公地点，就有十几辆厢式货车准时前来收购鸡蛋，保障了会员的利益，消除了会员的后顾之忧。④物资购销到位。鸡苗饲料供应方面，过去由于缺乏统一组织，相当一部分养殖户购进价格较高，直接增加了产业成本，使得一些养鸡户只能保本销售。合作社成立后，围绕市场需要，统一为会员购买鸡苗、饲料，使会员足不出户就能购买到优质的鸡苗和质量有保证的饲料。⑤风险保障到位。为大力发展蛋鸡养殖业，增加会员收入，解除会员后顾之忧，合作社除了为社员提供人员培训、技术服务外，还建立了“资金筹措机制”和“风险保障机制”，切实解决社员在生产过程中的实际困难。

二、国家及地方政府的高度重视

目前，国家把发展农村合作经济组织作为保障农民利益的重要途径，两个一号文件都鼓励农民发展专业合作经济组织，国家先后在许多省市发展农村合作经济试点，农村新型合作经济组织正处在蓬勃发展时期。国家及地方政府的高度重视是促进农村新型合作经济组织大力发展的重要原因之一。

首先，农村新型合作经济组织的发展得到了各级政府在政策和经济上的大力支持。

中央财政在2004年和2005年分别拨付了5 000万元促进农村合作组织发展的专项资金；各级地方政府也都根据各自情况和能力，对农村新型合作经济组织的发展给予了政策和资金支持。2004年，在中央财政支持下，农业部安排了2 000万元专项资金支持111个农村专业合作组织开展示范项目建设。

黑龙江省政府〔2003〕86号文件明确要求把发展农村合作经济作为中心工作来抓。2003年和2004年连续两年，省委、省政府将“积极发展农村合作经济组织，提高农民进入市场的组织化程度”工作列入省委工作责任制目标考核范围，许多市、县陆续成立了农村合作经济组织工作领导小组，绥化市、双鸭山市还专门以市委、市政府的名义召开发展农村新型合作经济现场会，提出年度发展目标。如绥化市明确提出2005年实施“5121”工程（发展股份合作公司500个，专业合作社1 000个，专业协会2 000个，农民经纪人10 000个）。

其次，合作社立法工作有了很大进展。全国人大常委会主持的《农民合作经济组织法》已经设立“征求意见稿”，进入广泛征求各界意见阶段。浙江省《农民专业合作社条例》于2005年11月出台，2006年1月1日起施行。

三、农民综合素质不断提高

近年来，农民的认识逐渐理性，综合素质不断提高，为农村新型合作经济组织的蓬勃发展提供了内在的强大驱动力量。据统计，合作经济组织成员与一般农户相比，人均年收入通常要高出10%到40%，显著的增收效应和潜在的趋同效应使农户日渐成熟，恢复了其“理性经济人”的本色；同时，各级政府高度重视农村新型合作经济发展，加大对各类协会、合作社农户的培训力度，农民综合素质有了大幅度提高，使农村一些会养殖、懂技术、善管理、有市场运作能力的优秀人才更多地成为合作经济组织中的领办人。调查中发现，农民经纪人、专业大户、科技带头人、大中专毕业生、乡村干部等农村人才依靠他们个人的信誉和能力，把农民联合起来，成为当地农村经济组织的组织者和带头人。在全国合作经济蓬勃发展的大环境下，这种趋势将更加明显，将有越来越多的农民自发主动地加入各类农村新型合作经济组织。

第二节　制约黑龙江省农村新型合作经济组织发展的因素分析

一、龙头企业实力不足，尚未建立起与农户的利益联结机制

目前，东北地区成规模的龙头企业达到近4 000家，其中销售额超亿元的企业超过250家，带动农户650万户，整体处于全国中等偏上的水平，拥有一批实力较强的国家级龙头企业和全国

知名品牌，初步形成了产业集聚的态势。但也应该看到，东北地区虽然初具规模的农业龙头企业数量可观，但真正具备很强实力的企业数量仍然较少，特别是具有自主创新能力的大型农业龙头企业为数更少。龙头企业对农户的带动作用较弱，二者之间大多数为松散型的市场化买卖关系，尚未建立起真正的“利益共享、风险共担”的联结机制。

二、农村新型合作经济组织法律地位缺失

目前，农村新型合作经济组织称谓多样，有的叫协会，有的叫合作社，有的叫经济协作体等，这反映出理论认识上的混乱。新型合作经济组织多头管理，一些职能部门都在争农村新型合作经济组织的管理权，反映出政府之间利益的冲突。以上种种表象，根源于农村新型合作经济组织法律地位的缺失，从国家到地方都缺乏对新型合作经济组织的政策保护和立法，至今没有任何一项法律界定农村新型合作经济组织属于哪种类型组织。农村新型合作经济组织处境尴尬，具体表现为：

（1）由于法律地位不明确，农村新型合作经济的发展进程受阻。

（2）由于法律地位不明确，导致其性质无法确定，有关部门无法对其登记注册。社会团体应由民政部门负责注册登记；企业法人应由工商行政管理部门负责注册登记。目前，很多地方要么都不负责，要么都抢着负责，阻碍了农村新型合作经济组织的发展。

（3）农村新型合作经济组织开展业务受限。一些地区把农村新型合作经济组织界定为社会团体，合作经济组织只能从事公益性活动，无法从事营利性经营活动，这显然无法满足越来越多农村新型合作经济组织的业务需要。农村新型合作经济组织在向银行申请贷款时，也受到很多限制，有的地方只能提供小额贷款。有的农村新型合作经济组织还因开展营利性业务而受到工商

行政管理部门的查处。有些地区把农村新型合作经济组织界定为“股份合作制企业”，而目前不同部门出台的关于股份合作企业的法律、法规不协调，相互矛盾的问题十分突出，具体执行起来非常困难。

2006年4月召开的全国人大会议讨论了农村合作经济组织法案，这将有利于尽快解决农民合作经济组织的合法身份。在这部法案中，农村合作经济的发展领域应该包括生产领域、流通领域、信用领域，既包括农村中的合作又包括城市的合作社经济。目前，最成熟、最有必要发展的是农村专业合作经济组织，这类组织应该明确在各地工商部门注册成合作社法人。

三、对农村新型合作经济组织的扶持力度不够

在国际惯例中，政府都积极支持合作社发展。西方各国不仅为各类农业合作经济组织提供法律保障，而且还提供税收优惠和各项补贴政策。

西方发达国家通常是通过合作社立法来支持和保护合作社发展。如日本的《农业协同组合法》、德国的合作社法、法国的农业合作示范章程、美国的合作社法等。

在税收和补贴方面，发达国家常采用低税和免税、低息贷款、补贴以及低价提供生产资料等方式支持合作社发展。

黑龙江省在支持农村新型合作经济组织发展方面的财税优惠政策显得力度不够，已经制定的制度也贯彻落实得不到位，农民得到的实惠不多，没有强有力的优惠政策的支持，农村新型合作经济组织的发展壮大将举步维艰。

四、农村新型合作经济组织内部缺乏严格的制度规范

农村新型合作经济组织内部运行不规范，突出表现为产权缺乏、内部人控制、组织内部缺乏分红和股金分配比例、普通社员

参与程度低等。

各地农村新型合作经济组织名字很多，但真正意义上的不多；农民自发合作，缺乏合作社能人和理论指导等；几乎新成立的农村新型合作经济组织都有章程，但执行力度不够，被大户控制的较多；部分协会的理事会、监事会往往是由政府职能机构中的领导人挂名担任，实际上处于虚置状态；会员大会很多变成了实用技术培训会议，缺乏对组织的管理讨论、组织内部的决策与分配利益的讨论；入社农户普遍缺乏基本内部管理知识，不具备基本的民主参与能力，也不熟悉基本的应对外部市场竞争经验等。

五、政府干预较多

目前，黑龙江省部分农村新型合作经济组织是在政府有关部门的介入和影响下建立起来的。这种介入分为两种情况，一是当地农委、科协、供销社等职能部门通过兴办专业合作社或协会等方式介入；二是以农民为主体的合作经济组织的建立要通过挂靠这些部门来寻求支持和保护。外部组织介入的消极影响表现为：介入的职能部门处在支配地位，农民在管理决策和利益分配上失去话语权，扭曲了“民办、民管、民受益”原则，新型合作经济组织难以摆脱行政束缚而发展壮大。部分农村新型合作经济组织是在政府资助下建立起来的，对政府依赖性强，建立不久就无法运转，甚至自消自灭，资金实力不够，缺乏持续发展能力。

一些地区在发展农村新型合作经济组织时，强调政府主导，实际上是由政府部门出面组织，由政府领导担任合作经济组织的董事长或总经理，或者虽然合作经济组织的主要领导由农民中的能人担任，但政府部门掌握实际支配权。有的合作经济组织在艰难成长时，村干部无人过问，而当有了成绩、发展较顺利时，村委会就借协会换届之机，由村委会主任担任协会副会长，实际上掌握了协会决策权；有的地方协会组织，由镇政府出面整合各村的技术员组成，每个技术员仍然负责本村的技术推广，名义上各村农民都是协会会员，实际上农民与协会没有任何关系。这实际上是把应由农民做（或引导农民做）的事完全由政府包办，其结果只能使农村新型合作经济组织成为政府的分支机构，或者成为执行政府政策的传话筒，失去了对农民的吸引力。

因此，在农村新型合作经济组织初创阶段，政府适当引导和支持是必要的，但如果这种“拐杖”作用过了头，则必然会走向另一极端，使农村新型合作经济组织改变了原来的性质和作用。而真正由农民根据需要、自愿组织起来的农村新型合作经济组织，只要内部结构合理，带头人有能力，就会不断发展壮大。调查表明，凡是农民对组建新型合作经济组织具有强烈要求的，所组建的合作经济组织就具有较强的凝聚力和生命力，能够创造出较好的经济效益和社会效益。相反，凡是用行政手段“捏合”起来的农村新型合作经济组织，则是人心涣散，绩效很差。

六、文化因素制约

任何一种经济制度都是在一定的文化环境中孕育发展起来的，文化价值观念奠定了经济行为主体的基本运行方式。中国农村传统的价值观念和文化规范决定了黑龙江省农村新型合作经济组织发展的文化基础和思想基础不佳。

1. 小农意识根深蒂固，合作意识淡薄，农民文化素质较低

长期以来，我国形成了以农耕为基础的封闭、守旧、安于现状的小农意识，在长达几千年的封建统治中，一直将农民结社看成是一种政治力量，不允许农民结社，30 多年的计划经济并没有铲除已沉淀了几千年的小农意识。家庭承包经营制度的实行使农民养成了分散经营的习惯，这种意识和传统在一定程度上“把家庭经济的发展局限在家庭成员的努力劳作上，合作是暂时的、不情愿的选择”（冯道杰，2006）。我国农民大多没有受过中等或高等教育，企业管理经验和合作经济管理方面的知识欠缺。

2. 政府领导思想认识滞后，合作经济发展受到限制

有的县乡领导对农村新型合作经济组织的认识不清，主要体现在对其概念认识不清，把新型合作经济组织等同于集体经济组织；对发展农村新型合作经济组织的重要性认识不足；对政府在发展农村新型合作经济组织过程中的作用认识不足，夸大政府作用；有的地方坐视农村新型合作经济组织的发展而不规范、不引导，任其发展；有的把合作社等同于过去的人民公社、"归大堆"，把发展农村新型合作经济组织同家庭承包经营制度对立起来；甚至有些人担心专业合作社的发展会形成压力集团，脱离经济组织的运行轨道，给政府找麻烦，与政府作对。

3. 合作经济研究与教育培训相对滞后，难以满足农民对合作经济理论的要求

第一，农村新型合作经济理论研究起步晚，目前我国尚未形成符合中国实际的农村新型合作经济理论体系。

第二，农村新型合作经济理论教育培训不到位。对从事合作经济组织的工作人员培训不到位，目前，在高校中开设合作经济理论教育的院校都很少，农村新型合作经济组织管理人才缺乏。

本章小结

研究黑龙江省农村新型合作经济的发展问题，就要针对其发展过程中存在的问题提出解决方案和建议措施，但究竟是什么因素导致农村新型合作经济组织发展缓慢，哪些因素又刺激了其发展壮大，这些因素及其作用的发挥都是长期困扰合作经济实践的现实问题。本章通过对黑龙江省农村新型合作经济组织发展过程中的有利因素及制约因素进行分析，找出了长期阻碍其发展的几大障碍，即龙头企业实力不足，合作经济组织法律地位缺失，对合作经济组织扶持力度不够，合作经济组织内部缺乏严格制度规范，政府干预较多及文化因素制约等。同时，也应该看到，近年来农村新型合作经济组织之所以蓬勃发展、迅速壮大，有其内在

的必然性，因为加入农村新型合作经济组织是由农户共同需求决定的；其迅速发展是政府长期以来高度重视的结果；更重要的是，随着农民综合素质的不断提高，农村新型合作经济组织将不断发展壮大。通过分析我们不难看出，黑龙江省发展农村新型合作经济组织优势和障碍并存，机遇和挑战同在。我们必须充分发挥优势、克服障碍，寻求黑龙江省农村新型合作经济组织的发展途径。

第七章　黑龙江省农村新型合作经济组织发展的模式选择与途径

第一节　黑龙江省农村新型合作经济组织发展模式选择

一、由农民自发组织的农村新型合作经济组织

国外合作组织是自下而上而非自上而下的过程，我国应该把自下而上与自上而下相结合。政府不能替农民作出选择，更不能控制合作组织，否则将导致异化。黑龙江省农村新型合作经济组织大多是以地县供销合作社为主要发起单位建立起来的。其方式绝大部分为自上而下式，由农民完全自发组织的自下而上的纯草根性组织相对较少，但意义重大。虽然在黑龙江省完全由农民自发组织发展新型合作经济组织不太现实，但从合作社发展趋势和发展阶段性特点看，黑龙江省现阶段应大力倡导完全由农民自发建立的合作社，形成由龙头企业牵动、能人大户领办、农民自愿加入、政府提供政策资金支持，各涉农部门指导服务，多方力量联合发展的局面。

二、政府引导的农村新型合作经济组织

在黑龙江省农村新型合作经济组织发展的初级阶段，完全由农民自发组织不太现实。一是由于农民自身素质跟不上合作社的发展需要；二是由于政府比农民拥有丰富的组织经验、更低的组

织成本、更强大的组织能力、更便捷的沟通能力、更通达的传达渠道等优势；三是政府出面组织可以提供必要的启动资金，相对农民自发组织能节约成本，提高效益。合作经济组织要想发展，必须要让农民自主选择，政府既不能越俎代庖，也不能放任不管，政府的作用是引导和扶持。

政府及有关部门应该引导和组织农民围绕当地主导产业、特色经济、资源优势和生产习惯，采取资本联合、劳动联合、技术联合、销售联合等方式，创办专业协会、专业合作社等农村合作经济组织；引导和鼓励有销售渠道、有生产加工技术，有一定资金实力和拓展能力的能人牵头创办各类农村新型合作经济组织。

三、企业参与、以农民为主体的农村新型合作经济组织

农村新型合作经济组织是农民自己的组织，和农民自身利益紧密连在一起。农业产业化龙头企业的经营目标是利润最大化，不是为农民服务。一些龙头企业之所以能在一定阶段、一定范围、一定领域内为农民服务，是从属于利润最大化目标的，如果与这一目标相悖，则为农民服务必然要大打折扣，这已为近十年农业产业化发展的实践所证明。实际上，许多欧洲国家、亚洲国家都纷纷通过立法限制非农产业进入农业领域，而放手发展农村专业合作经济组织，也是出于保护农民利益的考虑。20 世纪 80 年代中后期以来，我国农业产业化龙头企业对农民增收和农业发展的贡献是有目共睹的，但它不能代替农村新型合作经济组织。在农民和农业产业化龙头企业之间，应加入农村新型合作经济组织，从而把两者的优势很好地结合起来。为了发展农村新型合作经济组织，合作组织需要与龙头企业联结，但必须以农民为主体、企业参与带动，专业合作社要依托龙头企业兴办，形成“龙头企业 + 专业合作社 + 农户”的产业化经营模式。

四、供销合作社领办的农村新型合作经济组织

调查中发现，农村中大部分合作经济组织如行业协会、专业合作社等组织形式，都离不开当地供销社的支持和引导，这已成为普遍现象。供销社拥有健全的网络，有多年与农民打交道的经验，在农民中有较高威信和优势，可以采取牵头领办、参股合办、通过服务促办等多种途径，引导种植合作养殖大户、运销大户等，以资本和劳动联合为基础，兴办各种专业合作社、综合服务社等新型合作经济组织。黑龙江省巴彦县已初步建成了由供销社传统网络和农合会新型合作经济组织网络两线并行的农村合作经济组织体系。目前，各类农村新型合作经济组织运行状况良好。

第二节　黑龙江省农村新型合作经济组织的发展途径

一、改造传统的各类农村新型合作经济组织

1. 改革传统供销社

传统供销社要转变职能，在新农村建设中要起到全面参与的作用，用合作社等新型合作经济形式把农民组织起来，切实履行服务、引导的职责，在发展新型合作经济组织中发挥组织、带动、引导、依托和服务功能，充分发挥供销社的优势，坚持合作制的基本原则，把更多的农民组织起来，建立赢利为民、让利于民、返利富民的机制，创建更多的能参与市场竞争、促进农业增收的农民认可、农民参与的新型农村合作经济组织。

2. 加快发展村级社区综合服务社（村屯合作服务社）

改革开放后，农村实行家庭承包经营制度，人民公社解体。人们谈“社”色变，没有及时完善社区合作制，社区合作经济

组织成了有名无实的“空壳”。在建设新农村过程中，应大力发展社区综合服务社，因为建设新农村的主体是农民，以发展社区经济为第一要务，农村社区是新农村建设的载体，社区综合服务社是延伸农村服务网络，完善农村综合服务体系，增强为农民服务功能的重要途径。

对乡镇社区服务站，应采取灵活多样的组织形式，把庄稼医院、村级综合服务站以及乡镇中的其他公益性、经营性实体进行整合，办成集思想教育、科技推广、文体活动、信息服务、医疗卫生、社会治安和商品流通为一体的综合场所，提供全方位、多角度的服务。同时逐步开展农资、工副食品等大宗商品的连锁经营，推行总代理、总经销等新型营销方式，构建连锁配送服务体系，创新经营体制；对现有的村屯供销部要扩大农资商品供应、餐饮服务、加工等综合服务项目，提高服务功能，尽快改造成村屯服务社，以组织农民创办等多种形式发展村屯服务社，完善服务功能，提高服务水平。

二、规范现有的各类农村新型合作经济组织

目前，黑龙江省农村现有的各类合作经济组织种类繁多，名称混乱，真正能起到带领农民联合起来闯市场的合作组织较少，亟待规范。

1. 将各类农民股份公司规范成真正的合作社实体

黑龙江省有的市县的农民自发集资成立了农民股份公司，从事联合运销等活动，给农民带来了经济利益。但在某些股份公司中，内部成员经济实力相差较悬殊，资金多的就自然成为大股东，资金少的成员自然没有发言权，经济实力弱的成员无法实行民主管理。这种股份公司与合作社原则相差太远，如不规范，将会影响到合作社对农民的吸引力和带动作用。

在规范过程中，应该规定一定的入股限额，体现多数农民的意愿，股份额度差距不宜过大，可以根据经济实力实行一人多

票，但不能超出太多。符合合作社条件的可以发展成为专业合作社，办成合作社经济实体。

2. 将各类乡村社区合作经济组织规范为社区综合服务社

黑龙江省农村中有的地方依然存在着类似社区服务站的所谓乡村经济联合社，这类组织基本不起作用。在规范过程中，要充分发挥社区服务站的作用，利用社区农民居住集中、信息传播畅通、易产生带动效应等优势，将这类组织发展成为新农村建设中改变农村环境、营造新风尚的主体，将社区建设成为集休闲、娱乐、餐饮服务、教育、卫生保健、日用品及农资配送等于一体的多功能的服务中心。

三、发展新型的农村新型合作经济组织

1. 加强专业合作社建设

新型专业合作社（多数是实体性质）是新型合作经济组织的典型形式，是农村新型合作经济组织建设的重点。合作社社员联系紧密，贯彻合作社原则，但数量少（仅占合作经济组织总数的10%左右）、规模小、功能弱、牵动力差，远不能适应服务“三农”的需要。从黑龙江省农村可以看出，专业实体型合作社逐渐成为农村新型合作经济组织的主流。虽然当前农村新型合作经济组织形式多种多样，组成和运作方式不尽相同，但以专业合作社、农民股份公司等合作经济组织为代表的实体型合作经济组织因其具有连接紧密、利益共享、风险共担、运作更规范、抗风险性更强等优势，将成为农村新型合作经济组织未来的发展方向和市场经济中农民利益的代表主体。

对专业合作社要提高认识、扩大宣传、积极引导、培育典型、政策扶持，加快专业合作社的组建工作；发展专业合作社要围绕农产品生产、加工、流通领域组建，促进广大农户的广泛联合与合作，建立农产品生产经营联合体，提高农产品生产、经营规模和市场竞争能力；发展专业合作社要坚持为农服务的宗旨，

按照加入自愿、退出自由、民主管理、盈余返还的原则，动员和组织农民入股入社，把专业合作社真正办成民有、民管、民享的农民自己的合作经济组织；要坚持发展和规范并重的方针，边发展、边规范，在不断扩大专业合作社数量的同时，注重提高专业合作社建设质量，扩大合作社规模，增强专业合作社服务功能；要加大专业合作社品牌化经营、科学化管理、标准化生产力度，积极与农业产业化龙头企业、批发市场结合，走专业化生产、科学化管理、企业化经营、规模化发展的道路。

2. 大力发展农业（专业协会）协会，提高农民组织化程度

专业技术协会、行业协会、经纪人协会等这类组织形式灵活，合作关系比较松散，大多是非实体性质、非营利性质，主要以向会员提供技术和产供销信息服务为主，这类协会数量众多，占到合作组织的85%左右，虽然它不是真正意义上的合作经济组织，从发展趋势上看，专业（行业）协会属于服务性社团组织，属于农民的集体行动，需到民政部门注册，但从世界农业发展状况看，农产品行业协会、产业协会等农业协会是各国发展农业生产的主要合作手段之一，在农民增收过程中的作用不可忽视。各种农业协会为农民提供生产、营销、信息、技术、培训等服务，并发挥其协调和自律作用，提出农产品贸易救济措施申请，维护农民和行业利益，帮助农业生产者解决入会后行政部门“统”不了、经济部门“包”不了、一家一户“办”不了的事情，专业协会能有效地提高农民组织化程度，农产品行业协会将成为提升农村合作经济竞争力的主要手段。

发展专业协会，要围绕主导产业、特色基地、农业产业化龙头企业，本着产业发展到哪里协会就办到哪里的指导思想。

规范协会发展，健全协会组建过程。为使协会规范有序发展，健全符合产业发展特点的章程，在协会章程中明确会员的入会条件，如农民自愿、村委会推荐、靠地为生、卖粮困难、科学种田意识强的农户，需经申请，经协会理事会审查通过后方可入会。

加快协会建设步伐。以龙头企业为依托，组织农民成立各种资源型专业协会，发展订单农业，统一种植品种、统一加工、统一销售、统一为农户发放化肥等农用物资，以公司名义为协会会员担保贷款，以高于市场的价格收购农民的农产品；组建农村新型合作经济组织协会，制定专业协会管理制度和服务功能，规范专业协会发展，打造农民自觉联合闯市场的“航母”。

3. 大力发展农民经纪人队伍，拓宽农产品流通渠道

目前，农民经纪人发展速度较快，但经纪人的综合素质有待进一步提高，对农民经纪人组织也要进一步规范，做到在规范中发展。规范农民经纪人行为，通过组建农民经纪人培训班及多种培训形式来提高农民经纪人的文化素质、法律意识和经营管理知识、市场经济知识。提高农民经纪人的综合素质，还应组建农民经纪人协会，使各级政府在财政、金融、税收、土地、工商管理等方面予以支持，并配合农业、林业、水利、畜牧、农机等部门，结合自身特点，发挥各自优势，发展壮大农民经纪人队伍，使农民经纪人成为带领农民闯市场的有效载体。

4. 建设农村综合社会化服务体系

进一步拓宽服务领域，打造农村商品流通和服务网络。推进“万村千乡”工程，以整合村级供销部为重点兴办“农家店”，使其享受国家的有关优惠政策；办好庄稼医院，把服务网络延伸到村屯；用3至5年时间建成农业生产资料供应、农产品购销、药品连锁经营、烟花爆竹特许经销和日用工业品营销五大经营体系，为农村社区提供全方位服务。

本章小结

本章在前几部分理论阐述、现实分析的基础上，建设性地提出了黑龙江省农村新型合作经济组织的模式选择与发展途径。在发展模式选择上，应兼顾农民自发组织的新型合作经济组织、政府引导的新型合作经济组织、企业参与但以农民为主体的新型合

作经济组织及供销合作社领办的农村新型合作经济组织四种模式；在途径选择上，应将改造传统的（供销社改革、发展社区综合服务社）、规范现有的（规范农民股份合作公司、规范社区各类合作经济组织为社区综合服务社）及发展新型的（加强专业合作社建设、发展专业协会和农民经纪人队伍等）农村新型合作经济组织相结合。

可以肯定的是，我国农村新型合作经济组织的最终目标是要发展农民自发组织的农民合作经济组织，但由于多方面原因，现阶段不能一步到位地直接由农民自下而上地自发建设，应通过多种途径帮助、引导农民建设。由于各地自然、社会经济条件不同，农村新型合作经济组织的建设和发展也不能采用统一模式。在引导过程中，要坚持因地制宜、百花齐放、分类指导的原则；在组建形式上，可以是农民自办、联办，也可以是农民和国家技术经济部门、事业单位联办，还可以是农民与涉农企业、公司联办；在服务内容上，可以办服务实体，也可以不办服务实体，只要能解决农民的实际困难，能帮助农民办实事，都应大胆试验和发展。与此同时，还要鼓励各地根据实际情况，创造和总结一些成功的管理经验，真正把好经验、好做法总结出来并推广出去。这种建设是循序渐进的，不能急于求成、不能替代、不能越位，各方帮建主体只能引导和扶持，无论哪种形式的农民专业合作经济组织，政府都应给予支持和引导。同时，农民也应尽可能地发挥其主观能动性，因为农民的综合素质最终决定农村新型合作经济组织的发展水平。

第八章　黑龙江省农村新型合作经济组织建设的指导思想、思路、原则与保障措施

第一节　黑龙江省农村新型合作经济组织建设的指导思想、思路与原则

一、黑龙江省农村新型合作经济组织建设的指导思想

在发挥黑龙江省农业大省和国家重要商品粮基地优势的基础上，建立在家庭承包经营基础上的，采取农民自愿组合、自我服务、自我管理的方式成立模式多样的，以合作社为主体、多种合作经济形式并存的对内讲服务、对外谋效益的具有中国特色的农村新型经济合作组织。

二、黑龙江省农村新型合作经济组织建设的思路

在发展农村新型合作经济组织的具体思路上，要“两条腿”走路。一方面，完善农村新型合作经济组织的组织体系，建立起“政府—农村新型合作经济组织—农户”相结合的新型合作经济组织管理系统；另一方面，建立完整的农业产业链条，形成“市场—农村新型合作经济组织—农户”相连接的农业产业化经营模式，以上两方面并行建设，通过农村新型合作经济组织的建设构建一个促农增收的长效机制（见图8－1）。

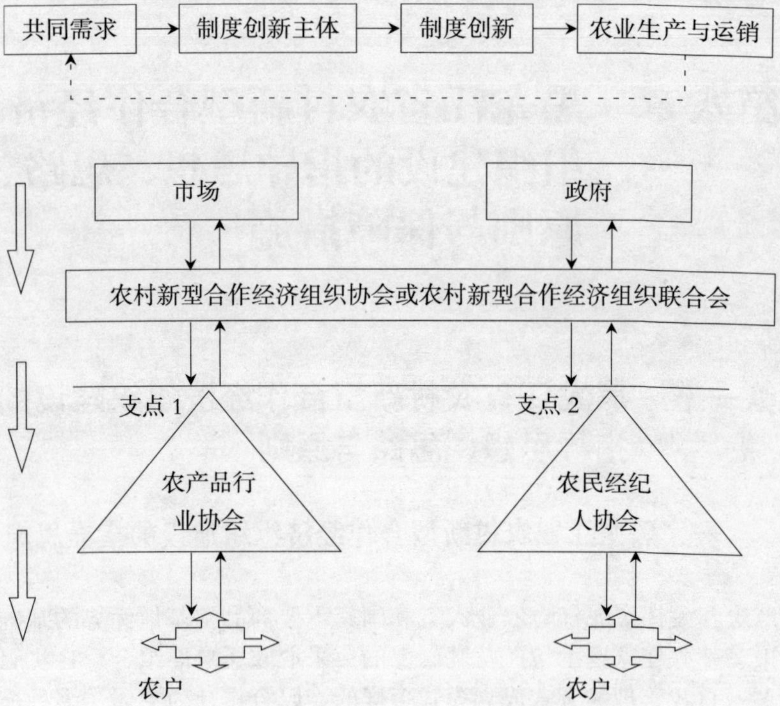

图 8－1　农村新型合作经济组织组织体系建设示意图

1. 农村新型合作经济组织体系建设

第一层面建设，即农村新型合作经济组织体系层面建设。集中各方力量组织打造农村合作经济组织的平台，构建以农村合作经济组织协会（农合会）或农村合作经济组织联合会（农联会）“两会”为依托，以农民为主体，以供销社（或其他涉农部门）为依托，相关涉农部门参加，以指导服务于合作经济组织发展的平台。该平台及时响应中央政策，传达贯彻政府意见，沟通农民、政府、市场和多方利益主体。通过“政府—农村新型合作经济组织—农户”相结合的管理系统，建立起政府、农户、市场、农产品相连接的纽带。

该平台需要若干支点去联系基层农户，目前主要依靠农产品行业协会和农民经纪人协会两个支点。这样，便形成了一个由三级组织机构构成的合作经济组织体系。随着合作经济实践的发展，还会产生更多联系农户的支点。

2. 打造农业产业化链条

发展农村新型合作经济组织必须要建立完整的农产品产业链条。只有发展完善的农产品产业链条，农产品价值才能通过生产、加工、包装、运输、销售而增值，才能挖掘出农产品最大化的价值，延长农产品产业链，才能使传统农户享受到农产品产业化带来的增值收入。打造农产品产业链要以市场为导向，以龙头企业、农民经纪人为牵动和依托，以科技为先导，按合作制原则建立农民科研、生产、加工、仓储、贮藏、运输、销售为一体的系列化服务和专业化生产的产业链条。一条完整的延长的农业产业链条是农民增收最理想的形式。目前，“市场—农村新型合作经济组织—农户”相连接的农业产业化经营模式，是农民最需要的增收形式。

三、黑龙江省农村新型合作经济组织建设的原则

1. 坚持灵活运用合作制原则

在发展农村合作经济组织的过程中，要把合作制基本原则与经济环境和自身特点结合起来，总结实践经验，探索发展农村新型合作经济的新思路和新模式。

2. 坚持以农民为主体原则

农村新型合作经济组织应立足于农业生产和流通领域，面向城乡市场，必须广泛吸收农民、农民企业家、农民经纪人参加，充分尊重农民的首创性，把新型合作经济组织真正办成农民自己的组织。

3. 坚持尊重农民意愿原则

农村新型合作经济组织以农民为主体，农民自愿参加、入退

自由。各级政府不能强迫命令，应始终尊重农民家庭承包经营自主权。无论哪种形式的农村新型合作经济组织，政府都应给予支持和引导。

4. 坚持民主、平等和互利互惠原则

按照民主、平等和互惠原则发展农村新型合作经济组织，保证新型合作经济组织的生机，形成人人关心和参与合作经济组织事务的良好氛围，调动农民积极性，使之更加发展壮大。

5. 坚持按产业发展规律和经济区域整体布局原则

新形势下发展农村新型合作经济，要突破原有行政体制的束缚，按市场化经营的客观规律和专业化生产和社会化协作要求，组建新型合作经济组织。在合理的产业政策引导下，按照产业、产品和区域特点，组建专业化生产经营的新型合作经济组织，构筑布局合理、产权明晰、结构优化、运行高效、协作服务的农村新型合作经济组织体系。

6. 坚持先发展后规范、边发展边规范原则

各级政府首先要坚持鼓励农村新型合作经济组织先发展起来，然后对具有一定规模、一定条件的合作组织，引导其建章立制，对专业合作经济组织进行法人登记，依法开展生产经营活动。

7. “民办、民管、民受益”原则

政府不要直接参与农村新型合作经济组织的经营管理，主要是制定优惠、扶持政策，帮助农村新型合作经济组织发展。同时，为保护农民利益不受损害，还应通过引导新型合作经济组织建章立制，明确合作组织与农民的权利义务关系，明晰产权，做到成员间利益共享，风险共担；引导专业合作组织内部建立民主管理机制，确保成员利益和组织发展；引导农民采取多种多样的合作形式，实行开放经营，增强新型合作组织的市场竞争力，提高新型合作组织的服务能力，增加农民收入。

第二节　黑龙江省农村新型合作经济组织建设的保障措施

一、建立政府引导农村新型合作经济组织发展的科学机制

市场经济是依靠法律、制度和规则运行的经济，作为市场经济条件下的产物，农村新型合作经济组织的发展进程及其绩效，不仅取决于市场制度的发育与完善，而且还取决于宏观经济体制环境的变革；不仅取决于农民自身的行为努力，更取决于政府的行为选择、职能转变及其政策取向。随着市场经济体制的建立，政府直接组织经济的职能逐步弱化，转变为主要为经济发展提供社会服务的职能，成为公共服务型政府。

1. 政府职能部门要渐渐弱化微观管理职能，逐步加大公共管理和服务功能

政府向一些新型合作经济组织适当放权，在其发展初始阶段提供多方面援助，使之真正成为贯彻国家产业政策的中介力量和工作能手，成为推动农村经济发展的积极力量；以科学发展观统领东北现代农业建设，改变坐、等、要的观念，培养合作经济管理干部的市场经济意识和社会忧患意识；优化政策制定程序，加强农民利益群体的表达机制的建设。政府在制定政策中，从新农村建设的需要出发、从现代农业向农产品加工业延伸的发展趋势出发，完善利益表达机制，让与政策相关的弱势利益群体代表能够在政策制定过程中有自己的声音，直接参与政府政策咨询，使之成为提高政府决策水平的一个重要手段。

2. 在引导新型合作经济组织发展过程中，处理好引导、扶持、规范与发展的辩证关系

一是坚持典型引路，推动发展。总结省级示范点及各地的成功经验，采取典型带动、部门拉动、政策促动、农民互动的形

式，采取农民看得见、摸得着、学得来的办法，推动农村新型合作经济组织的发展。在总结省级示范点的基础上，搞好县级示范点的建设，边示范、边规范、边推广。在推进过程中，坚持以农民为主体，农民自愿原则，坚持家庭承包经营、按合作制分配方式；坚持“民办、民管、民受益”的基本原则，充分尊重农民的意愿，让农民在自愿、互利的基础上建立代表自己经济利益的各类专业合作经济组织，走新型合作化道路；允许跨区域、跨地域、跨所有制的合作与联合，提高农民生产经营的组织化程度。在引导合作经济组织发展过程中，政府应该按照“有所为，有所不为”的原则，引导而不强制，支持而不干预，扶助而不包办。注重从实际出发，因地制宜，决不能不顾具体情况、按照特定模式照搬，要根据实际情况发展适合当地经济发展和维护农户利益的合作组织形式。有关政府部门和事业单位可以作为会员加入农民合作经济组织，但应该与其他会员享有同等的权利和义务，不能用行政权力变相支配合作经济组织的具体行为，不能形成特殊的会员和利益群体，合作组织内各会员之间关系只是一种经济关系。

3. 进一步优化服务环境

农村新型合作经济组织成立时，在县以上农业部门审核备案后即可办理登记；乡镇、村区域内的专业协会可免于公告；登记时免收公告费、登记费、年度检验费；农电部门对农村新型合作经济组织的企业用电要简化办电手续，对其农产品初级加工用电，经物价部门核准，执行非普通工业用电价格标准；对农村新型合作经济组织兴办的实体，需要使用农村集体建设用地且符合乡镇土地利用总体规划的，可享受乡镇企业用地政策，手续从简；鼓励大中专毕业生到农村新型合作经济组织工作，由各级政府所属人才交流服务机构实行人事代理，按规定缴纳养老保险，工作时间连续计算工龄等。

二、加强农村基础设施建设

“中国的农业部门是世界上组织情况最差的”（《中国日报》，2003－02－25），中国农业部门基础环境和组织性很差，而且还缺乏为此提供服务的组织。随着市场经济的深入，农产品市场依旧处于分裂状态，绝大多数小农户还无法独立应对市场风雨，农户在日常经济活动中的需求不断增长，现存薄弱的农业公共服务基础很难应对挑战。目前，中国农产品贸易体系建设滞后，即使是初级农贸市场也难以满足需要。公共交易设施不足，农民搜寻成本及交易成本极高。

政府作为克服市场竞争无序的调节者，应提供更多公共服务产品，实现更好的农村治理并为农业部门提供服务。逐步建立健全开放的东北地区产权交易机制，为外资进行建厂、并购、参股、合资经营等方式投资提供便利条件，注重对国有、民营企业采取相同的支持政策。改进对农业产业化的扶持方向。从重点扶持农业产业化龙头企业转向侧重于产业化中利益联结机制的建立。通过促进农村新型合作组织的能力建设、改善农产品生产基地的基础设施等，促进龙头企业与农户建立“利益共享、风险共担”的联结机制。

三、加强农村新型合作经济组织法制建设

目前，黑龙江省农村新型合作经济组织普遍缺乏专门的法律法规对其进行规范与保障，农产品生产经营中契约化程度极低。农产品进入流通领域遇到的两大难题，一是关卡太多、滥收费现象严重；二是社会治安不好，缺乏安全感。

法制建设重点包含三方面：

一是订立《农民合作经济组织法》，制定《合作社示范章程》、《农产品行业协会条例》等，进一步在内容上对农民合作

经济组织的宗旨、性质、法律地位、成员资格、责任权利、经营范围、组织机构与管理原则、财务管理制度、分配制度等方面加以明确规定。

二是严格按照《农民合作经济组织法》设立和注册合作经济组织。为便于管理，提高经营效率，按照同一地域、同一农业行业以及同一农副产品品种的方式建立合作经济组织，借鉴国外经验，只设农村购销（含加工、运输、储存、批发和零售，甚至出口等业务）、住房和信贷合作经济组织，不设立生产型合作社。

三是完善合同契约制度，严格规范合同签订，明确契约各方的权利和义务。合同须经公证部门公证，使供、产、加、销各环节经济行为受到法律约束与规范。

四、加大对农村新型合作经济组织的财税支持力度

（1）在发展规划方面，将农村合作经济纳入农村经济社会统筹发展规划，支持开展新型合作经济知识的宣传和对农村新型合作经济组织成员进行素质教育，鼓励合作经济组织开展技术技能培训、交流，引导农村新型合作经济组织健康发展和规范运作；将创新农村新型合作经济组织工作纳入农业系统主要责任目标；授权农村新型合作经济组织的业务指导部门，承担指导本地农民合作经济组织发展的职能，负责制定规划、组织引导、沟通协调、落实扶持政策等各项工作。

（2）在登记注册方面，农村新型合作经济组织注册登记程序简化，降低登记注册资金起点；农村新型合作经济组织在成立时，在县以上农业部门审核备案后即可办理登记；乡镇、村区域内的专业协会可免于公告；符合工商登记条件，登记时免收公告费、登记费、年度检查费。

（3）在财政方面，一是在各级财政支农资金和农业产业化专项资金中安排一部分资金，为创办农民合作经济组织提供必要

的启动资金；二是中央和地方要安排一定资金，支持合作经济组织开展信息、技术、培训、质量标准与认证、市场营销等服务；三是对农民合作经济组织购买大型农机设备等固定资产，给予一定比例的补贴。

(4) 在税收方面，对农村新型合作经济组织从事为社员服务的经营活动免征企业所得税和增值税及营业税，对其从事与非社员交易活动的收入，也应在缴纳企业所得税和增值税上给予一定优惠，把以为农民服务为目的投资建立的各类农产品专业市场、集贸市场和其他经营服务场所，免予征收市场管理费；凡涉及土地、房屋产权变更和资产转让的，应当减免有关税费；农村新型合作经济组织享受国家对农民和中小企业、民营企业的其他税收优惠政策。

(5) 在金融方面，一是农民合作经济组织应享受国家扶持中小企业的融资政策；二是在农民合作经济组织建设标准化生产基地、兴办仓储设备和加工企业、购置农产品运销设备方面，财政将给予贴息；三是改进现有的农村信用社为农民合作经济组织服务，有条件的地方在自愿的基础上，允许进行按合作制原则创办农民合作信贷组织的探索。

五、完善土地流转制度

完善农村土地流转制度，使农民的土地使用权可以自由转让，根据自身的实际情况以土地入股，有利于农村新型合作经济组织的建设。

《农村土地承包法》虽然明确界定了农民拥有土地的流转权，但是没有明确规定农民对承包地的租赁权和抵押权，对土地的市场化流转、租赁转让等行为缺乏法律和行政保护，从而妨碍了土地流转和土地的集中，妨碍了土地的置换和转包，不仅引发大量土地纠纷，也不利于农民更加灵活地以土地入股加入农村新型合作经济组织。

国家“十一五”规划明确提出，“积极探索集体土地流转制度，稳步推进集体经济产权制度改革。完善承包土地经营权流转制度，积极探索农户承包地使用权流转的途径，规范土地流转行为”。为此，要加大农民土地自由流转的力度，进一步深化土地产权制度改革。通过完善相关法律法规，让农民真正独立拥有对自己承包耕地的使用权、流转权和收益权。并在尊重农民自愿原则的基础上，引导、鼓励农民开展土地流转，在土地自由流转的前提下，促进农民以各种土地流转方式加入到新型合作经济组织来，让新型合作经济组织成为带动农民致富的载体，同时也促进东北地区土地的规模化、机械化和生产标准化的进程。

六、改革现有农业社会化服务体系

实践证明，农业社会化服务体系的社会化、综合化可提高经济效率、优化资源配置。农业综合服务体系在农业发达国家已经趋于成熟。以色列农村社会化服务体系相当完善和发达，围绕农业生产全程都有服务支持系统，整体体系是条块结合，既有全国性组织，也有区域性组织，既有行业性组织，也有综合性组织。综合服务组织是合作性质、民间性质的，但政府态度是支持的，政府涉足，但不主导。农业生产者与服务组织之间是契约关系，以市场原则约束双方。

我国农村中现存的为配合家庭承包责任制建立起来的一整套农业社会化服务体系，包括农机站、植保站和种子站、水利站等，由于服务对象分散和服务效益低下，早已名存实亡。对一家一户的农民提供零散的服务，服务效益不高，服务质量就会打折扣，最终结果是农业科技服务的萎缩。这是农业科技和农业经济“两张皮”造成的恶性循环。而新型农村合作经济组织则恰恰可以较好地解决这一问题。合作社在发展过程中会聘用大量的各类农业科技人员和经营管理人员，这既为农业科技人才提供施展才华的机会，也使合作社因此而发展壮大。

在具体措施上，坚持按照公益性原则改革公共农业技术推广体制。要加强农业技术推广县级推广中心建设，按照农作物的区域布局，建立跨乡镇的农技推广区域站分支机构，并将公共农业技术推广体系的中心工作从普及常规技术逐步转移到普及常规非物化技术与提高农民综合素质相结合上来。

七、发展农村金融事业

在寻求农村新型合作经济组织资金短缺问题的解决途径上，应采取多种措施：

一是农村新型合作经济组织内部解决，即在合作经济组织内部采取现金、生产资料（如机械、运输工具、农机具等）、先进农业生产经营技术等技术资本或市场销售渠道及准确的市场供求信息等信息资源劳务等生产要素的多样化方式进行出资，一切有利于农民合作经济组织的有价值的生产要素均可以被农民合作经济组织以章程或协议的形式接纳为股金。

二是农村新型合作经济组织外部援助，即通过法律或政策法规或税收优惠等途径，由各级政府对本地区符合一定条件的合作经济组织进行财政扶持。

三是通过发展农村正规和非正规金融事业，集中社会零散资金支持合作经济组织的发展，即通过改革农村信用社及发展农村金融事业的途径，为合作经济组织筹措资金。

以前信用社作为农业银行基层分支机构时，国家曾经投入大量资金作为其贷款资金。在农业银行改为商业银行，并与信用社脱钩时，已对这些资金进行过清理和结算。现在信用社的资金主要是农民及乡镇企业的存款和其赢利留存余款。其主要问题是这些信用社没有完全对农民放开认股参股，名不符实。另外，中国大部分农村地区资金量不足，尤其是从事农业的农民可用于农业投资和信用社参股的资金更为有限，仅靠农民以自有资金组织起信用合作社来解决农业贷款问题，既不现实也不可能。为此，国家应采取如下对策：

（1）按照国际合作社原则和《农民合作经济组织法》组建新的农村信用合作社，对农民放开认股参股，使之成为真正意义上的农业信贷合作社。

（2）大幅度提高从预算外资金提取的农业发展基金比例，以增加信贷资金中农业基本建设贷款的比重，增加国家农业中长期贷款份额。

（3）在预算内从用于农业投资资金中拿出1%～2%作为专为农业合作社提供的农业优惠贷款。

（4）要求某些商业银行或专门成立的合作社发展银行为农村信贷合作社提供票据贴现或再贴现，帮助他们提高信用，吸引和筹集更多的发展资金。

（5）允许信贷合作社采用较高的存贷款利率，以吸储社会闲散资金，用于发展农业。我国社会闲散资金数额庞大，但缺乏灵活而实用的向农业倾斜的信贷政策，这些资金未能为急需资金的农业所用。长期以来，这类资金在一些商业银行储蓄账户上滞留或在消费领域内游荡，成为金融领域内的一种不安定因素。另外，中国入世后如何对农业进行补贴将更加敏感。世界各国普遍采用的做法是对农业合作社进行免税或提供融资支持，我国也可以借鉴这一做法。

八、建立农业保险制度

鼓励和促进由商业保险、农民互助保险和政府农业保险多元化的农业保险组织体系建设，建立政府面向农业生产自然风险的救济金制度，通过投入初始资本、补贴农民保费、补贴保险公司的经营管理费用以及再保险支持，对经营政策性农险业务减免营业税、所得税等，促进农业保险的健康发展。有条件的地方可全面推行政策性农业保险业务，实行由政府出钱为农民购买农业保险的优惠政策，分散和转移农民所承受的自然风险和市场风险，强化政府促进农业可持续发展的保障功能。

新疆政策性农业保险采取政策主导、商业保险公司经营的运行模式。保险部门坚持不赢利的原则，赢利部分转入农业风险基金。在推进农业保险过程中，由政府牵头组织、协调畜牧、财政、税务、工商等部门共同开展工作，扩大农业保险覆盖面。在投保过程中，政府下发相关文件，明确规定农业性保险必须与其他商业性保险分开经营，实行单独核算，并坚持“低保费、低保额、低保障”的“三低”原则，对农业险种实行行政手段与经济手段相结合的投保办法。据统计，近年来新疆农业保险投保费累计达29亿元，支付赔额达19亿元，支付防灾费1.2亿元，为棉花种植提供了近13亿元的保金。

九、培育农民企业家阶层

农村专业合作社的发起人都是一些有头脑、懂技术、善经营和管理的能人，几乎每一家合作社都有一个或一批这样的能人。可见，农村新型合作经济组织发展过程中对人力资源和资金资本的依赖较强，新型合作经济组织的发展急需一大批农民企业家。农民企业家阶层的出现，要求社会经济环境提供一种竞争、冒险、创新、追求成功感、虔诚敬业、个性化的精神意识和行为条件。政府应为提供上述条件做些切实有效的服务，让一批有经济实力、有经营管理才能和创新拼搏精神的农民企业家先富起来，形成富裕带动富裕、和谐带动和谐的社会良性循环机制。

1. 提供优惠财政税收政策

农民企业家活动具有一定程度的公共产品性质，其风险自己承担，成功带来的收益则由整个经济组织分享。因此，在农村新型合作经济组织发展初期，政府应提供一些优惠政策，如企业所得税减免、为项目融资提供通道等，并使这些优惠政策及措施制度化。

2. 加强法律及制度方面的规范建设

加强法律及制度方面的规范建设，树立农民企业家的社会合法性观念。社会对他们需求量越大和对发挥企业家功能资源配置量越大，企业家要素供给就会越大。

3. 为农民企业家提供教育机会

为农民企业家提供教育机会，以适应经济发展和农村新型合作经济组织不断发展壮大的需要。

本章小结

在明确了黑龙江省农村新型合作经济组织的发展模式与发展途径这个大方向之后，本章开始着手在措施方面进行设计。本章首先提出了发展黑龙江省农村新型合作经济组织建设的指导思想、具体思路及坚持的具体原则，从宏观层面为保障措施的提出指明了方向。在建设思路上，提出了在完善农村新型合作经济组织的组织体系建设的同时，建立完整的农业产业链条，坚持“两条腿”走路的方针；提出了黑龙江省要因地制宜地发展农村新型合作经济组织的原则，如坚持灵活运用合作制的原则，坚持按产业发展规律和经济区域整体布局原则，坚持先发展后规范、边发展边规范的原则等具有中国特色、适合黑龙江省农村发展实际的合作制原则。

在措施建议上，从政府政策支持、完善公共管理、加强合作经济立法、发展农村金融事业、提供农业保险、土地自由流转政策等方面提出了若干措施，为黑龙江省农村新型合作经济组织的建设提出了具体解决办法，同时也为经济欠发达地区的农村经济工作提供了借鉴。

第九章 结 论

第一节 若干结论

（1）农村新型合作经济组织是在农村经济体制改革（1978年）以后出现的，为保护农民经济利益而自愿联合起来，在不触动农民生产资料私人财产权和严格尊重自愿原则基础上建立起来的各种农村经济上的联合，包括农产品专业合作社、专业协会、联合会、农民股份合作公司、各类经济联合体。

（2）农村新型合作经济组织无论分类标准如何，从其发展实践来看，都是市场经济条件下分散农民的理性选择，各种类型的农村新型合作经济组织都有其存在和发展的基础，应采取先发展后规范的原则。

（3）专业合作社管理规范，与社员联系紧密。在工商管理部门登记注册为企业法人，目前数量较少，但对农民增收作用重大。其特点是与农产品加工企业相连接，形成“公司 + 专业合作社 + 农户”的产业化模式。这是促进农民增收的主要经济实体组织，也是黑龙江省乃至全国大力倡导的典型形式。

（4）协会作为新型合作经济组织的一种类型，是对专业合作社的有益补充，包括农产品专业协会和研究会，组织体系比较松散，在民政部门注册，是社团法人，主要为农民提供各种服务，发展速度快，数量众多。

（5）各类农村新型合作经济组织有价格发现功能，通过提高农业生产要素的资源配置效率，能降低交易费用，挖掘农产品的最大化价值，增加农民收入，保护农民的社会经济利益，因而农民加入愿望迫切。

（6）农村新型合作经济组织在黑龙江省乃至全国都处于起步阶段，发展很不完善，并呈现出地区发展不平衡的特点。从国际经验来看，这种不平衡性是传统农业国向工业国过渡的一个基本经济规律，不可违背，发展阶段也不可逾越。

（7）发展农村新型合作经济组织实质上是对农村经营制度的创新。按照熊比特的创新理论，发展就是创新，在农业生产要素中加入一种新“东西”，这种新“东西”导致农业的整体效率提升，效益增加。在农业经营中实行一种全新的合作社企业制度，即引发了农业经营制度的创新。农业经营制度的创新是农业增长的关键。

（8）农村新型专业合作社作为新生事物，随着农村社会经济实践不断发展并日趋完善，随着国家政治、经济、社会、文化等环境的不断变化，合作社原则向使合作经济组织更有竞争力、凝聚力、吸引力的方向不断发展完善。

（9）各国实践表明，农村合作经济组织的发展需要政府的财力支持和政策倾斜，带领新型合作经济组织发展的农民企业家活动具有公共产品性质，国家应为其成长壮大创造宽松的环境。

第二节　创新与不足

一、创新之处

（1）系统地论述了农村新型合作经济组织问题，构建了农村新型合作经济理论的研究框架。

（2）通过实地调研，结合文献研究，阐述了农村新型合作经济组织的定义及分类。

（3）对传统合作经济组织和农村新型合作经济组织进行了系统的区别与比较，提出了新型合作经济组织九个方面的新特征。

(4) 分析了影响农村新型合作经济组织发展的有利因素和障碍性因素。

(5) 提出了"实践中存在的各类农村新型合作经济组织都有其存在和发展的合理性，农民根据自己的需要加入各种类型的新型合作经济组织都是为实现经济利益而采取的自我保护行为，是市场经济条件下农民作为经济人的理性选择"的观点。

(6) 理论上提出了农村新型合作经济组织的绩效评价综合指标，提出了评价指标。

(7) 提出农村新型合作经济组织具有优化资源配置功能和价格发现功能的观点。

(8) 对经济欠发达地区农村新型合作经济的发展建设提出了"两条腿"走路及两个层面建设的思路。

(9) 指出经济欠发达地区农村新型合作经济组织在发展初期呈现出的不平衡性和不均衡性，并指出这是传统农业国向工业国过渡时期呈现出的一条基本经济规律。

二、不足及需进一步研究之处

本书的不足之处具体体现在以下几方面：

(1) 从选题看，题目针对性较强，对全国农村新型合作经济组织情况了解得不够深入。

(2) 对农村新型合作经济组织的效果评价体系只是从理论上作了简单介绍，缺乏具体指标、模型的细致研究。

(3) 由于笔者从事合作经济理论研究时间较短，本书从内容上缺乏对合作经济组织内部利益分配和制度绩效的研究。

(4) 由于篇幅所限，文中提到的案例只是从宏观上作了介绍，没有从深层次上进行剖析。

针对以上不足，笔者将在以后的研究中进一步完善。具体包括：①进一步完善农村新型合作经济组织绩效评价的具体方法、具体指标；②研究农村新型合作经济组织在农产品流通中对农民收入增加的量化评价模型；③研究农村新型合作经济组织的内部运作机制；④多了解农村新型合作经济组织的实践进展状况，积累丰富的案例资料，以期能构建出一套关于农村新型合作经济组织更加完整、系统的理论体系。

第三节 若干展望

（1）从黑龙江省乃至全国经济发展水平和社会环境的分析可以看出，农业和农村经济发展水平较低、农村经济发展落后地区众多，农民收入差距明显，这就决定了贴近农村的各类新型合作经济组织将在很长一段时间内发挥重要作用。

（2）从农村实际情况分析可得知，新型合作经济组织的发展过程将进入一个迅速、健康、规范的发展阶段；随着农村经济发展实践的深入，各种类型的新型合作经济组织将呈现出复杂化、多样化的趋势，这也是各农业国经济发展进程中的一个显著特点和不可逾越的阶段。

（3）以专业合作社为典型代表的农村新型合作经济组织以其降低交易费用、促进价格最大化、资源配置、提高谈判地位、降低风险等功能使其具有其他营利性经济组织无法比拟的优势。但从促进社会进步与和谐发展角度分析可以看出，它更重要的作用正待被挖掘，那就是，合作社是一所学校，是一所在非农业化、非城市化环境里促进农民向现代化、知识化、专业化发展的培训场所，是孕育新时期高素质农民的摇篮。在这个倡导公平、民主、尊重与互助、爱与和谐的大环境中，农民将乐于合作、掌握现代化种植养殖技术、学会经营和管理、善于与各市场主体谈判，从落后走向富裕，从封闭迈向开放、进步的社会之中。

（4）作为政府的得力助手和贯彻农业经济政策的渠道，合作社与政府间的关系将日益向着理性的合作状态发展，正如国际合作社联盟前主席罗伯托·罗德里格斯展望的那样："21 世纪，合作社是地方政府捍卫民主最有力的助手和伙伴。……面对只追求利润而不顾社会利益的大公司，当个人孤立于社会时，它在经济上是微不足道的，当他们联合起来，投入自己的组织——合作社后，他们就变得强大起来。合作社开始发挥的一个更重要作用，是它们正成为维护和保护政府的非常重要的组织！”“合作社可以同诚实、民主的政府结成理想的合作伙伴。”

（5）随着国家及各级政府对农业、农村、农民问题的高度重视，有利于农村新型合作经济组织发展的诸多经济政策将得到贯彻落实，各种支持和优惠将惠及加入农村新型合作经济组织的农民；同时，农民对合作社这种经济组织制度的认识程度、认识水平将进一步提高，农民的合作观念、契约观念、组织观念将进一步增强，农民自主、自立、自强的精神将被激活，这一切都将为农村新型合作经济组织的发展完善奠定良好的思想文化基础。

（6）农民问题关乎国家稳定发展的大局。农民问题的解决在于社会经济体制的整体突破。黑龙江省农业人口众多，农村合作经济组织发展迅速。随着政府的重视和扶持及农村新型合作经济组织的规范和发展，农民数量将有所降低，农民素质将进一步提高。以高素质农民为主体的各种新型合作经济组织的发展将会促进农业微观经营体制的创新，这种创新作为近年来农村实践的成果将为全国农村经济发展、乡村治理结构建设及农村工作提供一定程度的借鉴和指导作用。

附　录

附录 1　农村合作经济组织发展新趋势典型案例介绍

趋势一：合作社运营日渐规范化

【案例 1】　黑龙江省杜蒙县奶牛专业合作社实行“伊利公司 + 合作社 + 专业养殖户”模式

杜蒙县专业合作社位于大庆市郊区，是在县供销社指导下依托伊利公司成立的。伊利公司于 2006 年起推行新发展模式，建立由奶牛养殖户、政府职能部门、奶站经营者等组织的奶牛合作社，于 2006 年成立了大庆市第一家奶牛合作社——百兴奶牛专业养殖合作社。合作社运营一年后，奶量增长了 15%，饲养成本大为降低。截至 2007 年 7 月，杜蒙县共创办 16 个奶牛合作社，发展成员 1 319 户，吸纳股金 109. 7 万元，养殖奶牛 9 438 头，其中泌乳牛 3 998 头，年产鲜奶 2 万吨，平均单产 5 吨。

杜蒙县奶牛合作社运营方式较为规范，既体现了效率原则，又保持了合作社原则的本质特征。其主要表现在：①建立民主管理制度，体现奶农的主体地位。合作社理事会（长）、监事会通过民主选举产生，合作社建立了较为规范的章程和管理制度，如《重大事项民主决策制度》、《合作社股金管理制度》、《财务管理和资产管理制度》、《利益分配办法》等。②建立紧密的利益连接机制。合作社成员通过入股取得成员资格，股份分为身份股和投资股，身份股每股50元，投资股每股股金不等。合作社成员不但获得统一服务所获得的价格改善收益，还可获得按股金分红收入及按交售量获得的二次分配收入。③合作社对奶户生产过程实行统一管理和服务，解决了一家一户分散生产的难题，密切了与奶农的关系。④合作社协调伊利公司与奶户的关系，使伊利公司获得了稳定、合格的奶源，也通过公司返利，增加了奶农收入。

合作社运营两年来，综合效益较好，奶农收入增加。增收渠道来源于以下几方面：一是鲜奶销售收入。平均每头泌乳牛年产奶5吨，每吨高于非合作社成员220元，扣除合作社经营费用和公积金提取等120元，每吨净增收入100元，每头牛年增收500元。二是使用伊利公司专用饲料的“返点”收入。每头牛年用料1吨，获得“返点”收入150元。三是良种繁育享受的价格优惠。每头牛年节约支出70元。四是防疫灭病环节享受的价格优惠。每头牛年节约支出80元。以上四项合计，每头牛年增收800元，与全市单产5吨、略有盈余相比较，合作社成员的养殖效益是比较可观的。合作社的运营模式，使奶户经营方式由粗放式经营向科学饲养方式转变，通过合作社技术培训和奶农参与合作社管理，使奶农的民主意识和自身素质得到较大提高。

【案例2】 黑龙江省桦南县白瓜子合作社——建立健全的管理制度、内部保险机制和服务机制

桦南县白瓜子合作社位于黑龙江省佳木斯市桦南县。桦南县种植白瓜子已有十多年历史，但由于瓜农分散种植，缺乏统一的技术指导，白瓜子产量低，质量差，经济效益不高。在这种情况下，为提高瓜农的自我服务能力，拓宽白瓜子销售市场，2003年，在白瓜子研究专家范春的倡议下，经县委、县政府积极协调，采取瓜农自愿形式，成立了桦南县白瓜子合作社。截至2007年10月末，白瓜子合作社发展成员13 690名，辐射桦南县80%的村屯。2006年，合作社成员种植白瓜子面积达到96 390

亩，实现白瓜子产量 6 000 多吨，成员实现增收近 2 000 万元，每户平均增收 1 460 元。

合作社运行机制与国际经典合作社原则较为接近。主要包括以下几方面：①建立健全的、权责明确的管理机制和规章制度。理事会与监事会由民主选举产生，理事会负责制定发展规划、财务管理、科技指导、销售服务等全面工作，监事会负责监督、审查理事会完成各项工作情况。合作社设立了生产技术服务部、系列产品开发部、营销信息部、农资供应服务部、财务管理部等部门，通过细化工作分工，使合作社从生产到销售、从服务到管理的工作都能有序开展。同时，合作社制定了购货寻价、物品出入库、财务管理、产品收购、销售等一整套规章制度。合作社严格执行各项规章制度，每一项决策都要征求成员意见，经理事会及成员代表大会讨论通过，确保合作社管理民主。②合作社分配机制不以赢利为目，实行按惠顾额返还原则。合作社以瓜农入股形式实行利益联结，每户 300 元，实行均股制。二次分红资金来源于合作社的利润盈余。2004 年，合作社二次分配的原则是按成员交售产品的数量，每公斤兑现 0.36 元，二次分配总金额 21 万元。2005—2006 年，合作社二次分配兑现价格达到 0.4 元/公斤，每年平均分红资金达到 32 万元。③合作社还建立了风险互助基金，建立了内部保险机制。合作社对成员种植白瓜子实行联合保险，采取自愿参保的方式，参保成员每亩交 5 元保险金，险种为雹灾、疫病、水灾（洼地不保）。灾情发生后，根据合作社相关人员评估结果进行赔偿。风险金年结年算，剩余部分退还给瓜农。2003 年，成员参与联保户占 43%，平均每亩赔付金额 3.13 元，每亩平均退回保金 1.87 元。2004 年，成员参保户占 71%，平均每亩赔付保金 2.48 元，每亩退回保金 2.52 元。目前成员参保户达到 82%，平均每亩赔付金额 2.27 元，每亩退回保金 2.73 元。④合作社对成员不以赢利为目的，以为瓜农提供优质服务为宗旨，主要在科技指导、农资供应、资金协调、市场销售等方面进行联合与合作，确保瓜农降低生产成本，增加收入。

合作社负责开拓销路，和瓜农形成“订单农业”模式，解决白瓜子销路问题，也能获得较高价格。合作社在2003年开始对白瓜子专用生产资料试营，2004年全面实行专营，共经营化肥1 200吨，农膜110吨，农药70吨，窗纱17万米，使化肥价格平均降低了15%，其他物资价格降低25%以上，共为成员节省投入40多万元。2005—2007年，合作社采取厂家进货方式，平价销售给成员的办法，每年为成员购销化肥2 600吨，每吨比市场价格低320元，每年为成员节省投入80多万元。

趋势二：趋向于围绕当地主导产业开展纵向一体化合作

【案例3】　山东省泰安市吉利标准化养猪专业合作社——立足产业优势，探索新型养猪模式

泰安吉利标准化养猪专业合作社成立于2005年7月，是按照“龙头企业＋合作社＋规模养殖户”的运作模式，强化服务与管理，吸引规模养殖户加入组成的一个产供销一体化、自我服务和管理的合作经济组织。目前，合作社已建立一处大型种猪繁育、推广基地，近期又从宁阳县蒋集镇收购盘活一处种猪繁育场。两个基地引进了美国、丹麦大约克、长白、杜洛克等良种母猪1 800多头，年出栏三元杂交仔猪4.5万头。已发展社员286户，生猪存栏量6.4万头，辐射带动周边30个乡镇发展标准化养殖，被评为“泰安市畜牧系统优秀合作经济组织”、“山东省畜牧行业优秀合作社”等。该合作社的运营方式包括以下几方面：

1. 立足当地产业优势，探索新型养猪模式

合作社成立之初，主要以饲料生产加工、生猪养殖繁育为主，经过5年的积累与资源整合，泰安吉利饲料有限公司发展成为初具规模的现代化饲料生产基地，并被评为“山东省农业产业化重点龙头企业”。2005年7月，在市、区各级有关部门支持

下，联合110多户规模养猪户成立了泰安吉利标准化养猪专业合作社。合作社按照“科学规划、合理布局”原则，与村集体和养殖大户联姻，立足生猪养殖产业优势，有效整合资源，发展标准化养殖小区，推广健康养殖模式。通过培训引导方式，让社员进场养殖，规范管理，并以此作为其他养猪户学习、效仿的样板，带动其他养殖户向标准化、规模化的模式发展。

2. 拓宽服务渠道，加快产业化发展步伐

一是积极倡导标准化、健康养殖理念。为引导当地养殖户发展标准化、健康养殖模式，合作社投资建成了集培训、兽药供应、服务指导为一体的综合服务大楼，并购置了电脑、投影仪等多媒体教学培训设备，为扩大社员和规模养殖户进行全方位服务。截至目前，合作社已举办培训班21期，培训养殖户1.2万人次，编写了《标准化生猪饲养管理手册》并刻录养殖光盘免费赠送给养殖户。通过培训，除了让社员掌握科学饲养及管理的系统知识外，还重点引导养猪户逐渐转变传统养殖观念，倡导标准化、健康养殖理念。

二是建立完善的服务管理体系和技术服务体系。合作社为社员提供“统一供应仔猪、统一供应饲料、统一防疫管理、统一健全风险机制、统一组织销售”的“五统一”服务；配备了专门技术人员和交通、通信工具，设立24小时服务热线，随时为社员进行技术咨询、兽医防治等服务；建立资金支持体系。合作社与农村信用社等金融部门联合推出“吉利富民工程”，由合作社牵头，将社员联合起来，实行3~5户的联户担保，采用合作社提供还贷承诺的方式，每户可贷到3万~5万元的猪场建设或流动资金。资金由合作社统一专户管理，育肥猪出栏后，由合作社与信用社进行结算，剩余利润归还养殖户，这就解决了社员养殖资金的问题，健全风险保障体系。合作社成立了专项风险基金，基金由饲料、种猪繁育基地和社员共同出资，每头猪约合10元，组成风险基金，用于社员生产、营销以外和不可预见性重大经济损失补助。合作社还与财产保险公司达成协议，以合作社为载体，帮助社员提供保险服务，办理各项投保手续。合作社设立了“手机短信平台”，为养殖户定期发布原料价格、市场行情、疫病防控、政策法规及合作社最新动态等信息。合作社目前正在创建专门网站，提供行业资讯、技术服务、市场商情、网上交易、人才交流等服务内容，搭建一个养猪行业的专业信息平台。

（资料来源：吕新业、卢向虎课题组2008年调研报告，有部分改动）

【案例4】 河北省青县曹寺乡利财蔬菜专业合作社

河北省青县曹寺乡利财蔬菜专业合作社成立于2002年1月，是依托曹寺乡无公害蔬菜批发市场和2万亩黄瓜种植基地建立的实体性农民专业合作经济组织。合作社成立以来，在增加菜农收入方面发挥了重要作用。

在运行过程中，合作社建立健全合作社章程，明确财务制度、例会制度、民主决策制度的执行程序和监督程序。理事会、监事会等内部执行和监督机构以及成员代表大会的表决机制提高了该合作社的运行质量，保护了菜农成员的利益。此外，合作社还为菜农成员提供及时、有效的服务。合作社为成员提供优质棚膜、种子、肥料等农业生产资料供应服务；提供蔬菜生产经营技术培训服务；提供蔬菜地土壤养分分析技术；建设占地100亩的无公害蔬菜批发市场；建立无公害蔬菜检测中心，提供产品质量检测服务；依托鹤腾腌渍厂为成员提供加工服务；合作社统一注册了“利财”牌无公害蔬菜，还与北京新发地、大钟寺等6家批发市场建立了比较稳定的销售关系，保证了成员的销售渠道。

曹寺乡政府在蔬菜“买难”和“卖难”情况下，积极支持菜农组建蔬菜专业合作社，在乡政府指导下，目前合作社拥有25个蔬菜专业合作社分社，成员1 850户，辐射带动3 600户菜农，辐射蔬菜种植基地面积达2.6万亩，年销售蔬菜达9万吨，占曹寺乡蔬菜总产量的30%。

趋势三：农业产业化经营离不开与农民合作经济组织稳定、长远的合作关系

【案例5】 河北省青县奶业协会——基于多方利益紧密联系的经济共同体

该协会是依托河北小洋人生物乳业有限公司组建的。2003年，由于农业政策调整，粮食价格上涨，但奶价并没有上升，这严重影响了公司的奶源和奶农的利益。为稳定各方利益，公司、奶业小区和奶农在青县畜牧局等部门的引导下，组建了河北省青县奶业协会。三方利益联结的具体做法是：公司以高出市场价0.04元/公斤的价格收购奶业小区的牛奶，奶业小区以高出其他地区0.04元/公斤的价格收购奶户的牛奶，经过分级结算后，奶价稳定在1.76元/公斤，既稳定了小洋人公司的奶源供应，也保护了奶业小区和奶户的利益，三方真正形成了经济利益共同体。

该协会还通过建立健全章程，规范协会的行为，加强协会与公司、奶农的紧密联系。协会成立以来，公司共建有12个奶业小区，每个小区拥有50～60个奶农。公司的奶业基地及其辐射基地共有奶牛100 300头。在公司机械化挤奶、鲜奶检测和引种等技术支持下，与协会形成了较好的合作关系。

趋势四：标准化生产已成为保证合作社成员收益持续增加的重要制度

【案例6】 河北省青县盘古乡无公害蔬菜合作社——标准化生产管理造就的无公害蔬菜基地

盘古乡位于河北省青县城南6公里处，人口3万人，总面积67.8平方公里，耕地面积6万亩。在农业发展过程中，该县逐渐形成了以黄瓜为主的蔬菜产业。至2004年年底，蔬菜种植面积达到2.8万亩，其中设施蔬菜达9 200亩，已成为“青青”牌

无公害蔬菜主产区之一。

盘古乡无公害蔬菜合作社是在农业产业化经营过程中应运而生的农民组织。目前该乡有 9 个村级蔬菜协会成为合作社的成员。在实地调研的前营村蔬菜协会，笔者了解到，盘古乡无公害蔬菜合作社之所以成为菜农增收致富的组织，原因是以合作社为载体，狠抓无公害蔬菜生产基地管理。一方面，合作社向菜农成员分发无公害蔬菜标准化生产技术规程（明白纸），组织大规模的技术培训、外出参观。2004 年，印发明白纸 5 000 份，组织大规模培训 6 次、外出参观 2 次。另一方面，在合作社章程的约束下又严格推行“产地编码”制度和“五户联保”制度，增强了菜农相互监督的意识，有效保证了无公害蔬菜的品质。为了保证无公害蔬菜的生产，盘古乡政府积极营造合作社顺利发展的环境。例如，对合作社予以补贴，为菜农简化贷款手续，成立以乡长为组长的无公害蔬菜工作领导小组；加强无公害蔬菜投入品的管理，设立了无公害农资专柜，严禁销售和使用剧毒、高残留的农药，并建立了田间生产档案；扩建了蔬菜批发市场，设立交易大棚 2 个，建立无公害蔬菜质量监测站 1 个，并积极推动与北京新发地、大洋路、岳各庄等大型农贸市场签订“场地挂钩”销售协议。

在以上运行机制的保证下，盘古乡的无公害蔬菜种植面积由 2001 年的 1.8 万亩增加到 2004 年的 2.8 万亩，日均交易量达到 30 万公斤以上，年外销蔬菜 8.2 万吨。蔬菜基地被京、津、冀蔬菜农药残留监控协作网认定为“无农药残留放心菜”生产基地，并成为首批获得直达北京销售的无公害蔬菜基地。

趋势五：农民合作经济组织服务机制不断创新

【案例 7】 黑龙江省宾县新跃农业合作社的“五统一”服务模式

宾县新跃农业合作社的前身是黑加仑合作社。黑加仑合作社于2002年成立，先后有64户农民入社，种植黑加仑700余亩。2004年与哈尔滨高泰食品有限责任公司合作，在公司支持下，2004年至2005年两年里为高泰公司发展了1 000多亩红树莓、1 300多亩甜杏。目前，合作社成员已发展到238户，准成员800多户。由于资本与利益联结和制度化及生产经营项目的增多，黑加仑合作社于2005年3月1日更名为宾县新跃农业合作社。

新跃合作社之所以能够发展壮大，是因为坚持做到了“五个统一”，即统一生产计划、统一购买生产资料、统一生产技术标准、统一产品质量标准、统一销售产品。在发展黑加仑种植时，该合作社与厂家签订发展3 000亩合同，并制订了一个发展计划，当得知市场不景气时，便及时调整计划，停止发展。该合作社统一购买品种，统一技术，生产质量一致的产品，实现了统一销售。2004年产12.5万公斤黑加仑果，质量合格率达98.8%；2005年产13.5万公斤黑加仑果，质量合格率达99.7%。在发展红树莓、草莓、黑莓、甜杏等项目的同时，还有面积计划、区域计划、产量计划和采收时间计划。

此外，该合作社还强化自我服务、自我管理、自我约束、自我保护。黑加仑合作社有64户成员，300亩产果面积，分布在全县7个乡镇、25个自然屯，生产高峰时约600人采摘，要求质量一致。2004年，共有12.5万公斤黑加仑果发运到沈阳，损耗仅为6.67%；2005年有13.5万公斤发送到哈尔滨速冻，包括去杂质、冻耗、干耗，减量仅是7%，低于正常损耗率。合作社要求的质量标准及采收量、集货时间、地点，靠成员自我约束和理事会监督来实现。2004年，合作社的黑加仑果销售价高出市场价格1倍，2005年则高出市场价格30%以上。

为促进合作社健康、可持续发展，合作社制定了发展8个区域社，实施万亩黑（莓）、红（树）莓生产基地发展计划。合作社开始筹办果酒厂和年产达50吨的发酵汁厂，计划50%的鲜果自己加工、50%的鲜果提供给出口企业。

【案例8】 黑龙江省双城市五家奶业合作社

双城是全国鲜奶产量第一县，五家镇是双城较大的建制镇之一，也是畜牧业大镇。2005 年 4 月，为适应新时期奶业发展的需求，在坚持自愿参加、自主经营、自我完善、自我发展原则的基础上，部分奶牛养殖户、个体经营者及企业成立了“五家”奶业合作社。目前，该合作社有成员 1 328 个，其中，个人成员 1 322 个，团体成员 6 个。合作社先后被评为“黑龙江省先进民间组织”、“哈尔滨市先进民间组织”，被农业部批准为黑龙江省三个农村新型合作经济组织试点之一。

合作社法人治理结构较合理。选举产生董事长 1 人，副董事长 9 人，常务董事 15 人，董事会成员 45 人。组建管理部、服务部、技术部三大组织机构。管理部下设财务、对外联络、奶牛发展、技术服务、法律维权五个部门；服务部门下设农机、饲料、青贮、疾病防治、奶牛发展基金五个部门；技术部下设奶牛营养、科技协会、繁殖育种、防疫治疗四个专业委员会。三个机构分工协作，互为补充，形成有机整体。成员组成上，广泛吸纳乳品、饲料、兽药经营企业、科研院所和个体经营业户入会，形成了多成分、多行业的会员体系。为适应成员的多元化需求，合作社定位了自身职能：为政府管理服务，为企业发展服务，为养殖户生产服务。在奶业合作社的带动下，成员从最初的 673 户发展到现在的 1 328 户。全镇奶牛存栏从 2000 的年 1.1 万头发展到 2005 年年末的 1.6 万头，增长了 45%，全年销售鲜奶 4.5 万吨，收入 720 万元，户均收入 5 422 元。

合作社不断创新运行机制。一是创新开放式办社机制。合作社章程中规定，凡是从事奶牛养殖的农户满 18 周岁，有民事行为能力的均可申请加入，并在没有正当理由的情况下不得拒绝其入社，最大限度地吸引农民加入，把合作社建成农民之家。二是创新民主管理机制。合作社每一项重大工作决策都必须由董事会首先研究讨论，最后在成员代表大会上表决通过后才能执行。日常工作也必须由常务董事半数通过方可确定，充分体现了合作社管理的民主性。三是创新风险共担机制。促进养殖户、企业、科研部门等形成联合体，共同分享利益，共同承担市场风险。在饲料市场价格攀高，养殖效益严重下降时，合作社及时召开相关会议，专题研究，使成员单位饲料企业作出了适当降价、稳定对市场的承诺，既保护了农民的养殖积极性，又稳固了饲料企业销售渠道。四是创新服务机制。为使奶户能及时了解产业政策和信息，合作社创办了《五家奶业》专业报纸，定期发布国内外奶牛生产领域的生产、技术、奶产品、政策法规及典型经验等各类信息，户均一份。合作社还建立了“电化科教室”和“图书资料室”，免费为成员开放。建立了“五家奶业”网站，设营养与饲料、兽医与兽药、畜牧机械、遗传繁育、饲养管理、专家门诊、经验交流、疾病防治、供求信息9个专栏，成员可随时通过网络查找最新的养牛技术及供求等相关信息。五是创新与外部组织沟通机制。合作社积极协调与乳品企业的关系。在鲜奶市场价格低迷时，合作社向企业提出按质论价、应收尽收的建议，使鲜奶售卖价格比其他地区高出0.4元/公斤以上。积极协调与饲料企业的关系。针对饲料价格不断上涨、养殖成本增加的情况，2005年，合作社成立了饲料服务中心，通过集团采购方式，要求饲料企业厂价直销，每吨可为奶牛户节约资金400余元，全镇奶牛户可节约饲料成本400多万元。积极协调与疫病防治部门的关系。为解决“诊疗难、药价高、假药多”问题，合作社专门成立了“奶牛疾病防治中心”，实行持卡诊疗制度，奶牛户可以享受平价药，不用担心坑人假药；定期邀请科研院校专家前来义诊，这些措施使成员每年可节省医疗费200元/头。

（以上案例除特殊说明外，均来源于郭翔宇教授课题组于2008年完成的国家社会科学基金项目“运营效率：农村专业合作经济组织发展的关键性制约因素及对策研究”的调查报告，并作适当修改）

附录2 改革开放以来颁布的支持农民专业合作社发展的文件汇编

1983 年，中共中央一号文件第四条提出，“适应商品生产需要，发展多种多样的合作经济”；同时，还提出要建立农村的技术服务组织。

1985 年，中共中央一号文件第八条提出，“按照自愿互利原则和商品经济要求，积极发展和完善农村合作制”，对自愿互利原则进行了强调。

1986 年，中共中央一号文件第十条提出：“近几年出现了一批农民联合购销组织，其中，有乡、村合作组织兴办的农工商公司或多种经营服务公司，有同行业的专业合作社或协会，……各有关部门均应予热情支持和帮助。”

1987 年，《把农村改革引向深入》（中发〔1987〕5 号）第五条要求，“发展多种形式的经济联合”。

《中共中央、国务院关于当前农业和农村经济发展的若干政策措施》（中发〔1993〕11 号）指出：“农村各类民办的专业技术协会（研究会），是农业社会化服务体系的一支新生力量。各级政府要加强指导和扶持，使其在服务过程中，逐步形成技术经济实体，走自我发展、自我服务的道路。”

1997 年，财政部财商字〔1997〕156 号文件规定：“专业合作社销售农业产品，应当免征增值税。”

《中共中央、国务院关于当前 1998 年农业和农村工作意见》（中发〔1998〕2 号）提出，要“发展多种形式的联合与合作。发展自主建立的各种专业合作社、专业协会以及其他形式的合作与联合组织，多数是以农民的劳动联合和资本联合为主的集体经济，有利于引导农民进入市场，完善农业社会化服务体系，要加大鼓励和大力支持”。

1998年10月14日，中国共产党第十五届中央委员会第三次全体会议通过的《中共中央关于农业和农村工作若干重大问题的决定》中明确规定："农民采取多种多样的股份合作制形式兴办经济实体，是改革中的新事物，要积极扶持，正确引导，逐步完善。以农民的劳动联合和农民的资本联合为主的集体经济，更应鼓励和发展。"

《中共中央、国务院关于做好农业和农村工作的意见》（中发〔2003〕3号）提出："积极发展农产品行业协会和农民专业合作社组织，建立健全农业社会化服务体系。"2004年，中央一号文件提出了鼓励发展各类农民专业合作组织的具体政策："积极推进有关农民专业合作组织的立法工作；各级财政安排专门资金支持农民专业合作组织开展信息、技术、培训、质量标准与认证、市场营销等服务；有关金融机构支持农民专业合作组织建立标准化生产基地、兴办仓储设施和加工企业、购置农产品运销设备，财政可适当给予贴息；深化供销社改革，发挥其带动农民进入市场的作用。"

2005年，中共中央一号文件提出，支持农民专业合作组织发展，对专业合作组织及其所办加工、流通实体适当减免有关税费。

2006年，中共中央一号文件提出："积极引导和支持农民发展专业合作社发展的信贷、财税和登记制度。"

2006年10月31日，第十届全国人民代表大会常务委员会第二十四次会议通过了《农民专业合作社法》，并于2007年7月1日正式实施。该部法律的颁布实施，标志着农民专业合作组织建设进入依法发展的新阶段。

2007年，中共中央一号文件要求："大力发展农民专业合作组织。认真贯彻《农民专业合作社法》，支持农民专业合作组织加快发展。"

2007年5月28日，国务院总理温家宝签署公布了《农民专业合作社登记管理条例》（以下简称《条例》），《条例》于2007

年7月1日起施行。根据《条例》规定，农民专业合作社必须经登记机关依法登记，领取法人营业执照，取得法人资格。未经依法登记，不得以农民专业合作社名义从事经营活动。

2007年6月29日，农业部第9次常务会议通过发布了《农民专业合作社示范章程》（农业部令第4号）。

2010年一号文件提出，大力发展农民专业合作社，提高农业生产经营组织化程度。推动家庭经营向采用先进科技和生产手段方向转变，推动统一经营向发展农户联合与合作，形成多元化、多层次、多形式经营服务体系的方向转变。

附录3　农民专业合作社法

中华人民共和国主席令

第五十七号

《中华人民共和国农民专业合作社法》已由中华人民共和国第十届全国人民代表大会常务委员会第二十四次会议于2006年10月31日通过，现予公布，自2007年7月1日起施行。

中华人民共和国主席　胡锦涛

二○○六年十月三十一日

中华人民共和国农民专业合作社法

（2006年10月31日第十届全国人民代表大会常务委员会第二十四次会议通过）

目　录

第一章　总　则
第二章　设立和登记
第三章　成　员
第四章　组织机构
第五章　财务管理
第六章　合并、分立、解散和清算
第七章　扶持政策
第八章　法律责任
第九章　附　则

第一章 总 则

第一条 为了支持、引导农民专业合作社的发展，规范农民专业合作社的组织和行为，保护农民专业合作社及其成员的合法权益，促进农业和农村经济的发展，制定本法。

第二条 农民专业合作社是在农村家庭承包经营基础上，同类农产品的生产经营者或者同类农业生产经营服务的提供者、利用者，自愿联合、民主管理的互助性经济组织。

农民专业合作社以其成员为主要服务对象，提供农业生产资料的购买，农产品的销售、加工、运输、贮藏以及与农业生产经营有关的技术、信息等服务。

第三条 农民专业合作社应当遵循下列原则：

（一）成员以农民为主体；

（二）以服务成员为宗旨，谋求全体成员的共同利益；

（三）入社自愿、退社自由；

（四）成员地位平等，实行民主管理；

（五）盈余主要按照成员与农民专业合作社的交易量（额）比例返还。

第四条 农民专业合作社依照本法登记，取得法人资格。

农民专业合作社对由成员出资、公积金、国家财政直接补助、他人捐赠以及合法取得的其他资产所形成的财产，享有占有、使用和处分的权利，并以上述财产对债务承担责任。

第五条 农民专业合作社成员以其账户内记载的出资额和公积金份额为限对农民专业合作社承担责任。

第六条 国家保护农民专业合作社及其成员的合法权益，任何单位和个人不得侵犯。

第七条 农民专业合作社从事生产经营活动，应当遵守法律、行政法规，遵守社会公德、商业道德，诚实守信。

第八条 国家通过财政支持、税收优惠和金融、科技、人才的扶持以及产业政策引导等措施，促进农民专业合作社的发展。

国家鼓励和支持社会各方面力量为农民专业合作社提供服务。

第九条 县级以上各级人民政府应当组织农业行政主管部门和其他有关部门及有关组织，依照本法规定，依据各自职责，对农民专业合作社的建设和发展给予指导、扶持和服务。

第二章 设立和登记

第十条 设立农民专业合作社，应当具备下列条件：

（一）有五名以上符合本法第十四条、第十五条规定的成员；

（二）有符合本法规定的章程；

（三）有符合本法规定的组织机构；

（四）有符合法律、行政法规规定的名称和章程确定的住所；

（五）有符合章程规定的成员出资。

第十一条 设立农民专业合作社应当召开由全体设立人参加的设立大会。设立时自愿成为该社成员的人为设立人。

设立大会行使下列职权：

（一）通过本社章程，章程应当由全体设立人一致通过；

（二）选举产生理事长、理事、执行监事或者监事会成员；

（三）审议其他重大事项。

第十二条 农民专业合作社章程应当载明下列事项：

（一）名称和住所；

（二）业务范围；

（三）成员资格及入社、退社和除名；

（四）成员的权利和义务；

（五）组织机构及其产生办法、职权、任期、议事规则；

（六）成员的出资方式、出资额；

（七）财务管理和盈余分配、亏损处理；

（八）章程修改程序；

（九）解散事由和清算办法；

（十）公告事项及发布方式；

（十一）需要规定的其他事项。

第十三条 设立农民专业合作社，应当向工商行政管理部门提交下列文件，申请设立登记：

（一）登记申请书；

（二）全体设立人签名、盖章的设立大会纪要；

（三）全体设立人签名、盖章的章程；

（四）法定代表人、理事的任职文件及身份证明；

（五）出资成员签名、盖章的出资清单；

（六）住所使用证明；

（七）法律、行政法规规定的其他文件。

登记机关应当自受理登记申请之日起二十日内办理完毕，向符合登记条件的申请者颁发营业执照。

农民专业合作社法定登记事项变更的，应当申请变更登记。

农民专业合作社登记办法由国务院规定。办理登记不得收取费用。

第三章 成 员

第十四条 具有民事行为能力的公民，以及从事与农民专业合作社业务直接有关的生产经营活动的企业、事业单位或者社会团体，能够利用农民专业合作社提供的服务，承认并遵守农民专业合作社章程，履行章程规定的入社手续的，可以成为农民专业合作社的成员。但是，具有管理公共事务职能的单位不得加入农民专业合作社。

农民专业合作社应当置备成员名册，并报登记机关。

第十五条 农民专业合作社的成员中，农民至少应当占成员总数的百分之八十。

成员总数二十人以下的，可以有一个企业、事业单位或者社会团体成员；成员总数超过二十人的，企业、事业单位和社会团体成员不得超过成员总数的百分之五。

第十六条 农民专业合作社成员享有下列权利：

（一）参加成员大会，并享有表决权、选举权和被选举权，按照章程规定对本社实行民主管理；

（二）利用本社提供的服务和生产经营设施；

（三）按照章程规定或者成员大会决议分享盈余；

（四）查阅本社的章程、成员名册、成员大会或者成员代表大会记录、理事会会议决议、监事会会议决议、财务会计报告和会计账簿；

（五）章程规定的其他权利。

第十七条 农民专业合作社成员大会选举和表决，实行一人一票制，成员各享有一票的基本表决权。

出资额或者与本社交易量（额）较大的成员按照章程规定，可以享有附加表决权。本社的附加表决权总票数，不得超过本社成员基本表决权总票数的百分之二十。享有附加表决权的成员及其享有的附加表决权数，应当在每次成员大会召开时告知出席会议的成员。

章程可以限制附加表决权行使的范围。

第十八条 农民专业合作社成员承担下列义务：

（一）执行成员大会、成员代表大会和理事会的决议；

（二）按照章程规定向本社出资；

（三）按照章程规定与本社进行交易；

（四）按照章程规定承担亏损；

（五）章程规定的其他义务。

第十九条 农民专业合作社成员要求退社的，应当在财务年度终了的三个月前向理事长或者理事会提出；其中，企业、事业单位或者社会团体成员退社，应当在财务年度终了的六个月前提出；章程另有规定的，从其规定。退社成员的成员资格自财务年度终了时终止。

第二十条 成员在其资格终止前与农民专业合作社已订立的合同，应当继续履行；章程另有规定或者与本社另有约定的除外。

第二十一条 成员资格终止的，农民专业合作社应当按照章程规定的方式和期限，退还记载在该成员账户内的出资额和公积金份额；对成员资格终止前的可分配盈余，依照本法第三十七条第二款的规定向其返还。

资格终止的成员应当按照章程规定分摊资格终止前本社的亏损及债务。

第四章 组织机构

第二十二条 农民专业合作社成员大会由全体成员组成，是本社的权力机构，行使下列职权：

（一）修改章程；

（二）选举和罢免理事长、理事、执行监事或者监事会成员；

（三）决定重大财产处置、对外投资、对外担保和生产经营活动中的其他重大事项；

（四）批准年度业务报告、盈余分配方案、亏损处理方案；

（五）对合并、分立、解散、清算作出决议；

（六）决定聘用经营管理人员和专业技术人员的数量、资格和任期；

（七）听取理事长或者理事会关于成员变动情况的报告；

（八）章程规定的其他职权。

第二十三条 农民专业合作社召开成员大会，出席人数应当达到成员总数三分之二以上。

成员大会选举或者作出决议，应当由本社成员表决权总数过半数通过；作出修改章程或者合并、分立、解散的决议应当由本社成员表决权总数的三分之二以上通过。章程对表决权数有较高规定的，从其规定。

第二十四条 农民专业合作社成员大会每年至少召开一次，会议的召集由章程规定。有下列情形之一的，应当在二十日内召开临时成员大会：

（一）百分之三十以上的成员提议；

（二）执行监事或者监事会提议；

（三）章程规定的其他情形。

第二十五条 农民专业合作社成员超过一百五十人的，可以按照章程规定设立成员代表大会。成员代表大会按照章程规定可以行使成员大会的部分或者全部职权。

第二十六条 农民专业合作社设理事长一名，可以设理事会。理事长为本社的法定代表人。

农民专业合作社可以设执行监事或者监事会。理事长、理事、经理和财务会计人员不得兼任监事。

理事长、理事、执行监事或者监事会成员，由成员大会从本社成员中选举产生，依照本法和章程的规定行使职权，对成员大会负责。

理事会会议、监事会会议的表决，实行一人一票。

第二十七条 农民专业合作社的成员大会、理事会、监事会，应当将所议事项的决定作成会议记录，出席会议的成员、理事、监事应当在会议记录上签名。

第二十八条 农民专业合作社的理事长或者理事会可以按照成员大会的决定聘任经理和财务会计人员，理事长或者理事可以兼任经理。经理按照章程规定或者理事会的决定，可以聘任其他人员。

经理按照章程规定和理事长或者理事会授权，负责具体生产经营活动。

第二十九条 农民专业合作社的理事长、理事和管理人员不得有下列行为：

（一）侵占、挪用或者私分本社资产；

（二）违反章程规定或者未经成员大会同意，将本社资金借贷给他人或者以本社资产为他人提供担保；

（三）接受他人与本社交易的佣金归为己有；

（四）从事损害本社经济利益的其他活动。

理事长、理事和管理人员违反前款规定所得的收入，应当归本社所有；给本社造成损失的，应当承担赔偿责任。

第三十条 农民专业合作社的理事长、理事、经理不得兼任业务性质相同的其他农民专业合作社的理事长、理事、监事、经理。

第三十一条 执行与农民专业合作社业务有关公务的人员，不得担任农民专业合作社的理事长、理事、监事、经理或者财务会计人员。

第五章 财务管理

第三十二条 国务院财政部门依照国家有关法律、行政法规，制定农民专业合作社财务会计制度。农民专业合作社应当按照国务院财政部门制定的财务会计制度进行会计核算。

第三十三条 农民专业合作社的理事长或者理事会应当按照章程规定，组织编制年度业务报告、盈余分配方案、亏损处理方案以及财务会计报告，于成员大会召开的十五日前，置备于办公地点，供成员查阅。

第三十四条 农民专业合作社与其成员的交易、与利用其提供的服务的非成员的交易，应当分别核算。

第三十五条 农民专业合作社可以按照章程规定或者成员大会决议从当年盈余中提取公积金。公积金用于弥补亏损、扩大生产经营或者转为成员出资。

每年提取的公积金按照章程规定量化为每个成员的份额。

第三十六条 农民专业合作社应当为每个成员设立成员账户，主要记载下列内容：

（一）该成员的出资额；

（二）量化为该成员的公积金份额；

（三）该成员与本社的交易量（额）。

第三十七条 在弥补亏损、提取公积金后的当年盈余，为农民专业合作社的可分配盈余。

可分配盈余按照下列规定返还或者分配给成员，具体分配办法按照章程规定或者经成员大会决议确定：

（一）按成员与本社的交易量（额）比例返还，返还总额不得低于可分配盈余的百分之六十；

（二）按前项规定返还后的剩余部分，以成员账户中记载的出资额和公积金份额，以及本社接受国家财政直接补助和他人捐赠形成的财产平均量化到成员的份额，按比例分配给本社成员。

第三十八条 设立执行监事或者监事会的农民专业合作社，由执行监事或者监事会负责对本社的财务进行内部审计，审计结果应当向成员大会报告。

成员大会也可以委托审计机构对本社的财务进行审计。

第六章 合并、分立、解散和清算

第三十九条 农民专业合作社合并，应当自合并决议作出之日起十日内通知债权人。合并各方的债权、债务应当由合并后存续或者新设的组织承继。

第四十条 农民专业合作社分立，其财产作相应的分割，并应当自分立决议作出之日起十日内通知债权人。分立前的债务由分立后的组织承担连带责任。但是，在分立前与债权人就债务清偿达成的书面协议另有约定的除外。

第四十一条 农民专业合作社因下列原因解散：

（一）章程规定的解散事由出现；

（二）成员大会决议解散；
（三）因合并或者分立需要解散；
（四）依法被吊销营业执照或者被撤销。

因前款第一项、第二项、第四项原因解散的，应当在解散事由出现之日起十五日内由成员大会推举成员组成清算组，开始解散清算。逾期不能组成清算组的，成员、债权人可以向人民法院申请指定成员组成清算组进行清算，人民法院应当受理该申请，并及时指定成员组成清算组进行清算。

第四十二条 清算组自成立之日起接管农民专业合作社，负责处理与清算有关未了结业务，清理财产和债权、债务，分配清偿债务后的剩余财产，代表农民专业合作社参与诉讼、仲裁或者其他法律程序，并在清算结束时办理注销登记。

第四十三条 清算组应当自成立之日起十日内通知农民专业合作社成员和债权人，并于六十日内在报纸上公告。债权人应当自接到通知之日起三十日内，未接到通知的自公告之日起四十五日内，向清算组申报债权。如果在规定期间内全部成员、债权人均已收到通知，免除清算组的公告义务。

债权人申报债权，应当说明债权的有关事项，并提供证明材料。清算组应当对债权进行登记。

在申报债权期间，清算组不得对债权人进行清偿。

第四十四条 农民专业合作社因本法第四十一条第一款的原因解散，或者人民法院受理破产申请时，不能办理成员退社手续。

第四十五条 清算组负责制定包括清偿农民专业合作社员工的工资及社会保险费用，清偿所欠税款和其他各项债务，以及分配剩余财产在内的清算方案，经成员大会通过或者申请人民法院确认后实施。

清算组发现农民专业合作社的财产不足以清偿债务的，应当依法向人民法院申请破产。

第四十六条 农民专业合作社接受国家财政直接补助形成的

财产，在解散、破产清算时，不得作为可分配剩余资产分配给成员，处置办法由国务院规定。

第四十七条 清算组成员应当忠于职守，依法履行清算义务，因故意或者重大过失给农民专业合作社成员及债权人造成损失的，应当承担赔偿责任。

第四十八条 农民专业合作社破产适用企业破产法的有关规定。但是，破产财产在清偿破产费用和共益债务后，应当优先清偿破产前与农民成员已发生交易但尚未结清的款项。

第七章 扶持政策

第四十九条 国家支持发展农业和农村经济的建设项目，可以委托和安排有条件的有关农民专业合作社实施。

第五十条 中央和地方财政应当分别安排资金，支持农民专业合作社开展信息、培训、农产品质量标准与认证、农业生产基础设施建设、市场营销和技术推广等服务。对民族地区、边远地区和贫困地区的农民专业合作社和生产国家与社会急需的重要农产品的农民专业合作社给予优先扶持。

第五十一条 国家政策性金融机构应当采取多种形式，为农民专业合作社提供多渠道的资金支持。具体支持政策由国务院规定。

国家鼓励商业性金融机构采取多种形式，为农民专业合作社提供金融服务。

第五十二条 农民专业合作社享受国家规定的对农业生产、加工、流通、服务和其他涉农经济活动相应的税收优惠。

支持农民专业合作社发展的其他税收优惠政策，由国务院规定。

第八章　法律责任

第五十三条　侵占、挪用、截留、私分或者以其他方式侵犯农民专业合作社及其成员的合法财产，非法干预农民专业合作社及其成员的生产经营活动，向农民专业合作社及其成员摊派，强迫农民专业合作社及其成员接受有偿服务，造成农民专业合作社经济损失的，依法追究法律责任。

第五十四条　农民专业合作社向登记机关提供虚假登记材料或者采取其他欺诈手段取得登记的，由登记机关责令改正；情节严重的，撤销登记。

第五十五条　农民专业合作社在依法向有关主管部门提供的财务报告等材料中，作虚假记载或者隐瞒重要事实的，依法追究法律责任。

第九章　附　则

第五十六条　本法自 2007 年 7 月 1 日起施行。

附录4　农民专业合作社登记管理条例

中华人民共和国国务院令

第498号

现公布《农民专业合作社登记管理条例》，自2007年7月1日起施行。

总　理　温家宝

二〇〇七年五月二十八日

农民专业合作社登记管理条例

目　录

第一章　总　则
第二章　登记事项
第三章　设立登记
第四章　变更登记和注销登记
第五章　法律责任
第六章　附　则

第一章　总　则

第一条　为了确认农民专业合作社的法人资格，规范农民专业合作社登记行为，依据《中华人民共和国农民专业合作社法》，制定本条例。

第二条 农民专业合作社的设立、变更和注销，应当依照《中华人民共和国农民专业合作社法》和本条例的规定办理登记。

申请办理农民专业合作社登记，申请人应当对申请材料的真实性负责。

第三条 农民专业合作社经登记机关依法登记，领取农民专业合作社法人营业执照（以下简称营业执照），取得法人资格。未经依法登记，不得以农民专业合作社名义从事经营活动。

第四条 工商行政管理部门是农民专业合作社登记机关。国务院工商行政管理部门负责全国的农民专业合作社登记管理工作。

农民专业合作社由所在地的县（市）、区工商行政管理部门登记。

国务院工商行政管理部门可以对规模较大或者跨地区的农民专业合作社的登记管辖作出特别规定。

第二章 登记事项

第五条 农民专业合作社的登记事项包括：

（一）名称；

（二）住所；

（三）成员出资总额；

（四）业务范围；

（五）法定代表人姓名。

第六条 农民专业合作社的名称应当含有“专业合作社”字样，并符合国家有关企业名称登记管理的规定。

第七条 农民专业合作社的住所是其主要办事机构所在地。

第八条 农民专业合作社成员可以用货币出资，也可以用实物、知识产权等能够用货币估价并可以依法转让的非货币财产作价出资。成员以非货币财产出资的，由全体成员评估作价。成员不得以劳务、信用、自然人姓名、商誉、特许经营权或者设定担保的财产等作价出资。

成员的出资额以及出资总额应当以人民币表示。成员出资额之和为成员出资总额。

第九条 农民专业合作社以其成员为主要服务对象，业务范围可以有农业生产资料购买，农产品销售、加工、运输、贮藏以及与农业生产经营有关的技术、信息等服务。

农民专业合作社的业务范围由其章程规定。

第十条 农民专业合作社理事长为农民专业合作社的法定代表人。

第三章 设立登记

第十一条 申请设立农民专业合作社，应当由全体设立人指定的代表或者委托的代理人向登记机关提交下列文件：

（一）设立登记申请书；

（二）全体设立人签名、盖章的设立大会纪要；

（三）全体设立人签名、盖章的章程；

（四）法定代表人、理事的任职文件和身份证明；

（五）载明成员的姓名或者名称、出资方式、出资额以及成员出资总额，并经全体出资成员签名、盖章予以确认的出资清单；

（六）载明成员的姓名或者名称、公民身份证号码或者登记证书号码和住所的成员名册，以及成员身份证明；

（七）能够证明农民专业合作社对其住所享有使用权的住所使用证明；

（八）全体设立人指定代表或者委托代理人的证明。

农民专业合作社的业务范围有属于法律、行政法规或者国务院规定在登记前须经批准的项目的，应当提交有关批准文件。

第十二条 农民专业合作社章程含有违反《中华人民共和

国农民专业合作社法》以及有关法律、行政法规规定的内容的，登记机关应当要求农民专业合作社作相应修改。

第十三条 具有民事行为能力的公民，以及从事与农民专业合作社业务直接有关的生产经营活动的企业、事业单位或者社会团体，能够利用农民专业合作社提供的服务，承认并遵守农民专业合作社章程，履行章程规定的入社手续的，可以成为农民专业合作社的成员。但是，具有管理公共事务职能的单位不得加入农民专业合作社。

第十四条 农民专业合作社应当有5名以上的成员，其中农民至少应当占成员总数的80%。

成员总数20人以下的，可以有1个企业、事业单位或者社会团体成员；成员总数超过20人的，企业、事业单位和社会团体成员不得超过成员总数的5%。

第十五条 农民专业合作社的成员为农民的，成员身份证明为农业人口户口簿；无农业人口户口簿的，成员身份证明为居民身份证和土地承包经营权证或者村民委员会（居民委员会）出具的身份证明。

农民专业合作社的成员不属于农民的，成员身份证明为居民身份证。

农民专业合作社的成员为企业、事业单位或者社会团体的，成员身份证明为企业法人营业执照或者其他登记证书。

第十六条 申请人提交的登记申请材料齐全、符合法定形式，登记机关能够当场登记的，应予当场登记，发给营业执照。

除前款规定情形外，登记机关应当自受理申请之日起20日内，作出是否登记的决定。予以登记的，发给营业执照；不予登记的，应当给予书面答复，并说明理由。

营业执照签发日期为农民专业合作社成立日期。

第十七条 营业执照分为正本和副本，正本和副本具有同等法律效力。

营业执照正本应当置于农民专业合作社住所的醒目位置。

第十八条 营业执照遗失或者毁坏的，农民专业合作社应当申请补领。

任何单位和个人不得伪造、变造、出租、出借、转让营业执照。

第十九条 农民专业合作社的登记文书格式以及营业执照的正本、副本样式，由国务院工商行政管理部门制订。

第四章 变更登记和注销登记

第二十条 农民专业合作社的名称、住所、成员出资总额、业务范围、法定代表人姓名发生变更的，应当自作出变更决定之日起30日内向原登记机关申请变更登记，并提交下列文件：

（一）法定代表人签署的变更登记申请书；

（二）成员大会或者成员代表大会作出的变更决议；

（三）法定代表人签署的修改后的章程或者章程修正案；

（四）法定代表人指定代表或者委托代理人的证明。

第二十一条 农民专业合作社变更业务范围涉及法律、行政法规或者国务院规定须经批准的项目的，应当自批准之日起30日内申请变更登记，并提交有关批准文件。

农民专业合作社的业务范围属于法律、行政法规或者国务院规定在登记前须经批准的项目有下列情形之一的，应当自事由发生之日起30日内申请变更登记或者依照本条例的规定办理注销登记：

（一）许可证或者其他批准文件被吊销、撤销的；

（二）许可证或者其他批准文件有效期届满的。

第二十二条 农民专业合作社成员发生变更的，应当自本财务年度终了之日起30日内，将法定代表人签署的修改后的成员名册报送登记机关备案。其中，新成员入社的还应当提交新成员的身份证明。

农民专业合作社因成员发生变更，使农民成员低于法定比例的，应当自事由发生之日起6个月内采取吸收新的农民成员入社等方式使农民成员达到法定比例。

第二十三条 农民专业合作社修改章程未涉及登记事项的，应当自作出修改决定之日起30日内，将法定代表人签署的修改后的章程或者章程修正案报送登记机关备案。

第二十四条 变更登记事项涉及营业执照变更的，登记机关应当换发营业执照。

第二十五条 成立清算组的农民专业合作社应当自清算结束之日起30日内，由清算组全体成员指定的代表或者委托的代理人向原登记机关申请注销登记，并提交下列文件：

（一）清算组负责人签署的注销登记申请书；

（二）农民专业合作社依法做出的解散决议，农民专业合作社依法被吊销营业执照或者被撤销的文件，人民法院的破产裁定、解散裁判文书；

（三）成员大会、成员代表大会或者人民法院确认的清算报告；

（四）营业执照；

（五）清算组全体成员指定代表或者委托代理人的证明。

因合并、分立而解散的农民专业合作社，应当自作出解散决议之日起30日内，向原登记机关申请注销登记，并提交法定代表人签署的注销登记申请书、成员大会或者成员代表大会作出的解散决议以及债务清偿或者债务担保情况的说明、营业执照和法定代表人指定代表或者委托代理人的证明。

经登记机关注销登记，农民专业合作社终止。

第五章　法律责任

第二十六条 提交虚假材料或者采取其他欺诈手段取得农民专业合作社登记的，由登记机关责令改正；情节严重的，撤销农民专业合作社登记。

第二十七条 农民专业合作社有下列行为之一的，由登记机关责令改正；情节严重的，吊销营业执照：

（一）登记事项发生变更，未申请变更登记的；

（二）因成员发生变更，使农民成员低于法定比例满 6 个月的；

（三）从事业务范围以外的经营活动的；

（四）变造、出租、出借、转让营业执照的。

第二十八条 农民专业合作社有下列行为之一的，由登记机关责令改正：

（一）未依法将修改后的成员名册报送登记机关备案的；

（二）未依法将修改后的章程或者章程修正案报送登记机关备案的。

第二十九条 登记机关对不符合规定条件的农民专业合作社登记申请予以登记，或者对符合规定条件的登记申请不予登记的，对直接负责的主管人员和其他直接责任人员，依法给予处分。

第六章 附 则

第三十条 农民专业合作社可以设立分支机构，并比照本条例有关农民专业合作社登记的规定，向分支机构所在地登记机关申请办理登记。农民专业合作社分支机构不具有法人资格。

农民专业合作社分支机构有违法行为的，适用本条例的规定进行处罚。

第三十一条 登记机关办理农民专业合作社登记不得收费。

第三十二条 本条例施行前设立的农民专业合作社，应当自本条例施行之日起 1 年内依法办理登记。

第三十三条 本条例自 2007 年 7 月 1 日起施行。

附录5　黑龙江省农民专业合作社条例

第一条　为了引导和扶持农民专业合作社发展，保护农民专业合作社及其成员的合法权益，促进农业和农村经济的发展，推动现代农业建设，根据《中华人民共和国农民专业合作社法》和有关法律、法规的规定，结合本省实际，制定本条例。

第二条　本省行政区域内农民专业合作社的组建、经营、管理、扶持等活动，适用本条例。

农民专业合作社是在农村家庭承包经营基础上，同类农产品的生产经营者或者同类农业生产经营服务的提供者、利用者，自愿联合、民主管理的互助性经济组织。

有关农民专业合作社的设立、登记、组织、管理、章程、收益分配、合立、分并、加入、退出、解散、清算等，按照国家有关规定执行。

本条例有关农民的规定，适用于国有农场、牧场、林场、渔场等企业事业单位实行承包经营的职工。

第三条　县级以上农业行政主管部门负责本行政区域内农民专业合作社建设和发展的综合指导、扶持、服务，其所属的农村合作经济经营管理机构（以下简称农村经济管理机构）负责日常管理工作。

省农垦总局、省森林工业总局负责垦区、国有森工林区内农民专业合作社建设和发展的综合指导、扶持、服务，业务上接受省农业行政主管部门的指导。

县级以上林业、水利、畜牧兽医等部门、农业机械管理机构和供销合作社、科协等组织依据各自职责，做好农民专业合作社建设和发展的培育、指导、扶持、服务工作。

县级以上工商、财政、税务、科技、国土资源、交通、质量技术监督、商务、粮食、金融管理等部门依据各自职责，做好与农民专业合作社建设和发展有关的指导、扶持、服务工作。

第四条 县级以上人民政府应当加强统筹协调，组织有关部门通过产业政策、财政支持、税收优惠和金融、科技、人才扶持等措施，引导和促进农民专业合作社的发展。

乡（镇）人民政府应当组织村民委员会为农民专业合作社的组建、发展以及生产经营活动提供便利和服务，并依法协助调解和处理生产经营纠纷。

第五条 农民专业合作社成员资格条件不受地域限制。农民可以到异地加入农民专业合作社，也可以加入多个农民专业合作社。

已转为城镇户口但依法享有农村土地承包经营权的居民，经出具土地承包合同或者证书，可以以农民身份申请加入农民专业合作社。

垦区和林区户籍管辖范围内持非农业户口并直接从事农业生产经营活动的人员，由其户籍所在地农场或者林场出具证明，可以以农民身份组建或者加入农民专业合作社。

第六条 农民专业合作社成员不设最低出资额限制。成员可以用货币或者能够用货币估价并可以依法转让的非货币财产作价出资。用非货币财产出资的，由全体成员评估作价，不需要提供验资证明。

农民在土地承包期内未改变土地用途的，可以用其土地承包经营权的预期收益作价出资加入农民专业合作社。

鼓励农民专业合作社为其成员投保政策性农业保险和商业性农业保险，以降低其出资风险。

第七条 各级人民政府及有关部门应当支持和引导具备条件的农民专业协会、农民股份合作企业等其他形式的农民专业合作经济组织，依法登记注册为农民专业合作社。

第八条 两个以上农民专业合作社可以根据自愿、平等的原则组成联合社，并享受农民专业合作社的相关优惠政策。

第九条 农民专业合作社应当依法建立健全农产品生产记

录、检测以及包装、附加标识等质量安全管理制度。

第十条 农民专业合作社应当实行社务公开，每年定期向本社成员公布经营和财务状况，接受本社成员的监督。

农民专业合作社应当按照农民专业合作社财务会计制度对其经营状况进行年度核算，其当年可分配盈余部分应当向合作社成员分配，并将调整后的成员权益变动表向全体成员公布。

第十一条 农民专业合作社成员按照章程规定可以转让其账户内出资额和公积金份额。章程未作规定的，经理事会审核或者成员大会讨论同意，可以转让给本社其他成员。

农民专业合作社接受国家财政直接补助和他人捐赠形成的财产平均量化到成员的份额，不得转让。

第十二条 各级农村经济管理机构应当按照农民专业合作社财务会计制度的规定，对农民专业合作社财务会计人员进行专业培训和辅导，并指导农民专业合作社的财务会计管理和审计工作。

各级有关部门和农村经济管理机构应当加强对国家投入农民专业合作社资金、设备和设施的监督，确保其使用效益。

第十三条 各级农业、林业、水利、畜牧兽医等部门，农业机械管理机构和供销合作社、科协等组织，应当组织农民专业合作社领办人及成员接受相关产业政策、法律知识、生产技术、经营管理知识等培训，提高其自身素质。

第十四条 各级农村经济管理机构应当及时收集、汇总、更新、发布生产经营信息，免费为农民专业合作社及其成员提供信息服务，建立健全农民专业合作社生产经营信息档案。

第十五条 金融机构应当会同农村经济管理机构建立健全农民专业合作社信用档案，为农民专业合作社提供信贷服务。

县级以上人民政府可以建立专门为农民专业合作社提供贷款服务的担保机构。鼓励各类信用担保机构将农民专业合作社纳入贷款担保范围，为符合条件的农民专业合作社申请贷款提供担保服务。

第十六条 工商行政管理部门、农业行政主管部门和有关部门应当加强沟通协调，为农民专业合作社登记提供必要的指导和服务。

工商行政管理部门应当将本行政区域内农民专业合作社登记情况向社会公布，为公众查询提供方便。

第十七条 鼓励农产品加工企业依法加入或者领办农民专业合作社，扶持农民专业合作社兴办农产品加工企业，促进农民专业合作社实现生产、加工、销售一体化。

第十八条 各级人民政府应当鼓励和扶持农民专业合作社按照国家标准生产无公害农产品、绿色食品、有机食品，并引导其申请认证有关标识和农产品地理标志，注册名优农产品商标，创建具有地方特色的农产品品牌。

第十九条 鼓励和支持大专院校、科研单位和政府设立的科技园区将有关先进的科研成果和适用的生产技术优先依托农民专业合作社进行实验示范和推广应用。

第二十条 农民专业合作社可以作为农业建设项目的实施单位，独立申报、承担各类农业建设项目。各级人民政府投入的农业综合开发、扶贫开发、农业产业化等建设项目，应当优先安排或者委托符合条件的农民专业合作社实施。

第二十一条 农民专业合作社组织其成员参加农业保险的，地方财政应当按照国家规定的农业保险补贴险种及保费补贴分担比例给予保费补贴。

县级以上人民政府应当在本级财政预算中安排资金，支持农民专业合作社开展信息、培训、农产品质量标准与认证、农业生产基础设施建设、市场营销和技术推广等服务。

县级以上人民政府对农业支持的各项财政政策应当向农民专业合作社倾斜，优先支持农民专业合作社发展。

第二十二条 农民专业合作社享受下列税收优惠：

（一）销售本社成员生产的农产品视同农业生产者销售自产农产品，免征增值税；

（二）增值税一般纳税人从农民专业合作社购进的免税农产品，可以按 13% 扣除率计算抵扣增值税进项税额；

（三）向本社成员销售的农膜、种子、种苗、化肥、农药、农机，免征增值税；

（四）与本社成员签订的农业产品和农业生产资料购销合同，免征印花税；

（五）农业机耕、排灌、病虫害防治、植物保护、农牧保险以及相关技术培训业务，家禽、牲畜、水生动物的配种和疾病防治，免征营业税；

（六）从事国家确定的农、林、牧、渔业项目的所得，免征或者减征企业所得税；

（七）直接用于农、林、牧、渔业的生产用地，免征城镇土地使用税；

（八）对废弃土地依法整治和改造的，凭国土资源部门的证明文件，经市、县地方税务部门审核，从使用的月份起，免征土地使用税 5 年。

税收优惠政策调整变动的，以国家税收政策为准。

第二十三条 金融机构对农民专业合作社给予以下金融支持：

（一）扩大对农民专业合作社的信誉担保范围，凡属农业各生产经营领域和环节，均可以使用小额农业贷款；

（二）简化农民专业合作社及其成员的贷款手续，在授信额度内随用随贷，一次申请，统一授信，周转使用；

（三）对农民专业合作社试行流动资金贷款的信誉担保制度，逐步提高授信额度，对信用良好的农民专业合作社最高授信额度可以突破以往贷款额度限制；

（四）允许农民专业合作社以自有资产作抵押或者成员联保形式办理贷款手续，建立农民专业合作社信贷抵押担保；

（五）可以用出资额较大的农民专业合作社成员自有资产抵押贷款；

（六）可以用农民专业合作社及其成员依法取得的林权、土地预期收益权、水域滩涂及草原承包经营权等抵押贷款；

（七）对农民专业合作社贷款实行利率优惠，并根据农民专业合作社生产经营活动的实际周期和贷款用途，合理确定贷款期限，并允许贷款跨年度使用；

（八）对农民专业合作社提供支付、结算等其他金融服务。

第二十四条 农民专业合作社从事下列活动，有关部门应当给予支持和优惠：

（一）从事种植业、养殖业，其种植、养殖环节用电，执行农业生产电价；

（二）对农民专业合作社运输鲜活农产品的车辆按照国家和省的有关规定减免车辆通行费，开设鲜活农产品绿色通道。对跨区作业的农业机械免收道路通行费；

（三）与所在村集体联合兴办实体，需要使用农村集体建设用地且符合乡镇土地利用总体规划的，可以享受乡镇企业用地政策，有关部门应当简化用地手续；

（四）从事自产粮食销售、储存、运输、加工等经营活动，不需要办理粮食经营许可证；

（五）申请办理法人代码证的，有关部门按照国家规定只收取技术服务费和代码证工本费，并可以适当减免；

（六）人民政府或者有关行业行政主管部门组织农民专业合作社参加和举办的各类产品展销会、洽谈会，给予展位费补贴。

第二十五条 农业行政主管部门和商务部门应当鼓励具备条件的农民专业合作社与连锁超市建立新型农产品流通渠道。连锁超市在市场信息、加工包装技术、运储、价格以及减免摊位费等方面对农民专业合作社提供服务和优惠，及时结算农民专业合作社货款。

各级人民政府及有关部门应当安排相应资金、出台扶持政策对农民专业合作社通过自建、援建、产销双方共建等方式建设的农产品超市和批发市场给予资金和政策扶持。

第二十六条 任何部门和组织不得强迫农民建立、加入或者退出农民专业合作社，不得干预农民专业合作社的自主经营权和内部事务，不得强迫农民专业合作社及其成员接受有偿服务。

任何单位和个人不得侵犯农民专业合作社的合法财产，不得违法向农民专业合作社及其成员集资、收费、摊派。

第二十七条 国家机关及其工作人员有下列行为之一的，对直接负责的主管人员和其他直接责任人员依法给予行政处分；构成犯罪的，依法追究刑事责任；给农民专业合作社及其成员造成损失的，依法承担赔偿责任：

（一）侵占、挪用、截留、私分或者以其他方式侵犯农民专业合作社及其成员合法财产的；

（二）强迫农民专业合作社及其成员接受有偿服务的；

（三）非法干预农民专业合作社内部事务的；

（四）向农民专业合作社及其成员非法集资、收费、摊派的；

（五）对农民专业合作社应当享有的政策不依法执行的；

（六）其他玩忽职守、滥用职权、徇私舞弊或者侵害农民专业合作社及其成员合法权益的行为。

第二十八条 农民专业合作社按照其法人登记，依法承担相应的法律责任。

农民专业合作社的理事长、理事和管理人员有下列行为之一，构成犯罪的，依法追究刑事责任；给农民专业合作社及其成员造成损失的，依法承担赔偿责任：

（一）弄虚作假，套取国家财政直接补助资金的；

（二）侵占、挪用、私分农民专业合作社财产的；

（三）侵犯农民专业合作社成员生产经营自主权和其他合法权益的；

（四）其他违法行为。

第二十九条 本条例自2010年3月1日起施行。

（资料来源：农业部经管司专业合作处供稿）

参考文献

1. ［英］A. J. 雷纳，D. 科尔曼．农业经济学前沿问题．唐忠，孔祥智译．北京：中国税务出版社，2000

2. 北京市农村合作经济经营管理站．农村新型合作经济组织理论与实践，2002

3. 毕家美，管爱国．亚洲农村合作社经济．北京：中国商业出版社，1991

4. 曹利群．对“市场＋农户”的理论研究．中国农村观察，2005（1）：2～8

5. ［法］查理·季特．合作理论比较研究．彭师勤译．北京：中华书局，1940

6. 常敏．浙江省农村专业经济协会的及政府相关职能研究．农业经济，2005（9）：49

7. 陈劲松．2004年中国农村经济形势分析与2005年展望．中国农村经济，2005（4）：4～12

8. 陈晓华．农村专业合作经济组织的建设．农民日报，2003（2）：5

9. 陈昭玖，周波．发展我国农产品行业协会的政策研究．农业经济问题，2005（5）：49～50

10. 程国强．中国农业面对的国际环境及其趋势．中国农村经济，2005（1）：4～7

11. 程同顺．中国农民组织化研究初探．天津：天津人民出版社，2003

12. 程同顺．提高中国农民组织化程度的必要性和政策方略．调研世界，2004（2）：40～41

13. 邓力群，马洪，武衡．当代中国的农业合作制（上、下）．北京：当代中国出版社，2002

14. 丁为民．西方合作社的制度分析．北京：经济管理出版社，1998

15. 杜吟堂．合作社：农业中的现代企业制度．南昌：江西人民出版社，2002

16. ［美］W. W. 罗斯托福．从起飞进入持续增长的经济学．贺力平等译．成都：四川人民出版社，1988

17. 杜吟棠．农业产业化经营和农民组织创新对农民收入的影响．中国农村观察，2005（1）：9～18

18. 樊亢等．美国农业社会化服务体系——兼论农业合作社．北京：经济日报出版社，1994

19. 冯周安．合作社之花渐盛开．农村合作经济经营管理，2002（8）：34

20. 高启杰．发挥农民组织在保护农民权益中的作用．中国农民权益保护国际研讨会论文集．2003

21. 高启杰．农业技术创新：理论、模式与制度．贵阳：贵州科技出版社，2004

22. 关付新．我国农业发展新阶段的制度创新：组织创新．经济问题，2005（4）

23. 管国华，符纯华．现代世界合作社经济．北京：中国农业出版社，2000

24. 郭海霞，汪大鹏．农村新型合作经济立法若干问题研究．农业经济，2005（1）

25. 郭红东，钱崔红．关于合作社理论的文献综述．中国农村观察，2005（1）

26. 郭红东．我国农户参与订单农业行为的影响因素．中国农村经济，2005（3）

27. 郭伟．对农村新型合作经济组织的若干看法．调研世界，2004（1）

28. 郭翔宇，胡胜德．论商品经济对农村合作经济组织发展的促进作用．东北农业大学学报，2004（6）

29. 郭翔宇，胡胜德．试论农村新型合作经济组织的发展条件．中国合作经济，2005（6）：23～24

30. 郭翔宇．西方发达国家农民合作经济组织的共同特征及其启示．中国农村经济，1995（4）

31. 郭翔宇．亚太国家发展农业合作社的经验与教训．农村合作经济经营管理，1997（9）

32. 郭翔宇．供销合作社发展的国际比较及其启示．世界农业，1998（9－10）

33. 郭翔宇．供销合作社的现存问题及其障碍因素分析．商业研究，1999（5）

34. 郭翔宇．中国供销合作社改革：历史回顾与深化思路．学习与探索，1999（4）

35. 郭翔宇．农业经济专题研究．哈尔滨：黑龙江人民出版社，2000

36. 郭翔宇．论合作社的定义、价值与原则．东北农业大学学报，2003（1）

37. 郭翔宇．深化农村供销合作社改革需正确认识的若干理论问题．中国流通经济，2003（8）

38. 郭晓鸣，曾旭辉．农民合作组织发展与地方政府的角色．中国农村经济，2005（6）

39. 韩俊．发展农村合作经济组织的探讨．中国经济时报，2004－02－20

40. 韩银．股份制、合作制与股份合作制．亚太国家农村合作经济，1993（2）

41. 河南省供销社合作指导处．创业者之路——全省供销社“四个统一”经验汇编，2003（4）

42. 洪远朋．合作经济的理论与实践．上海：复旦大学出版社，1996

43. 胡健．关于农村专业合作经济组织的思考．农场经济管理，2005（3）

44. 周维宏．中国农村经济组织比较．北京：经济科学出版社，1997

45. 黄君，顾海英．农民合作经济组织制度创新及形成模式探析．经济问题，2005（4）

46. 黄祖辉．农民合作：必然性、变革态势与启示．中国农村经济，1998（9）

47. 黄祖辉等．农村新型合作组织发展的影响因素分析．中国农村经济，2002（3）

48. 蒋建平，王瑞．合作制是市场经济条件下的先进企业制度．中国合作经济，2004（5）

49. 金雁．农村公社改革与革命——村社传统与我国现代化之路．北京：中国编译出版社，1996

50. 黎元生．农产品流通组织创新研究．北京：中国农业出版社，2003

51. 李小云，左停，叶敬忠．2003—2004 中国农村情况报告．北京：社会科学文献出版社，2004

52. 梁漱溟，杨菲蓉．合作理论与邹平合作运动．重庆：重庆出版社，2001

53. 梁媛媛，刘绢川．江西农村民间流通组织协会的实践与启示．商业研究，2005（15）

54. 林凌．谁来代表农民的利益．经济管理文摘，2004（4）

55. 林毅夫．关于制度变迁的经济学理论．诱致性变迁与强制性变迁．卡特杂志，1989（1）

56. 林毅夫．制度、技术与中国农业发展．上海：三联书店，1992

57. 刘劲松．论中国农业合作经济组织．农村经营管理，2004（6）

58. 中国海南改革发展研究院编．中国农民组织建设．北

京：中国经济出版社，2005

59. 刘振伟．农民与农村组织建设．贵阳：贵州出版社，1999

60. 刘志扬．美国农业新经济．青岛：青岛出版社，2003

61. 卢现祥．西方新制度经济学．北京：中国发展出版社，2003

62. 陆文强，李建辉．农村合作制的演变．北京：农村读物出版社，1988

63. 吕巍，卞洪军．建立农民合作经济组织，加快农村经济发展．农场经济管理，2005（3）

64. 罗必良，李孔岳，王京安等．农业产业组织：演进、比较与创新．北京：中国经济出版社，2002

65. 罗必良．经济组织的制度逻辑——一个理论框架及其对中国农民经济组织的应用研究．太原：山西经济出版社，2000

66. 马春时，陈洪涛．铁岭市农村新型合作组织发展情况的调查报告．农业经济，2005（9）

67. 马克思恩格斯选集（第2、4卷）．北京：人民出版社，1972

68. 马述忠，沈国华．对浙江省农产品行业协会运作模式的案例分析．中国农村经济，2005（1）

69. 毛泽东农村调查文集．北京：人民出版社，1982

70. 么振辉．从交易费用角度探讨农民合作经营制度的绩效．农业经济，2000（3）

71. 幕永太．合作社理论与实践．北京：中国农业出版社，2001

72. 慕永太．莱阳农村改革发展之路．北京：中共中央党校出版社，1998

73. 穆月英，陈家骥．日本农协发展及农协事业的新动向．经济问题，2005（1）

74. 牛若峰，夏英．农村合作经济组织发展概论．北京：中

国农业科技出版社，2000

75. 牛若峰．农业产业一体化经营的理论与实践．北京：中国农业科技出版社，1998

76. 牛若峰．21 世纪：全球化和我国农业发展新战略．农业部农村经济文稿，1999（8）

77. 牛若峰．农业发展新阶段的战略与策略．河北省社会科学院河北学刊，2000（5）

78. 牛若峰．在 WTO 框架下加强中国农业的国内支持政策．福建社会科学院福建政坛，2000（10）

79. 牛若峰．当代农业产业一体化经营．南昌：江西人民出版社，2002

80. 农业部产业化办公室．借鉴国外合作社经验应对 WTO 挑战．农业经济导刊，2001（4）

81. 农业部农研中心．美国农业合作社的低效率．农村专业协会调查研究，1995. B—009

82. 农业部农业合作司．1993 年亚太国家农村合作社经济．北京：中国农业出版社，1994

83. 农业部软科学考察团．欧洲农民多种形式的联合与合作组织．中国农村经济，1999（4）

84. 彭星闾，肖春阳．市场与农业产业化．北京：经济管理出版社，2000

85. ［日］七户长生．日本农业的经营问题．俞炳强译．北京：中国农业出版社，1994

86. ［英］恰亚诺夫．农民经济组织．萧正洪译．北京：中央编译出版社，1996

87. 社会主义市场经济条件下农民中介组织的发育和完善课题组．论社会主义市场经济条件下农民中介组织的发育和完善．中国农村经济，2002（3）

88. 沈亚军．农民必走的合作大道．发展研究，2005（1）

89. 中华人民共和国农业部．2004 年中国农业发展报告．北

京：中国农业出版社，2004

90. 石玉香，王希玲．对培育发展农村合作经济组织的几点认识．农业经济，2005（1）

91. ［美］西奥多·W. 舒尔茨．改造传统农业．梁小民译．北京：商务印书馆，1987

92. 树立以人为本的政策观若干建议（14 条）中国（海南）改革发展研究院，2004（4）

93. 孙迪亮．农民合作社成长的六大外部约束．农业经济，2005（1）

94. 孙海，奚宗耀．沈阳市农村新型合作组织发展初探．农业经济，2005（5）

95. 孙强．对发展农村专业合作经济组织提高农民组织化程度的思考．农业经济，2002（11）

96. 孙亚范．我国农村新型合作经济组织创新的成本约束及化解．经济问题探索，2004（2）

97. 谈克俭，张旭．葫芦岛市农村新型合作组织发展的几点启示．农业经济，2005（3）

98. 唐楚生．农村合作经济组织发展的主要障碍分析．农业经济，2005（5）

99. 汪海粟．社区合作经济论．北京：经济科学出版社，1996

100. 汪政伯．国外合作社概况．北京：中国财政经济出版社，1991

101. 王东阳．农民组织制度创新与农业现代化建设．中国现代农业之发展——海峡两岸现代农业发展学术讨论会论文集．北京：中国农业出版社，1996

102. 王甲午．培育和发展真正的农民合作经济组织．农业经济，2005（1）

103. 王景新．乡村新型合作经济组织崛起．北京：中国经济出版社，2005

104. 王联实．辽宁农村新型合作经济组织的创新与选择，农业经济，2005（4）

105. 王如珍．关于农民合作经济组织立法的思考．合作经济杂志，2004（8）

106. 王锐．透析农民心理．推进农民合作组织健康发展．农场经济管理，2005（4）

107. 王慎之．西方经济思想库（第二卷）（经济增长篇）．北京：经济科学出版社，1996

108. 王圣涌．股份合作企业性质及量化分析．齐鲁学刊，1996（1）

109. 魏道南，张晓山．中国农村新型合作组织探析．北京：经济管理出版社，1998

110. 吴洁霞．发达国家农业合作组织的发展模式及其对南贵昆区域农业产业化发展的启示．中国农学通报，2004，20（8）

111. 夏英．各国政府与合作社的关系及政策定位．中国合作经济，2000（4）

112. 萧芎芳．台湾合会经验及其对中国大陆的启示．中国农村经济，2005（8）

113. 熊彼特．经济经济发展理论．北京：商务印书馆，1990

114. 徐祥临．重建我国农村合作经济组织．中国供销合作经济，2001（1）

115. 徐旭初．农村新型合作组织立法的制度导向辨析——以《浙江省农民专业合作社条例》为例．中国农村经济，2005（6）

116. 薛兴利等．农村新型合作经济组织的实证分析与政策措施．农业经济问题，2000（10）

117. 薛选登．发展农村合作经济，提高农民竞争能力．经济师，2005（1）

118. 阎寿根．衢州市农村新型合作经济组织的实践与思考．中国农村经济，2002（3）

119. 杨德明．闽台农业合作的政策取向．发展研究，2005（8）

120. 杨仕兵．论农村合作经济组织的社会责任．经济问题，2005（4）

121. 叶少荫．发展农村合作经济组织的探讨．台湾农业探索，2003（4）

122. 叶喜永．农村合作经济国际比较研究．东北农业大学硕士论文．2000

123. 于宇．民办农产品行业协会的发展和启示——江苏省紫菜协会调查报告．中国农村经济，2005（3）

124. 余炳才，刘缉川．试论农村新型合作经济组织与发展农业经济的互动效应．商业研究，2005（4）

125. 喻平．农民收入增长与经济发展之间的关系研究．农业经济导刊，2003（12）

126. 苑丰．关于新型农业合作组织的创建条件及制约因素思考．农业经济，2005（4）

127. 苑鹏．中国农村市场化进程中的农民合作组织研究．中国社会科学，2001（6）

128. 曾令香．农业微观基础的组织创新研究．北京：中国农业出版社，2001

129. 翟印礼，刘彩华．我国农村合作经济组织的主体模式选择．中国农村经济，1997

130. 张晓山，魏道南．中国农村新型合作组织探析．北京：经济管理出版社，1998

131. 张晓山．走向市场：农村的制度变迁与组织创新．北京：经济管理出版社，1996

132. 张晓山．中国农村新型合作经济组织探析．北京：经济管理出版社，1998

133. 张晓山．联结农户与市场：中国农民中介组织探究．北京：中国社会科学出版社，2002

134. 章政著．现代日本农协．北京：中国农业出版社，1998

135. 赵德余，顾海英．粮食订单的缔约难题及其合约改进．中国农村观，2005（2）

136. 赵洪．合作社法律制度初探．中国合作经济，2004（7）

137. 赵萍．对哈尔滨市专业村屯发展对策研究．商业研究，2005（13）

138. 中共中央、国务院关于促进农民增加收入若干政策的意见，2004（1）

139. 陈锡文，赵阳，罗丹．中国农村改革 30 年回顾与展望．北京：人民出版社，2008

140. 孙政才．农业农村改革发展三十年．北京：中国农业出版社，2008

141. 吕新业，卢向虎．新形势下农民专业合作组织研究．北京：中国农业出版社，2008

142. 万宝瑞．中国农业发展的思考与展望．北京：中国农业出版社，2006

143. 孔祥智．中国农业社会化服务——基于供给和需求的研究．北京：中国人民大学出版社，2009

144. Braverman, A., J. L. Guasch. Agricultural Reform in Developing Countries: Reflections for Eastern Europe. *Amercian Journal of Agricultural Economics*. 1990（5）: 1743－1751.

145. Brooks, K. Decollectivization and the Agricultural Transition in Eastern and Central Europe. *Policy, Research, and External Affairs, Working Papers WPS* 793. Washington D. C.: The World Bank. 1991: 34－35.

146. Michael Sofer, Israel Drori, Satt, Haim Ginzburg. *Communalism and Individualism: Rural Development and Land Settlement Schemes in Fiji and Jamaica*, 2000.

147. Csaba Csaki Zvi Lerman. *Land Reform and the Future Role of Cooperatives in Agriculture in the Former Socialist Countries in Europe.* Budapest University of Economics and The World Bank, Washington D. C. USA, Department of Agricultural Economics, The Hebrew University of Jerusalem, Rehovot, Israel. 2002: 56 - 60.

148. Donald L. Hinman and Donald J. Ri. *Cooperatives, Marketing Orders and the Coordination of Supply and Demand for Prernnial Crops in the U. S.*, 2001: 22 - 24.

149. G. Van Dijk, C. J. Mackel. Experience with Collective Action and Cooperation in Agriculture in Israel. *Yoav Kislev.* 1999 (22): 101 - 102.

150. Gunther Schmitt. Why Collectivization of Agriculture in Socialist Countries Has Failed: A Transaction Cost Approach, *Journal of Economic Literature*, 2001 (12): 56 - 60.

151. Guo Xiangyu. Reform and Development of China' Supply and Marketing Cooperatives. *Proceeding of the International Conference on the Development of the Agricultural and Rural Economy of Northeast Asia*, 2002 (8): 45 - 47.

152. Joan R. Fulton, Robert P. King. The Organizational Structure of Cooperatives: Centralization versus Decentralization of Decision Making Authority, *Jornal of Agricultural Cooperation*, 2002 (11): 129 - 141.

153. Michael R. Carter, Jolyne Melmed-Sanjak and Karen A. Luz. Can Production Cooperatives Resolve the Coundrum of "Exclusionary Growth". *An Econometric Evaluation of Land Reform Cooperatives in Honduras and Nicaragua*, 1999: 45 - 46.

154. World Bank. Food and Agricultural Policy Reforms in the Former USSR: An Agenda for the Transition. *Studies in Economics of Transformation*, Washington D. C. 1992: 1 - 3.

155. Zusman, P. Constitutional Selection of Collective Choice

Rules in a Cooperative Enterprise. *Journal of Economic Behavior and Organization*, 1992 (17): 353 - 362.

156. Geogre W. J. Hendrikse. *Restructuring Agricultural Cooperatives*. Erasmus University Rotterdam, 2004.

157. Murray Fulton. *New Generation Co-operative Development in Canada*. University of Saskatchewan, 2001.

158. A. Donovan, S. Raday. Time to Reshape Cooperative Identity? *Cooperative Gorcer*, 2000 (3): 201 - 203.

159. P. Hazen. *Moving Cooperation into the 21st Century*. Working Paper, ICA Congress and General Assembly, 1999.

后　记

本书是在我的博士论文基础上修改而成的。

在求学的道路上，得到了我的博士生导师——东北农业大学书记、博士生导师郭翔宇教授的悉心指导。三年来，郭教授为我倾注了无数心血，给予了我无尽的关怀。导师渊博的知识，深厚的理论功底，光明磊落的处事风格，以及他对学生的关爱与鼓励都使我深深感动。导师坦诚豁达的为人，严谨的治学风范以及严于律己、宽以待人的优秀品质，也都会让我受益终生。在我的博士论文写作和修改期间，承蒙东北农业大学管理学院胡胜德教授及青岛农业大学合作经济学院王勇副教授的热心指导与帮助，不胜感激。

我的博士后导师、农业经济专家——暨南大学应用经济学博士后流动站的梅林海教授，也为本书的写作提出了宝贵的指导意见，在此表示衷心感谢！

本论文在写作过程中，得到了黑龙江省供销社合作指导处吕长华处长、财务处蔡立新处长、哈尔滨市供销社合作处、巴彦供销合作社孙树国主任等的大力支持和热情指导，黑龙江大学福利经济研究所所长朱荣科教授也对论文提出了建议和指导，在此一并表示衷心感谢！

感谢暨南大学出版社编辑们的细心编校，感谢仲恺农业工程学院的资金资助，使得本书能早日出版！

齐　力

2010 年 5 月 25 日